ARTHUR KOESTLER

Du même auteur

Récits et romans

Le Dernier été de Grace Slick (Castor Astral, 2019).
La mort n'était pas au rendez-vous (Librairie Vuibert, 2018).
Dernier vol pour l'enfer, les cinq vies d'Ernst Udet (Fayard, 2016).
Le Vent pleure Marie (Fayard, 2012).
Blues pour Jimi Hendrix (Castor Astral, 2010).
La Légende du Baron Rouge (Fayard, 2009) – Prix Guynemer (rééd. poche, Points Aventure, 2022).
Juré (Flammarion, 2005) – Prix littéraire Comte de Monte-Cristo, 2006.
Contes des années folles (Le Seuil, 2004).
Contes du Mississippi (Le Seuil, 2002).
Jeux de Roumains, jeux de vilains (Baleine-Le Seuil, série : « Le poulpe », policier, 2000).
Le blues, portraits au hasard des routes (Librio, 2000).

Essais

1000 Chansons françaises de 1920 à nos jours, sous la direction de Christian-Louis Eclimont (Flammarion, 2012).
Blues Vinyls (Stephane Baches, 2012).
Portraits Jazz (Fetjaine, 2010) – Textes, portraits et légendes (avec le photographe Jean-Pierre Leloir).
Jazz Ladies (Hors Collection, 2006).

Biographies

Jean-Pierre Marielle, le lyrique et le baroque (Le Rocher, 2019).
Bessie Smith, des Routes du sud à la vallée heureuse (Castor Astral, 2018).
Love (Castor Astral, 2013).
Michael Jackson, La Chute de l'Ange (L'Archipel, 2009).
James Brown (Gallimard, 2007).
Ben Harper (Castor Astral, 2006).
Bob Dylan, Épitaphes 11 (Flammarion, mai 2004) – Prix Crossroad « meilleur livre musical ».
John Lee Hooker (Librio, 2001).
Brian Jones (Castor Astral, 1998).

Documents

Le blues, Fleur africaine (Hachette, document, 1996).
Le rock, musique révolutionnaire (Hachette, document, 1996).

STÉPHANE KOECHLIN

ARTHUR KOESTLER

La fin des illusions

LES ÉDITIONS DU CERF

Ouvrage apporté

par

Guy Stavridès

www.editionsducerf.fr
24, rue des Tanneries
75013 Paris

ISBN : 978-2-204-16119-0

À mes deux relectrices attentionnées,
Mother Chantal et my sweet lady, Anne.

À la mémoire d'Agnès Fontaine
(1960-2025).

Première partie

SANG ET OR

1

Scandale à Paris

Un jour d'octobre 1946, le Café de Flore vécut une scène comme ce lieu légendaire du Quartier Latin en connut beaucoup au cours de sa longue histoire : une femme de belle allure, dont le nom est inscrit aujourd'hui sur une plaque de rue à l'angle du boulevard Saint-Germain, s'approcha d'un homme bien mis, et refusa de lui serrer la main. La victime de l'affront, Arthur Koestler, resta le bras tendu, ne sachant que faire, tandis que le démon en jupe glissait entre les tables de la terrasse noyée d'ombre pour disparaître dans la foule des passants, derrière l'affiche de *Scandale à Paris*, le beau film élégant et ironique de Douglas Sirk. Cette offense fut commentée d'un bout à l'autre du quartier de Saint-Germain. Les Parisiens connaissaient les colères de Simone de Beauvoir, romancière célèbre, co-fondatrice de la revue *Les Temps modernes* et compagne de l'un des plus grands esprits de l'époque. S'en faire une ennemie ne présageait rien de bon.

Dans cette France qui venait de se libérer de l'Occupation allemande, Simone de Beauvoir et Jean-Paul Sartre réhabituaient les Français à la joie de vivre, les invitaient à découvrir l'existence, défendaient leur admiration sans faille pour le modèle soviétique et un Parti communiste au zénith depuis la résistance héroïque de Leningrad et la prise de Berlin. Mais Sartre, adepte de la phénoménologie chère à Husserl, n'aurait jamais pu prévoir l'apparition d'un tel phénomène, une déjection de pigeon tombée sur la glorieuse statue de Staline, le virus dans la machine qu'était un « roman réactionnaire » au titre énigmatique, *Le Zéro et l'Infini*, tout juste traduit en français, qui semblait devoir être le grand succès littéraire de l'année 1946 et surtout le nouvel objet du scandale depuis l'amer et dépité *Retour d'Urss* d'André Gide. Mais *Le Zéro* parlait du poison intérieur, de la haine fratricide que se vouaient des révolutionnaires paranoïaques.

Le livre racontait la confession pathétique d'un militant bolchévique tombé en disgrâce et promis au gibet, une fable puisque – c'est entendu – rappelaient ses détracteurs, jamais le « petit Père des peuples » n'exécutait les enfants de la Révolution, puisque – c'est également entendu – l'auteur, Arthur Koestler, même s'il avait échappé de peu aux dagues mortelles des franquistes et des nazis, colportait des mensonges sur Staline, agent de la nébuleuse fasciste où les séides d'Hitler croisaient les aventuriers sans honneur. Un pamphlet, *Le Traître et le prolétaire ou l'entreprise Koestler and Co*[1] dénonçait les impostures d'un écrivain qui « s'était vanté » dans une autobiographie à succès, *Un Testament espagnol*, d'avoir connu la prison franquiste : « On ne relève pas que se rendre à l'ennemi comme le fit Koestler dans les circonstances où il le fit, s'appelle purement et simplement déserter, et qu'il faut vraiment beaucoup de littérature pour bâtir là-dessus une légende héroïque », accusa le communiste Jean Kanapa. Cet ancien élève de Jean-Paul Sartre au lycée Pasteur de Neuilly et, disaient les rumeurs, ex-amant de Simone de Beauvoir, se piquait d'être un littérateur important bien que son roman

Comme si la lutte entière…, publié quelques semaines avant le *Zéro et l'Infini*, n'eût remporté aucun succès. Sartre l'avait traité de « crétin » après que Kanapa avait « balancé » un livre contre lui, *L'existentialisme n'est pas un humanisme*.

Arthur Koestler, « menteur pathogène, espion des fascistes », arriva à Paris le 1er octobre 1946. Les uns affirmaient qu'il voyageait sous de faux noms, se déguisait, changeait constamment d'hôtels, de trajets, que des policiers le suivaient, que des tueurs le traquaient. D'autres l'accusaient de haïr la France, et de se cloîtrer derrière le bar de Port-Royal, obnubilé par son œuvre et ses fantasmes, comme pouvait l'être un prosateur à l'ombrageux tempérament magyar.

Simone de Beauvoir se renseigna sur lui. « Il est antistalinien mais n'a pas dérivé pour autant vers la droite », la rassurèrent des amis. Elle se rappelait ce qu'il avait déclaré à un journal américain : il préférait s'exiler en Patagonie plutôt que de vivre sous une dictature gaulliste. Elle le rencontra à Port-Royal et fut électrisée par la chaleur de sa main qu'elle repousserait des mois plus tard. Cet homme était diablement attirant. Elle aimait son visage fort et doux que mettaient en valeur ses cheveux gominés ramenés en arrière, son « sourire féminin », ses yeux qui semblaient en savoir long sur le monde, l'Orient, la manière détachée avec laquelle il tenait sa cigarette, et pour finir, elle ne résistait pas à la suavité de sa voix. Elle le savait marié, mais à Paris, il se promenait seul, comme un maquisard arrivé en éclaireur chez l'ennemi. Elle se retrouva dénudée dans une chambre d'hôtel au bord de la Seine, à la suite d'une soirée arrosée, où ni Arthur ni elle ne savaient ce qu'ils faisaient tout en ayant conscience de franchir la ligne interdite. De leurs ébats, ils ne gardèrent aucun souvenir, ivres des bouteilles de champagne qu'ils avaient bues, mais c'est elle qui en traîna la honte car le plaisir ne fut pas au rendez-vous et, bien au contraire, le séducteur de la veille plein d'humour se métamorphosa au petit matin en homme brutal. Il ne comprenait pas pourquoi elle était communiste, pourquoi elle soutenait ce régime de salauds. Il voulait obtenir des informations sur son passé, guère satisfait de ses réponses évasives, mais elle n'avait pas envie de discuter de ces sujets, alors qu'elle sortait à peine des draps, épuisée d'alcool et d'une vaine quête de délices, et se jurait que jamais plus elle ne coucherait avec ce goujat qui mélangeait la politique et la sexualité. C'est du moins ce qu'elle confierait plus tard à des proches.

Pourtant, elle n'arrivait pas à se détacher de lui, l'avait introduit dans le groupe des existentialistes infesté de « sales communistes » mais qu'il se plut à fréquenter et elle n'oublierait jamais la manière assez simple avec laquelle il se présenta à Jean-Paul Sartre. « Bonjour, je suis Arthur Koestler. » Ils se rendirent dans l'appartement de la mère de Sartre, au 42 rue Bonaparte, près de la place Saint-Germain-des-Prés. Le logis n'était pas grand, occupé par un piano, deux petits bureaux et un amas de livres épars. Simone y vivait avec son célèbre compagnon, en femme libre triomphale car Sartre semblait ne rien ignorer des « infidélités » de celle qui partageait sa vie, conscient de l'attrait qu'elle exerçait sur les hommes, et Koestler l'avait impressionnée quand il osa balancer à Sartre : « Vous êtes meilleur romancier que moi, mais moins bon philosophe. » Simone lança à son amant d'un soir un regard narquois, le trouvant d'une arrogance incroyable alors qu'il était si peu éduqué, dépourvu de références livresques, et qu'elle mettait en doute ses propos politiques en raison de ses « médiocres connaissances marxistes ».

« Tandis qu'avec Camus », constaterait-elle dans ses mémoires *La Force des choses*[2], « nous ne parlions jamais de nos livres, à tout bout de champ Koestler se citait : "Lisez ce que j'ai écrit là-dessus." Le succès lui était monté à la tête. » Elle reconnut cependant à ce satané Hongrois « beaucoup de chaleur, de vie et de curiosité », aimait la passion qu'il mettait dans les discussions sans se soucier de l'heure, de la nuit qui arrivait, l'œil lumineux, le verbe lyrique. Elle appréciait sa générosité de noceur toujours prêt à payer la tournée. Il fut heureux de leur amener son épouse, Mamaine, atterrie à Paris le 17 octobre, à propos de laquelle il répétait fièrement qu'elle était issue d'une aristocratique famille anglaise. La jeune femme souriait timidement et balayait d'un revers de main les tentatives de son amoureux pour la placer dans la lumière qu'elle prenait de toute façon. Elle avait débarqué dans sa robe blanche magnifique, avec ce qu'Arthur adorait chez elle, ses pommettes rieuses, ce visage d'une grâce inouïe. Mamaine se réjouissait de traverser l'univers de la littérature française qu'elle chérissait et lisait dans sa langue originale. Simone de Beauvoir la trouva jolie et fragile, et remarqua non sans une certaine tristesse qu'elle se détournait à l'écart, étouffant une petite toux dans un mouchoir, trahissant la maladie pulmonaire qui la rongeait.

Koestler avait réservé un nid douillet à l'hôtel Montalembert, au cœur du VIIe arrondissement. Il comptait bien emmener Mamaine malgré tout dans les bars, les bals musettes, les cafés, profiter de la France libérée, cette France qu'il avait haïe, mais dont il avait envie de humer la joie insouciante après les années d'Occupation. Il l'emmena au Lapin Agile, à Montmartre, afin d'y écouter les « *french songs* » qu'il adorait, Jean-Roger Caussimon, ou cette chanteuse incroyable, Édith Piaf.

Mamaine apprécia beaucoup le groupe existentialiste et parmi eux un amateur de football qu'Arthur affectionnait particulièrement, le plus proche idéologiquement de lui, Albert Camus, qui se plut lui aussi à fréquenter le romancier hongrois au français si chatoyant et aux idées iconoclastes. Mamaine s'apercevait que son époux jouait dans la grande cour, que *Le Zéro et l'Infini* était cité comme un livre important de l'époque, aux côtés de *L'Étranger* de Camus et de *La Nausée* de Sartre, et elle en était fière, émue après tant de routes, de peurs, d'incertitudes, d'heures si difficiles où la mort rôdait, si proche. Elle se retrouvait à dîner avec Camus et Sartre, heureuse de participer à des conversations passionnées sur la littérature, bien que, regrettait-elle, les courtisanes se pâmaient surtout devant les deux écrivains français, et leur vestale Simone de Beauvoir. L'« étranger » Arthur Koestler, homme incertain venu de si loin, décourageait les admiratrices. Mais ses aventures, surtout celles qu'il avait vécues dans une prison franquiste quelques années plus tôt et racontées dans son autre grand livre, *Un Testament espagnol*, finissaient par captiver pourvu que l'on s'intéressât à lui. Les femmes lui demandaient s'il avait été torturé. Il ne répondait pas ou tournait le dos aux curieuses.

Arthur et Mamaine trouvaient Sartre charmant, emporté comme toujours, et les soirées se terminaient dans une boîte de nuit, le Shéhérazade, une idée de Koestler. « Jamais nous n'allions, Camus, Sartre et moi dans ce genre d'endroit », se rappellerait Simone. Arthur sortait ses liasses de billets et commandait des bouteilles de champagne, de la vodka, des plats exotiques, et les couples tournoyaient, et Koestler enseignait à Simone des pas de danse sous le regard amusé de Mamaine qui ne saurait jamais rien de l'infidélité de son bien-aimé et souriait en voyant les gestes empruntés de la reine des féministes « raide comme un piquet ». Sartre arrachait des mains d'Albert sa jolie femme Francine Camus, l'emmenait sur la piste et l'enroulait tendrement. Tout ce joli monde, ivre, flirtait gaiement. À minuit, Arthur Koestler regardait sa montre.

— Pourquoi vérifies-tu l'heure toujours à minuit ? demandait Camus.

Koestler tremblait, d'une pâleur effrayante. Il ne répondait pas, mais un soir, il lâcha :

— C'était l'heure de l'appel…

Il refusa d'en dire plus. Les nuits filaient, jusqu'à quatre, cinq heures du matin, jusqu'à la table d'un bistrot encore ouvert où les amis se traînaient, dans le froid d'un mois de novembre que réchauffait l'allégresse de l'alcool. Koestler lançait toujours au serveur : « Vous savez qui vous êtes en train de servir ? » Le garçon prenait un air ennuyé, impatient de terminer sa journée épuisante. « Eh bien, vous servez, Albert Camus, Jean-Paul Sartre et Arthur Koestler. »

Les conversations finissaient par s'effondrer sous le poids de la fatigue. Jean-Paul Sartre regardait sa montre par-dessus les corps avachis de Koestler et de Simone, se rappelant qu'il avait une lecture à l'Unesco et qu'il était peut-être temps de rentrer. « Tu parleras sans moi », plaisanta Camus d'une voix pâteuse. Sartre lui répondit : « Je voudrais bien parler sans moi. »

Certaines beuveries se terminaient mal. « Vous pactisez avec la Russie, quelle honte ! » criait Koestler, la figure rubiconde, la voix pâteuse, en renversant sa chaise, le poing levé, devant les clients du bar effrayés. Un soir, il balança un verre sur Jean-Paul Sartre qui s'écrasa sur le mur à côté de sa tête et l'éclaboussa. La rixe se termina sur le trottoir. Camus tenta de s'interposer mais Koestler le frappa à la tempe et lui pocha un œil. « Tu es mon ami, pourquoi tu as fait ça ? », hurla le blessé en se tenant le visage pendant que Sartre riait comme un dément. Tout leur argent avait disparu, disséminé au hasard des clubs de jazz. « Impossible d'être amis quand on ne s'entend pas politiquement », asséna Koestler qui avait perdu 200 $ de *traveller's cheques*. Il s'éloigna dans la rue, laissant derrière lui des amitiés et un amour fracassés.

2

Une mère douloureuse

Il faisait froid, devant le Palais d'Hiver, à Saint-Pétersbourg. La foule avait grossi comme une vague pacifique, brandissant des pancartes pour demander l'accession des paysans à la terre, l'amélioration des conditions de travail et de la nourriture. Les soldats du Tsar prirent position et tirèrent. Les cadavres s'entassèrent dans la neige rougie, femmes, enfants, maris et pères tombèrent en ce « dimanche sanglant » du 9 janvier 1905. Le massacre eut des répercussions en Europe, et plus particulièrement dans une ville d'Europe centrale, à Budapest, la « Perle du Danube » où des manifestants, en solidarité avec les victimes russes, convergèrent vers la demeure du Premier ministre hongrois István Tisza, allumèrent des braseros, tapèrent sur des casseroles, hurlèrent. Une partie de la population – nationalistes Magyars, Juifs et libéraux – haïssait le Tsar antisémite et redoutait la menace que l'empire féodal russe faisait peser sur la Hongrie qui s'accrochait à la couronne vacillante de son vieux roi, François-Joseph. Des associations et cercles politiques envoyaient de l'argent aux ouvriers russes pour soutenir leurs grèves, rapatrier les Juifs assassinés à Moscou ou à Kiev.

La Hongrie dans laquelle Arthur Köstler vit le jour, le 5 septembre 1905, au 18 de la rue Sziv, dans un antique immeuble victorien, ressemblait à la Syldavie de Tintin, avec ses gardes à pompons, vêtus d'uniformes colorés et de pelisses ourlées d'or, posés comme des figurines devant le Palais royal. Mais l'ombre des plumeaux cachait plus loin un abîme, de vieilles maisons aux murs fissurés, au bout d'impasses sombres où des prostituées vendaient du plaisir, la « terre des anges », le quartier des pauvres encombré de masures en équilibre sur des pavés noirs déchaussés, comme une bouche malodorante qui brûlait d'un feu permanent de colère.

La famille Köstler avait atterri à Budapest à la manière des oiseaux migrateurs, sans patronyme véritable que celui emprunté un jour par le fondateur de la dynastie, Leopold. De ce grand-père mystérieux, Arthur garderait le souvenir d'un homme martial, assis près de la fenêtre avec sa longue barbe blanche et sa sombre redingote, se demandant quelle étoile noire ce grand personnage dissimulait derrière son nom de substitution, Köstler, qu'il avait trouvé dans un journal ou sur une boîte aux lettres quelque part et adopté, jugeant sa sonorité plaisante. Leopold X, comme l'appellerait Arthur, avait combattu en Crimée, fui la Russie, échoué à Miskolc, au nord de la Hongrie, où il avait épousé la fille d'un patron de scierie, avant de s'établir à Budapest et d'y investir dans un magasin de vêtements une part de sa fortune accumulée au gré d'aventures plus ou moins licites. Il soignait si bien son accueil et sa vitrine que la haute société hongroise se pressait dans son local pour contempler sa marchandise.

Arthur pensait que le vieil homme expiait un crime, que les polices du Tsar le recherchaient. Il imaginerait souvent ce grand-père à l'allure romantique dans un train fantôme avec Lénine et Trotski, sa barbe étant comme une page blanche sur laquelle le jeune garçon épanchait ses rêves romanesques.

Le dimanche, le vieil homme l'emmenait se promener sous les magnifiques marronniers traversés de soleil de Budapest, *Vàrosligeti Fasor*, « la rangée d'arbres dans le parc de la ville ». Ils remontaient l'avenue Andràssy ou s'alignaient tavernes, théâtres lumineux, commerces sous les arcades, et en point de mire l'orgueil de Budapest qui voulait en remontrer à sa rivale Vienne, son sombre opéra dressé comme une cathédrale avec ses statues en or, son lustre éclairé au gaz qui brillait éternellement jour et nuit. À l'aube de son existence, Arthur découvrait le monde par les yeux de son grand-père, un univers riche de mille merveilles, et tout commençait par la maison de Leopold, véritable malle aux trésors pleine de foulards de soie, de dentelles que des correspondants lui envoyaient de l'autre bout du globe. Arthur prit conscience de sa judéité quand Leopold s'arrêta à la charcuterie et lui offrit un sandwich au jambon mais s'en priva car l'un des commandements de la « Loi mosaïque », adressée par Moïse au peuple juif, l'empêchait de manger du porc. Il fréquentait aussi la synagogue, plus pieux que ne le montrerait jamais le reste de la famille.

Mais ce vieil homme allait vite disparaître en 1911, l'année où Joseph Conrad publierait son magnifique roman *Sous les yeux de l'Occident*, qui abordait le terrorisme russe, laissant Arthur, âgé de six ans, inconsolable et vide. Il grandirait élevé par des parents instables, son père Henrik, élégant vendeur de vêtements toujours soigné, mais habitué du casino de Budapest où il flambait son argent, avant de déjeuner sur la terrasse et de méditer en contemplant les bateaux sur le Danube, et sa mère, la fantasque et turbulente Adele qui avait tant souffert à 35 ans pour mettre son fils au monde (le dernier qu'elle aurait) et n'hésitait jamais à le culpabiliser lors de leurs disputes ou à moquer sa petite taille.

Elle était née à Prague en 1871, mais son père Jacob, un commerçant juif prospère, avait rapatrié sa famille à Vienne, Vienne la magnifique où les fortunes se construisaient en un tour de main et s'évanouissaient aussi vite. Adele Jeiteles était une belle jeune femme aux longs cheveux noirs, promise à un beau mariage. Les gandins défilaient à la maison sans qu'aucun n'osât se déclarer, peut-être refroidis aussi par le léger tic nerveux au coin de sa bouche. À vingt ans, elle avait l'impression d'être une vieille peau angoissée et s'en plaignait à sa tante Eleonore qui lui conseilla d'aller consulter son « ami très cher », assez connu dans la ville, Sigmund Freud, un spécialiste « du rêve et des tourments », le seul capable de lui redonner un visage serein. Adele n'a pas donné beaucoup d'interviews mais dans les archives de Freud, figure une conversation qu'elle a eue avec un psychanalyste Kurt Eissler, en 1953. « À Vienne, vous savez », lui confia-t-elle, « c'est drôle à dire maintenant, on ne le prenait pas au sérieux !... On était considéré comme à moitié dingue quand on allait chez le Dr Freud. Je n'y suis allée qu'à cause de ma tante. Mais il y avait tant de choses à dire sur le fait que tout, les nerfs, etc. provient de la chose sexuelle, n'est-ce pas, tout cela étant une source d'amusement pour les jeunes filles. »

Quand elle entra dans le cabinet du Dr Freud, elle découvrit un homme déplaisant, flanqué de laides rouflaquettes. Il l'examina sans un mot, appuya ses grosses mains sur sa nuque et la massa puis, d'un ton glacial, lui demanda si elle avait un amoureux. Cette question la choqua. À Eissler, elle dira avoir répondu à Freud quelque chose de désagréable, mais ne se rappela pas quelle injure elle avait osé cracher, avant de se lever et de sortir, bien que la voix du célèbre praticien tonnât derrière elle, lui ordonnant de revenir. Mais elle ne se retourna pas, atterrit dans la rue, soulagée, et se promit qu'elle n'y mettrait plus les pieds. Comment sa tante féministe pouvait-elle fréquenter un salaud pareil ? En apprenant l'incident, Eleonore se fâcha et tenta de la convaincre de reprendre rendez-vous avec le Dr Freud et de s'excuser. Mais elle refusa. Car ce « genre de séance n'avait aucun sens ». Ses amies la harcelèrent de questions, persuadées qu'Adele avait percé le secret de l'orgasme. Koestler restera discret sur l'aventure de cette mère dont les errements psychologiques l'effrayaient et finiraient par l'éloigner d'elle. Lorsque, devenu un auteur à succès, il rencontrera Freud bien plus tard, il ne lui parlera pas de la magnifique Viennoise affublée d'un tic et des souvenirs douteux qu'elle en avait gardés. Il se montrera aussi évasif dans ses mémoires sur cet épisode, et lorsque l'historien Michael Scammell – qui avait découvert dans les archives de Freud la retranscription de l'interview – lui proposa d'en faire mention dans la future biographie « autorisée » qu'il envisageait de consacrer à l'écrivain, Koestler s'y opposa, le menaçant même d'un procès. Mais Scammell ne lui a heureusement pas obéi.

Adele comprit qu'elle n'épouserait pas de prince car sa sœur Rosa vint quémander auprès de leur père un important soutien financier, désespérée parce que son mari hongrois s'était ruiné après quelques placements hasardeux. Jacob lui prêta une grosse somme d'argent, conscient que les beautés de Vienne avaient vécu. Le désastre de Rosa le poussa à une décision douloureuse, l'exil dans le pays de tous les possibles, New York dont il se promit de revenir comme le Comte de Monte-Cristo, la malle remplie d'or. Sa famille fut contrainte de s'entendre pour tenter de vaincre leur infortune. Rosa et son mari Siegfried, Adele et leur mère se réfugièrent à Budapest, et s'installèrent dans un petit appartement. Adele trouvait les Hongrois incultes et malodorants. Elle parlait allemand à la maison, comme une nostalgie impossible (et léguerait à son fils une connaissance naturelle de cette langue).

Chaque matin, le premier visage qu'elle voyait était celui de Siegfried qui n'avait pas restitué l'argent à son père et provoqué leur déclin, ce visage d'un homme qu'elle aurait bien étranglé si elle en avait eu la force. Elle ne parla jamais correctement le hongrois, préférant s'exprimer en allemand. Adele chercha un remède à son spleen, loin d'imaginer qu'elle réviserait son jugement sur la psychanalyse, ce « truc de dingo ». Elle prit rendez-vous avec un disciple de Freud, Sándor Ferenczi, un autre personnage à la « sale réputation » de dragueur, mais quelque chose décidément la fascinait chez ces hommes qui excitaient les plus belles femmes de la région. Elle se demanda quel magnétisme Freud portait dans ses écrits qui justifiât un tel engouement, même si l'une de ses connaissances, empêchée d'épouser son amoureux, avait été emmenée de force par ses parents chez Freud et s'était suicidée. « Et alors je me suis dit », adressera-t-elle à Eissler, « quelque part il doit bien y avoir quelque chose avec ce subconscient pour qu'il lui ait dit tant de choses qui l'ont amenée à se suicider. N'est-ce pas ? [...] Donc, j'ai été vraiment convertie au freudisme à partir de ce moment-là. »

Mais c'est bien un autre homme qui allait lui apporter, pensa-t-elle, le bonheur, un autre propagateur des rêves, qu'elle rencontra en fréquentant, désœuvrée, la boutique de vêtements d'un immigré russe, Leopold Köstler, dont le fils, Heiman, lui plut avec son chapeau noir et son parapluie très stylé, bien différent des Hongrois rustiques auxquels elle vouait du mépris. Ce garçon semblait venir de partout et de nulle part, la valise prête dans un coin. Il avait créé une entreprise de textile prospère et fournissait à son père des tissus qu'il avait achetés en Angleterre. Adele fit de Heiman son prince charmant, plus âgé de deux ans qu'elle, le chevalier qui l'emmènerait loin de l'horrible Budapest et lui ferait retrouver les saveurs viennoises, goûter les océans inaccessibles. Elle posséderait enfin argent, reconnaissance et liberté… Le 25 janvier 1900, ils se marièrent. Adele insista pour que Heiman adopte un prénom à la belle sonorité allemande, Henrik.

Arthur adorait haïr Adele, belle femme brillante qui parlait français et anglais, férue de lecture, mais à la personnalité fantasque, lunaire, comme si une force incontrôlable la poussait. Quand les beaux jours arrivaient, elle disparaissait, envoyait des cartes postales de Londres ou de villes en Europe centrale comme Carlsbad, en Tchécoslovaquie. Qu'y faisait-elle ? L'amour avec des amants de passage ? Henrik lui courait après. Dans une lettre datée du 25 juin 1921, le jeune adolescent qu'était Arthur la supplia de revenir car il lui tardait de goûter à ce bonheur familial. « Tout le pénible Olympe freudien depuis Œdipe jusqu'à Oreste veillait autour de mon berceau », s'amuserait-il[1]. Parfois, Adele restait dans l'obscurité, la tête entre les mains, fusillée par la migraine qui la laissait prostrée pendant des heures et formait une sorte de champ de mines autour d'elle. Arthur se gardait bien de rôder dans les parages, certain qu'elle le repousserait violemment, l'enfermerait dans la salle de bains obscure, sans raison. Il l'apercevait de loin, allongée sur son lit, quand la porte de sa chambre demeurait ouverte, ombre noire transpercée de douleurs. Arthur s'éloignait, craignant de tomber sur la gouvernante, guère plus aimable que sa mère dans ses pires moments.

Le lendemain, le soleil revenait, et Adele virevoltait, se laissait aller à une joie exagérée, à peine plus confortable, car elle étouffait Arthur de câlins, lui défendait de sortir, redoutant de perdre ce fils qui avait souffert, à cinq ans, d'amygdalectomie et s'était retrouvé attaché à une chaise de dentiste, la bouche remplie d'instruments en acier dont il garderait une vision de torture et de mort, offrant plus tard cette représentation littéraire : « Le monde était devenu ambigu, chargé d'un double sens ; les événements se développaient en même temps sur deux plans – l'un visible, l'autre invisible – comme un navire qui transporte des passagers sur des ponts ensoleillés tandis qu'au-dessous de la ligne de flottaison, il fraye son chemin à travers des régions obscures et fantomales. »

Arthur suivait, comme sa mère, les oscillations du navire, sentant monter en lui de terrifiantes angoisses, devenu un « câble à haute tension », comme il se définira, qui fit de lui un enfant timide, puis un adolescent renfrogné marqué par un terrible sentiment de culpabilité, et un adulte inquiet. Il détesterait son prénom que sa mère avait choisi, dirait-il, parce qu'Arthur ne possédait aucune consonance hongroise ni lien avec quelque pays que ce soit. Dans le livre de souvenirs qu'il publiera des décennies plus tard, *La Corde raide*, il fustige Adele : « Son mépris pour les Hongrois transformait sa vie en une espèce d'exil, sans amis ni relations. En conséquence de quoi je grandis sans compagnons de jeu. J'étais enfant unique et solitaire, neurasthénique, admiré pour mon intelligence trop précoce et détesté pour mon caractère, tant par mes maîtres que par mes camarades. »

Il avait noué une belle amitié avec une fille de son âge, brune, très jolie et amusante, Eva Striker, dont la famille achèterait un beau jardin paradisiaque à quelques kilomètres de Budapest, où brillaient les pêches, les amandes, les fécondes grenades. Arthur jouait avec Eva. Ils se trempaient dans la rivière, au milieu des poissons dorés que les canards engloutissaient, écoutaient le bruit des chutes d'eau. Le père Sándor Striker avait acquis une vraie ménagerie, vaches, moutons… « Quand venait le soir, je m'asseyais au bord du jardin et de là où j'étais, je pouvais voir Budapest scintiller sous les étoiles. Les moments de qualité comme celui-là étaient nombreux », confiera Eva[2]. Arthur partagea beaucoup d'entre eux avec elle. Le passionné de science-fiction qu'il était aimait se tenir à côté de son amie et plonger son regard dans l'immensité. Il avait lu *La Guerre des mondes* de H. G. Wells et rêvait de s'envoler. La famille Striker appartenait à ces dynasties juives aventureuses et bâtisseuses qui s'étaient posées à Budapest au XIXe siècle, pleines d'utopies et d'inspiration. La grand-mère tenait au XIXe siècle un salon où se réunissaient les activistes révolutionnaires venus préparer le grand soir dans la fumée des cigarettes et le charme de l'eau-de-vie. Elle y conviait aussi Sigmund Freud. Le grand-père construisait des voies de chemins de fer. La mère Laura avait été la première femme à intégrer une prestigieuse université de Budapest et en était ressortie munie d'un diplôme de doctoresse en histoire, approchant même la politique. Sa fille Eva avait hérité de ces modèles un fort caractère, et d'ailleurs, décidait des promenades et des amusements qu'elle organisait pour Arthur. Elle peignait, mettait des dessins partout, se laissait faire quand il s'approchait d'elle pour l'embrasser, puis se dérobait à lui et riait, l'air de dire : « Tu ne m'auras jamais. »

Quand le jeune Koestler quittait le jardin des Striker, il avait hâte d'y retourner, peu pressé de replonger dans l'atmosphère empesée de l'école. Si ses professeurs ne l'appréciaient pas, ils n'avaient rien à dire sur l'élève brillant, particulièrement dans les sciences, l'algèbre, les mathématiques, la physique, domaines étranges qui exerceraient toute sa vie une fascination sur lui, car il chercherait derrière les courbes ou formules, le secret de l'existence. Il lisait des textes sur Darwin et Newton, s'amusait à construire des sous-marins qu'il faisait naviguer dans l'eau de la baignoire, se destinant plus tard à devenir ingénieur naval, rendait des devoirs parfaits sans joie, en quête de partenaires pour jouer aux échecs, sa passion, trimbalant avec lui son jeu partout. Puis, il regagnait l'appartement familial, le cœur lourd à l'idée qu'il n'y retrouverait pas une mère aimante mais une créature acariâtre, et qu'il passerait ses journées enfermé au milieu de ses jouets et livres, redoutant Adele qui pouvait l'accuser de vol ou de mensonges sans en avoir la moindre preuve. Il déplaçait un bibelot sur une étagère, elle lui hurlait dessus. « En dehors de la chambre d'enfant, l'appartement était une forêt d'arbres défendus, de fruits empoisonnés », se rappellerait-il. C'était un vaste logement qu'occupait un piano, orné de plantes, de vases de Chine, de lourdes sculptures d'aigles, de rideaux épais servant à étouffer la lumière, la vie.

Les rares moments où Arthur ressentait du plaisir, c'était pendant les villégiatures familiales, à Venise, ou sur la côte dalmate, que leur offrait Henrik heureux de voir Adele goûter la langueur de la Méditerranée et se détendre, et son fils abandonner cette solitude dans laquelle il s'enlisait, juste remplie par sa découverte de la sexualité, l'onanisme, pratique dont nous parlons avec d'autant plus de liberté qu'il la traitera dans ses souvenirs et sa fiction. Très tôt, il s'était éveillé à ces plaisirs, comme à l'amour. Il racontera dans un texte non publié la passion impossible qu'il éprouvait pour une enseignante de son école, et ses rêves dans lesquels il saisissait la jeune femme puis la poignardait jusqu'à la détruire, avant de se réveiller en sueur et de s'enfoncer sous son oreiller et de crier en silence. Le visage de la professeure se mêlait à celui de sa mère, de son obsédante mère.

Il ne parvenait pas à nouer des relations plus simples avec son père dont il brossera dans ses livres un portrait presque aussi sévère, à la différence qu'il comprenait mieux sa personnalité. Henrik se levait à 4 heures du matin, et partait vendre ses textiles. Il pétillait comme une dynamo, prenait beaucoup de soin à s'habiller, se coiffer, plaçait sa raie avec beaucoup de minutie. De ces détails dépendait sa réussite financière. Il fallait porter beau auprès des trésoriers susceptibles de lui financer ses projets, en général une idée improbable qu'il abandonnait au profit d'une autre lubie qui lui permettrait de s'offrir son île de rêve. Puis il convoquait son fils et surveillait son habillement, comme un militaire passe en revue son régiment, le forçait à porter des chaussures raides, des costumes ridicules, rétif à tout plaisir, dans une existence vouée au travail et à l'apparence où ni le cinéma ni la littérature encore moins l'opéra, ne trouvaient de place, à part *Les Trois Mousquetaires*, le seul roman qu'il avait lu et citait en permanence. L'art lui semblait quelque chose de superficiel, un temps perdu qu'il préférait consacrer aux affaires. Il critiquait la manie que son fils avait d'ouvrir un livre et de s'y enfouir pendant des heures. « Tu vas t'abîmer les yeux », lui disait-il, désignant la lumière artificielle des lampes qui éclairait le salon obscur. Arthur dévorait *Les Aventures du baron de Münchausen*, voyageait assis sur un boulet de canon vers la lune quand Henrik fracassait son rêve. « Tu vas t'abîmer les yeux. » Et il lui confisquait l'ouvrage, le cachait, comme un père désireux de compenser son invisibilité par un autoritarisme stupide. Henrik l'autorisa finalement à dévorer dix pages imprimées avant de s'endormir. Plus tard, Arthur remerciera son père d'avoir préféré rationner son espace, la quantité de pages, plutôt que le temps en lui accordant dix minutes, ce qui l'aurait obligé à se presser, à mal lire avec inquiétude et gloutonnerie. Il garderait de ces moments de délicieuses sensations comme ce conte du folklore hongrois sur les aventures d'un ours, les épopées de Jules Verne, *Gulliver* de Swift, les westerns de Karl May, paysages lointains et rêveurs qui se révélèrent d'un précieux secours quand, en 1914, les premiers coups de canon retentirent et agirent comme une détonation dans l'âme chahutée de ses drôles de parents.

3

Les premiers crimes communistes sous les yeux

L'Autriche-Hongrie, membre de la Triple-Alliance aux côtés du Reich allemand attaqua la Serbie. « Je suis né au moment où le soleil se couchait sur l'âge de raison », écrira Arthur Koestler dans ses souvenirs, *La Corde Raide*, mais l'enfant qu'il était manifestait un certain enthousiasme où se mêlait un peu de nationalisme magyar, présent dans les écoles, et d'aventurisme. Il imaginait que l'armée austro-hongroise conquérait des territoires, devenait le centre du monde, plantait des petits drapeaux sur une carte, comme un jeu, sans comprendre que le conflit ébranlait les fondations de la famille Köstler saisie d'une envie de fuir, à cause d'Adele, qui n'en pouvait plus de leur vaste appartement, lasse d'y faire le ménage et foudroyée par ses migraines. Pendant l'année 1916, alors que les armées austro-hongroises s'enlisaient au fond des tranchées boueuses, Henrik consentit à déménager et loua une pension de famille sur la Place Lovolde. Parfois, Arthur séjournait chez sa tante Rosa quand l'exiguïté du nouveau refuge choisi par ses parents ne permettait pas à leur fils de bien se concentrer sur ses devoirs scolaires, et peut-être aussi Adele et Henrik se réjouissaient-ils de ne plus s'encombrer d'un enfant.

Henrik vint le chercher et l'emmena dans plusieurs hôtels. Chaque fois, il posait leurs valises à l'entrée et se gardait bien de les vider, se préparant à décamper comme si le désastre était au bout de la rue… Ou alors le paradis, parce que, voulait-il croire, ses affaires s'amélioreraient et leur assureraient bientôt un meilleur logis. Il passait de l'euphorie à la détresse au rythme lent des processions funèbres qui défilaient à la lueur des bougies dans les cimetières de la ville.

Adele vivait mal cette instabilité, indifférente à ce que racontait son mari, le soupçonnant d'infidélités jusqu'à lui interdire le lit conjugal. Arthur entendait sa colère d'un bout à l'autre des pièces sans âme où leur famille errait, mots heurtés, fracassés, portes claquées, quelques vases brisés tandis que l'armée austro-hongroise n'avançait plus, que ses drapeaux troués flottaient sur les champs de bataille, annonçant l'effondrement de l'empire, la fin d'un monde, de leur monde. Le vieux roi François-Joseph Ier mourut en 1916, et son neveu l'archiduc Charles Ier lui succéda, dernier vestige d'un empire austro-hongrois en déliquescence dont il s'efforça de conserver l'unité, décidé à s'éloigner de l'Allemagne pour imposer la paix sans imaginer qu'il serait le dernier empereur d'Autriche et l'ultime roi de Hongrie. La France ou l'Angleterre auraient pu le soutenir mais s'abstinrent, et les courants contraires, nationalistes, révolutionnaires, débordèrent le jeune monarque de 26 ans et l'obligèrent à abdiquer en 1918. Exilé sur l'île de Madère, il y mourut quatre ans plus tard dans la pauvreté.

Les rues de Budapest s'étaient remplies d'hommes en uniformes, chaque voisin possédait une arme, des combattants revenus du front erraient, les yeux vides, le fusil en bandoulière, traînaient dans « la Terre des anges ». Les remugles du monde méphitique commençaient à infester les beaux quartiers, les cafés surpeuplés et bruyants. Les vols et les meurtres augmentaient. Arthur observait la chute du vieil empire et l'avènement douloureux d'une époque nouvelle que chantait le grand poète hongrois Endre Ady à travers ses textes lyriques mêlés d'érotisme et de politique, en particulier son œuvre *Sang et Or* (1907).

> Je suis un parent de la Mort
> J'aime l'évanescence de l'amour
> J'aime les roses qui sont souffrantes
> Les femmes fanées quand elles désirent

Ady daubait la monarchie, les injustices sociales, le nationalisme, invoquait la révolution tout en rêvant d'une vie fastueuse, joli paradoxe cher à la nouvelle génération hongroise qui ramassait la couronne dans le ruisseau. Ady ne fréquentait pas une femme fanée mais une belle muse, la poétesse Adél Brüll, qui apparaissait sous le nom de Leda dans ses poèmes. Il était autant admiré pour son élégance et son style que ses positions progressistes étaient controversées. Une partie de son œuvre comme ses *Poèmes Nouveaux*, subissait les foudres de l'intelligentsia qui abhorrait cette exaltation du Moi, cet égotisme triomphant si éloigné du sentiment patriotique auquel devait se conformer un pays au bord de l'abîme.

Féru de Baudelaire, Ady avait rempli aussi de magnifiques pages sur Paris, la ville européenne où il s'était exilé et reconstruit, y vivant ses splendides amours avec Adel, mariée à un affairiste fortuné, qui sans se douter de rien, finançait les escapades adultérines de son épouse et soutenait l'homme qu'elle aimait, un grand écrivain fauché.

Ici j'aurai ma mort et non sur le Danube.
Mes yeux ne seront pas fermés par des mains laides.
Un soir la Seine m'appellera : par une nuit muette,
Dans quelques grands, quelques géants néants,
Dans un sombre néant je sombrerai.

Arthur rêvait de mener la même existence que son idole, composer des poèmes dans un café parisien de l'île Saint-Louis, devant un bon verre de vin, en regardant passer les péniches. Ady était insomniaque. Il aimait l'aube, l'errance, et quand il rentrait à Budapest, c'était pour critiquer la ville, regretter sa médiocrité, repartir, boire, aimer…

Le 30 octobre 1918, une jeune République remplaça le roi déchu, présidée par Mihàly Kàrolyi, dont l'ambition se heurta à la défaite et à l'intransigeance des vainqueurs de la guerre qui s'attachaient à dépecer le vieil empire en jetant ses bouts de territoire aux « chiens », la Ruthénie ukrainienne à la Tchécoslovaquie ou la Transylvanie à la Roumanie. Arthur, âgé de treize ans, plongea dans la politique grâce aux conversations de ses parents qui transperçaient le mur, et il comprenait une chose : la Hongrie affirmait enfin son indépendance !

Sur le plan intérieur, le gouvernement de Károlyi affronta les vagues de la foule, ouvriers, soldats démobilisés, cuisinières, femmes de ménage, un millier d'« anges » et leur cœur rempli des sombres beautés de la révolution russe massés devant les grilles du Palais. Arthur vibrait au décorum des Rouges, des drapeaux multicolores, des musiques entendues pendant les manifestations au centre de Budapest, comme *La Marche funèbre* de Chopin, de leur courage aussi puisque les marches des militants rouges laissaient de nombreux cadavres sur le carreau. « La Hongrie sortait d'un état à demi féodal », témoignerait-il dans *La Corde raide*. « Jamais, auparavant, les citoyens de Budapest n'avaient vu une foule de rudes prolétaires défilant entre les magasins de leurs rues élégantes... La musique de Chopin fit de moi un communiste romantique. » Il le resterait presque inconsciemment. Károlyi, rappelle Koestler, avait espéré l'aide des démocraties occidentales, mais – et c'est un vieux problème dénoncé de nos jours – elle n'arriva pas, tant les maux endémiques des régimes avancés, la cécité, la naïveté, le manque d'imagination, semblent avoir été présents bien avant la guerre de 2022 en Ukraine.

Au bout d'un an, Károlyi perdit le pouvoir et se réfugia en France où il rédigea ses mémoires, avec un titre qui fait écho à notre ouvrage, *La Foi sans illusion*. Mais Arthur en possédait beaucoup, de ces illusions, tant le statuaire dans lequel la monarchie s'était enkystée l'ennuyait, plus sensible, comme la jeunesse, aux symphonies héroïques, aux postures tribuniciennes et égalitaristes. Il subissait l'influence de sa cousine Margit Aldor qui, au lieu de le convier à des divertissements enfantins bien naturels, l'emmenait dans les manifestations, les réunions d'ouvriers, même une usine de métallurgie, laissait traîner *La Gazette rouge*, qu'il ne pouvait s'empêcher de lire, fasciné par toutes les histoires de combats, de luttes, d'amours, à défaut de s'intéresser encore aux subtilités du marxisme. Il ne suivait pas Margit pour ses appâts féminins car, la dépeindra-t-il plus tard, elle « était assez laide », mais peut-être plus probablement pour l'empire qu'elle exerçait sur l'auditoire, sa manière d'imposer le silence, dans son école (puisqu'elle enseignait l'économie) ou à un groupe d'ouvriers et de militants révoltés mal dégrossis. Elle impressionnait le jeune garçon. Ses parents, savaient-ils où Margit le promenait ? Il est permis d'en douter. Dans les douleurs secrètes qu'il supporterait tout au long de son existence, l'annonce du gazage de Margit et de ses enfants à Auschwitz le bouleversa.

L'aventurisme plus auréolé de gloire et de passion que les aristocrates poudrés de l'ancien monde s'incarnait dans un homme sorti des geôles infectes, le bolchévique Bela Kun. Il avait travaillé comme journaliste. Le poète Endre Ady l'accueillit en 1907 au sein de sa rédaction du *Budapesti Naplo* sans rien saisir de l'âme funèbre du jeune apprenti, les secrets enfouis derrière ce « visage bouffi aux petits yeux gris clignotants, aux lèvres sensuelles surmontées d'une petite moustache tombante[1] » comme le présente le poète Arpad Szelpal, dans son livre *Les 133 jours de Bela Kun.* Kun, « petit employé juif, débrouillard et rusé », selon l'autre description qu'en firent les essayistes antisémites Jérôme et Jean Tharaud[2], serait probablement resté un terne fait-diversier si la guerre ne l'avait pas saisi et conduit à un camp russe de prisonniers en 1916 où il rencontra le diable en la personne de Tibor Szamuely, une pâle créature renfermée avide de prendre revanche sur son destin de misérable bureaucrate, et à qui la révolution léniniste allait offrir un promontoire inespéré. Libérés de leur camp par les Rouges, Bela Kun et Tibor vendirent leur âme au marxisme, et se métamorphosèrent en tueurs de masse, des séides que l'on remarquait sur la photo entre Lénine et Trotski, mais leur regard se tournait vers leur pays, une Hongrie fragilisée qui méritait un bon coup de rabot anticapitaliste. Bela Kun regagna Budapest le 17 novembre 1918, accompagné d'une escouade aguerrie, militants revenus de Russie, soldats démobilisés, dont le sombre Tibor Szamuely. Il grimpait sur les tribunes, chauffait les chômeurs, ouvriers, poussait le torrent de la colère dans toutes les villes.

Même s'il partageait avec Bela Kun le rêve socialiste, Endre Ady comprit-il qu'un monstre avait grandi à l'ombre de sa lyre ? Il ne vécut pas assez longtemps pour connaître la suite. Quand le poète tuberculeux disparut le 27 janvier 1919, la foule envahit les rues de Budapest et se prosterna au passage du cercueil posé dans un carrosse couvert de fleurs et de rubans blancs, ultime moment de prière collective avant l'abîme. Brutalisée par la ravageuse grippe espagnole, la misère et la mutilation de son territoire, « la Hongrie s'abandonna à l'aventure du bolchévisme dans un état d'inconscience », déplore Arpad Szelpal. Le 21 mars 1919, elle se livra à l'hypnotiseur Bela Kun, allié, comme souvent, à des sociaux-démocrates faibles et avides de pouvoir.

Tibor Szamuely, nommé « commissaire aux affaires militaires chargé de la répression des activités contre-révolutionnaires », pour résumer un assassin, mena ce que les historiens appelleront la « terreur rouge » fondée sur un principe de fer, la « dictature du prolétariat ». Leur régime collectivisa les terres des paysans, « socialisa » les usines, réquisitionna les œuvres d'art, contraignit les propriétaires des appartements bourgeois à céder leurs pièces vacantes à des familles pauvres, mit les théâtres au service de la culture prolétarienne, et si un banquier ou autre « engeance » s'y opposait, son cadavre se balançait sous un porche. Szamuely n'hésita pas à faire le ménage au sein des congrégations religieuses, prit plaisir à fusiller des moines. « Nous avons amorcé la construction d'un monde nouveau… », se vanta Bela Kun. À côté de lui, traînait un petit homme tout de noir vêtu à l'air chagrin, l'œil caché par un monocle, Tibor Szamuely. Il soignait ses souliers vernis, la seule chose brillante chez lui. Les meurtres commis par les deux hommes refroidissaient leurs soutiens sociaux-démocrates, néanmoins incapables de se démarquer de cette folie marxiste.

Le jeune Arthur Köstler eut très tôt sous les yeux les crimes communistes, sans les voir car le venin était emballé dans un joli paquet-cadeau, le lyrisme d'Endre Ady qu'il adorait, récitant par cœur ces lignes revigorantes :

À chaque instant, la vie se renouvelle, effrayante
Devant toi de nouveaux horizons flottent.

Il appréciait aussi l'œuvre de Sàndor Petöfi, un poète nationaliste hongrois du XIXe siècle, mort au combat, qui avait conté l'errance et le destin, dans son superbe recueil *Nuages* :

Qu'est-ce que la gloire ? Un arc-en-ciel plein de splendeur,
Un rayon de soleil brisé parmi les pleurs.

La Révolution, si elle était liée à l'aventure, au romantisme, faisait aussi claquer au vent le merveilleux drapé de la poésie contenue dans le *Journal rouge*.

Koestler racontera le jour où deux soldats du nouveau pouvoir débarquèrent chez ses parents étonnés que leur fils dispose d'une chambre pour lui tout seul, rappelèrent qu'une pièce était bien suffisante pour un couple et leur enfant et les prévinrent (valant un ordre) qu'une famille de nécessiteux serait ravie de profiter de l'espace libéré. À son âge, Arthur pensait amusant une telle cohabitation parce qu'elle lui promettait un partenaire de jeu. Mais en l'absence de Henrik, retenu à l'usine toute la nuit, les émissaires tombèrent sur un os, Adele… en peignoir, et fumasse, à l'idée que deux imbéciles la dépossèdent de son intimité, et sans pouvoir en placer une, les intrus furent jetés dehors et se contentèrent de bafouiller des excuses avant de disparaître.

Le gouvernement de Bela Kun trahissait un autoritarisme cruel et faible. Tibor Szamuely poussait la « terreur rouge » à toujours plus de violence et d'intransigeance, sans que le peuple hongrois curieusement ne semble s'en inquiéter, juste soucieux d'acheter des tickets pour aller dans les cabarets et les théâtres applaudir les comiques dont les sarcasmes, étrangement impunis, effaçaient l'ombre des gibets. Koestler cite l'un d'eux, dans *La Corde raide*, mais s'il a oublié son nom, il se rappelle son gag le plus apprécié qui attirait de nombreux spectateurs sur une petite scène de Budapest. Le farceur arrivait, posait son accordéon, déroulait à l'infini les soufflets, devant un public hilare, puis arrêtait en affectant la fatigue et soupirait… « Et ça continue comme ça », parodiant une expression hongroise populaire. La légende veut que Bela Kun, ayant assisté à ce sketch, ait lancé en sortant : « Ça continuera comme ça. »

Mais de retour dans son palais, il s'empressa de commettre une erreur fatale, vouloir récupérer les frontières hongroises de 1914, capter la Transylvanie au risque d'entrer en conflit avec la Roumanie et son soutien français. Une coalition, à laquelle se joignirent les Serbes, vainquit les troupes hongroises, mal équipées, à court de munitions, fonça vers Budapest qu'elle occupa, le 6 août 1919, obligeant Bela Kun à un exil infini à Moscou qui s'achèverait des années plus tard dans une sinistre geôle de la Loubianka. Tibor Szamuely, cette « nature d'acier », comme le qualifia le révolutionnaire Boukharine, après avoir gagné l'Autriche, mourut en 1919 dans des circonstances obscures, probablement d'un coup de revolver lors de son arrestation.

Le monde qu'Arthur avait connu changeait. Son amie d'enfance Eva Striker avait commencé à pratiquer son sport favori : la disparition. Leur jardin merveilleux était à l'abandon, avec un portail qui battait aux quatre vents, des herbes folles à la place des amandiers. Beaucoup de familles fuyaient. Henrik avait perdu son travail et comprit que la chute de Bela Kun dont il n'était pas un partisan le chasserait de Budapest. Les ennemis du tueur communiste rendraient les Juifs responsables de la « Terreur rouge », et déclencheraient la « Terreur blanche », apportant un genre de danger nouveau pour lui et ses semblables, l'antisémitisme. Plus sûrement, Budapest lui semblait un lieu agressif, à la dérive, moins rentable que ses prestigieuses voisines européennes. Il décida d'émigrer à Vienne. Adele aurait pu en sourire car une rupture familiale l'avait chassée de la capitale autrichienne et une autre rupture – la guerre – l'y ramenait.

Le pays s'était arrêté, les trains ne circulaient que pour transférer les troupes, l'essence se faisait rare et chère, et le brigandage dévastait les provinces. Pour mettre sa famille en sécurité, Henrik utilisa tout ce qu'il pouvait, des pots-de-vin aux amitiés, retint des voitures, chipa des places à l'arrière d'un wagon, soustrayant sa femme et son fils aux regards des bandes armées qui sillonnaient le territoire et tuaient au hasard. Ils franchirent la frontière autrichienne en pleine nuit et débarquèrent à Vienne, épuisés, à l'aube.

Paris qu'aimait tant Endre Ady représentait la terre promise, mais les patriciens bannis de la société hongroise atterrissaient à Vienne, plus accessible et tout aussi élégante et riche en promesses et beautés portées par l'art nouveau où s'enchâssaient des maisons décorées en faïence, des palais d'or et des théâtres aux colonnes auriques. De merveilleux écrivains habitaient ce diamant au cœur de l'Europe. « Toute la ville », se remémorera l'un de ses natifs, Stefan Zweig, « s'accordait dans ce goût de ce qui est coloré, sonore, festival, dans le plaisir qu'elle prenait aux spectacles considérés comme un jeu et un miroir de la vie, que ce fût sur scène ou en plein air ». Il appellerait cette période gracieuse « l'âge d'or de la sécurité[3] » auquel avait cru la communauté juive qui, depuis 1914, affluait dans la cité autrichienne, y ouvrait des échoppes, des entreprises, lançait ses propres journaux en langue yiddish. Cette émigration se ruait vers la « Vienne rouge », et ses logements sociaux que le maire socialiste Jakob Reumann avait commencé à construire en 1919, faisant pousser des tours grises sous les ors de l'ancienne cité impériale.

Quand la famille Köstler y débarqua, elle loua la jolie pension Louisenheim, dans le quartier juif d'Alsergrund, à quelques mètres de la maison où vivaient Sigmund Freud et son épouse Martha. Un jardin rempli de myosotis et de roses embaumait la chambre d'Arthur qui n'avait jamais le temps de s'habituer à l'environnement, avant que son père ne décide de repartir à cause d'une énième faillite. Il apprécia le Grand Hotel, ce palais posé comme un bijou dans la nuit, sur la Schwarzenbergplatz, avec ses salons capitonnés et silencieux, ses résidents mystérieux venus de contrées lointaines qui tentaient de réparer eux aussi des accidents de vie. Henrik et Adele s'assuraient que leur fils ne manquerait pas un jour d'école. Arthur n'eut aucun mal à s'acclimater à ce nouveau climat, parce qu'il maîtrisait la langue et emportait partout avec lui les poèmes d'Endre Ady qu'il avait commencé à traduire en allemand, envisageant, pourquoi pas, une publication.

Il rejoignit un pensionnat à Baden, à quelques kilomètres de Vienne, une jolie cité thermale aux maisons blanches de style romain, ornées de balcons en fer forgé, dont la froideur s'effaçait devant l'élégance. Il connut pendant deux années un dortoir impersonnel, les cours ennuyeux, les relations neutres avec les autres élèves et soignait comme il pouvait « ce mal de mer émotif » qu'était l'adolescence. Une fois par semaine, les jeunes assistaient à des cours religieux dans la magnifique chapelle, les Juifs avaient droit à une leçon supplémentaire à la synagogue. À la fin de la journée, Arthur vagabondait dans le Kurpark, rêvassait le long de l'étang, au bout des allées fleuries, mais ses gambades ne le préservaient pas de la morosité et c'est avec soulagement qu'il abandonna le collège pour rejoindre la pension Schüler que dirigeait un couple juif, Johanna et Alfred Erhmann. Le changement n'apaisa pas sa solitude. Il s'inquiétait de savoir si ses parents étaient toujours ensemble, ou vivaient chacun de leur côté. Afin de chasser le spleen, il composait des poèmes puis les envoyait à un journal publié à Vienne mais destiné à l'émigration hongroise, *Becsi Magyar Ujsà*, rêvant de placer ses textes aux côtés de ceux d'Endre Ady et de Sándor Petofi. Qu'il eût une réponse favorable, et il s'en vanterait auprès d'Adele, mais les lettres de refus s'amoncelaient sur son bureau.

Il continua pourtant à trousser de la poésie, destinant ses sonnets rédigés en allemand à sa mère dont il regrettait qu'elle ne lui eût jamais donné des chocolats comme un enfant normal en recevait, l'informant que si elle consentait à le gâter, il écrirait d'autres vers pour elle. Dans certaines lettres, il baissait ses prétentions, s'efforçait d'arracher à Adele un mot positif. Il signait « Dundi », une manière de montrer que son prénom « Arthur » ne le ravissait pas, et qu'Adele l'avait enfanté pour envoyer sur cette planète un être ridicule dont elle se moquait. Sa génitrice remplissait l'inanité de son adolescence sans amour réduite aux tristes plaisirs solitaires sur son lit. « Aimer consiste à attribuer à un individu les qualités de tout ce que l'on voudrait être », affirmait l'essayiste juif allemand Otto Weininger, dans un livre paru en 1903, *Sexe et caractère*. Comme toutes les familles viennoises, les Köstler possédaient un exemplaire de cet ouvrage antiféministe et antisémite, très populaire à l'époque. Les théories misogynes de Schopenhauer, ses diatribes féroces sur les femmes « inintelligentes, faibles, apathiques » avaient largement infusé dans la population, quand Weininger proposa ses litanies débordantes d'amertume, nées probablement d'une grande déception amoureuse. Dès sa sortie, le livre avait obtenu un immense succès et influencé des figures aussi éminentes que Freud, Kafka, Musil ou Wittgenstein.

« Le premier obstacle à l'émancipation de la femme est la femme elle-même », disait Weininger. Il montrait comment cette créature superficielle était tellement inféodée à sa sexualité et aux sens qu'elle n'avait pas les capacités de produire de grandes œuvres de l'esprit, en peinture ou littérature – à moins qu'elle ne soit bisexuelle et intègre des éléments masculins chez elle – contrairement à l'homme apte à se détacher de la chair. « Il n'y a d'amour que “platonique” », certifiait-il. « Tout le reste est bestialité. » Il disait aussi ceci : « Si la femme nue peut-être belle dans l'art, elle ne l'est pas dans la réalité, ne serait-ce que parce que l'instinct sexuel rend impossible à son égard cette contemplation désintéressée, qui est la condition de tout jugement esthétique. » Weininger ajoutait que tout amour véritable est pudique, donc secret, et qu'un homme en se déclarant commet non seulement une terrible impudeur, mais professe un mensonge éhonté que les femmes sont bien bêtes de croire.

Arthur était fasciné par *Sexe et caractère*, un livre à la morale puritaine imaginé par un juif antisémite qui détestait aussi sa mère et s'imposait la chasteté, dont la pensée offrait une apparence de solidité à l'adolescence. Il espérait y percer ce brouillard épais qu'était l'amour, mince lueur dans sa solitude d'enfant unique rêvant de rencontrer sa Leda comme Endre Ady, même si, à chacune de ses incantations, c'était le visage d'Adele qui apparaissait telle une idole à déifier ou à brûler. « Dans sa conception puritaine et névrotique de la sexualité, nous retrouvons les fantasmes les plus profonds de notre inconscient, et les plus tenaces de nos préjugés dans cette construction théorique qui fait appel à la philosophie et à la biologie, pour tenter de justifier des angoisses infantiles », analysera *Le Monde* lorsque *Sexe et caractère* sera traduit en français soixante-dix ans plus tard[4]. Le dramaturge August Strindberg remercia Otto Weininger dans une lettre pour l'avoir renseigné sur l'énigme insondable de la nature féminine.

Chez cet Otto Weininger, il y avait du Werther, le héros de Goethe qui se tua par amour et provoqua, en 1774, une épidémie de suicides dans une jeunesse allemande nihiliste. On dit qu'en apprenant l'immolation, à 23 ans, de l'auteur de *Sexe et caractère*, beaucoup de Juives, déjà fracassées par la teneur d'un ouvrage désespéré, se donnèrent la mort. Comme des milliers d'adulatrices, Arthur admirait la manière dont Otto s'était débarrassé de sa souffrance, juste après l'achèvement de son œuvre, en se tirant le 4 octobre 1903 une balle dans la poitrine, non sans avoir choisi comme théâtre de son sacrifice un lieu symbolique, à Vienne, la maison où Beethoven avait rendu son dernier souffle au 15 Schwarzspanierstraße. Hitler aurait célébré plus tard sa mort pleine de panache : « Il n'y avait qu'un seul Juif honnête, et il s'est suicidé. »

C'est dans ce brouillard guidé par le fanal de Weininger qu'Arthur Köstler connut son premier émoi sexuel. Une jeune bonne de la pension Schüler, Mathilda, s'efforçait de lui rendre son « séjour » plaisant, et même plus que cela, puisqu'un soir elle l'invita chez elle, se dénuda et l'initia à ce plaisir dont il ferait, avec la littérature, la science et la politique, le cœur de sa vie. Il n'en revenait pas qu'une belle fille aussi délurée eut jeté un tel regard sur lui, l'adolescent mal dégrossi incapable de prononcer un mot sans bafouiller, complexé par sa petite taille qui le poussait à décliner bals et soirées dansantes, craignant d'enlacer une partenaire trop grande.

Il écrirait dans l'une de ses nouvelles inédites, *La revoir* : « Pauvre feu Otto Weininger ! Si seulement il avait su quel chaotique tourment il avait déclenché dans les nombreuses jeunes têtes en pleine effervescence. » Otto avait raison en un sens. Lorsque Mathilda l'avait initié, Arthur était devenu cet individu « qu'il voulait être » mais encore loin de l'amour pur et absolu qui hantait le livre *Sexe et caractère*.

4

Des meubles jetés par les fenêtres

Il adressait des poèmes à des éditeurs, mais aussi des traductions des textes d'Endre Ady en allemand, mais chaque fois une réponse froide lui parvenait comme un mur infranchissable au point qu'il ne croyait plus à la littérature et à une vie de mots. Ses parents de plus en plus désordonnés ne pourraient pas indéfiniment le garder près d'eux. Henrik paraissait avoir regagné un peu de sa superbe grâce au commerce du textile, sans que cette relative réussite ne l'apaise après tant de déconvenues, alors qu'il voyait la pauvreté envahir les trottoirs de Vienne. Des émeutes éclataient, dévastaient les rues et quand la vague était passée, les vitres brisées gisaient sur le trottoir, les cendres des meubles jetés par les fenêtres fumaient encore. Les manifestants protestaient contre le prix du pain et de la nourriture. Les femmes de la classe moyenne qui faisaient leurs courses au marché étaient retrouvées sur un coin de trottoir vendant leurs charmes pour survivre. Beaucoup de réfugiés juifs avaient rejoint le cortège des chômeurs, des vagabonds en quête de logements et de nourriture encombraient les dispensaires, la Croix Rouge... L'Autriche peinait à se remettre de la Première Guerre mondiale, les usines avaient baissé leurs rideaux de fer, des rues sombraient dans l'obscurité. Où était passée cette « ville hospitalière qui se donnait généreusement aux jouissances raffinées », comme l'avait dépeinte Stefan Zweig ?

Arthur décida de rejoindre l'Institut Technique de Vienne, pour y obtenir un diplôme d'ingénieur. Construire des ponts, des machines lui plaisait bien que Henrik, admiratif des aptitudes de son fils en mathématiques, le prévînt que les Hongrois, a fortiori juifs, avaient peu de chance d'accéder à une université aussi prestigieuse. Il se trompait car Arthur prépara pendant de longs mois le concours d'admission et profita des largesses de son père qui accepta de verser 200 000 couronnes, l'ultime don de cet homme obligé de se battre comme un chiffonnier dans la rue contre les arnaqueurs, les mauvais payeurs, les brigands, conscient que s'il n'était pas assez fort, il perdrait Vienne et Adele, cette créature à la beauté passée, exigeant de son fils le succès dans ses études et la récompense de tant de sacrifices. La route semblait tracée pour Arthur vers un poste dans le bâtiment, peut-être loin de la littérature mais tellement plus sûre malgré les volets fermés, les maisons démolies et les files de sans-abri.

En septembre 1922, Arthur s'ouvrit ainsi les portes de l'Institut, ce palais romain si impressionnant avec ses colonnes blanches au-dessus de l'ombre fraîche des arbres, ses verrières où se réverbérait le ciel, son hall néo-classique devant lequel il s'attardait chaque matin, se demandant si bâtir des édifices était bien ce qu'il voulait faire. Il ne gardera pas un souvenir singulier de cette période à laquelle manquaient les amitiés, les rencontres éblouissantes, sinon la découverte majeure de sa vie, celle de sa judéité alors qu'il errait dans les vastes salles de l'Institut, à l'extérieur des cercles qui rassemblaient des étudiants en fonction de leur pays ou ethnies, petites chaînes de solidarité, comme autant de cloisons impénétrables. Il ignorait tout de l'antisémitisme, confronté, sans y prêter plus d'attention que cela, aux éclats noirs d'une haine incompréhensible quand certains quartiers de Vienne avaient subi de violentes attaques parce que des « prévaricateurs juifs » y vivaient et qu'on les jugeait responsables de la famine. Des affiches caricaturant le maire social-démocrate Jakob Reumann et son acolyte « youpin » et rouge Hugo Breitner, accusés de ruiner les classes moyennes, jonchaient le trottoir. En 1919, un socialiste chrétien, Anton Jerzabek, avait fondé la ligue antisémite, persuadé qu'en Europe les « cafards » représentaient une « force croissante et nuisible ».

Arthur entendit certainement parler du roman d'anticipation *La Ville sans juifs* de Hugo Bettauer parce qu'il fit grand bruit pendant l'année 1922. Cette dystopie imagine, dans une Vienne touchée par la crise, que les Juifs, accusés de corruption, en sont chassés au grand plaisir d'une population qui espère récupérer leurs emplois mais voit l'euphorie fondre assez vite, car après le départ des parias, leurs remplaçants échouent à remonter l'économie. Les lumières des marchés et des promenades s'éteignent, les cafés pleins de vie deviennent des trous morts. Privée de ses Juifs, la cité dépérit comme une lune morte et les habitants finissent par réclamer leur retour. Le texte valut à son auteur, le « poète rouge », le « corrupteur de la jeunesse », des menaces de mort et le força à une existence clandestine. Les critiques aujourd'hui s'accordent à dire que l'œuvre n'est pas d'un haut niveau littéraire, mais que son message prophétique lui confère une place particulière. Et si la postérité évoque beaucoup Hugo Bettauer, c'est aussi en raison de son roman le plus célèbre, le social *La Rue sans joie*, dont l'adaptation par le cinéaste allemand Wilhelm Pabst lancerait l'étoile Greta Garbo.

Arthur Köstler avait l'impression que cette agitation ne le visait pas particulièrement, même s'il entendait ses parents évoquer leur départ de Vienne et leur errance sans fin, mais il pensait que la raison de leurs déplacements tenait davantage à leurs difficultés financières plutôt qu'à une fuite devant un quelconque racisme dont il n'arrivait pas à saisir la finalité. Il toucha de plus près sa judéité lorsqu'il franchit le seuil de l'Université. Tout arrivant, si indépendant et frondeur fût-il, il ne pouvait se permettre de cheminer seul sous le dôme de lumière, en feignant d'ignorer les cénacles estudiantins. Arthur Köstler, avec ses jambes maigres et son air juvénile, toujours effrayé, égaré dans le labyrinthe, avait besoin de soutien, et sans être lié de près ou de loin au judaïsme sinon par le souvenir évasif de son grand-père, comprit qu'il devait se rapprocher de ses camarades juifs. Une relation de sa mère, le Dr Finanz-Rath Benedikt, le lui conseilla vivement. Il avait ses entrées dans l'association Unitas et lui en ouvrit le chemin, suggérant qu'il s'y ménagerait des protections, compenserait l'absence de sa famille, le manque d'amis et que les professeurs regardaient d'un œil plus sympathique les élèves bien entourés que les solitaires.

Adele plaidait pour que son fils intègre ce mouvement, le meilleur moyen de le préserver de la délinquance, des rencontres douteuses, de se cultiver aussi car ce genre de collectif organisait des soirées à l'opéra et partageait des lectures. « Il ne fut pas question de duels, de crânes défoncés, de sionisme et autres sujets scandaleux », se rappellera Koestler, relatant la conversation qu'il eut avec sa mère et le Dr Benedkit dans le salon. « D'ailleurs, ni mes parents ni moi n'avions entendu parler de sionisme[1]. » Mais en rejoignant Unitas, il y trouva, dans un local près du Danube (à Leopoldstadt), quelque chose de plus important qu'un soutien pratique, un sens à sa vie. Les jeunes militants lui collèrent un surnom « Perkeo », ce nain bouffon de la cour royale de la ville de Heidelberg, un héros qui inspirait une chanson estudiantine. Sa petite taille était encore mise en avant de manière plutôt tendre mais ses nouveaux amis raillaient sa tendance à ingurgiter de l'alcool, une manie et un plaisir qu'il avait contractés dans les vapeurs fragiles de son adolescence et dont il ne se libérerait jamais au point d'en dresser l'inventaire au fil de ses récits comme dans « Portrait de l'auteur à seize ans » : « Un secours, dit-il, mais seulement dans certaines limites. » Ces « limites » dues à l'émotivité de son caractère, aux besoins de stimulant intellectuel, n'étaient pas du tout des « limites ».

En arrivant chez Unitas, il dut boire pour se donner du courage et se grandir. Il se souvenait de la vaste salle d'escrime, de la pièce où les membres se réunissaient tard dans la nuit, échangeaient des idées sur la littérature, le monde. « Ce curieux établissement allait être, trois ans durant, mon second et véritable foyer. » Le bruit des lames s'entrechoquant avec ces sabreurs cachés par leurs grilles de fer, le petit escalier étroit un peu branlant comme une porte vers l'ailleurs – la pièce étroite de réflexion et d'idées où flottait une persistante odeur de tabac – composaient une ambiance romantique. Arthur prit ses premières leçons d'escrime, une activité qui semblait utile malgré l'illégalité des duels, mais les Juifs bafoués, insultés, devaient souvent défendre leur honneur et prouver qu'ils n'étaient pas lâches, contrairement à la légende noire qui courait sur eux. « Ce qui me plut surtout, racontera-t-il dans *La Corde raide*, ce fut que chacun m'appelait *Herr Kollege*, formule officielle dans les milieux universitaires et qu'ils semblaient tous me prendre au sérieux, me traitant comme un hôte de marque. » On lui expliqua ce qu'était le sionisme, la persécution des Juifs depuis vingt siècles. Arthur et ses coreligionnaires appartenaient à une nation sans patrie comme « un homme sans ombre », se rappela Koestler dans une jolie formule, et la solution passait par un retour à la terre, la paysannerie et l'élevage. L'interlocuteur qu'il cite dans ses mémoires, Otto Hahn, d'apparence aryenne, ne le convainquit pas vraiment quand Arthur lui demanda : « Comment sais-tu que tu es Juif ? » La question revenait à accréditer les théories raciales, une « absurdité », affirma Hahn incapable d'offrir une définition du Juif, sinon par ces deux mots, « courage et dignité ». Arthur partageait avec son mentor Otto Weininger l'ironie noire propre aux Juifs qui les poussait à s'auto-flageller, mais il se gardait bien de montrer son talent dans ce domaine. L'auteur de *Sexe et caractère* détestait le sionisme et tout cet impérium inutile.

Cette élévation politique à laquelle un mélange d'intérêt, de curiosité et de survie l'avait porté n'empêcha pas Arthur de demeurer un étudiant rêveur et secret, toujours un livre dans la poche, qui pouvait être *Le Rouge et le Noir* de Stendhal, *Crime et Châtiment* de Dostoïevski et ce magnifique roman, *L'Éveil de la glèbe* de Knut Hamsum, plongée puissante dans le monde paysan simple où le lecteur qu'il était flottait et grelottait au milieu des plaines islandaises battues par les vents.

Ses parents avaient déménagé dans la nouvelle pension Glaser. Arthur occupa une petite chambre encombrée de livres. Il s'y enfermait, traînait sur son lit défait, à lire, rêvasser toute la journée, en attendant qu'Adele ou Henrik manifestent un signe de vie qui ne venait jamais.

Il n'avait pas renoncé à écrire, projet qu'il mûrirait pendant ses trois années viennoises, heureuses finalement, et importantes. Il adressa ses poèmes à un éditeur, Andor Németh, un ami d'Apollinaire, exilé comme lui après une vie tourmentée où il avait connu la prison, la faim, la disgrâce. Il fut surpris de recevoir une réponse et une invitation à « venir en discuter ». Andor l'informa qu'il ne pourrait rien faire avec les poèmes du jeune homme, mais leur conversation se prolongea jusque tard dans la soirée. Cet homme âgé n'était plus grand-chose, détruit par les épreuves, mais Arthur Köstler n'y prêtait aucune espèce d'attention, voyant dans cette figure usée devant lui un littérateur, ce qu'il rêvait d'être, même si Andor était surtout un charmant phraseur pressé de raconter comment, ressortissant de la Hongrie, pays en guerre avec la France, il avait été interné en 1914 dans un camp à Périgueux puis à la citadelle de Noirmoutier, et enfin derrière les murs de la forteresse de l'île d'Yeu, affrontant la xénophobie. « Cette expérience a tué ma carrière d'écrivain », dit-il. Köstler avait l'impression d'être enfin important, considéré, car Andor l'interrogeait sur ses passions littéraires, ses envies, et l'invita à améliorer son anglais, langue universelle qu'il fallait dompter, le reprenant à la moindre faute. Dès qu'un doute le taraudait, le jeune homme sollicitait son aîné et recevait une réponse rapide. Köstler repartait travailler. Il ne se découragea pas en écoutant le pessimiste Andor Németh rongé par la solitude, et l'impécuniosité qui laissa entendre à son jeune admirateur la possibilité de rédiger un livre à deux.

Mais peut-être n'aurait-il pas besoin d'un mentor. L'étudiant anonyme en ingénierie électrique de l'Institut de Vienne vit son nom imprimé pour la première fois dans une revue autrichienne. Sa traduction en allemand des poèmes d'Endre Ady qu'il avait envoyée sans y croire rencontra un accueil favorable. Il sut alors que devenir un écrivain n'était pas insensé, et qu'il s'exprimerait dans la langue de Goethe, celle de la lumière, de la beauté, et croyait-il, de la valeur la plus chère au monde, la liberté, en dépit d'une méfiance sournoise, d'un malaise dont il prendrait conscience bien plus tard, nés dans les rues de Vienne quand il croisait un groupe d'Allemands éméchés ou non, tenant des objets qui ressemblaient à des pavés. Pourquoi transportaient-ils ces masses en riant ?… Parce qu'ils les jetaient dans les vitrines des magasins juifs.

5

Un pont brûlé

« Cette Vienne est aujourd'hui aussi loin de nous que le continent englouti de l'Atlantide. Les étoiles qui brillaient à son firmament se sont éteintes avant d'avoir été exactement consignées sur une carte[1] ». Cette très jolie phrase, proustienne dans sa nostalgie rêveuse (mais n'est-il pas un écrivain proustien, presque modianesque après avoir sillonné tant de paysages disparus), rappelle combien Koestler a navigué sur une frontière fragile, plus sentimentale que réelle.

Sa Vienne des étoiles s'était éteinte dans la rue bruyante et sale qui répandait ses odeurs devant la pension Glaser et la petite chambre qu'Arthur se hâtait de quitter pour assister aux réunions d'Unitas et croiser l'épée. Ce qu'il y trouvait comblait un vide affectif et un manque historique certain, même si la légende du peuple élu lui semblait surfaite, fallacieuse, incroyablement prétentieuse. Les Juifs n'étaient ni une nation ni une « race », mais ses doutes, reconnaîtra-t-il, se diluaient dans la ferveur du sionisme que son beau roman, *Des voleurs dans la nuit*, publié en 1947, résume joliment : « Le pays signifie pour nous autre chose que la Croatie pour les Croates ou l'Amérique pour les Américains. Ils sont mariés avec leur pays. Nous sommes à la recherche d'une fiancée perdue. » Il liait la quête de l'État juif à une maladie du cœur.

Il contracta de belles amitiés dans l'association, comme cet homme qui marquerait son existence. Wolfgang von Weisl, bien plus âgé qu'Arthur, avait publié, à 11 ans, dans un journal viennois un article célèbre qui appelait les juifs yéménites à « faire leur *alya* », à implanter des kibboutz en Palestine, mais la guerre avait interrompu son rêve fomenté depuis l'enfance dans l'environnement d'un père avocat sioniste. Il avait servi comme artilleur de l'armée austro-hongroise et gagné la fameuse Croix de fer sans jamais renoncer à sa cause. Sur le front, il avait rassemblé les officiers juifs, et constitué les prémices des brigades d'autodéfense qui seraient bien utiles à Vienne pour combattre l'antisémitisme. La paix revenue, il avait entamé des études de médecine et obtenu un doctorat, avant de boucler ses valises et de visiter la Palestine en 1921, y trouvant une terre chaude et fertile, malgré la présence des Britanniques dont il exécrait la politique coloniale. Le passé de Wolfgang von Weisl, son statut de docteur et de journaliste – ses articles dans le *Neue Freie Presse* étaient lus et commentés – imposaient le respect. Son infatigable battage mêlé à une allure douce qui ne l'empêchait pas de porter sous sa veste une arme, même au cœur de l'université parmi ses condisciples médecins, fascinait les militants sionistes. Les photos que nous connaissons de lui montrent un dandy assez beau, en costume foncé, avec un visage grave cerclé de grosses lunettes noires. Plus tard, alors qu'il vivait en Israël et jouissait du bonheur, l'ambassadeur autrichien dans le pays du miel lui avait demandé pourquoi il n'était jamais retourné à Vienne. Von Weisl s'amusa de cette question sur le monde d'hier et même d'avant-hier, et répondit : « Quand j'étais étudiant en médecine à Vienne, je lisais : “Les Juifs dehors !” sur les murs et les portes des toilettes. Et j’ai toujours pris au sérieux la littérature des toilettes. »

Cet humour empreint de gravité et de tragique nourrissait ses envolées littéraires qui tenaient en haleine l’assemblée. Köstler apprécia cette « nature sympathique et aventureuse », loin d’imaginer qu’une amitié indéfectible les unirait pendant cinq décennies. Wolfgang remarqua Arthur, « ce jeune homme frêle, menu », comme il en brossera le portrait dans son texte *Un pionnier de grand cœur* qu’il rédigerait peu de temps avant sa mort, à Guedera (une jolie région d’Israël), le 24 février 1974. Il y consigne le souvenir de leur splendide jeunesse vouée à la croyance dans une société meilleure, mais surtout espère faire revenir à lui le grand ami de ses années viennoises et allemandes, contemple les belles femmes sur les plages israéliennes « avec leurs jambes longilignes » et leurs « mignons postérieurs ». « Hélas, Koestler ne vient pas. Il refuse de toucher à ces deux thèmes qui l’ont fasciné autrefois et l’ont rendu célèbre : le sionisme et le communisme. » Il mourra sans le revoir.

Mais pendant les années 1920, Wolfgang chaperonnait le garçon de dix-neuf ans au regard clair traversé de ces étincelles qui forment la beauté de l’enfance. Il prononça devant Arthur pour la première fois le nom d’un Russe presque divinisé par les militants : Vladimir Jabotinsky avait fondé en 1925 le Parti révisionniste sioniste à Paris dans l’arrière-salle d’un café du Panthéon, en plein cœur du Quartier Latin. Von Weisl décrivait l’ambiance de ces soirées, votes à mains levées, colères, diatribes, effusions, le choc des langues de Babel, le verbe piquant comme des fourches… De nombreux Russes entouraient Jabotinsky avec ce que l’on imaginait d’eux : yeux fiévreux, chapka lourde des glaces lointaines, corps cabossés par les combats qu'ils avaient menés depuis 1914 jusqu'à la Révolution d'Octobre, confrontés à la mort, au danger qui les nimbait d'un halo délicieusement romantique. Ces batailleurs enfouis sous la fumée de leurs cigarettes avalaient probablement cul sec des verres de cognac, juraient de conquérir la Palestine et se quittaient au petit matin épuisés, la tête encore fracassée des cris de leurs camarades. Arthur Köstler rêvait de les rejoindre, las des vaines réunions dans le local d'Unitas où les militants se gavaient de belles phrases un peu creuses, de mysticisme oiseux, et finalement aucune décision précise ou action particulière ne sortait jamais de leur salle enfumée. Le tapis volant qui l'aurait emmené jusqu'au désert de Gobi – et c'est peut-être ce qu'il attendait aussi de son engagement, en plus de sa sentimentalité nouvelle sur le judaïsme – paraissait en panne comme un voilier sans vent. Mais dès qu'il entendait le nom de Jabotinsky, une force le poussait. Wolfgang von Weisl aimait répéter une phrase fétiche du maître : « Trois gouttes sont nécessaires pour achever notre œuvre : l'une, jaune, l'autre blanche, la troisième rouge. La jaune, c'est l'or sans lequel rien ne peut être créé, la blanche, c'est la sueur du travailleur, en usine et dans les champs. Et la rouge, c'est le sang qu'il faut verser, sans lequel aucune patrie ne fut jamais acquise. »

Quand Jabotinsky arriva en mai 1924 à Vienne afin d'y tenir une conférence, les militants d'Unitas frétillèrent car il ne fallait pas échouer sur ce coup-là. Beaucoup furent dépités quand un vote chargea Arthur de l'accueillir et de le convoyer à son hôtel en évitant tout incident sur la route (comment ne pas y voir l'influence de Wolfgang désireux que son jeune ami s'assure un emploi et un avenir). Il se rendit à la gare frontière de Ludenburg, près de l'Autriche, et le guetta dans la douceur du printemps, apercevant un gentleman courtois « qui se tenait comme un soldat et parlait comme un homme de lettres ». Il portait à la main un livre qu'Arthur remarqua tout de suite, la *Divine Comédie* de Dante avec ses trois parties symbolisant son destin possible, *L'Enfer*, *Le Purgatoire* ou *Le Paradis*.

Né à Odessa le 5 octobre 1880, Vladimir Jabotinsky connut une enfance bouleversée par la mort de son père et marquée par la pauvreté. Sa mère, issue d'une lignée juive et russophone, tenta de sauver sa famille. Elle ouvrit un magasin à l'angle de la rue Richelieu (Richelievska) choisissant ce local parce qu'une synagogue se dressait en face et qu'elle pouvait s'y rendre avec Vladimir et sa sœur Terese le samedi pour prier. Elle loua un appartement exigu qui donnait sur le local, se levait tôt, travaillait dur, déçue que ses efforts ne lui permettent pas de gagner plus d'argent, mais se plaisait à lire à ses petits, le soir, les poèmes de Schiller et finissait toujours par une prière. Le jeune Vladimir grandit dans une atmosphère antisémite qui culmina lors des pogroms de Kichinev (une localité dans la Moldavie actuelle) en 1903 et 1905. Un journal en langue russe, très lu, *Le Bessarabetz*, avait posé la question : « Faut-il exterminer les Juifs ? » Des citoyens éduqués, maîtres d'école, fonctionnaires, hobereaux donnèrent des réponses favorables. Les chroniqueurs s'échauffèrent quand le corps d'un enfant chrétien fut retrouvé, mutilé. Ils accusèrent les « Youpins » de l'avoir assassiné pour boire son sang. Des tracts envahirent trottoirs, murs, boîtes aux lettres. « Si les Juifs avaient la main libre, ils prendraient tout, de sorte que ce ne serait plus la Russie, mais bien la Judée. » Et l'arrestation des vrais meurtriers, les parents eux-mêmes, n'apaisa pas le courroux de la population qui déferla dans les rues des

Kichinev et extermina les « vampires ». Quarante-cinq innocents de confession hébraïque furent tués, leurs magasins – quand ils en possédaient un – mis à sac, détruits. Ce massacre émut la presse internationale qui semblait jusqu'alors indifférente. Même le grand romancier Tolstoï, silencieux lors des précédents pogroms, apporta son soutien aux victimes comme le poète hébreu Haïm Nahman Bialik, né à Vienne qui, arrivé sur place, composa une triste élégie :

> La ville du massacre où le soleil brillait, l'acacia fleurissait, et le boucher égorgeait.

Jabotinsky lut le poème et le traduisit. Il avait été envoyé par le journal *Odesskie Novosti* où il travaillait, dans une position double car il devait rendre compte de la tragédie, sans rien trahir de son émotion et en même temps apporter médicaments et couvertures. Il ressortit de cette expérience avec l'idée qu'il était urgent de créer des milices d'autodéfense juives et ne put empêcher un nouveau massacre quand une bande antisémite nationaliste russe, les « Cent noirs », abattit dans les rues d'Odessa trois cents Juifs. En rencontrant Jabotinsky, le jeune Köstler ne devinait pas encore, sous les apparats austères du guide, l'homme désenchanté qui dirait : « L'autodéfense a été une consolation. Mais sur un plan pratique, son résultat a été nul et le restera. Il est temps de le reconnaître franchement pour que les gens ne se bercent pas d'illusions. » Pour s'être compromis avec des écrivains russes hostiles au « peuple élu », le fondateur du Parti révisionniste sioniste ferait face à une véritable contestation, accusé de traîtrise. « Cette extrême compréhension envers l'antisémitisme », écrit Marius Schattner dans son *Histoire de la droite israélienne, de Jabotinsky à Shamir*, « relève à l'époque chez Jabotinsky d'une conception foncièrement pessimiste des rapports entre hommes et entre peuples[2] ». Jabotinsky citait la fameuse sentence, *Homo Homini lupus* (« L'homme est un loup pour l'homme »).

Le jeune Köstler ne perçut donc pas tout de suite les sombres tourments qui agitaient le grand homme déchiré entre la haine des capitulards, jamais assez agressifs ou volontaires, et un certain fatalisme. Il découvrit en Jabotinsky un « Juif moderne » capable d'écrire de la poésie dans toutes les langues (huit), qui avait traduit Dante et Poe en hébreu, tenait des salles pleines pendant des heures, exaltait un public en transe, comme cette séance au Kursaal, la vaste arène de Vienne, à laquelle assista Köstler au milieu d'une foule hallucinée. « Il n'y avait pas un seul cliché dans son discours prononcé en allemand, digne des traditions du Théâtre impérial. Sa puissance était faite de lucidité transparente et de beauté logique », reconnaîtrait Koestler[3]. Ceux qui eurent le privilège d'écouter le dirigeant sioniste le considéreraient comme l'un des deux meilleurs orateurs de tous les temps, l'autre étant l'ombre maléfique, Adolf Hitler.

Si Jabotinsky pouvait se montrer dur, il ne sombrait pas dans ce qu'Arthur appelait le « terrorisme messianique » des premiers révolutionnaires russes. Il exécrait le mysticisme et les visions nébuleuses auxquelles s'abreuvaient les idéologues. Il semblait tout le contraire d'Arthur, ne doutait jamais de lui, ne trahissait aucune fragilité, n'était probablement pas hésitant en amour au nombre des filles qui se pressaient à ses colloques.

Arthur trouva en « Jabo » un père de substitution, le « shaman », le gardien du secret, et surtout un conteur qui déployait un imaginaire simple, âpre, un monde étrange et violent peuplé de morts hurlants coiffés de chapka rouge, bardés de fusils, embarqués dans des trains sauvages... Il vivait les aventures d'un roman célèbre de l'époque, *L'Atlantide* de Pierre Benoît, où des personnages découvrent, au cœur du Sahara algérien, une cité perdue. Il goûterait les beautés alanguies du *Voleur de Bagdad*, le somptueux film que menait le bondissant bretteur Douglas Fairbanks à l'affiche cette année-là. Sa vie serait une danse aussi enjouée que cette nouvelle musique, le jazz, ou les opérettes de Ralph Benatzky et de sa femme chanteuse Josma Sélim, deux artistes merveilleux qui, las de voir les théâtres viennois fermer les uns après les autres, s'expatrièrent à Berlin et y connurent le succès.

Son travail au sein du mouvement sioniste commençait à l'occuper plus que ses études. Arthur Köstler doutait qu'un parchemin – le diplôme d'ingénieur – transforme son existence et se demandait s'il parviendrait à concilier son désir d'aventure et un travail rationnel. Il prit des cours d'hébreu en prévision des voyages en Palestine qu'il ne manquerait pas d'accomplir. Il aurait aimé parler de son avenir à ses parents mais Henrik et Adele étaient en voyage à Londres, fatigués, occupés à négocier des tissus chez des fournisseurs. Leur absence laissait l'appartement dans un lourd silence, si pesant qu'Arthur avait vite regretté les vaisselles cassées par sa mère. Il guettait la boîte aux lettres, et le peu d'argent qu'Henrik lui envoyait, dont il avait besoin pour ses déplacements au centre de Vienne, ses rencontres avec les militants. Il griffonnait des tracts, lisait des livres dans les bibliothèques.

Un jour, il reçut un message de Vladimir Jabotinsky : « Je dois me rendre à Prague. Accepteriez-vous de m'accompagner ? »

Arthur ignorait tout de la mission qu'il effectuerait. Il suivit le chef jusqu'en Tchécoslovaquie, porta ses valises, de salles de conférences en préaux, épuisé par des nuits courtes, des conversations passionnantes mais éreintantes, puis il rentra à Vienne, la tête pleine d'images et de rencontres. Avec quelques militants, il lança « la Ligue des Activistes », un mouvement autrichien affilié au parti de Jabotinsky, dont le programme, affirmerait Koestler, allait plus loin que les autres entités sionistes réticentes à évoquer l'établissement d'un État juif sur les rives du Jourdain et la création de milices juives. Un emprunt international financerait l'émigration. Chaim Weizmann, le chef de l'organisation sioniste mondiale, prononçait cette phrase qui irritait Jabotinsky à propos de l'État juif : « Pensons-y toujours, n'en parlons jamais ! » Eh bien la « Ligue des Activistes » que présidait Arthur en parlait, avec l'assurance que la vérité était de leur côté, parfum agréable et naturel de la jeunesse. Il ne s'attendit pas à ce qui arriva. Un vote le porta à la présidence d'Unitas, probablement sur une recommandation de « Jabo », et il accepta la tâche sans préjuger du labeur qu'un tel poste supposait. Il n'avait qu'une vingtaine d'années et se demandait quelle serait sa réaction s'il devait prendre les armes et combattre sur une terre lointaine au risque d'y perdre la vie. Son engagement ne resterait pas toujours coquet, limité à des voyages plaisants comme son escapade rêvée à Paris avec Jabotinsky en avril 1925, découvrant une ville où il vivrait des années plus tard de belles romances. Mais c'était bien la Palestine qui chantait dans son âme, comme le *Cantique des Cantiques* :

> Le roi Salomon s'est fait une litière
> en bois du Liban. Il a fait ses colonnes en argent,
> son dossier en or, son siège en pourpre.

L'intérieur est tout brodé, travail fait avec amour
par les filles de Jérusalem.

Il tentait dans ses lettres de rassurer Adele et Henrik qui ne pouvaient pas quitter l'Angleterre, incapables de réunir assez de sous. Henrik en donnait une partie à son fils. En retour, Arthur leur racontait la fable d'un étudiant modèle, totalement motivé par les ponts, la mécanique, affirmait sa bonne entente avec les professeurs, les réconfortait sur son avenir radieux. Quand Arthur entreprendra d'écrire ses mémoires, il y verra aussi un moyen d'exorciser ses remords à l'égard de son père, des remords qui le rongeraient toute sa vie.

Et en octobre 1925, sans en référer à Adele et à Henrik, il prit la plus grande résolution de sa jeune existence et commit un geste décisif pour s'ouvrir la porte vers l'aventure, sans penser à l'immense peine qu'il infligerait à ses parents, par pur égoïsme et narcissisme afin d'exploiter un médiocre talent d'écrivain (ainsi le pensait-il après avoir relu ses tristes poèmes). « Kant avait déjà prouvé que la raison doit abdiquer devant les problèmes, comme l'éternité et l'infini », affirmera-t-il. « L'inflation, avec ses prix qui atteignaient mille couronnes pour une miche de pain, avait réduit à l'absurde les normes économiques. » Il revenait d'une réunion à l'Unitas, accompagné d'un socialiste russe, Orochov, « personnage dostoïevskien », « laid, chaleureux, sincère ». Tous deux, agités, se livraient à une conversation passionnée sur la liberté, la maîtrise du destin, alors qu'une pluie drue les trempait et qu'ils n'avaient rien bu pour une fois même si la discussion les laissa comme ivres. Quand Arthur rentra, il chercha son livret universitaire, le « passeport sacré de l'étudiant », précisera-t-il, dont la possession équivalait à de l'or.

Il le plaça devant lui, frotta une allumette et mit le feu au document, puis il regarda, immobile dans l'obscurité de la pièce, les flammes racornir les pages sacrées jusqu'à devenir un tas de cendres. Il ne construirait aucun pont et avait détruit celui qui le reliait au monde normal.

Deuxième partie

TINTIN, OU K DANS LES CHAMBARDEMENTS DU MONDE

6

Le Juif errant

Quand Arthur Köstler brûle son livret universitaire, il ne sait pas que d'autres pages mythiques, sorties du feu celles-là, vont révolutionner la littérature. En avril 1925, une petite maison d'édition berlinoise, Die Schmiede, publie le roman de Franz Kafka, *Le Procès*, qui raconte la tragédie d'un fondé de pouvoir dans une grande banque, Joseph K. Un matin, des policiers frappent à sa porte et l'arrêtent sans raison. K, mal réveillé, enfilant son pantalon, leur demande : « Pourquoi ? Pourquoi ? », la grande question qui hantera le XXe siècle. Les hommes de loi refusent de répondre. K est un personnage complexe, animé d'une certaine morgue, il méprise ses juges, mais la confiance qu'il semble afficher va s'effriter dans le rouage absurde de la machine judiciaire et le rendre paranoïaque.

Les rares lecteurs qui prirent connaissance de l'œuvre ne connaissaient pas Franz Kafka, mort quelques mois plus tôt, et ignoraient tout de la volonté de l'écrivain de brûler ses manuscrits après son décès, et de la trahison de l'exécuteur testamentaire, l'ami très cher Max Brod.

Arthur Koestler découvrira le livre bien plus tard, loin de se douter qu'il constituerait une matrice du *Zéro et l'Infini*. « K » est le personnage anonyme lancé dans le Grand Système inhumain qui finit par le broyer. K, c'est le personnage emblématique de cette littérature concentrationnaire qui va émerger au cours du XXe siècle – *Le Procès* et *Le Château* de Franz Kafka, *La Vingt-cinquième heure* de Virgil Gheorghiu, *Sans patrie ni frontières* de Jan Valtin, *1984* de George Orwell ou *Une journée d'Ivan Denissovitch* d'Alexandre Soljenitsyne, sans oublier bien sûr *Le Zéro et l'Infini*.

K, c'est Koestler lui-même, dépassé par des forces supérieures, labyrinthiques, les amples mouvements tectoniques des idéologies. D'ailleurs, c'est ainsi que le nommeront les dossiers politiques du NKVD (la police politique de Staline) le concernant, et sa femme Mamaine dans son journal. Nous allons donc l'appeler comme l'anonyme de Kafka.

Toute sa vie, il aura sous les yeux cet homme sanglé dans un uniforme noir qui vient appréhender K chez lui, comme un envoyé de l'Enfer. Il avait croisé la créature corbeau dans la Hongrie de Bela Kun, l'effaceur sans retour, et le retrouverait souvent au gré de ses voyages. En cette année 1926, le deuxième grand roman de Kafka, *Le Château*, fut publié aux éditions Kurt Wolff. Il mettait en scène de nouveau son antihéros K, « homme de trente ou quarante ans tout déguenillé dormant tranquillement sur une paillasse avec son sac pour oreiller et un bâton noueux à portée de main », comme Charlie Chaplin au début des *Lumières de la ville* assoupi dans les bras d'une statue. Trimardeur sans but, K a atteint un village dominé par un château auquel personne n'a accès. Encore une fois, le héros kafkaïen semble suspect et, réveillé en sursaut, il doit se justifier, prouver que sa présence aux abords de la forteresse ne tient pas du hasard car le hasard, nous prévient Kafka, ne peut exister chez les fonctionnaires grisâtres du

Grand Système. Mais par chance, le comte Westwest, propriétaire du château, l'engage comme arpenteur.

Köstler, donc « K », s'installerait bientôt en Palestine. Il avait entamé les démarches pour obtenir un certificat d'émigration, embringué dans les corridors infinis de l'Administration britannique sans certitude d'y arriver mais avec l'atout qu'appartenant au mouvement sioniste, il avait plus de chance d'arracher le précieux sésame. Le candidat devait démontrer qu'il servirait à quelque chose, labourerait la terre, ferait pousser des fleurs, conduirait du bétail, la condition pour mériter le seul titre qui pouvait intéresser la terre promise, celui de *khalust* (ouvrier agricole). K affirmait qu'il serait bûcheron et terrassier et, après avoir réussi l'examen d'hébreu, en mars 1926 il reçut le ticket d'or, euphorique mais angoissé à l'idée que ses parents se mettent en colère. Il leur raconta qu'il partait pour un an en Palestine comme aide-ingénieur et retournerait à Vienne afin d'y achever ses études, et de toute façon, sa famille oublierait tout quand il reviendrait comblé – célèbre ou riche, il osait à peine l'imaginer. Il fut presque soulagé devant leur réaction positive. Adele devint enfin une mère et lui recommanda d'éviter en Orient les « mauvaises fréquentations et de porter un foulard autour du cou pendant la traversée » à cause des courants d'air sur les bateaux[1].

Il raconte qu'au moment de son départ, les militants sionistes l'accompagnèrent à la gare de Vienne et chantèrent. « Je m'étais évadé, et je me suis acheté une bêche ».

Il vit s'éloigner Vienne. L'un de ses mondes s'effaçait irrémédiablement, tandis qu'il s'embarquait vers son deuxième voyage de Sinbad, possédant pour tout trésor une livre sterling, une paire de chaussures, six chemises et un livre, *Le Monde comme volonté et comme représentation* de Schopenhauer. Il prit le bateau à Trieste, en Italie, rempli de migrants comme lui, Russes, Polonais, réfugiés des Balkans, le carnet de notes sans doute à la main parce qu'au fond tenir une bêche ou traire une vache l'intéressait moins que l'objet inavoué de tout ce périple, devenir écrivain, et qu'il composait, au-dessus des vagues, l'un de ses futurs romans, *Des voleurs dans la nuit*. La mer dansante, le vent frais, un soleil chaud le bercèrent pendant toute la traversée. Il avait quitté Vienne depuis quinze jours qui lui parurent une éternité quand le port de Haïfa, au nord de la Palestine, jaillit sur l'horizon comme un long rayon diffus avec sa coupole dorée. L'eau était d'un bleu éclatant, et la lumière éblouissante.

La vie se déroulait dehors, sous un « grand ciel rempli d'étoiles » où il observait cette « Voie lactée ramassée en une seule cicatrice lumineuse sur le tissu obscur du ciel », comme il le retracerait dans *Des Voleurs dans la nuit*. Son héros Joseph se laissait promener dans un camion. Il en aimait les senteurs, les animaux mystérieux, ces « invisibles chacals » qui rôdent. Turcs, Arméniens, Arabes, Grecs formaient le flux des populations, tiraient des chars à bœufs, circulaient entre les bateaux fumant à gros bouillons, chargés à bloc de caisses jusqu'au firmament. Des cris fusaient, les mendiants se mêlaient aux marins en bordée et aux voyageurs traînant leurs sacs ou endormis sous les arches couvertes d'ombre. Des fruits éclatants grimpaient en pyramides sur les étals. Des bazars débordaient de poteries, de tissus dorés qui brillaient au soleil. K avait grand faim mais n'acheta aucune nourriture, conservant précieusement ses modestes économies au fond de sa poche, accroché aux adresses qu'on lui avait données.

À Paris, Jabotinsky lui avait présenté le chef des révisionnistes sionistes en Palestine et des communautés juives originaire d'Azerbaïdjan, un certain Abraham Weinshall. Cet homme de confiance avait épousé une jolie poétesse et danseuse russe, Zinaida puis il s'était installé à Haïfa où il faisait profiter tous les aventuriers de ses connaissances juridiques, libérant de prison ceux que les autorités britanniques arrêtaient. Mais l'essentiel de son travail consistait à défendre les Juifs qui revendiquaient des terres.

Les juges de la ville le craignaient. Le couple amoureux et brillant qu'il formait avec Zinaida attirait la lumière. K ne se rendit pas tout de suite chez lui, excité à l'idée de vagabonder et de mener la vie rude que lui promettait le village collectif de Heftziba. Il quitta Haïfa, dormit sur son baluchon, contemplant au loin la mer scintillante. Son estomac le tenaillait. Il pensait au grand roman de Knut Hamsun, *La Faim*, et cette phrase : « Je devais être inconcevablement maigre. Et les yeux étaient en train de rentrer dans la tête. De quoi avais-je l'air ? C'était le diable aussi d'être forcé de se laisser défigurer vivant, uniquement par la faim. »

Il grappillait ici ou là quelques olives, des raisins, volait des fruits, tenant dans sa poigne les piastres qu'il avait économisées. « J'ai rencontré le Juif errant », s'enthousiasmerait le reporter Albert Londres. « Ses bottes étaient trouées, on voyait que ses chaussettes l'étaient aussi… Il avait tiré la fortune de la poche de son caftan : une couronne quarante, cinq sous or. Je le suivis longtemps des yeux. Maintenant, il gravissait une côte toute blanche. Le dos courbé, sa double besace à cheval sur sa maigre épaule, solitaire, il reprenait son chemin, aimant et craignant Dieu[2] ».

Qu'attendait K au bout du voyage ? La sainteté. Un désert de pierre s'étendait devant lui. Il longea des marais jonchés de troncs séchés, la peau dévorée par les moustiques, la sueur dans les yeux. Les eaux noires sentaient le cadavre en décomposition. Il apercevait des villages au loin sur les collines, cabanes en rondins, huttes faites de boue et de branchages où vivaient les Arabes. « Plus bas dans la plaine », se souviendra-t-il, « s'étendaient les établissements des premiers pionniers juifs, offensant l'œil par leurs constructions de ciment cubiques et blanches. Ils étaient un défi au paysage et à ses habitants indigènes. » Le chapitre qui raconte ce voyage dans *La Corde raide* s'intitule « Échec ». Sans doute pressentait-il que la greffe ne prendrait pas dans une région calcinée de soleil, dure et poétique. Le vent chaud, le Khamsin, l'étouffait, brûlait ses jambes, sa tête. Il nous donne même une information assez incroyable : l'ancien droit turc considérait comme une circonstance atténuante un meurtre commis en période de Khamsin. Il avançait contre ce feu invisible, repoussait les mouches qui se collaient sur ses yeux, marchait en direction du kibboutz de Heftziba. Il se demandait ce que pouvait bien faire toute cette émigration juive venue de Vienne, de Paris ou de Prague, de France, avocats, architectes, transformés en paysans. En y arrivant, il fut déçu de ce qu'il découvrit, la pauvreté, des masures tenant à peine debout et leurs toits rapiécés avec du foin, des potagers rachitiques où les apprentis agriculteurs peinaient à faire pousser des légumes, des mares asséchées qui n'avaient pas vu d'eau depuis le Christ, du sable, de la terre rocailleuse à l'infini que perçaient des ronces.

Il fut bien accueilli. Une femme lui apporta une assiette, un verre. Il s'assit sur un banc. Le vent s'engouffrait dans la toile qui battait, claquait, dévoilant la blancheur du désert, et ce clappement était le seul bruit qu'il entendait car ses commensaux, vêtus de toiles rustiques, torse nu, courbés sur leur assiette, mangeaient du pain sec et des fromages sans un mot. « Ils semblaient tous las et physiquement épuisés… trop fatigués pour parler », dirait Koestler. Il regarda les femmes, « leurs traits épaissis par le climat et les durs travaux ». Il pensa à la sexualité, mal vue au sein de la communauté, et si deux membres de la congrégation avaient l'idée de consommer, leur relation serait considérée comme incestueuse, et de toute façon la chaleur, la saleté, la poussière éteignaient tout désir. Certains des convives tremblaient, souffrant de paludisme, aucun ne paraissait lui prêter la moindre attention mais K percevait le poids de leurs regards introspectifs, scrutateurs. Il note que les convives apportent une grande concentration à leur nourriture « comme font les hommes qui sont engagés dans une lutte continuelle pour conserver leurs forces physiques. Les grands malades et les prisonniers des camps de concentration mangent ainsi[3]. » Il se coucha sur une paillasse, vit la nuit étoilée recouvrir la blancheur du désert, bercé par le ronflement de ses voisins, le bourdonnement des moustiques, écrasé de chaleur.

Le matin, il ne put se laver car l'eau manquait, et une queue s'allongeait devant les toilettes. L'après-midi, il se retrouva sur le sol aride à pousser des pierres comme Sisyphe, à les transporter d'un endroit à un autre, à manier la houe, le corps cassé en deux, brûlé par le soleil, essayant de creuser la terre aussi dure que du béton. Ses mains saignaient. Il s'était enveloppé la tête d'un mouchoir mouillé mais la fraîcheur avait vite fondu, et un vertige lui faisait tourner les yeux, une envie de vomir ne le quittait pas, il trébuchait, aperçut l'un des travailleurs s'effondrer, foudroyé par la malaria et vite ramené à l'ombre, vers un point d'eau.

Les autres ne paraissaient pas en meilleure santé. Le chef du chantier, Loebl, surveillait les aptitudes de K à travailler sous de grandes chaleurs et l'interrogeait sur ses motivations, son envie d'offrir sa vie à une œuvre communautaire sans rien exiger en échange, loin de la fortune. K prétendait que les tâches manuelles lui plaisaient, qu'il pouvait fabriquer une table, une chaise, n'importe quoi mais au bout d'un mois, soulever une bêche, fouiller le sol dur, répéter les mêmes mouvements lui furent bien pénibles, brisèrent son dos, et les journées s'écoulaient, lentes, et la nourriture spartiate ne représentait même pas un réconfort, et la lassitude le gagnait. Loebl ne devait pas soupçonner ses envies de départ, les raisons inavouables de sa présence. K voulait visiter le pays, vivre d'autres aventures, amoureuses et littéraires, conscient que le patron lui reprocherait son « mondanisme ». « Tu n'es pas motivé et tu as volé la place de quelqu'un qui serait ravi de faire ton travail ! » Il se gardait bien de mentionner Jabotinsky au centre de toutes les passions, que certains traitaient de fasciste mais ses précautions n'y suffirent pas. Loebl le convoqua un matin, entouré de quelques figures du kibboutz. K n'ignorait pas ce que le trio allait lui dire. « Tu ne parais pas armé pour ce travail », lui lança Loebl. « Moralement et physiquement. Nous avons beaucoup de candidats qui feront mieux. » K s'était pourtant habitué à son existence au sein de cette communauté, presque heureux de se lever à l'aube, de dire bonjour aux travailleurs dans les champs, et bien qu'il souffrît avec les outils, il appréciait les chants, l'état d'esprit, et devoir abandonner cette thébaïde parce qu'il n'y avait pas montré suffisamment de force et de courage le blessait. Il avait cependant le sentiment que c'était la meilleure chose qui pouvait lui arriver car il n'avait pas fait vœu de pauvreté, et vivre comme le Christ, un pagne sur le ventre, ne le comblait pas.

Il emporterait son carnet de notes et les images. Il comptait retourner à Haïfa et retrouver Abraham Weinshall. Il suivit les routes poussiéreuses sous les étoiles, s'arrêtait dans les gîtes où il profitait de repas, s'assoupissait en regardant le soir les monts entourés de liserés nuageux, s'éveillait le matin, puis repartait, sans se soucier de ses douleurs. Arrivé à Haïfa, il prit soin d'acheter des fleurs pour la belle Zina et fut reçu comme l'enfant prodigue, content de retrouver la vie de la cité, un esprit bouillonnant plein de politique. Weinshall s'occupait de plusieurs publications, un hebdomadaire hébreu *Ha-Tzafon* (Le Nord) et une feuille politique, *Sokhnut Médinit Le'umit* (« agence nationale d'État »). Il proposa à K d'y travailler en échange de quelques sous dans la mesure du possible, et les nuits se prolongeaient jusqu'à trois heures du matin à refaire le monde, leur monde, à échanger sur l'esprit merveilleux qui animait Jabotinsky. Et K, parlant encore mal l'hébreu, délaissait sa plume pour courir les échoppes de Haïfa, priant les commerçants d'acheter des encarts. Il traversait les bazars, les salons de coiffure, les débarras et entrepôts, puis de retour en début de soirée, il aidait à confectionner les journaux dans l'arrière-cour avec les moyens du bord.

C'est un soir qu'il forma ses premiers mots après s'être emparé d'une vieille machine à écrire qui traînait au milieu des papiers. Les touches étaient dures et l'encre, capricieuse. Il ne rédigea qu'un ou deux paragraphes qu'Abraham relut et jugea plutôt acceptables sur le plan grammatical, mais au moment de signer plein de fierté « Arthur Köstler », il ne trouva pas le tréma ou alors le petit signe ne fonctionna pas, il insista et finalement, de lassitude, appuya le *e* et inscrivit le nom KOESTLER. Il raconte dans *La Corde raide* que tout cantique venant de la Palestine prenait une valeur presque sacrée et que voir sa prose reprise en pleine page dans le principal journal sioniste en Allemagne, le *Jüdische Rundschau*, le remplit d'orgueil. « Nous eûmes l'impression que les murailles de Jéricho étaient tombées, et Abraham, Zina et moi célébrâmes notre victoire par une orgie de glaces dans le meilleur café grec de Haïfa. » Il ajouterait : « Depuis mon entrée chez les ascétiques pionniers de terre promise, j'avais oublié jusqu'au goût de l'alcool. » Jabotinsky l'aurait félicité.

Il exprimait des pensées radicales qui plaisaient à la jeunesse, et dès que K parlait au nom du chef, les réactions enthousiastes fusaient comme une formule magique. Les nouvelles générations ne voulaient pas transiger et associaient le compromis à la compromission – une bonne vieille histoire. Rien ne pouvait être plus beau que l'établissement d'un État juif sans arrangements ni négociation, quelque chose d'absolu, de tranché, de pur. K avait envie de s'emparer du château même si en être l'arpenteur anonyme n'étanchait pas son envie de conquête.

Grâce à son témoignage, nous savons ce qu'il faisait le soir et c'est plutôt surprenant, la fréquentation d'un café avec une terrasse devant laquelle se déployait un écran de cinéma sous les étoiles, le Jardin d'Éden. Des films muets y étaient projetés, des westerns américains de Tom Mix avec des cow-boys dont les cavalcades étaient accompagnées au piano par un « Arabe borgne » pendant que les fumées des narguilés montaient dans la nuit. Il profitait aussi de la plage déserte et de son eau placide sur laquelle flottait la lune. Il dépeint les palmiers, les dunes, aperçoit un Arabe qui dort à l'ombre de son chameau et puis il nage, son corps luisant « dans l'eau comme un poisson d'argent ». Il observe le fond de la mer, image fugitive d'un bonheur qu'il touche du doigt, malgré le travail harassant, la gorge encore imprégnée de la fraîcheur des glaces.

Abraham Weinshall demanda à K ce qu'il voulait être dans la vie. « Un vagabond et un auteur », répondit le jeune homme qui s'imaginait travailler dans la politique. Peut-être un moment se fatigua-t-il de chercher des financements pour les journaux d'Abraham ou plus spécialement commença-t-il à se sentir de trop au sein du couple, et qu'il était temps pour lui de reprendre la route avec l'espoir qu'à Tel Aviv il trouverait un trésor. En chemin, il dormit dehors, ramassa des emplois ici ou là dans les bazars ou chez des limonadiers, mais n'y demeura jamais très longtemps. Il menait l'existence de son futur héros des *Voleurs dans la nuit*, Joseph, qui, malgré la faim, traverserait avec émerveillement les bois d'orangers et de citronniers de la plaine de Samarie, et ressentirait en découvrant Tel Aviv, une « ville sans perspective ni horizon », entre habits de fête et misère, beautés et criminalité. Il détestait son « affreuse pagaille architecturale », sa frénésie « affolante » qui entraînait le voyageur dans un tourbillon. Les maisons, laides, ressemblaient à des casernes de gendarmerie. Il griffonnait ses carnets en prévision d'articles qu'il enverrait à Weinshall.

Tel Aviv accueillait écrivains, prophètes, aventuriers, ses rues débordaient de passions et de cris, de dangers et de séduction avec ces « Juives » qui avaient, s'exalterait Albert Londres, « jeté leurs perruques aux ordures, coupé leurs cheveux et mis leurs seins aux vents ». L'atmosphère était libertaire, loin des alcôves secrètes de la révolution politique et des couvents bien que la cité cachât sous ses lyriques trépidations le spectre de la crise. Y décrocher un emploi n'était pas une mince affaire. K avait espéré gagner un peu d'argent en publiant des articles dans la presse allemande ou anglaise mais les récits qu'il envoyait à Berlin, à Londres ou aux journaux israéliens lui étaient retournés à l'adresse d'Abraham Weinshall, avec la formule d'usage : « Nous sommes au regret de ne pouvoir publier votre texte. Il ne correspond pas à notre ligne éditoriale. » Parfois, les lettres justifiaient leur refus par le manque de place, les temps difficiles, ou la modeste notoriété de l'auteur. « Le désir fleurit, la possession flétrit toute chose », écrivait Proust. Alors il était servi ! Mais ces déceptions le marquaient profondément et l'incitaient à croire que toute son aventure menait à l'échec. Il décrocha un emploi dans une agence de tourisme mais n'y resta pas plus de quinze jours car son patron, mécontent de lui, le licencia.

C'est à ce moment-là que K rejoignit l'univers de Kafka en devenant… arpenteur pour le compte du frère d'Abraham Weinshall, Ilyusha, dont il admirait selon ses propres mots « les yeux bridés, et ce sourire faunesque que les femmes, dit-on, trouvent irrésistibles sous tous les climats ». C'est pourquoi il l'aimait modérément, ressentant à son égard une certaine jalousie, mais il accepta la tâche que ce Don Juan lui confiait, courir dans les dunes et planter des poteaux, les placer de sorte que Ilyusha pût prendre les mesures, et c'était lourd, épuisant, humiliant. « Comme nous nous trouvions souvent à un kilomètre l'un de l'autre, il était obligé de me faire signe en agitant le bras ou en soufflant dans un sifflet, ce qui me donnait l'impression d'être un chien de berger. » Il avait faim, s'enfonçait dans le sable qui lui bouchait les oreilles, piquait ses yeux, et à la fin de la journée, quelques piastres tombaient dans sa main, juste de quoi prendre un maigre repas par jour avant de rentrer plein de courbatures, de coups de soleil et de s'écrouler sur sa paillasse dans l'un des dispensaires de Tel Aviv que l'on avait mis à sa disposition. Il racontera non sans une noire ironie que le séducteur Ilyusha épousa une « Berlinoise hystérique » et mourut d'une crise cardiaque.

Mais un malaise le rongeait et dévorait ses nuits. Il ne savait pas ce qu'il devait raconter à ses parents, imaginait des contes plausibles, s'en voulant d'avoir quitté Weinshall et ses occupations politiques pour une existence aussi médiocre. Les réponses enjouées qu'Adele et Henrik lui adressaient le torturaient davantage. Il avait honte d'être devenu une sorte de mythomane qui prétendait être un grand révolutionnaire, un étudiant modèle, mais qui volait des bananes dans les marchés et suppliait les restaurants de Tel Aviv de lui accorder des crédits. Que penserait de lui Jabotinsky s'il voyait le désastre qu'était sa vie ? Peut-être Weinshall lui avait-il signalé la déroute du « plus prometteur des militants sionistes » réduit à tendre sa gamelle ? K obtint un emploi pour un magazine, *Commerce et industrie*, financé par l'Association du patronat de Palestine, une activité tellement éloignée de ses rêves de journalisme qu'il exorcisait le soir au café Hungarith et au cabaret Matateh (le « balai ») où il était sûr de croiser des écrivains, des peintres, de retrouver les échanges enflammés autour d'une bonne bouteille de vin. Aujourd'hui, ces adresses ont disparu, mais pendant les années 1920, elles débordaient de sève, d'électricité, de fumée. K s'y installait en fin de journée, étalait devant lui ses textes en hébreu, espérant qu'un éditeur s'y intéresserait, quitte à échouer sur une feuille tchécoslovaque et des bulletins aussi vite évanouis.

Il écrivait tard le soir et, se rappelant ses plaisirs de lecture d'enfance, tenta de percer dans un genre nouveau pour lui, le conte de fées. Mais il s'en remit encore une fois à son Merlin l'Enchanteur, Wolfgang von Weisl qui, devenu une signature courtisée, travaillait comme correspondant au Caire pour le grand quotidien allemand *Vossische Zeitung* appartenant au puissant groupe de presse berlinois Ullstein. Il était au bon endroit, plume courtisée de cette république de Weimar née sur les cendres de l'Empire de Guillaume II après la défaite de 1918 et vers laquelle les regards, entre espoir et inquiétude, convergeaient. Wolfgang réfléchissait à un nouvel hebdomadaire en allemand et en arabe, *Nil und Palestinia* pour infuser les idées sionistes même parmi les Palestiniens les plus hostiles aux théories de Jabotinsky. Il avait convaincu des mécènes de financer sa publication et avait besoin d'un assistant. Il envoya une carte à K avec un palmier et une image du Nil.

7

À Berlin

À l'automne 1926, K découvrit Le Caire, avide d'exercer le métier rêvé, le journalisme. Il prendrait du bon temps, servirait la cause sioniste, sans transporter des pierres dans une charrue. Wolfgang louait un petit appartement près du centre-ville. Il passait ses soirées sur la terrasse devant laquelle s'étendait la ville hérissée de minarets irradiants, de coupoles blanches qu'entouraient des tours crénelées comme les châteaux des Mille et une Nuits. Au loin, la ligne bleue du Nil serpentait entre des tranches de désert puis se confondait avec le ciel. De près, sa magie s'évanouissait. « Le vieux fleuve alangui charriait ses flots de plomb », révélait le poète José Maria de Heredia.

K visitait les musées, contemplait les statues égyptiennes, écumait les cafés et courait vers sa machine à écrire. Il apprit les vicissitudes de la presse, cet instant où l'aventure à peine commencée s'achève, faute de lecteurs et d'argent. Le *Nil und Palestinia* s'arrêta après quelques numéros. Wolfgang quitta Le Caire pour prendre un poste de correspondant du *Vossische* à Jérusalem et K se retrouva démuni dans une ville lointaine et d'un coup hostile. Rentrer ? Pour aller où ? Avec quel argent ? L'heure était-elle venue de regagner définitivement

Budapest ? Mais un matin, une lettre l'attendait sur son paillasson. C'était un message de Jabotinsky. Le chef lui proposait le poste de secrétaire du mouvement révisionniste. K se sentit soulagé, et un sentiment d'orgueil l'envahit. La marque de confiance du grand penseur l'engageait profondément.

Il devrait rejoindre Berlin où le siège du Parti avait été établi. Son oncle Otto vivait dans la capitale allemande. Peut-être accepterait-il de l'héberger avant qu'il dégote un logement ? Son parent lui adressa une réponse chaleureuse. « Viens ! Viens ! Berlin est une merveille en ce moment ! C'est l'endroit où il faut être. »

K sauta dans un bateau jusqu'à Constanza, en Roumanie, un port infesté de voleurs et de brigands échoués le long du quai. La mer Noire était envoûtante, le large possédait toujours à ses yeux cette beauté immarcescible qu'il espérait saisir mais si fuyante. Il avait prévu de faire escale à Budapest pour rendre visite à ses parents qui tentaient de relancer leur vie une fois de plus. Il leur apporta plein de cadeaux, des livres, des magazines, des souvenirs de voyage. Les voir dans une petite pension sans grâce le perturba. Adele et Henrik se gardèrent bien de l'interroger sur ses études avortées, redoutant d'entendre encore des mensonges qu'ils affectaient de croire. Le fils prodigue leur donna un peu de l'argent que lui avaient rapporté ses textes publiés dans la revue sioniste de langue hongroise *Mùlt és Jövö*. Koestler se réjouissait de défendre la culture d'un petit pays coincé entre l'Occident et la grande Russie. Il ne glanait pas des fortunes mais tenait à montrer même en serrant les dents que sa situation n'était pas désespérée. L'enfant d'Adele et Henrik avait grandi, s'était transformé en baroudeur efflanqué. Et déceler dans les yeux de son père un sentiment de fierté lui suffisait. Même sa mère

Adèle, la « Praguoise », le couvrait de gestes affectueux. Elle dut simplement remarquer comme toutes les mères sa maigreur et une certaine pâleur. Il leur fit de belles promesses, assura qu'il reviendrait s'installer à Budapest, dans la rue voisine, y ouvrirait une librairie ou quelque commerce rassurant, passerait le dimanche en famille avec une épouse charmante et leurs éventuels enfants. Mais quand il reprit le bateau et leur dit au revoir, il ne se doutait pas que son identité magyare fondrait au grand large et qu'il ne reviendrait de toute sa vie qu'une fois à Budapest.

Il débarqua à Berlin au printemps 1927, l'une des cités européennes les plus vivantes de son temps, le phare de la République de Weimar peuplée de déesses mystérieuses. Il rencontrerait Greta Garbo qui venait de tourner le chef-d'œuvre de Pabst, *La rue sans joie*, courrait les cabarets, profiterait des suaves nuits berlinoises. Il ne s'inquiétait pas du salaire médiocre que le Parti sioniste lui accordait, bien décidé à conquérir cette nouvelle époque des Lumières où, était-il persuadé, s'épanouissaient les Diderot et Voltaire du siècle à venir.

Il posa sa valise au bord du lac de Köpenick sans imaginer que cette pièce d'eau serait le théâtre d'un drame qui marquerait sa vie. Dans son autobiographie, *La Corde raide*, il consacre quelques-unes de ses plus belles pages à son oncle Otto Devrient, petit bonhomme rond et doux, plein d'humour, et à sa femme Henne à l'allure de reine avec « ses cheveux de neige », tous deux âgés de soixante ans. « Ils s'adoraient et me faisaient encore l'effet d'un couple de jeunes amants », s'émouvra-t-il malgré les années passées, moins attendri par leur « horrible » petit chien. Le nazisme détruira psychiquement, physiquement ces beaux amoureux. Quand Arthur partira d'Allemagne, voyant la progression inéluctable du parti fasciste dans les rues et les urnes jusqu'au pouvoir suprême et la guerre, il n'osera jamais leur écrire, craignant que sa proximité avec le parti communiste ne les compromette. Il les reverra une fois, en 1932, quelques mois avant l'arrivée de Hitler au pouvoir et l'établissement des lois de Nuremberg qui chasseraient les Juifs de toute activité publique. La peur avait remplacé l'insouciance.

Henne ne quitta jamais Otto mais, un matin de l'été 1942, il prit une barque, s'éloigna au large de ce lac paisible au bord duquel Arthur commençait à se rêver écrivain et chavirera l'embarcation malgré les supplications depuis la rive de sa bien-aimée. Arthur préférera toujours évoquer les jours bénis d'une démocratie secouée mais heureuse, revoir Henne arroser ses fleurs dans son jardin, Otto entreposer les magnifiques tapis d'Orient dont il faisait commerce, leur émotion partagée lorsque l'aviateur Lindbergh vainquit l'Atlantique pendant le mois de mai 1927, ou les petites choses du quotidien, si utiles alors qu'il se trouvait à l'aube de la grande mission de son existence.

Il se levait tôt, se séparait à regret de ses charmants hôtes, et se rendait dans le bureau du Parti révisionniste au 10 rue Meineke, au centre-ouest de Berlin. Il aimait ce quartier de Charlottenburg avec ses maisons anciennes et ses commerces colorés. Les échoppes juives étalaient leurs marchandises. La langue yiddish résonnait dans les rues. « Aucun Juif de l'Est ne se rend volontairement à Berlin. Qui dans le monde entier va volontairement à Berlin ? », s'interroge le grand écrivain austro-hongrois Joseph Roth dans son essai *Juifs en errance* publié en 1927. « Une station de transit où l'on ne réside que pour des raisons impérieuses. Berlin n'a pas de ghetto, il a un quartier juif. C'est là qu'arrivent les émigrés qui veulent partir pour l'Amérique[1]... »

K le savait, le Juif est un nomade, il va et vient comme le vent. L'Amérique le faisait rêver aussi. À Munich, venait d'être édité un nouveau roman posthume du mystérieux Franz Kafka, *Amerika*, où un émigré débarque en bateau à New-York, ébloui par la Statue de la Liberté, irradiée de lumière, et dont le bras semble se lever au fur et à mesure que le navire avance, « l'air libre soufflant autour de son corps ». K irait un jour grossir le flot de ces déracinés que Charlie Chaplin avait si bien montrés en 1923 dans son film *Le Pèlerin.*

L'Allemagne constituerait son premier gain même si l'existence s'y révéla moins éclatante qu'il l'avait espéré. Il n'aurait jamais imaginé que le labeur de secrétariat au sein du mouvement le dévorerait autant. Loin des charges romantiques sabre au clair avec les soldats de la Haganah, comme il se représentait le sionisme dans son héroïsme de conquête, il remplissait de la paperasse, pondait des comptes rendus, rédigeait une synthèse des discours de Jabotinsky, organisait des réunions, recevait les militants qui souhaitaient rencontrer le chef, proposait des bulletins d'adhésion... Voulant se rapprocher du bureau, il trouva une petite chambre bon marché, près d'Alexanderplatz, épicentre du chef-d'œuvre d'Alfred Döblin sur la faune criminelle de Berlin, et en août, annonça à Otto et à son épouse qu'il prenait congé d'eux puis déménagea dans le cœur de la ville.

Quand il quittait le local du Parti sioniste, les yeux farcis de rapports et de télégrammes, le soleil s'était couché depuis longtemps mais il voyait les splendides nuits berlinoises de loin, trop épuisé et désargenté pour en goûter la saveur, s'offrir un verre dans l'un des deux cafés éclairés de lumières éternelles, le Metropole ou El Dorado, et il s'écroulait sur son lit défait, accablé de fatigue. Il s'entendait bien avec son chef, Richard Lichtheim, confident privilégié de Jabotinsky, un homme cultivé qui réclamait sans cesse de l'argent à son ami. En arrivant, Arthur avait été prévenu qu'il travaillerait à mi-temps mais Richard, quand il revenait à Berlin, débordait d'idées, de projets, et lui en réclamait toujours plus, même s'il avait l'air de comprendre sans pouvoir y remédier la détresse de son jeune employé qui vivait avec un mark par jour et se contentait d'un déjeuner. Le plus dur était la bureaucratie infernale dont la lèpre le rongeait plus sûrement que les cafards de sa chambre malodorante. K n'eut d'ailleurs bientôt aucun chef auprès de qui récriminer car Richard Lichtheim démissionna. Il songea à partir, mais l'Amérique lui semblait loin.

Pourtant, l'aventure l'attendait, aguicheuse comme une prostituée au coin de ces rues de Berlin, à l'angle de Charlotten et Koch, enfermée dans un palais aux lourdes arches de pierre avec mille fenêtres, entourée d'une garde de lampadaires qui brillaient la nuit. K s'arrêtait devant l'entrée obscure de la forteresse comme le héros de Kafka effaré devant ces portes fermées à clé qu'il essayait d'ouvrir en se demandant quel paysage fabuleux il y découvrirait. Derrière ces murs, se concevaient les plus beaux journaux du monde. En rentrant chez lui, il embarquait un numéro du coloré *Berliner Morgenpost*, de l'opulent *Berliner Allgemeine Zeitung* ou du prestigieux et antique *Vossische Zeitung* né en 1721. Il dévorait les critiques théâtrales et les reportages, jusqu'aux publications des romans en feuilletons.

Le groupe de presse allemand Ullstein, fondé en 1877 par un marchand de papier juif, produisait une quinzaine de titres avec un tirage global de 350 millions d'exemplaires qui circulaient à travers le pays, traînaient sur les tables des cafés, dans les hôtels, les marchés, les universités et parfois terminaient en flammes au milieu d'une place de village quand des séides nazis s'acharnaient à brûler ces feuilles « inféodées au Parti démocrate » et à « la juiverie internationale ». Koestler, plus tard, définirait les publications Ullstein comme un mélange de « libéralisme politique et de modernisme culturel ». Le groupe offrait agence de voyages, édition de livres et surtout, dans l'esprit des apprentis reporters du monde entier, un avenir. « Devenir correspondant d'Ullstein était le rêve de tous les reporters », écrirait Koestler. « Un tel poste vous plaçait dans l'aristocratie des journaux européens, et, en tout cas, vous donnait un grand sentiment de votre importance[2] . »

Jabotinsky semblait d'ailleurs tout connaître des ambitions et des qualités du jeune homme qu'il avait élu et en fit part au co-fondateur du Parti sioniste Joseph Schechtman dans une lettre datée du 6 juin 1927, puis il prévint l'un des responsables d'Ullstein que si un poste de correspondant se libérait, il avait sous la main un candidat parfait. Ce serait du côté de la Palestine. Le journaliste titulaire à Jérusalem, sa vieille connaissance, Wolfgang von Weisl, appelé à circuler sur tout le territoire du Proche-Orient, laissait son fauteuil dans la Ville Sainte et cherchait un remplaçant assez généreux pour lui rendre la place quand sa mission serait terminée.

Von Weisl associait les plus hautes aspirations du soldat à la poésie littéraire, journaliste réputé dont les articles parcouraient le monde, grand spécialiste de l'islam, pionnier du sionisme au côté de Theodor Herzl. Il serait aussi l'un des rares journalistes européens à partager un repas avec le calife de La Mecque, Hussein. Le nom de K lui fut soufflé, et Weisl – qu'il soutînt une amitié ou obéît à un ordre impérial, nous n'en saurons rien – proposa le nom de son protégé. K reçut une convocation et se rendit au palais du journalisme qu'il avait observé tant de fois rue Charlottenburg, grimpa des marches à n'en plus finir, longea des couloirs et des couloirs, surpris de n'y trouver que des sons étouffés, des ombres austères passant d'une pièce à l'autre, les bras chargés de dossiers, loin de l'agitation supposée d'une rédaction. Le cœur battant, il frappa à la porte du Dr Magnus, le chef des informations. Magnus n'avait pas envie d'envoyer à Jérusalem un reporter chevronné qui réclamerait un haut salaire et répugnerait à rendre sa casaque. Il cherchait un journaliste local, capable de maintenir une présence régulière à Jérusalem. Mais dépêcher un gamin dans une région aussi volcanique et complexe, n'était-ce pas un peu exagéré ?

— Vous avez un domicile ? demanda-t-il à K.

— Bien sûr ! mentit-il, en accord avec von Weisl, tentant de dissimuler sa sueur.

Le dénommé Magnus, habitué à recevoir les meilleurs reporters du pays, dut sentir une lueur particulière chez le novice. Peut-être le poids de Vladimir Jabotinsky fut-il à nouveau décisif et effaça-t-il la mauvaise impression que K donnait en général avec sa main tremblante et son débit saccadé. Il fut pris à l'essai, toucherait deux cents marks par mois – insuffisants mais plus qu'il n'avait jusqu'à présent perçu. « Je ne doutais pas un instant de devenir, pour peu qu'on m'en donnât l'occasion, une étoile du journalisme », se rappellera-t-il dans *La Corde raide*. Et il quitta le bureau, la « tête dans les nuages ». Les conditions un peu spartiates de son engagement ne comptaient pas. Il devait gagner la Palestine par ses propres moyens, une manière de tester sa débrouillardise ou alors un signe qu'aucun privilège ne lui serait accordé et qu'à la moindre erreur, il perdrait la confiance du groupe.

Arthur avait eu envie d'embrasser ce Dr Magnus d'une froideur intimidante qui le sacrifierait à la première bévue. Il fallait maintenant recueillir de l'argent, tirer les sonnettes, mendicité qu'il accomplirait à contrecœur mais son avenir en dépendait. Il retourna chez ses parents à Budapest pour leur annoncer la nouvelle incroyable et recueillir les fonds nécessaires à son périple. Il fouilla dans la caisse où s'entassaient les jouets de son enfance que ses parents gardaient sous leur lit, carrosses, soldats, déguisements, et les vendit à la brocante du quartier. Tous les voisins et amis participèrent. Il brada ses livres de classe de géométrie, de grammaire avec leurs pages annotées, les traits de crayon maladroits. Adèle céda une bague en diamants qui lui était chère. Il avait l'impression qu'il brûlait ses vaisseaux comme le jour où il avait mis le feu à son livret universitaire. Arthur eut l'idée d'appeler le rédacteur en chef d'un journal viennois, partisan du sionisme, *Neue Freie Press*, et négocia deux articles et une avance, sans savoir s'il avait le droit de travailler pour une autre publication que celles du consortium Ullstein. Mais il n'avait pas le choix et ne visait qu'un but : s'offrir le ciel bleu et les maisons blanches de Jaffa avec ses fontaines d'eau, ses passages ombragés d'oliviers et de palmiers. Il tirait le rideau d'un théâtre, libérait de merveilleuses senteurs... Il arriva en Palestine au mois de septembre 1927, l'été finissant le portait doucement. L'exécution des deux anarchistes Sacco et Vanzetti aux États-Unis quelques semaines plus tôt, la tournée sans fin du vainqueur de l'Atlantique Lindbergh, l'expulsion de Trotski et de Zinoviev du Parti communiste soviétique, nourrissaient les journaux qui racontaient un monde en pleine métamorphose où K sortirait de sa chrysalide pour devenir Arthur Koestler.

8

Le reporter des mille et une nuits

Il loua une chambre au 29 rue des Prophètes dans le quartier juif de Musrara à Jérusalem, parcourut les rues, emplissant ses poumons d'un air vivifiant. « La mélancolie de la Ville Sainte est une maladie locale comme les furoncles de Bagdad, due à l'effet combiné de beauté tragique et d'atmosphère inhumaine qui y règnent. C'est la beauté altière et désolée d'une forteresse fermée au milieu du désert, une tragédie sans détente », se remémorerait-il dans son livre *La Quête de l'absolu*[1]. Il regarde avec une certaine fascination ces « rochers brûlants qui ont vu plus de meurtres sacrés, de viols, de pillages qu'aucun autre lieu au monde ». Il cherche en vain les cabarets, les cafés, des endroits de luxure la nuit, mais se rend compte que les habitants de Jérusalem « empoisonnés de sainteté » n'aiment pas le plaisir. Les communautés, juive, anglaise, arabe, se haïssent. Le sionisme qu'il défend stagne comme une eau dormante, l'émigration se réduit au goutte-à-goutte, selon sa jolie formule, que le nazisme bientôt « transformera en torrent ».

Mais au-delà de ses déceptions, il devait raconter des histoires. Il savait que le Dr Magnus cherchait des récits romanesques plus enlevés que simplement factuels et préférait les adjectifs aux chiffres. C'était ce qu'attendait le public allemand, la langue dans laquelle il s'exprimerait avec une certaine mauvaise conscience mais sa fortune passerait par ce grand et écrasant pays, un style imagé, des narrations exagérées. Il donnerait au lectorat du grand quotidien, le *Vossische Zeitung*, son comptant de clichés, d'émotions, de couleurs, apprendrait son métier de conteur. Tout devenait un sujet, une pièce de théâtre, une robe de Bédouin dans la rue, un lupanar… Il écrivait avec la fraîcheur et l'enthousiasme de ses vingt ans. Ses articles se sont depuis longtemps perdus dans le temps. K rirait plus tard de ses titres kitsch, *Le César fantôme sur le trône du Calife*, *Le Café des Mille et une nuits…* Mais au-delà de ses romances, il préparait le plus grand coup de sa jeune carrière qui mettrait le Dr Magnus sur le flanc, ferait prendre de l'âge au distingué von Weisl, lui assurerait la célébrité. Il avait choisi son sujet dans les contes et légendes, un trésor à saisir à ses pieds sur cette terre des miracles. Le palais du prince Fayçal, le cavalier du désert, avait surgi devant lui avec ses voûtes dorées, ses ombres secrètes.

Il était devenu mythique après avoir rencontré Lawrence d'Arabie en 1916 et leur attaque victorieuse du port d'Akaba contre les Ottomans. Fayçal commandait une nation arabe unifiée, prêt à coiffer la couronne de toutes les tribus dont les chansons et récits narraient les exploits. K imaginait des Bédouins jaillis des dunes flanqués de leurs épées et poignards brillant au soleil, emmenés par une idole insaisissable comme un mirage qu'il espérait emprisonner dans le canevas d'un article. Il sollicita ce sacrilège tout à fait déplacé, une interview, attendit la réponse sans forcément y croire pendant des jours et des nuits, se précipitant sur sa boîte aux lettres jusqu'à se demander si ce personnage avait réellement existé. Et puis arriva une lettre rédigée en arabe et en anglais qu'il déchira presque en la décachetant. Le chemin des Mille et une Nuits s'ouvrait à lui.

Comment n'aurait-il pas ressenti devant les coupoles éclatantes de Bagdad, ses jardins lumineux, un sentiment presque mystique. Il conserverait du palais de Fayçal le souvenir d'un octogone d'une blancheur éclatante et d'un plafond haut que soutenaient des colonnes de marbre. Puis l'ami de Lawrence aux yeux de feu apparut. « Bien qu'il fût assis face au soleil, son visage dans mon souvenir est baigné d'ombre », admettra Koestler. Une tension s'abattit sur les deux hommes. « J'espère que Fayçal sera prudent dans ses déclarations », avait dit un officiel britannique. La conversation s'engagea en français, calme, dans le silence de l'immense salle, presque comme un rêve. Fayçal ranima la vision de ses mille cinq cents cavaliers galopant dans la poussière vers l'horizon puis la trahison de ses alliés anglais, son expulsion de Syrie, la générosité des Anglais qui lui avaient offert le trône d'Irak. Il affirma que son ambition de renaissance arabe vivait encore en lui. Il semblait aux yeux de l'écrivain Koestler l'incarnation du pur romantisme.

Son article, *Le César fantôme sur le Trône du Calife*, paru le 9 mars 1929 dans le *Vossische Zeitung*, fit grand bruit, et le nom d'Arthur Koestler commença à se répandre. Le rédacteur en chef lui en réclama d'autres. Koestler affuta son talent littéraire tissé de sensations. Les journalistes feuilletonnaient. Magnus et les autres chefs appréhendaient l'ennui, la désaffection des lecteurs. Pourtant, à lire ce qu'il en dira plus tard, Koestler semble avoir gardé de cette période un souvenir mitigé. Il daube le mauvais style des rédacteurs, lui compris, soumis « à la demande d'épices et de paillettes », annonçant ce que sera son œuvre future, celle d'un romancier contrarié davantage attaché aux réalités.

Il écrivit un article sur le nationaliste égyptien Moustapha el-Nahhas Pacha, les heurts sur la frontière entre l'Irak et l'Arabie, pesait chaque mot pour éviter l'embrasement et réclamait des conseils auprès de von Weisl. Quand Rockefeller visita Jérusalem, Koestler se joignit à la délégation puis il rendit compte des élections à Tel Aviv. Il apprenait le métier et sautait d'un sujet à l'autre. Il s'offrit un costume décent, mais c'était bien le maximum qu'il s'autorisait, car s'il flambait son salaire un peu artificiellement, il ne pourrait plus aider ses parents. Il gardait aussi l'esprit du voyageur, de l'immigré, partagé entre la honte et le bonheur outrageant si soudain, détestait les journalistes qui exhibaient leur réussite. De toute façon, il visait plus haut, la littérature.

Car le groupe Ullstein faisait battre le cœur chaud du romanesque allemand qu'il accueillait en feuilletons dans ses journaux, avant de les transformer en ouvrages. Il publia pendant l'hiver 1929 le chef-d'œuvre amer d'Erich Maria Remarque, *À l'Ouest rien de nouveau*, l'un des textes majeurs sur la guerre de 1914. Plusieurs éditeurs avaient refusé ce drame jugé « défaitiste, germanophobe ». Ullstein placarda partout la couverture du livre qui se vendit en quelques mois à un million d'exemplaires. Dans ce contexte inflammable, *À l'Ouest rien de nouveau* mit en rage les nationalistes de tout poil et la gauche. Les premiers lui reprochaient de salir l'armée allemande, les seconds pensaient qu'il ne dénonçait pas assez les classes dirigeantes. Si Arthur avait besoin de se convaincre que c'était bien à Berlin et en Allemagne qu'il fallait résider pour vivre un âge d'or littéraire, il aurait cité, outre la parution d'*À l'Ouest rien de nouveau*, les événements de la riche année 1929, le Prix Nobel décerné à Thomas Mann et la sortie d'un autre chef-d'œuvre, *Berlin Alexanderplatz* d'Alfred Döblin qui l'intéressa pour cette image noire qu'il donna de Berlin près du quartier où il avait vécu, théâtre des méfaits d'un souteneur et ancien vendeur de journaux nazis tombé dans le crime. Des élans épiques de ce grand romancier du mal, il retiendrait une phrase : « Il faut savoir voir le monde et marcher vers lui. »

Dr Magnus augmenta son salaire à mille marks par mois. Koestler était comblé mais il n'oubliait pas son militantisme sioniste, se demandant ce qu'il ferait le jour où Jabotinsky le rappellerait, l'arracherait au soleil glorieux de la Judée, à ses sujets romantiques pour le cantonner à la paperasse. Il continuait d'envoyer des textes à l'un des magazines du mouvement – mais il écrivait sans y croire. Entre Jérusalem et Haïfa, la vie lui souriait au rythme des vagues de la Méditerranée, des promenades à cheval et des femmes de passage qu'il séduisait, en plus de l'amour de son chien Jassy. Malgré les plaisirs qu'il y trouvait, K se fatiguait de la Palestine, des religions qui se refermaient sur elles-mêmes, des querelles entre les Juifs, les sionistes et les musulmans, des diatribes prophétiques et des aventuriers messianiques. Ce n'était pas ainsi qu'il s'était représenté la terre promise, un endroit plein de violence et de folie, las de représenter une congrégation, de rédiger les textes que l'on attendait de lui. Il éprouvait une véritable nostalgie pour l'Europe, les relations simples, moins chargées en dorures et mysticisme.

Une jeune femme, Lisa Luria, qu'il avait rencontrée à bord d'un navire au large de Haïfa puis revue lors des réunions sionistes, partageait sa déception et tenta de le convaincre d'adhérer au Parti communiste. Elle comptait s'installer en

Russie et lui vanta les bienfaits du nouveau maître Staline jusque sur l'oreiller, dans l'une de ces magnifiques nuits d'amour sans avenir que recherchait K à cette époque. Puis Luria l'abandonna et partit, tout à ses rêves. La disparition de cette liaison d'un soir le convainquit de quitter définitivement Jérusalem, mais il ne rejoindrait pas Luria en Russie. La terre était vaste et les terrains d'aventure ne manquaient pas. Il entendait la grosse voix de Magnus qui le virerait du journal et le mettrait sur une liste noire. Et qu'en penseraient von Weisl et Jabotinsky ? La perspective de plaquer le groupe Ullstein et un poste que tous les journalistes de la terre lui enviaient le remplit de vertige. Koestler profita d'un congé pour rentrer à Berlin où l'attendait une confrontation un peu effrayante avec le patron. Il respira un bon coup, entra dans le bureau qu'il avait découvert quelques mois plus tôt, tout tremblant, dans la peau blême de l'apprenti tellement heureux de ce qui lui arrivait, et cette fois il s'y présentait pour affirmer qu'il avait fait le tour de la Palestine. Mais il trouva un Magnus plutôt détendu. « J'entends bien. Vous ne voulez plus Jérusalem. Et Paris, ça vous irait ? »

9

Éloge maudit des maisons closes

Koestler ne s'attendait pas à une telle offre, conscient que le chef ne lui aurait jamais proposé une mission aussi prestigieuse si un journaliste ne l'avait abandonné. Il remplaçait Alfred Kantorowicz qui couvrait l'activité culturelle parisienne. Cet éminent écrivain et critique de théâtre jouissait d'un prestige considérable depuis qu'il avait été blessé à la guerre en 1917 et avait reçu la plus haute distinction allemande, la Croix de fer. On le disait arrogant, embourgeoisé bien qu'il fût proche du parti communiste, mais il montrait aussi une certaine bienveillance à l'égard des plumes débutantes.

Quand, souffrant, il renonça à se rendre à Paris, il devina que ses chers collègues se disputeraient l'honneur de partir à sa place. À sa grande surprise, il apprit que le choix s'était porté sur le jeune Arthur Koestler et en fut satisfait tant il avait trouvé ce garçon « brillant et talentueux ». Une fois revenu de son étonnement, Arthur se réjouit de retrouver Paris, persuadé d'y puiser une belle matière littéraire et de rencontrer le grand amour dans un café des Champs-Élysées malgré l'angoisse qui l'étreignait à l'idée de mettre ses pas dans ceux énormes de Kantorowicz (après tout, il avait réussi à remplacer von Weisl).

Il arriva dans la ville lumière pendant le mois de juillet 1929. Il faisait beau. Une odeur de jasmin emplissait les rues. Il plongea dans les larges avenues bordées d'arbres aux feuillages éclatants, le long de ses terrasses peuplées de jolies filles.

Il n'oubliait pas que le mouvement révisionniste possédait une antenne à Paris et y croiser Jabotinsky ne l'aurait pas surpris. Il se garda bien de traîner dans leur parage, s'engouffra dans le métro et descendit à la station Madeleine, le quartier chic où résidait le bureau du groupe Ullstein dont il avait griffonné l'adresse sur un bout de papier qu'il tenait fermement serré au creux de sa main. Derrière l'église, Koestler dénicha un petit hôtel sombre et défraîchi, y loua une chambre. Puis il traversa le boulevard Malesherbes, et courut vers son destin, au 23 rue Pasquier, surpris de ne pas y apercevoir l'enseigne lumineuse qu'aurait dû afficher un prestigieux consortium de presse. Il monta des marches, et arriva dans un appartement. Une jeune femme, Ingeborg Seidler, l'accueillit. Originaire de Vienne, elle travaillait comme secrétaire du groupe, chargée de faciliter la vie des journalistes. Elle le présenta au chef d'édition Leo Stahl, un Allemand assez gros qui se déplaçait difficilement en raison de son poids mais aussi de sa prothèse. Il avait perdu sa jambe sur le Chemin des Dames en 1917.

Koestler avait envie de tout voir. Il marchait des heures sur les quais de Seine, impatient d'accomplir ses premiers reportages. Parfois, Ingebord l'accompagnait, l'invitait au Café Vaudeville. Il découvrit le mode de vie à la française, l'amour courtois qui rendait l'existence plus légère, à l'inverse des sombres mentalités du Moyen-Orient. Les balades avec Ingebord se poursuivirent tard dans la nuit, jusqu'à un lit, quelque part en ville. La secrétaire à l'esprit piquant n'attendait que cela, un homme capable de réveiller ses sens. Ils firent souvent l'amour, et K se présentait au bureau Pasquier à neuf heures comme l'exigeait le patron Leo. Les yeux en bas du visage, il allumait clope sur clope pour tenir le coup. Ingebord, arrivée une heure avant lui, n'était pas plus fraîche. Sa relation avec la jeune femme l'aida à supporter une existence trop réglée à son goût, réduite à des lectures, aux classements de dépêches, loin des grandes épopées de Jack London. La lourdeur du travail qui l'occupait jusqu'à une heure du matin l'obligeait à renoncer à Ingebord, et à bien d'autres plaisirs. Il ne pouvait ni aller au cinéma ni au Louvre, encore moins visiter les grandes librairies. Il n'arrivait pas à nouer des relations tout simplement normales avec ses collègues journalistes, et ne répondait pas à leurs marques d'amitié.

Parfois, un sujet effaçait la tristesse de la bureaucratie et sa solitude. K redevenait Koestler. Il interviewa le Duc de Broglie, récipiendaire du Prix Nobel de physique en 1929 pour avoir découvert la « nature ondulatoire des protons ». Personne n'y comprenait rien, mais Leo Stahl savait que Koestler possédait des connaissances scientifiques et lui confiait ce genre de sujet. Le jeune homme le remerciait. Puis l'ordinaire reprenait ses droits. K ressassait son ennui latent qu'Ingeborg, assez fine mouche, tentait de chasser en passant sa tête dans son bureau pour raconter une blague. La jeune femme, cultivée et grande lectrice, sous-employée, effectuait toutes les tâches expresses dont Leo ne voulait pas, comme torcher une brève ou un récit en quatrième vitesse. Elle inventait carrément, compensait le manque de déplacement sur le terrain par un imaginaire mordant toujours drôle qui échappait au chef. Koestler l'aimait tendrement. Il acheta une voiture d'occasion, une guimbarde, et emmena Ingebord sur la Marne, put apprécier les fantaisies de la jeune femme quand, en riant, elle lui fit croire qu'elle allait chavirer l'embarcation.

Il ne saura jamais ce qu'elle deviendra, elle disparaîtra pendant l'Occupation allemande. Mais elle fut sa bouffée d'oxygène, l'aida à surmonter des journées moroses. « Je ne me soûlai pas une fois, pas une fois ne tirai au flanc », se vanterait-il. « J'étais un parangon de vertu petite-bourgeoise. C'est ainsi que s'écoulèrent mes trois ou quatre premiers mois à Paris, le Paris de Cocteau et d'Hemingway, le Paris étincelant des années vingt. » Il use d'un ton ironique adapté au peu de passion que la ville lumière lui inspira au début.

La salle des correspondants étrangers demeurait dans le sous-sol de la Bourse, un endroit puant la sueur où brillait en permanence une faible ampoule qui éclairait les machines à écrire fatiguées des reporters. Cancrelat rampant sous terre, comme il aimait se figurer en référence à *La Métamorphose* de Kafka, K attendait les dépêches, épluchait la presse internationale et française, griffonnait des notes, adressait par téléphone ses textes à la rédaction du *Vossische Zeitung*, à Berlin puis sortait de la cave, groggy, ne sachant rien de l'heure, englouti par la nuit profonde. Il échouait à La Coupole ou, si un besoin d'huîtres le titillait, au *Chien qui fume*, à côté du Pont-Neuf. Il avait aussi ses habitudes dans une taverne, *À la Chope du nègre*, au 13 rue du Faubourg-Montmartre, avec ses gravures de sauvages en pagnes, portant des cruches, amusé de dîner sur la même banquette que les prostituées et leurs maquereaux qui le reconnaissaient et l'appelaient « le petit journaliste ».

Mais une ou deux fois par mois, le médiocre K s'effaçait, et Arthur Koestler ressurgissait dans les hautes colonnes du *Vossische Zeitung*. L'homme qui dénoncerait avec une grande lucidité les procès de Moscou et l'effroi du stalinisme n'a pas toujours témoigné une sagacité. L'un de ses articles, intitulé « Où va la recherche ? », traite de la « jeune science de l'eugénisme », non sans une certaine admiration jusqu'à citer le professeur Eugen Fisher qui inspirera l'idéologie nazie grandissante en Allemagne. Il espère que cette « méthode » soignera les maladies héréditaires. Il peut en revanche se montrer plus pertinent lorsqu'il dénonce le déclin occidental, la baisse de la natalité, les dangers de la mécanique mais là où il nous éclaire joyeusement, c'est dans sa confrontation avec les mouvements artistiques révolutionnaires de l'époque.

Imaginons-le, comme nous le faisons encore aujourd'hui. La soirée est belle. Il gravit les contreforts de Montmartre, jusqu'au Ciné 28, cette petite salle au porche éclairé de néons, perchée sur des marches tapissées de rouge dans une rue penchée comme une barque ballottée par la mer. Ici les passions sont vives. L'écrivain Jean Cocteau, un amoureux du lieu, s'y rend deux fois par semaine. Il dessinera les luminaires en forme de gargouilles. Quand le Ciné 28 projette le *Napoléon* d'Abel Gance, un drôle de spectateur fait la queue, habillé en uniforme de l'empire coiffé du bicorne. Il s'agit du comédien qui joue l'empereur, Albert Dieudonné, heureux d'admirer sa performance avec son costume de scène. Mais les soirées du ciné 28 ne prennent pas toujours un air baroque et poétique. La venue du réalisateur Luis Buñuel promet quelques échauffourées. Il réserve la plupart de ses films à cette salle au grand plaisir de son directeur Jean-Baptiste Mauclaire qui s'en mordra les doigts. Les ligues catholiques haïssent le réalisateur espagnol, et en 1930, saccageront la salle pour protester contre la sortie de *L'Âge d'or* jugé obscène.

Koestler aimait le mouvement surréaliste, très actif à Paris. Il y a quelques années, était mort le patriarche des lettres Anatole France (la même année que Kafka et Joseph Conrad), et la jeune génération des écrivains révolutionnaires emmenée par André Breton avait publié une feuille avec ce mot : « Un cadavre », résolu à enterrer le vieux monde pour laisser la place aux images fulgurantes, aux jeux de mots.

Le 24 novembre 1929, Koestler publia un très bel article : « Dada dans les films » : « Le surréalisme est au cinéma ce que le dadaïsme est à la littérature et le futurisme à la peinture : un constat de la faillite de l'art conventionnel et académique, un saut dans le vide. » Il applaudit *Le Chien andalou* de Buñuel au Ciné 28. L'œuvre exposait les rapports conflictuels entre un homme et une femme, traversés par les rêves et les fantasmes (jusqu'à cette fameuse scène horrible de l'œil découpé au couteau comme un œuf). Koestler fut captivé. Il vit dans l'œuvre de Buñuel et de Salvador Dali une « fable rêveuse », qui « réveille chaque soir les esprits parisiens » ou du moins les plus avertis car le grand public n'y avait pas encore accès. « Ce serait une erreur totale de considérer ce film brillant et tordu comme une plaisanterie », prévient-il, spectateur tout aussi enthousiaste des expérimentations du photographe américain Man Ray dont il apprécie les deux films[1], *Le Mystère du Château du Dé* et *L'Étoile de mer*. Du premier, une commande du comte de Noailles, parmi des silhouettes masquées, il écrit : « Une réalisation véritablement révolutionnaire. Le paysage ne fuit pas et ne défile pas en douceur comme une bande animée, dans le style traditionnel des films de voyage, mais sautille et saute, menaçant et oppressant dans sa précipitation, produisant la peur de l'espace dont parle le poète Hofmannsthal. » Il définit le second, inspiré d'un poème de

Robert Desnos, avec ses images prises derrière un verre dépoli comme le « premier film de peinture ».

Quand il ne fréquentait pas le Ciné 28, il emmenait Ingeborg au Théâtre des Marionnettes. Parfois, elle rentrait, « fatiguée », prétendait-elle, et le laissait affamé de désir sur le trottoir, mais il habitait en France où l'esprit licencieux qu'il admirait tant régnait en maître. Il se rendait dans l'une des maisons closes qu'offrait Paris, le Chabanais créé en 1878, dans le IIe arrondissement, et plus tard le Sphynx, boulevard Edgar Quinet (qui ouvrirait en 1931), restait en contemplation, confierait-il, devant les mosaïques représentant des moines, des religieuses des princes dans des « poses rabelaisiennes ». Il attendait que l'une des vingt chambres et une hétaïre se libèrent et s'offrait une nuit de sexe, le carnet de notes à proximité, puisqu'il n'oubliait jamais qu'un texte pouvait naître de ses déambulations nocturnes. Il en fera un récit intitulé *Éloge des Maisons de prostitution* mais décidément n'aura pas de chance avec les traductions comme nous le verrons plus tard.

Il connaîtra une censure lors de la parution de son autobiographie *La Corde Raide* chez Calmann-Lévy en 1953. Son *Éloge* n'y figure pas, une décision de l'éditeur français à une époque où Marthe Richard qui interdirait les lupanars en 1946 serait vivement attaquée. La traductrice de Koestler, Denise Van Moppès, décédée en 1968, ne peut plus apporter ses lumières. « Parmi les maisons closes, il y en avait des sérieuses, d'autres qui l'étaient moins », remarque Koestler dans la version originale mise à la trappe. « Les sérieuses veillaient soigneusement à leur réputation. Elles ne toléraient aucune ivresse, ni paillardise ni escroquerie des clients. Les filles devaient respecter une stricte étiquette. Pourtant, ces établissements, comme l'industrie touristique, étaient méprisés.

Les maisons sérieuses accueillaient des habitants vivant dans le quartier, plus ou moins la même clientèle à des tarifs raisonnables, dans une atmosphère chaleureuse. Un homme s'asseyait pendant une heure, devant un verre de bière ou de brandy, il payait et rentrait chez lui sans avoir été agressé. Il n'était pas rare qu'il emmène ses femmes ou ses maîtresses curieuses, désireuses de découvrir une "Maison" de l'intérieur. »

Koestler s'amusait à surprendre une conversation entre une bonne bourgeoise « habillée jusqu'au cou » qui accompagnait son mari en costume du dimanche et la « fille de joie » dénudée qu'il avait choisie. « Depuis que les maisons closes ont été fermées en 1946, elles sont devenues une légende. Le lecteur décèlera dans ces lignes de la nostalgie pour ces endroits. Je plaide coupable sans la moindre gêne. » En bannissant les bordels, affirmerait-il, le gouvernement a poussé la prostitution dans le crime, la corruption et augmenté les maladies vénériennes. Il n'aimera jamais la morale des existentialistes. « L'attitude non névrotique des Français à l'égard du sexe est le résultat de la sagesse et de la maturité d'une vieille civilisation qui a réussi une synthèse unique entre l'hédonisme méditerranéen et le zèle nordique, urbain ; qui a marié Eros à Logos, tenant Thanatos à distance ; une civilisation où les cultes de Descartes et Rabelais coexistent en harmonie ».

Il rentrait à l'aube, soûlé de plaisirs mais devait se mettre au garde à vous. Il arrivait que Franz Ullstein, le fils du grand patron Leopold, débarque avec sa femme, la comtesse Rosie Waldeck qui tenait à visiter Paris. Et K était chargé d'emmener Madame dans les beaux endroits. Il se gardait bien de révéler cette mission très particulière. Rosie l'appréciait et lui concédait un grand talent. À la suite de ses séjours à Paris, elle serait accusée d'espionnage, soupçonnée d'être liée aux cercles communistes, sans doute une mauvaise rumeur lancée par un rival de Franz qui voulait l'affaiblir et s'accaparer le groupe de presse. Même le député français Léon Blum défendit la comtesse puisqu'il consulta le fichier de la sûreté et n'y trouva rien.

S'il y avait une femme avec laquelle K ne devait pas coucher, c'était bien Rosie Waldeck ! À la moindre erreur, il redeviendrait ce vagabond de Chaplin au pantalon troué. Dans ses Mémoires[2], la comtesse, amoureuse des nuits parisiennes, avouera avoir pêché ses amants parmi les diplomates et journalistes français et allemands, mais elle ne citera pas Koestler. Dans ce Paris de l'amour, le journaliste du *Vossische Zeitung* drainait des rencontres aussi belles mais moins dangereuses.

Une vieille connaissance de Budapest le héla de l'autre côté du trottoir. Il reconnut Eva Striker. Elle s'était rendue en France pour étudier la sculpture et sa mère lui avait conseillé de prendre contact avec Arthur Koestler qui disposait certainement « d'adresses intéressantes ». Elle avait perdu ce côté sauvage et avait embelli depuis le temps où ils jouaient dans le jardin d'enfants. Elle dira qu'en la voyant, il laissa tomber par terre la pile de journaux qu'il portait et, oubliant de ramasser les feuilles éparpillées sur le sol, l'entraîna dans le premier café (le Dôme). Il lui raconta ses reportages et elle comprit que la plupart tenaient du roman. Il adorait ses beaux cheveux noirs. Ce n'est pas qu'Eva lui plaisait particulièrement mais il ne put s'empêcher de la courtiser, l'emmena dans son hôtel bruyant malodorant. Il lui loua une chambre à côté de la sienne, et ils firent l'amour sur un lit grinçant. Elle a laissé quelques souvenirs inédits, intéressants pour le portrait qu'elle brosse de K, montrant un homme dépensier et inconséquent qui tente d'expliquer pourquoi il est fauché, ne peut régler l'addition du restaurant où il l'a emmenée. Il quitte la table, court jusqu'à une adresse voisine afin d'emprunter une somme à un ami avant de revenir, essoufflé, et puis il disparaissait, ne se doutant pas qu'Eva Striker jouerait un rôle déterminant dans sa vie. Elle ne lui en voudra jamais.

10

K dans le Zeppelin

La grande rédaction de Berlin l'appelait. K ressentit ce que tous les journalistes au monde éprouvent en pareil cas, lorsque le chef vous réclame, une exaltation irrépressible, celle du voyage, de l'aventure, de la mission. Il retrouva la grande ville allemande, mais l'enthousiasme qui le portait se heurta à des visions : corps emmitouflés dans la rue, parades d'hommes en noir, cafés qui débordaient de passions tristes, pans entiers de rues que l'obscurité avait recouvertes avec leurs rideaux de fer baissés… Et au milieu, s'élevait l'immeuble du groupe Ullstein comme un récif sur lequel s'abattaient les vagues noires d'amertume et de haine.

K s'installa dans un appartement chic du quartier bourgeois de Neu-Westend. Il entra dans le bureau du directeur.

— Vous êtes bien célibataire ? Sans enfants ? lui demanda-t-il.

Il acquiesça.

— William Randolph Hearst, le magnat américain avait acheté les droits d'exclusivité pour le premier vol du Zeppelin mais il a abandonné. Et c'est nous qui les avons maintenant. Cela vous dirait d'être le premier journaliste volant ?

Et comment que ça lui dirait ! Les questions sur sa famille l'inquiétaient un peu, mais K se moquait de périr.

— Vous serez le seul journaliste à bord. C'est un sujet de la plus haute importance, patriotique.

Les jambes de K flageolèrent. Il raconte dans *La Corde raide* sa proposition d'établir dans l'Arctique une colonie juive. Il suffisait de planter un drapeau sur l'une des îles non consignées par les cartes pour en revendiquer la propriété. Franz Ullstein, le patron, réfléchit et songea qu'une telle initiative aurait un certain retentissement médiatique, « en Amérique, imaginez », ajouta K, mais l'instant d'après, le directeur du groupe de presse balaya l'idée, craignant que ce genre d'action excite l'antisémitisme en Allemagne, et de toute façon ces terres vierges appartenaient à la Russie, et l'on ne pouvait les revendiquer. Le rêve d'une île Koestler s'effaça vite.

Il se retrouva sur le terrain d'aviation de Berlin – Tempelhof. Il n'avait jamais vu une foule pareille qui se pressait de l'autre côté des barrières. Il fit un signe aux journalistes et photographes avec un air légèrement moqueur (« Eh oui, c'est moi, pas vous ! »). Sa lourde machine à écrire lui sciait l'épaule. Il grimpa sur l'échelle. Le squale en aluminium le couvrait d'une ombre immense. Avec ses reflets d'argent, il ressemble à un animal vivant. « À l'arrière de la nacelle est une petite porte généralement fermée. Elle mène par un passage obscur au pays des mystères, dans le ventre de la baleine. Et c'est, en effet, un lieu fantastique. » Il se prend pour Jonas, entend un bruit sourd qui « fait penser à d'invisibles chauves-souris agitant mollement leurs ailes[1] ». Il sent une odeur due à la présence de « gaz hydrocyanique », assourdi par « les battements des ballons d'hydrogène qui sont les organes vitaux de la baleine volante, ses vessies flottantes qui soutiennent en l'air l'énorme structure ». À l'intérieur, des appariteurs en smoking servaient des seaux de champagne frais. Une photo le représente avec sa fidèle machine à écrire noire.

Son reportage parut le 3 juillet 1931 dans le *Vossische Zeitung* et fit la une du journal. « Le voyage commence lentement à travers un brouillard fin mais épais », relate-t-il. « Nous nageons pendant des heures dans du lait trouble, sans visibilité, puis nous grimpons au-dessus du brouillard. Des plaines glacées émergent par endroits, entourées d'arc-en-ciel de fleurs. D'étranges mirages apparaissent à l'horizon. À 15 h 30, le brouillard se dissipe et l'on voit les débris de glace. » Il aperçoit sur la banquise une famille d'ours polaires, « mère, père, petits, qui sont choqués en nous voyant. » Il se réjouit de conquérir des nouveaux territoires scientifiques. « Cette expédition marqua le pinacle de ma carrière de journaliste », conviendra-t-il plus tard, savourant ce vol de cinq jours sans escale au milieu des nuages. Il avait à l'esprit les désastres précédents comme le dirigeable *Italia* qui s'écrasa en 1928 et tua une partie de l'équipage. Il voyait dans le Zeppelin la « séparation entre l'âge romantique et l'âge scientifique », les deux beautés dans lesquelles sa vie se déplacerait avec lyrisme. Là-haut, il aperçut son avenir comme s'il lisait dans le marc de café, l'île Koestler, l'URSS et ses contours glacés, le « pays des mystères » qu'il rechercherait toute sa vie.

Quand il redescendit, il était une étoile, l'un de ces dandys du journalisme que l'on côtoyait sous le régime de Weimar, habitué des boîtes de nuit, entouré de femmes. Pendant les mois qui suivirent, Koestler eut une sensation d'invulnérabilité. Il était le protégé de Franz Ullstein qui l'avait envoyé d'un coup de baguette magique dans les nuages, reconnaissable à sa machine à écrire sombre et à son jeu d'échecs qu'il portait avec lui sans oublier l'autre élément de son existence, le verre de whisky. Son salaire avait doublé, la nuit, il flambait dans les clubs, mais une inquiétude tenaillait son estomac. Le pouvoir qu'il croyait avoir saisi semblait aussi volatil que du sable. Il ignorait qu'une force le prendrait par surprise et bouleverserait sa vie.

« La foi ne s'acquiert point par le raisonnement. L'on ne tombe pas amoureux d'une femme, et l'on n'entre pas dans le sein d'une église, par suite d'une série de déductions logiques... Toute foi véritable est intransigeante, radicale, puriste », expliquera-t-il dans *Le Dieu des Ténèbres* qui raconterait sa grande illumination.

K décida d'adhérer au Parti communiste, dans un petit matin blafard, alors qu'il traversait seul les rues désertes de Berlin, la tête torturée par la migraine, incapable de se souvenir de la nuit passée sinon qu'il avait perdu gros au poker. Il avait joué jusqu'à l'aube, bu de l'alcool et l'aurore l'avait lâché dans les rues, les poches vides, cherchant où il avait garé sa petite Fiat rouge « Theodore » qu'il avait achetée grâce aux bons offices de Franz Ullstein. Il observa un tas de cendres. Des livres et une étoile de David achevaient de se consumer. La ville lui révéla son affreux spectre, les vitrines brisées, les queues devant les distributions de soupe, les ragots de rues, la haine et les rumeurs qui couraient des journaux aux cafés...

K pensait à son père victime de ses illusions financières et persuadé « que l'on arrosait les fruits de pétrole et que l'on noyait les cochons pour maintenir les prix et permettre à de gros capitalistes de chanter au son des harpes ». Les deux forces d'opposition, le NSDAP de Hitler, et le Parti communiste tiraient profit de ces bêtises mais K pensait que seule une révolution socialiste, amie des nécessiteux, antiraciste, sauverait le pays de l'abîme. « La famille bourgeoise disparaîtra d'elle-même en même temps que le capital », prophétisent Marx et Engels dans *Le Manifeste du Parti communiste*. Koestler cite cette phrase probablement en songeant à sa propre lignée dont il n'attendait plus rien et qu'il voyait disparaître. Il adressa une lettre au Comité central du Parti, raconta sa vie, ses voyages, se fit lyrique et passionné et une semaine plus tard, le 31 décembre 1931, il reçut sa carte d'adhésion, fier d'appartenir au même courant de pensée que Malraux, Brecht, Henri Barbusse, Dos Passos, John Steinbeck, les hérauts de cette « renaissance spirituelle » qu'il appellerait la « décade rose ». Ses lignes débordent de joie, de passion, d'espoir. Il entamait le meilleur moment de sa vie.

En janvier 1932, il prit un premier rendez-vous dans la papeterie Schneidemühl, « bien connue en Allemagne, écrira-t-il, mais il ne me serait jamais venu à l'idée que cette entreprise eut le moindre rapport avec le PC allemand ». Il se sentait aussi excité que lors de son vol à bord du Zeppelin. Il poussait une autre porte des mystères vers le pays fantastique. Ce genre de rencontre secrète, les regards de conspirateurs, le remplissaient d'émotion. Au fond des rayons, se tenait un membre influent du Parti, Ernst Schneller, depuis longtemps tombé dans les oubliettes de l'histoire, qui terminera son oracle de militant au fond d'une cellule nazie en août 1944, tué d'une balle en pleine nuque. K expose un « personnage insignifiant, un homme maigre et osseux avec des traits pincés et un sourire figé » (les termes « maigre et osseux » définissent le militant). Schneller ne mangeait pas de viande et ne buvait pas. L'ascèse semblait être pour lui une règle intangible.

« Je peux démissionner du groupe Ullstein et ainsi je me consacrerai entièrement à la Cause, je conduirai des tracteurs, deviendrai un ouvrier si cela vous est utile », suggéra-t-il. Herr Schneller le fixa de ses petits yeux froids. « Surtout pas. Nous avons besoin de vous là-haut. » K sut pourquoi le Parti avait répondu si vite à sa demande. Sa position de journaliste influent dans un quotidien majeur séduisait les révolutionnaires bien que Schneller lui avouât qu'il ne lisait pas la presse bourgeoise. « Ce fut pour moi une nouvelle raison de croire que le Comité central m'avait envoyé un petit fonctionnaire à l'esprit étroit et sectaire », s'énervera Koestler honteux aussi de sa naïveté. « En temps de guerre, peu importe que vous soyez poète ou musicien. Tout le monde doit avoir une arme à feu. Les autres choses ne comptent pas, même si le tracteur pour moi était une arme de paix », dirait-il au journaliste Günter Gaus[2].

Bien sûr, K ne ferait pas du *Vossische Zeitung* un journal communiste mais pourrait infuser des idées rouges dans ses articles, critiquer l'agression de la Chine par le Japon qui avait envahi en septembre 1931 la Mandchourie, transmettre des indiscrétions. Schneller pensait à tout. « Choisis un pseudo », lui ordonna-t-il. K proposa Ivan Steinberg, amusé de prendre un prénom russe et l'identité d'un psychanalyste de Tel Aviv qu'il avait connu. Son mélange d'inquiétude et d'excitation se fit encore plus ardent quand en mars 1932, l'élection présidentielle plaça en tête le vieux maréchal Hindenburg et derrière lui, l'agité Adolf Hitler et son parti, le NSDAP, avec onze millions de voix. La société allemande préférait encore le conservatisme du patriarche et de son ministre von Papen à l'aventurisme d'Hitler mais les observateurs entendaient les craquements de la république de Weimar au bord du vide.

« Chacun de nous... était marqué pour Dachau, Oranienburg, ou pour quelque sinistre destin. Mais nous nous trouvions tous allègrement dans un brouillard de mirages dialectiques, qui nous masquait la réalité. » K ne prévoyait pas de finir tout de suite assassiné comme cet ouvrier communiste au chômage, Konrad Pietzuch, que des nervis du SA, la branche armée des nazis, massacrèrent dans la nuit du 9 août à son domicile de Silésie devant sa mère et sa sœur. Les tueurs furent arrêtés, promis à la corde, mais Hitler annonça qu'il refusait d'entrer dans le gouvernement si les « patriotes » étaient exécutés. Des magasins juifs furent détruits et pillés, des feux recouvrirent les rues des villes allemandes. Von Papen prit peur et commua les peines de mort en prison à perpétuité.

K devina que le monde s'écroulerait bientôt. Un double de lui-même entrait en clandestinité. Il gardait pour la galerie ce personnage d'amoureux des étoiles qui ne présentait aucune menace politique et le soir, retrouvait son contact, Paula, « une brune ébouriffée », peu arrangée, et lui dictait des rapports qu'elle notait sans passion. « Nous ne nous plaisions pas, et je savais que moralement elle ne m'accepterait jamais dans son monde à elle », écrit-il dans *Le Dieu des ténèbres*. Quoi qu'il fît, la possibilité d'une liaison sexuelle surgissait toujours à un moment donné. « Malheureux en amour » à cette époque, il lui proposa d'aller boire un verre mais elle s'y refusa, dressant ce mur qu'il verrait souvent et rêverait de franchir, inaccessible, avec ses règles obscures, ses passages secrets introuvables. Il l'informa que la police prussienne avait l'intention d'investir le quartier général des SA pour s'emparer de leurs armes et de documents précieux mais le parti communiste ne s'en servit pas, satisfait qu'une action quelle qu'elle soit mît en difficulté le finissant gouvernement social-démocrate, coupable d'avoir déchiré la classe ouvrière et finalement complice des nazis.

K savait qu'il jouait sa peau au sein du groupe Ullstein, et le licenciement de l'un de ses rédacteurs en chef, Franz Höllering, à cause de ses opinions de gauche, aurait pu l'alerter mais le souffle de l'aventure, son romantisme immature comme il le définirait plus tard, primait toutes les prudences. Il rencontrait de nouveaux personnages de l'ombre, cet homme, Heinz Neumann, un haut responsable de la branche armée du Parti communiste allemand, qui avait organisé en août 1931 l'assassinat des deux policiers Paul Anlauf et Franz Lenck. Ce personnage blême et rachitique, sans sourire, doté de pouvoirs occultes, était l'un de ces dieux des ténèbres poursuivant des buts obscurs que K rencontrait, écoutait avant d'en perdre la trace comme s'ils n'avaient jamais existé. Neumann sera exécuté en Union soviétique pendant les purges de 1937.

Aucun des mystères du Parti n'effrayait K, bien au contraire parce qu'il se plaisait à jouer les espions. La direction rouge voulait l'envoyer au Japon. Peut-être le groupe Ullstein pourrait-il le nommer correspondant à Tokyo ? K répondit à Schneller que le *Vossische Zeitung* possédait des journalistes en Asie et que de toute façon il ignorait tout de ce pays. Il rappelle dans ses souvenirs quelques séquences intrigantes, la visite d'une femme revêche venue le voir à la rédaction (ce qui n'était pas prévu) pour lui ordonner de prendre la direction d'une agence de presse dont il n'avait jamais entendu parler. « Ce sont nos amis communs qui m'ont conseillé de m'adresser à vous », dit-elle. Il répondit : « Quels amis communs ? » Elle cita un certain Georges puis il n'entendit plus parler d'elle. Les hauts dirigeants fantomatiques le testaient-ils pour un but connu d'eux-mêmes ?

Il continua de fournir au Parti des renseignements – ragots politiques, histoires salaces, rien de bien méchant. Il engagea un jeune stagiaire journaliste qu'il nomme dans ses souvenirs E…, et lui demanda de collecter des informations. Mais le jeune homme, après avoir deviné les raisons inavouables de son travail, communiquer des renseignements à une puissance étrangère, écrivit une lettre de délation et menaça de se suicider. K préféra se sacrifier plutôt que de traîner un drame sur la conscience et il fut licencié du groupe Ullstein sous un faux prétexte de « complications économiques ». Le consortium ne tenait pas à ce que le public apprît que les communistes avaient infiltré leurs journaux et reprochait à K ses positions anti japonaises.

Quand il partit avec une somme rondelette dans les poches (son silence acheté), il se tourna vers l'immeuble massif d'Ullstein et le vit dévoré par les flammes. Le rêve du Zeppelin gisait dans les décombres.

11

Premiers pas dans la littérature sous l'ombre du nazisme

Il ne pouvait plus rester dans le quartier chic de Neu-Westend et emménagea à Bonner Platz, le « bloc rouge ». Six cents logements sociaux avaient été construits en 1931, l'endroit bienvenu pour tous les artistes au chômage aux revenus modestes ou menacés. Un autre journaliste, Alfred Kantorowicz, s'y était installé avec ses rêves et le projet d'une œuvre littéraire, *Le Roman de notre temps*, sur laquelle il planchait toute la journée mais « qui ne parut jamais », précise fielleusement Arthur Koestler. Un autre ami, Manès Sperber, et l'acteur Ernst Busch, haï des fascistes, connu pour son rôle dans l'*Opéra de quat' sous* de Pabst d'après Bertolt Brecht et auteur de chansons politiques, avaient aussi emménagé à Bonner Platz. Avec une telle concentration d'écrivains au mètre carré, il aurait été surprenant qu'aucun livre ne fût rédigé sur cette période méconnue entre la révélation d'Hitler et sa prise de pouvoir, où luisaient les derniers feux de l'humanité au cœur de l'abîme. L'un d'eux, Gustav Regler, dont l'œuvre mérite d'être redécouverte, membre du Parti communiste allemand, a laissé un témoignage, *L'Oreille de Malchus*[1] : « Les appartements étaient bon marché, et pourtant peu de locataires payaient leur quittance. Ni les salaires ni les soi-disant revenus des professions indépendantes n'étaient suffisants. Dans la plupart des logements, il n'y avait qu'un seul matelas au sol. Les artistes installaient des caisses à savon sur lesquelles ils étalaient des journaux et mangeaient. Personne ne mourait de faim, les gens s'entraidaient, se promenaient d'appartement en appartement. Quand l'un des habitants décrochait un travail, il en faisait profiter ses voisins, distribuait du bacon et du fromage. »

K trouva donc ce qu'il cherchait, un appartement de deux pièces bon marché, et une atmosphère vivante, chaleureuse, à condition d'être prudent la nuit car les SA menaient des descentes dans ce quartier de « gauchistes » et s'ils chopaient un « pisse-copie » ou un militant rouge, le malheureux était sûr de passer un sale quart d'heure, voire pire. Ce danger n'empêcha pas K de vivre les trois meilleurs mois de son existence de militant, à l'écart des chefs neurasthéniques aux décisions sibyllines. Il se souvenait des réunions dans les caves enfumées auxquelles participaient un vendeur de fruits, des commerçants, de jolies étudiantes. Les élections se succédaient – deux au Reichstag et celles de la Diète prussienne – suivies d'émeutes et d'affrontements violents, symptômes d'une démocratie fébrile qui refusait de voir la vie la quitter et chaque vote entraînait tracts, résolutions, stratégies, discussions infinies…

K produisait des slogans, des textes, et, le soir, rejoignait un ami avocat, le docteur Alfred Apfel, un redoutable manieur de cartes qui dépouillait sciemment tous ses adversaires et K n'y échappait pas, grand passionné de poker mais décidément, il perdait tout le temps. Puis il rentrait, passablement éméché avec des dettes, se levait aux aurores malgré sa gueule de bois, car des militants avaient besoin de sa voiture fatiguée, sa Fiat rouge, un trésor de guerre précieux face à la mécanisation implacable des nazis. Il mettait parfois une demi-heure à la démarrer à cause du froid puis les activistes s'engouffraient à l'arrière, surarmés, les revolvers dépassant de leurs poches et ceinturons. K ne savait pas toujours où il allait, suivait les directions que le chef de cellule lui indiquait, puis il attendait, le moteur allumé comme un braqueur de banque, persuadé que ses amis reviendraient en courant, poursuivis, peut-être blessés et qu'il lui faudrait foncer à travers les rues de Berlin. Il les voyait revenir, tranquillement, puis se remettait à rouler à faible allure, le cœur battant, l'œil aux aguets.

Si Koestler a voulu laisser un souvenir pugnace et courageux, Alfred Kantorowicz décrit au contraire dans ses mémoires un K apeuré et guère pressé d'aller au feu[2]. Des cadavres jonchaient les trottoirs, le crâne fracassé ou morts de faim et de froid, on ne savait plus, comme il n'était pas rare d'apercevoir une fumée noire qui flottait au-dessus de la ville. Qui avait ramassé la mise cette fois ? Un dancing brûlait, et une vingtaine de corps poignardés s'entassaient devant le porche noir. Des combattants des deux camps, communistes et nazis, se poursuivaient jusque dans les cinémas. K connaissait les bistrots à éviter, remplis de SA, mais fréquenter ceux où les communistes se réunissaient pouvait aussi être fatal. Koestler, dans *Le Dieu des ténèbres*[3], rapporte des scènes qui lui évoquent le Chicago des années 1920 sous le règne d'Al Capone. Une voiture noire déboule et mitraille un café. Comment riposter ? Les communistes manquent de voitures. Il reste la Fiat rouge de K, moins effrayante, mais enfin, elle rend des services. « Tout ce qui me restait de mon passé bourgeois », précise-t-il.

Pourquoi K, installé dans le paradis et ses nuages merveilleux un an plus tôt à bord du Zeppelin, a-t-il chuté dans l'enfer des caves, au milieu des balles ? Il embarquait des camarades, parfois affublés de postiches et de fausses barbes comme s'ils étaient invités à un bal déguisé, un bal noir. « Suis cette voiture ! », entendait-il. Et K prenait le sillage d'une sombre Opel, à une distance raisonnable, redoutant que des tueurs en sortent et se mettent à arroser sa Fiat. Et le manège recommençait… Il s'enfonçait dans une impasse glauque, éteignait les phares et se morfondait de longues minutes qui lui paraissaient une éternité, regardant le rétroviseur, à droite, à gauche. Aucun de ses passagers ne parlait, la main sur leurs revolvers et leur sac plein de cocktails Molotov. Puis K repartait, soulagé mais trépidant d'excitation malsaine.

Mourir ne lui disait cependant rien. Les femmes, la bonne chère et son idée jamais disparue de réussir en littérature l'agitaient. Son ami Andor Nemeth lui avait fait part de son envie d'échafauder un roman policier, idée qui plut à Koestler encouragé par la révélation de cette jeune romancière anglaise, Agatha Christie, dont le roman publié en 1926, *Le meurtre de Roger Ackroyd*, s'était bien vendu. Le genre « détectives » plaisait. Écrire à deux mains leur faciliterait la vie. K n'avait pas assez confiance dans ses propres capacités et la possibilité d'être publié par Ullstein et de figurer sur le même catalogue qu'Erich Maria Remarque s'était éloignée depuis qu'il militait au sein du Parti communiste. Andor savait parler aux maisons d'édition. Mais les deux amis peinaient à s'accorder, entassant au fond de leur tiroir des ébauches de romans parce que Andor ou lui n'étaient jamais satisfaits, pinaillaient, lançaient un autre récit, l'interrompaient. K transportait des feuilles éparses pleines de phrases inachevées, de chapitres dépourvus de sens, les vagues espoirs d'une carrière littéraire en kit, un drôle de puzzle dont il ne verrait jamais la fin.

Chacun utilisait une langue différente, Andor lui envoyait sa partie en hongrois, Koestler avait choisi l'allemand et certainement, si l'un de leurs textes venait à voir la lumière, il traduirait les passages d'Andor. Ils imaginèrent un dentiste meurtrier qui mettait du poison dans les caries de ses patients mais ne poursuivirent pas. Ils terminèrent un récit à peu près convenable : un violoniste, Johannes Shor, se rend compte, avant un concert à Budapest, d'un étrange subterfuge : quelqu'un lui a volé son instrument de la marque Guarneri pour l'échanger avec un autre totalement sans valeur. Son impression est-elle la bonne ou divague-t-il ? L'inspecteur Kandor, un dandy amateur de femmes et alcoolisé, sorte de double de Koestler, prend l'enquête en main. Son héros entretient une relation très ambivalente avec sa femme : « Pour elle, il était un grand artiste et un grand enfant. Elle croyait mieux s'y entendre que lui dans les choses pratiques de la vie. »

Les deux écrivains infusent à chaque ligne de leur manuscrit la psychanalyse très populaire dans la Hongrie et la Vienne de leur enfance. Kandor apprend que la solution de cette énigme pourrait se trouver au Chat qui louche, un cabaret de Vienne où un mystérieux fakir hypnotise les clients. Shor rêve d'une femme et se débat avec la culpabilité que ses ennemis tentent de lui transmettre. Koestler retravailla le texte qu'il jugeait trop intellectuel, espérant le vendre à un journal populaire puis le perdit en le laissant tomber depuis un bateau dans la mer Morte. Il le refit et Andor, en colère, fut contraint de reprendre sa partie. Le *Münchner Illustrierte* publia le roman sous le titre *Comme le miracle du manguier*, entre février et avril 1932. Le roman devint plus tard *Au Chat qui louche*.

« Davantage qu'une curiosité littéraire, *Au Chat qui louche* demeure un petit joyau posé sur l'écrin évocateur d'un univers en perdition », encensera le critique Edgar Reichman[4] lorsque le livre, par l'un de ces miracles dont la littérature a le secret, reviendra à la surface soixante-dix ans plus tard. Koestler n'oublierait pas le mot enthousiaste d'Andor : « Tu sais que la grande compagnie de cinéma allemande UFA veut l'adapter ? L'acteur est même choisi, Hans Stubbe. » Koestler n'en revenait pas. Pourtant, aucun producteur ne les appela et le film resta dans les limbes. Il en apprendrait plus tard les raisons : son engagement communiste les avait refroidis.

Cette nouvelle que l'UFA s'intéressait à son travail fit naître en lui une vocation de scénariste. Pourquoi pas ? Chaplin, Keaton, DW Griffith étaient les nouveaux grands artistes du XXe siècle. Il s'établirait à Hollywood, croiserait Greta Garbo, vivrait dans le Palais de Babylone. Il plancha sur un script qui se déroulait à Paris, *Meurtre au théâtre Odéon* mais peut-être parce que l'action militante l'appelait et que le danger pesait sur lui dans cette Allemagne méphitique, il abandonna son projet et Agatha Christie put dormir tranquille. Il avait besoin d'argent vite. De temps en temps, Andor venait à Berlin lui rendre visite afin de négocier on ne sait quoi mais dès qu'il arrivait, l'atmosphère délétère de la cité l'épouvantait. La ville sombrait comme un navire s'enfonçant dans les eaux noires où luisait la faible lumière d'un fanal. Et puis, les prix avaient terriblement augmenté.

K songeait à partir lui aussi. Il avait reçu une lettre d'Eva Striker qui lui racontait sa vie idéale en URSS. Il adressa une demande au Parti communiste, conscient que la liste des candidats vers la terre promise était interminable. Mais le régime avait besoin de publicité. Pourquoi n'écrirait-il pas des articles qui narreraient la conversion d'un nanti aux idées prolétariennes pour ensuite en faire un livre ? Ce qui se passait au Kremlin intriguait la société occidentale. Il prit rendez-vous avec une agence allemande, Karl Duncker Verlag, puis patienta devant les guichets encombrés de communistes qui ne pensaient plus pouvoir redresser la situation en Allemagne. Il financerait son voyage vers l'URSS avec les revenus de son roman policier et de ses articles toujours publiés dans le *Vossische Zeitung* malgré son licenciement. « Se faire congédier par ses employeurs parce que l'on est agent communiste et pouvoir continuer à travailler pour eux de l'extérieur est l'un des aimables paradoxes du libéralisme bourgeois que je tenais en si grand mépris », ironise-t-il dans ses souvenirs *Hiéroglyphes*.

Il interpella « la Ligue des écrivains révolutionnaires prolétaires d'Allemagne », dirigée par le poète Johannes R. Becher qu'il connaissait. Cet homme avait bâti sa réputation en ciselant des poèmes expressionnistes novateurs mais aussi pour avoir vécu l'un de ces drames exaltés qui obséderaient K toute sa vie. En 1910, il avait contracté un « pacte de suicide » avec son épouse Fanny Fuss, et tiré une balle dans la tête de sa bien-aimée avant de retourner l'arme contre lui, ne réussissant qu'à se blesser sévèrement. Considéré comme fou, il avait été acquitté. Le suicide de couples, important dans notre histoire, avait été inauguré par le grand poète allemand Heinrich von Kleist en 1811. Au bord du lac de Wannsee, il avait occis d'un coup de pistolet son amie musicienne mariée Henriette Vogel. Atteinte d'un cancer, elle avait attendu la mort sereinement. Kleist, sur le corps de sa muse, s'était ensuite brûlé la cervelle. Ce geste poétique, romantique et surtout stoïcien fascinait les écrivains et Arthur Koestler en premier.

Le drame qui foudroierait Stefan Zweig sur lequel nous reviendrons le frapperait également.

Sans doute voyait-il en Johannes un esprit clairvoyant mais aussi chaleureux, malin, au point que son intelligence, sa duplicité lui permettraient d'éviter les pièges. « Becher se prit pour moi d'une sympathie que je lui rendis et que j'éprouve encore, bien qu'il m'ait depuis dénoncé publiquement comme un criminel de guerre, un bandit et un espion, en réclamant alternativement que je sois exterminé, ou mis dans un asile de fous », confesse-t-il. Johannes ne manquait pas d'idées et suggéra qu'Arthur Koestler pourrait rédiger un livre sur le mystérieux Plan quinquennal de Staline. Il trouva le titre, *La Russie à travers les yeux d'un Bourgeois*.

La situation s'aggravait en Allemagne. Les nazis étaient passés de 8 députés à 107 puis à plus de 200 l'année suivante. Ils vociféraient de plus en plus dans les rues comme des troupeaux sauvages... K apprit qu'une bagarre avait éclaté au Reichstag le 12 mai 1932. Un journaliste fut roué de coups. Des députés nazis s'en prirent à un vieil officier à la retraite dans le restaurant du Parlement. Les chaises et les tables volèrent. L'homme qui avait provoqué les dégâts, Edmund Heines, appartenait aux SA, la branche armée du Parti nazi et en était l'une des personnalités les plus troubles et violentes. Il avait commis un meurtre quelques années plus tôt mais la justice avait préféré le libérer par peur. Certains l'accusaient d'être l'amant de son chef, Ernst Röhm (il se mettait dans une rage folle quand la presse y faisait allusion). Heines et trois autres de ses complices furent expulsés de l'Assemblée pendant trente jours mais comme ils refusaient de quitter la salle, la police les arrêta puis les relâcha. En 1934, Heines suivra dans la mort son amoureux et patron Röhm lors de « la Nuit des longs couteaux » au cours de laquelle Hitler se débarrassa de cette bande d'homosexuels devenue dangereuse pour lui.

Le Reichstag tanguait comme un bateau ivre. Le chancelier Heinrich Brüning que le vieux président Hindenburg avait nommé démissionna le 29 mai 1932. Von Papen le remplaça. Koestler s'émouvra de ce gâchis dans *Hiéroglyphes* : « C'était le début de la fin. Le parti socialiste, fort de huit mille adhérents, ne dit rien. Les syndicats socialistes n'ordonnèrent même pas une grève de protestation. Seuls les communistes lancèrent l'ordre de grève générale immédiate. L'appel tomba dans les oreilles de sourds… Nous avions perdu la bataille contre Hitler avant qu'elle fût livrée. »

K attendait avec angoisse la délivrance du sésame vers le monde meilleur. Le soutien de Johannes (Koestler rappelle le lien entre la Ligue des écrivains révolutionnaires et le Komintern) lui permit d'obtenir un visa pour l'URSS et, en juillet 1932, il fit une nouvelle fois ses valises, impatient de découvrir la société idéale dont il rêvait depuis tant d'années.

12

La belle espionne

L'Allemagne sombrait dans la folie. La nomination d'Adolf Hitler à la chancellerie, le 30 janvier 1933, l'incendie du Reichstag un mois plus tard, les parades de drapeaux sinistres à la lumière des torches, le ballet funèbre des bottes noires dressaient un mur de feu entre des milliers de réfugiés et leur avenir. K s'était métamorphosé en l'un de ces « spectres » dont parlait Stefan Zweig dans *Le Monde d'hier*, « prêt à traîner n'importe où par-dessus les terres et les mers, les ruines lamentables de son existence… » Il vivrait au hasard des logis de fortune qu'une femme lui ouvrirait peut-être, avant de fuir à nouveau. Il apprit que le groupe Ullstein avait été démantelé, leurs biens saisis et en éprouva un véritable vague à l'âme, imagina l'obscurité dans laquelle s'abîmait le grand immeuble où, jeune journaliste timide, il s'était perdu entre les bureaux bruyants et le crépitement des machines à écrire. Les ponts brûlaient derrière lui mais il était loin, parti vers une aventure sans retour. « Prendre son billet au départ, dans un parti, dans une faction, et ne plus jamais regarder comment le train roule et surtout sur quoi le train roule, c'est, pour un homme, se placer résolument dans les meilleures conditions pour se faire criminel », chanta Charles Péguy dans *Notre jeunesse*[1].

K deviendrait peut-être un criminel ou un héros. Il sauta dans un train vers l'est, sans se retourner. Combien de kilomètres parcourut-il ? Des milliers, des milliers… Son convoi traversa la steppe ukrainienne sous le soleil, les nuits et les jours défilèrent. Le ciel s'élargit. De vastes terres brunes, craquelant sous la sécheresse, s'étendaient à l'infini, bordées par le désert du Karakoum qui formait au loin un plateau de pierre blanche strié de fentes serpentines noires. Une lumière éblouissante pesait sur les vitres sales du wagon. K essayait de dormir mais n'y parvenait pas. Il vérifiait que ses trois mille roubles n'avaient pas quitté ses poches. Il avait l'impression d'avoir quitté le monde, ses amis, entrait dans un rêve dont il n'imaginait pas la fin, persuadé de rencontrer des gens heureux. Par la vitre sale du wagon, il aperçut un néant de plaines sous un ciel bas et lourd. Le mont Kirghiz balançait sa crête bleuie nappée de nuages. Les steppes s'étendaient, aussi blanches que la lune.

Il tenait fermement dans sa main le blanc-seing où était marqué son titre « Délégué des écrivains prolétariens d'Allemagne » qu'il regardait avec fierté. Ce papier lui ouvrait toutes les portes, hôtels d'État, repas dans les cantines réservées aux fonctionnaires, billets de chemin de fer, et le prémunissait contre les guides fouineurs qui pistaient les voyageurs et les empêchaient d'aller partout dans cet hermétique labyrinthique soviétique. Il fut bien reçu, rencontra des directeurs de revues littéraires qui espéraient publier des récits de lui. « C'est ainsi que je vendis la même nouvelle à huit ou dix revues littéraires différentes, de Leningrad à Tachkent (Ouzbékistan) et que je cédai les droits pour le russe, l'allemand, l'ukrainien, le géorgien et l'arménien », se vante-t-il dans *Le Dieu des ténèbres*. Son nom ne disait pourtant rien à ce nouveau monde puisque, à part *Le Chat qui louche*, il n'avait publié aucun livre. Mais la presse officielle le « vendait » comme écrivain révolutionnaire.

Nous ne savons pas combien de temps il a voyagé en URSS. Au gré de ses mémoires, *Le Dieu des ténèbres* ou *Hiéroglyphes*, il affirma y avoir passé un an puis cinq mois. Il traversa des palais d'or à Samarcande, que mirent à sac les cavaliers de Gengis Khan, un endroit qui fascinera le marin aventurier Corto Maltese sous le pinceau de Hugo Pratt[2], il visita des mosquées, se perdit aux confins des plaines, sur la frontière afghane, se fondit dans l'éblouissement des couleurs, des lumières, des parfums, les vastes nuits étoilées et chaudes… Il patienta sur les quais de gare. « Les longs voyages en chemin de fer sont en Russie l'équivalent des traversées transatlantiques en paquebot et constituent pour l'étranger l'une des rares occasions de faire des connaissances en dehors des contacts officiels », vante-t-il dans *Hiéroglyphes*.

Alors qu'il se rend à Bakou, capitale de l'Azerbaïdjan, il relate une jolie scène. Seul dans son wagon obscur après que l'ampoule misérable du plafonnier se fut éteinte à la suite d'une panne de courant, il voit la porte du compartiment s'ouvrir et, dans la pénombre, elle entre comme un rêve, accompagnée d'un officier de l'Armée rouge portant une bougie qui éclaire le visage gracieux et les doux cheveux bruns de Nadeshda Smirnova, en tailleur noir. « Un profil d'une beauté altière et classique, le plus beau que j'aie jamais vu, avec un front bombé et presque anormalement haut, et les lèvres ciselées d'un adolescent grec. » Il apprend que l'officier, un simple ami, a quitté le train, et que Nadeshda continuera le voyage seule. K s'efforce de lui parler avec ses hésitations habituelles, le cœur enflammé, sans très bien savoir quoi dire, comme si la foudre de la steppe l'avait frappé. Il accompagne Nadeshda jusqu'au wagon-restaurant, devant une table recouverte d'une nappe blanche, commande une bouteille de vodka et du caviar.

Déjeuner avec une belle inconnue pendant que le paysage défile entre ciel et terre offre une merveilleuse scène qu'Alfred Hitchcock concevra plus tard dans *La Mort aux trousses*, quand un Cary Grant en fuite heurtera au détour d'un compartiment une Eva Marie Saint magique. Nadeshda lui parle de Pouchkine et de ce grand poète Vladimir Maïakovski. Il ne comprend pas pourquoi elle travaille au Service des Eaux au lieu de jouer du Tchekhov au Bolchoï. Elle se met à rire. Il voit défiler beaucoup d'officiers, se demandant si ce train ne transporte pas des personnages de haut rang, des militaires raides et à l'air revêche, dont les silhouettes se graveront pour toujours dans sa mémoire, et reprendront vie lorsqu'il s'attellera au *Zéro et l'Infini*. Sans qu'il en ait conscience, les deux sinistres policiers fonctionnaires de son roman, Ivanov et Gletkine, naissent dans ce train.

Le soleil se couchait lorsque le convoi arriva à Bakou. Nadeshda l'invita chez sa tante. Il monta dans un fiacre avec elle, l'embrassa, rongé par le doute. Car elle pouvait être une espionne. Il apprit que les Soviétiques la surveillaient et de son côté, Nadeshda se rembrunit en voyant K parler avec un certain Paul Werner. Cet ancien « gosse des rues » qui avait commencé son travail d'épuration en tuant tous les chats dans les rues de Leipzig était devenu un sinistre fonctionnaire de Bakou et un agent de la Guépéou. Il dardait ses yeux morts sur ses proies. Nadeshda le regardait, épouvantée. « Son corps semblait attendre sans un geste que la hache s'abattît », note Koestler. De son côté, Werner dévisageait la belle et élégante femme comme une ennemie d'une classe sociale supérieure. Il ne savait pas comment manipuler couteau et fourchette et « contre cet éternel cauchemar (qui dévaste le représentant du milieu social inférieur) », remarquera Koestler, « le marxisme lui-même n'est pas un remède. » Werner exorcisait ses complexes par la haine.

K tentait de protéger Nadeshda des soupçons de l'inquisiteur jusqu'au jour où il reçut une dépêche que lui envoya l'un de ses journaux, une simple commande d'article. Il la glissa dans la poche de son pardessus, mais lorsqu'il voulut la récupérer, elle avait disparu. Nadeshda l'avait certainement subtilisée. Elle enquêtait sur lui. Pour le compte de qui ? Il préféra en informer Werner qui accrut la surveillance autour d'elle, loin de se douter des véritables motivations de la « ballerine », comme K l'appelait, probablement une banale jalousie puisqu'elle voyait son voyageur hongrois comme un amant et le soupçonnait d'infidélité ou de vie secrète. Il l'avait dénoncée, trahie et pendant toutes ses années (les sept Grâces) de militantisme au Parti communiste, il n'enverrait plus aucun nom en pâture. Nadeshda ne fut heureusement pas arrêtée. La Guépéou n'avait rien à lui reprocher. Fut-elle inquiétée plus tard ?

K savait qu'il la quitterait bientôt. Son adieu lui inspire un très joli passage de *Hiéroglyphes*, comme extrait du *Docteur Jivago* : « À quatre heures du matin, Nadeshda et moi faisions encore les cent pas sur les quais déserts de Bakou. Une fine neige noire tombe jour et nuit des hauts puits de pétrole et des énormes cheminées des raffineries sur la ville. Il pleuvait depuis une heure du matin. Les cheveux de Nadeshda étaient trempés… J'attendais la sirène libératrice du bateau, comme un homme condamné à être pendu… Je voulais l'embrasser et je ne pouvais pas. Elle était immobile. Elle baissa la tête sous ses cheveux ruisselants et regarda ses souliers de diamants neufs. Elle dit : “les voilà perdus”. Ce furent les derniers mots que j’entendis de ses lèvres. » Il n’eut plus jamais de nouvelles de la « ballerine » dont le destin se perdit dans les purges staliniennes. Probablement, elle ne put y échapper. La Cendrillon Nadeshda reste une silhouette, l’une des magiques ombres qui jalonnent la vie de K/Koestler entre le ciel et l’abîme.

13

Un air de jazz venu de nulle part

Il avait repris sa longue transhumance dans le train, jusqu'à Achgabat, la capitale du Turkménistan. Un souffle chaud venu du désert le brûla alors qu'il atterrit (c'était bien le mot) dans une superbe gare en pierre. Des nuées de poussière recouvrirent ses vêtements. Dans le soleil et ses mirages, jaillirent des maisons en terre cuite, des vergers bleus qui bordaient de grandes avenues de sable noir ensanglantées par les blessures du tremblement de terre de 1927. Au loin, des coupoles dorées comme des lingots tranchaient sur les collines perdues dans la brume indigo. Il aperçut des tentes et des chameaux maigres. La Guépéou lui avait donné une adresse à Achgabat, une sorte de maison informe au milieu d'un champ calciné. Il loua une chambre exiguë avec un lit en fer qui sentait la pisse. Des taches de sang constellaient le mur. Le locataire précédent avait passé la nuit à écraser des punaises. Il faisait chaud. Le sommeil ou la mort (qui sait ?) le gagnait quand une petite musique le tira de sa torpeur entre rêve et réalité. C'était une chanson mélodramatique, *My Yiddish Momme*, le genre d'air qu'il avait entendu pendant son enfance, fredonné par une chanteuse russe juive, Sophie Tucker, très populaire aux États-Unis. La mélodie venait de la chambre adjacente. K se leva, sortit et frappa à la porte voisine. Un grand Noir lui ouvrit, surpris. « Il avait les mouvements aisés et gracieux de sa race », se rappellera-t-il. Sa pièce était aussi sinistre, constellée de chiures et malodorante. L'homme transportait avec lui jusqu'au bout du monde son phonographe portatif pour écouter la musique du pays.

Quand K apprit son identité, il se dit que son voyage réservait décidément de drôles de surprises. En face, se tenait Langston Hughes, l'un des plus grands poètes américains et figure de la Black Renaissance à Harlem, auteur d'une œuvre avec laquelle K se disait familier, ayant savouré le recueil paru en 1926, *The Weary Blues*. Ils burent de la vodka. Hughes s'était rendu au Turkménistan pour participer à un documentaire sur la persécution des Noirs. Une maison de production soviétique, Meschrabpom, avait proposé de financer le projet. Langston avait cru à la Révolution de 1917, invoquait ce monde meilleur chaque fois qu'un conducteur de bus du Missouri l'envoyait rejoindre à l'arrière ses « congénères ». Il avait commencé à façonner le scénario du long-métrage qui s'intitulait *Noir et Blanc*, où il racontait les mauvaises expériences des citoyens de couleur dans le sud ségrégué. Il avait convaincu le comédien Wayland Rudd, un activiste communiste installé à Moscou et la romancière Dorothy West d'y participer.

La troupe prit l'avion et atterrit dans la capitale russe, émerveillée à l'idée de pouvoir emprunter un bus sans être obligée d'y occuper une place assignée. Mais à peine arrivé, Langston reçut à son hôtel un courrier plutôt sec, l'informant que le film ne verrait jamais le jour. Il apprit les raisons de cette décision brutale. Staline aimait dénoncer le racisme de la société américaine, la manière dont elle brutalisait ses « nègres » mais avait préféré renoncer au projet car un événement plus important allait survenir : les États-Unis s'apprêtaient à reconnaître l'URSS, ce qu'ils firent en cette année 1933. Langston, meurtri et en colère, se sépara de son groupe et décida de prolonger son séjour et après tout, peut-être, le gouvernement soviétique changerait-il d'avis. Il testa les vieux trains bringuebalants de l'Asie centrale, mais au moins il avait accès au wagon-restaurant et des orchestres jouaient de la mandoline, des guitares, de l'accordéon, des balalaïkas, et les voyageurs dansaient. « Les Russes sont des grands musiciens folk », pensa-t-il.

Dans une gare, il aperçut des banderoles sur lesquelles flottait le nom de Maxime Gorki. Les municipalités fêtaient un peu partout le quarantième anniversaire des débuts littéraires du grand écrivain qui avait publié ses premiers textes dans le *Journal de Samara* en 1893 et imaginait depuis une œuvre théâtrale et romanesque d'une envergure certaine, intéressante même si le régime communiste faisait de lui sa plume officielle. Magnifique est la nation qui, des tribus nomades aux étudiants des villes, célèbre jusqu'au cœur du désert un homme de lettres. Langston Hughes n'en revenait pas. Il remarqua aussi ce qui n'allait pas, s'aperçut que beaucoup de femmes dans ces régions reculées portaient le voile, vivaient encore dans des harems, que les muezzins chantaient du haut de leur tour, comme il le note dans ses souvenirs, *I Wonder As I Wander*[1].

C'est ainsi que Langston Hughes échoua à Achgabat, et passa des nuits à contempler les étoiles, à écouter de la musique et à boire de la vodka, voyant avec angoisse ses économies – une partie de l'argent du film – fondre dans cette petite chambre infestée, inquiet pour son retour. Il rationnait sa nourriture et un accès de fièvre l'avait contraint à s'aliter.

Allait-il mourir ici avec comme seule douceur la musique du pays sur son phonographe et sa machine à écrire silencieuse ? Il fallut que Sophie Tucker larmoie et qu'il frotte la lampe d'Aladin pour qu'un inconnu frappe à sa porte, « un jeune homme à l'apparence sévère, vêtu à l'européenne, avec un visage tranchant et des cheveux noirs huileux », écrira-t-il. C'est ainsi qu'il fit la connaissance de K, tombé du ciel, apprêté de manière improbable dans ce rude paysage. Il est amusant de noter que Langston, dans ses souvenirs, s'excuse de n'avoir aucune bouteille de quoi que ce soit en réserve. K lui aurait dit : « Je ne bois pas mais j'adore le jazz. »

Devenu Arthur Koestler, il rapportera un souvenir sensiblement différent[2]. Les deux voyageurs partageront de la vodka. Langston déclinera sa qualité d'écrivain, laissant supposer que son visiteur ne le connaissait pas. K lui raconta son vol en Zeppelin et son odyssée en URSS et Langston observa son visiteur qu'il définira comme un « homme curieux rempli de tristesse », sans humour, alors que lui aimait plaisanter, tournait la vie en dérision. K souriait peu, traînait une gravité, soucieux de la politique des communistes au Turkménistan mais, ajoute Langston, « semblant ne pas tellement aimer la population, ni Achgabat, et encore moins l'inconfort de l'hôtel, la saleté des latrines ». Son tempérament germanique ne plaisantait pas avec l'hygiène. Dès qu'il regagnait leur hôtel, note encore Langston, il se lavait à grandes eaux. « Si la révolution avait eu lieu en Allemagne, disait K, elle aurait été propre. » Dans les salons de thé de la ville, les clients se passaient les breuvages de main en main et K en concevait un certain dégoût, surtout quand il prenait la tasse du poète Kirillov, secoué par des toux grasses.

La scène met en présence deux consciences du siècle, l'une noire, l'autre juive, dans un décor lunaire secoué par le vent chaud. K ne fut pas le seul à entendre la musique. D'autres voisins arrivèrent, heureux d'écouter les disques de Louis Armstrong. « Un bon vieil orchestre de dixieland brise n'importe quelle barrière de la langue. J'avais transformé ma petite chambre en centre social », s'amuse Langston[3]. K traduisait à son ami noir les propos des guides russes et comme le remarqua le poète américain, ce satané baroudeur hongrois était toujours prêt à une escapade, jamais fatigué. Les deux écrivains se rendirent dans la cité antique de Merv et son vieux fort perdu sur une colline désertique entourée d'oasis. Ils dormaient dans le même lit et Langston regardait avec étonnement son compagnon de voyage vider toute l'eau disponible pour se laver trois, quatre, dix fois le visage, le corps, espérant se débarrasser de la poussière, de la chaleur, de quelque chose d'incommodant. En « bon communiste », K – témoignera Langston – demandera même à une serveuse d'une manière assez cavalière de transporter leurs bagages et elle refusa.

Ils visitèrent des maisons d'ouvriers, se rendirent dans une école de cinéma de la ville où des enseignants souvent de couleur apprenaient à des jeunes comment fabriquer un film, du scénario à la caméra. Langston pensa à Hollywood, ce territoire interdit à sa communauté. « Le syndicat des opérateurs ne permettait pas aux Africains-américains d'accéder aux machines de projection. Même les établissements appartenant à des Noirs devaient employer des projectionnistes blancs. Quand j'ai raconté cela à Koestler, il avait du mal à le croire. Mais j'essayais de lui faire comprendre pourquoi j'observais les changements en Asie avec des yeux de nègre. Pour

Koestler, le Turkménistan n'était qu'une terre primitive en transition vers la civilisation du xxe siècle. Pour moi, c'était une terre colorée évoluant sur des orbites jusqu'alors réservées aux Blancs. » Lénine avait décidé d'asservir les grandes régions d'Asie centrale, de rompre leur lien à l'islam, d'empocher les richesses de leurs sultans ou fermiers exploiteurs et de parquer les tribus nomades dans la grande politique de collectivisation forcée. Le Turkménistan n'y échappait pas. Staline poursuivait cette politique avec encore plus de brutalité.

Le chapitre suivant des mémoires de Langston Hughes, *I Wonder as I Wander*, publié en 1956 en plein maccarthysme (Langston Hughes sera auditionné par la Commission des activités anti-américaines), s'intitule *Darkness before noon*, allusion au célèbre roman de Koestler. Langston affirme avoir vu, avant son ami voyageur, la première brèche dans le monde idéal en assistant à un procès qui annonça les grandes purges de 1937.

14

« Voulez-vous résoudre la plus grande affaire criminelle du xxe siècle ? »

Il faisait chaud dans la petite salle du tribunal où avait pris place l'accusé, un officiel turkmène, Atta Kurdov, convaincu de crimes contre l'État. Comme il s'y ennuyait autant que le futur condamné et ses juges, Langston Hughes proposa à K de l'accompagner, profitant de la possibilité qui était encore offerte aux curieux d'observer la « justice » de Staline. Langston réfléchissait à un article, pensant Kurdov coupable avec sa tête de voyou. K s'installa sur l'un des bancs, fasciné par ce cérémonial lent où chaque acteur semblait hypnotisé comme s'il répondait à un étrange rituel. Il s'efforça d'en savoir plus sur les charges retenues contre cet homme aux « yeux morts », se renseigna auprès du Parti local et revint tourmenté car s'il ne croyait pas Kurdov et ses complices, « un misérable troupeau, le visage blême non rasé » innocents, « l'espèce d'irréalité » dans laquelle baignait le procès suscita en lui le soupçon. Ces gens-là n'étaient-ils pas des boucs émissaires ? K n'a jamais su ce qu'étaient devenus Atta Kurdov et ses « sbires ». Il aurait pu se souvenir de cette phrase de Kafka dans *Le Procès* : « Les décisions définitives du tribunal ne sont pas rendues publiques, les juges eux-mêmes n'y ont pas accès, si bien que sur les affaires anciennes il ne court que des légendes. »

Quand il retourna à Moscou, K fut surpris de ne lire aucun compte rendu du procès comme s'il n'avait jamais eu lieu. Sa foi ne changeait pas. Il essaya de faire adhérer Langston au Parti communiste mais le poète américain lui répondit qu'il n'intégrerait jamais une structure aussi disciplinée et servile. L'esprit libre qu'était l'écrivain ne pouvait accepter aucune soumission à quelque autorité, à moins de renoncer à sa créativité. Et puis une idéologie qui abhorrait le jazz, considérait cette musique comme « bourgeoise et décadente », ne le séduisait pas. « Jamais je ne renoncerai au jazz pour la révolution. » Les Russes l'accusaient d'aimer des artistes dégénérés mais quand il mettait un disque, ils accouraient et dansaient sur Armstrong. K comprenait que mêler l'individualisme de la littérature à la force collective de la politique n'avait rien de facile. Il ajouta qu'à certaines périodes de l'histoire, chacun devait transcender ses limites. K ne chercha pas à convaincre Langston. Il prit congé de son ami après avoir appelé le Komintern pour aider le poète à quitter le territoire.

Une autre vision ébranla sa croyance. Chaque fois que le train arrivait en gare, des zombies dépenaillés se précipitaient sur le quai, chargés de tissus, d'objets en terre, qu'ils tendaient vers les voyageurs en réclamant un morceau de pain. Des femmes erraient le long des voies, tendaient vers les voyageurs leurs enfants squelettiques à « la tête énorme, au ventre gonflé » selon la description qu'il en ferait lui-même. K se recula sur sa banquette. Il ne pouvait détacher son regard de cette foule suppliante. Ces gens meurent de faim ! Un Russe qui partageait son compartiment lui raconta que cette population s'était punie elle-même en refusant la collectivisation décidée par le grand Staline, qu'elle s'était détournée du seul chemin susceptible de sauver un pays encerclé et menacé. K tenta de se rassurer mais ne prononça plus un mot pendant le voyage. La machine fanatisée à l'intérieur de son cerveau effaça ces visions atroces, les cadavres qu'il apercevait dans les fossés, sur le bord des routes, dévorés par les corbeaux, des terroristes bien sûr. Ces spectres s'agitaient comme ceux d'un train fantôme dans une sinistre foire mais ils n'épouvantaient même pas les enfants des apparatchiks qui semblaient ne pas les voir, à tel point que K se demanda s'il ne rêvait pas.

Six ans passeront avant que ses impressions ne fussent retranscrites dans un roman qui allait bouleverser le monde. Arthur Koestler n'est pas le premier à avoir vu la tragique nature du régime soviétique. Le très beau film d'Agnieszka Holland, *L'ombre de Staline* (2019), raconte le combat désespéré du journaliste britannique Gareth Jones qui, au cours d'un voyage, découvrit l'Holodomor, la grande famine ukrainienne. Il aurait pu y croiser K dans un train et partager la même angoisse. À partir de 1931, à la suite du krach boursier, l'attrait pour l'Union soviétique avait saisi le public anglo-américain désireux de comprendre la politique de Staline et des milliers d'Occidentaux adressaient chaque année des demandes de visa pour visiter l'Empire socialiste défendu par de nombreux intellectuels occidentaux acquis à la Révolution. Gareth Jones sera le premier journaliste étranger à monter à bord de l'avion du chancelier Hitler en 1933 puis il s'embarqua pour Moscou et l'Ukraine, décidé à envoyer des reportages puissants à son journal *L'Evening Standard* et à obtenir le prix Pulitzer.

Beaucoup de reporters se contentaient de reproduire les dépêches de l'agence Tass, mais Gareth tenait à vérifier sur place les mythes et légendes, à condition de semer les guides que le tyran collait aux basques des visiteurs. Il réussit à larguer son chaperon et parcourut seul des dizaines de kilomètres, dormant dans les auberges ou cheminant la nuit. Il vit des paysans manger des rongeurs crus, des enfants errer en guenilles... « Les Bolchéviques nous ont tout pris », affirmaient-ils. Gareth apprit que l'un de ses contacts censés le convoyer hors des sentiers officiels avait été retrouvé mort. Il ne sut jamais les causes du décès et fut finalement arrêté puis expulsé d'URSS. De retour à Londres, le 23 mars 1933, il publia dans *L'Evening Standard* un article où il dénonçait la politique cruelle de Staline. Il déchaîna la colère de Moscou et se heurta à tous les esclaves de l'URSS, nombreux en Occident, en particulier au très influent journaliste Walter Duranty, ancien correspondant de Moscou, plume respectée du *New York Times*, récipiendaire du Prix Pulitzer pour ses articles sur la jeune république soviétique et grand admirateur du dictateur rouge. « Les Russes ont faim mais n'en meurent pas », prétendait-il. « Gareth Jones révèle une histoire effrayante au sujet de la famine en Union soviétique. Mais il n'y a pas de famine ou de décès dus à la famine. Il existe plutôt une mortalité généralisée liée aux conséquences de la malnutrition. » Duranty traita son jeune collègue de menteur et les textes de Gareth se perdirent dans les limbes.

Les sept millions de Soviétiques morts n'existaient pas. Quand des délégués européens se rendaient en Ukraine, les nettoyeurs de Staline débarrassaient les routes des cadavres, astiquaient, décrassaient les kolkhozes, dressaient des banquets abondants avec des plats pleins de viande et engageaient des figurants qui faisaient bombance. Le grand romancier russe Vassili Grossman, futur auteur du chef-d'œuvre *Vie et destin* sur le siège de Stalingrad, raconte dans son livre *Tout passe* la visite sur le Dniepr d'un ministre français crédule. Il s'agit d'Édouard Herriot qui a entendu des rumeurs alarmantes selon lesquelles la population avale là-bas des vers de terre et se livre au cannibalisme. Mais les officiels lui présentent des enfants bien nourris qui affirment avoir mangé au déjeuner du bouillon de poulet, des croquettes de riz. Henriot revient enthousiaste et lance tout fier : « L'Ukraine, dont on me parle parfois, mais c'est la Beauce ! »

Se sentant seul, Gareth Jones continua d'alerter les consciences. Il aurait certainement écrit un livre de la même envergure que *Le Zéro et l'Infini* s'il n'avait reçu trois balles le 16 août 1935, en Mongolie. Sur cet assassinat jamais élucidé plane la main noire du Kremlin.

K avait froid. Les températures avaient chuté. De temps à autre, des nouvelles de l'Allemagne lui parvenaient. Hitler avait accédé au pouvoir. « En toute légalité », rappellerait le journaliste autrichien Bruno Heilig dans un fameux article publié en 1938. « Toutes les formes de démocratie ont été observées. Cela semble paradoxal mais c'était en fait absolument logique. L'effet inévitable de la pauvreté sur les développements politiques. Mettre le pouvoir politique entre les mains d'hommes aigris et dégradés par la pauvreté, c'est attacher des tisons aux renards et les lâcher dans un champ de maïs. » Les flammes de l'incendie du Reichstag perturbèrent les nuits glacées de K pendant le terrible hiver 1933. Elles brûlaient ses rideaux, le paysage enneigé sous ses fenêtres, sans le réchauffer. Qui avait allumé le brasier ? Les Juifs, comme les accusaient les nazis ? Les fascistes eux-mêmes ?

Il était retourné à Kharkiv, et louait une chambre dans l'Hôtel Regina qu'il partagea avec un poète. Ce furent des nuits à boire de la vodka, à se soûler. Il se réchauffait comme il pouvait, émergeait à l'aube dans les bras d'une femme saturée de parfums. Les visions des spectres revenaient aussi à lui comme des vagues noires. Il se réveillait en sueur. Pourquoi ne reviendrait-il pas à Berlin pour aider ses camarades ? Son ami Alex Weissberg le dissuada de rentrer. « Les nazis te tueront. Reste fidèle à la cause. L'heure est grave. Non, il n'y a pas de famine en Ukraine. Une rumeur des nazis. Ce n'est pas le moment. » Qui croire ? K fuyait les discussions, surtout avec les non-membres du Parti.

Il aurait dû accompagner Langston aux États-Unis mais n'y songeait que maintenant et c'était trop tard. Il rentra à Moscou, ne sachant que faire de sa vie ni où aller, il végéta au Café Metropole et comme toujours il se raccrocha à la littérature, le rêve de son existence, malheureusement en friche. Il commanda trois verres de vodka, saisit des serviettes en papier et griffonna une pièce, *Le Bar du Crépuscule*, imaginant qu'elle serait jouée dans tous les théâtres du monde. Cette perspective l'amusait car il rédigea une farce juste destinée à chasser sa déprime. Il racontait le voyage de deux envoyés de l'espace qui prévenaient la terre de son pourrissement et se promettaient de la sauver de l'anéantissement si elle choisissait le bonheur plutôt que la haine et la violence, une « bouffonnerie mélancolique », prévint-il sur le haut de la première page. Il ramassa les feuilles que le vent chassait et les fourra dans sa poche.

Quand il ne traînait pas dans les cafés à inventer des comédies improbables, K franchissait les lourdes portes du Dôme soviétique où, flanqué de son écusson d'écrivain révolutionnaire, il observait le bal noir. Il croisa deux éternels revenants qui occuperaient le centre de son œuvre, les dirigeants communistes Nikolaï Boukharine et Karl Radek. « Ces hommes étaient tous fatigués. Plus élevée était la place qu'ils occupaient dans la hiérarchie, plus grande était leur fatigue », remarque Koestler dans *Hiéroglyphes*. Les années de prison, d'exil, de famine et de combats pesaient sur eux, comme un spectre qui les décharnait. Boukharine échangeait jadis des caricatures de zizis avec ses camarades mais il avait perdu son humour, enterré sous des tonnes de certitudes, de déchirements intérieurs. Son exclusion du politburo l'avait réduit à un marcheur sans but, fantôme que l'ombre de la mort suivait dans le château hanté du Kremlin. Karl Radek dérivait lui aussi à travers le labyrinthe. Ce gnome au visage mangé par une barbe, personnalité tapageuse de la galaxie communiste, avait été exclu du Komintern pour sa collusion avec Trotski et envoyé dans les zones les plus reculées, en Oural. Il en était revenu comme un mort-vivant pour collaborer au journal *Les Izvestia* et continuer à porter la Constitution soviétique.

K, malgré son mal-être, le cœur étreint par le doute et la peur, méditait un ouvrage où il défendrait le régime soviétique. Le Parti préparait une anthologie collective, peut-être le texte de littérature le plus important que le siècle ait produit. « Voulez-vous résoudre la plus grande affaire criminelle du xxe siècle ? » C'était le thème nimbé d'atmosphère policière que le livre entendait développer sur le modèle du mythique *J'Accuse* d'Émile Zola. Depuis plusieurs mois, les écrivains sympathisants frappaient à toutes les portes, espérant collaborer à ce qui apparaissait comme une bombe politique, prouver que l'incendie du Reichstag était l'œuvre des nazis et non des Juifs, qu'un seul homme possédait la clef du souterrain d'où le feu était parti, Hermann Goering, alors que deux boucs émissaires allaient paraître devant la juridiction nazie, le communiste bulgare Dimitrov et ce simplet exalté Marinus van der Lubbe.

Le document tant attendu, qui s'intitulait *Le Livre brun sur l'incendie du Reichstag et la terreur hitlérienne*, racontait la naissance du Parti nazi, son accession au pouvoir, le brasier du Parlement, les tentations homosexuelles du chef des SA, Ernst Röhm et relatait la vie du « coupable » Marinus van der Lubbe. Parmi les journalistes « invités » à rédiger l'enquête, les « hommes de bonne volonté », comme aurait dit Romain Rolland, K repéra des plumes venues de la nuit et du jour, de son vieil ami Alfred Kantorowicz, à des signatures plus nébuleuses, comme Otto Katz, un homme mystérieux, poète, sur qui bien des légendes circulaient, romantiques ou effrayantes.

K désira rencontrer l'initiateur du projet, une figure mythique du Parti communiste, Willi Münzenberg. Né en 1889, à Erfurt, capitale de la Thuringe, ce fils d'aubergistes désargentés et alcooliques avait travaillé dans une fabrique de chaussures, une pharmacie à Zurich et serait demeuré un travailleur obscur s'il n'avait rencontré deux exilés russes réfugiés en Suisse, Léon Trotski et Lénine, et découvert le socialisme avec l'espoir qu'une vie plus exaltante existait quelque part. Münzenberg avait intégré une famille de penseurs exaltés, de rêveurs qu'il rejoignait au 14 de la Spiegelgasse, à Zurich, dans l'appartement de Lénine, aux côtés de quelques hommes forts en gueule, le Polonais Karl Radek, Félix Dzerjinski, Grigori Zinoviev et Julius Martov qui portaient l'ambition la plus folle, renverser le Tsar et abolir la société médiévale en Russie. Willi en repartait au petit matin, heureux de la bonne impression qu'il semblait exercer sur ces aventuriers de la politique.

Il fit partie des jeunes militants enthousiastes qui, en mars 1917, accompagnèrent Lénine et les autres à la gare de Zurich où les attendait un train pour Petrograd, si excité qu'il avait décidé de les suivre. Mais au moment de monter lui-même dans le wagon, un garde le retint en découvrant sa nationalité allemande et le repoussa sur le quai. Il ne vécut pas l'incroyable liesse révolutionnaire de Petrograd annonçant la chute du Tsar. Lénine le jugeait plus utile en Europe occidentale, avec raison puisque Münzenberg fonda le Parti communiste allemand. Il siégea au Reichstag entre 1924 et 1933 et devint, aidé de sa belle épouse Babette, l'une des voix fortes et charismatiques de la gauche pendant la République de Weimar jusqu'à la nomination de Hitler à la chancellerie. Menacé, il prit la fuite à l'aube dans une Lincoln noire conduite par un chauffeur, et se réfugia à Paris, espérant y retrouver sa bien-aimée.

Münzenberg possédait tout ce qui constituait le propagandiste de haut vol, éloquence, talent d'organisateur, une grande culture dans le cinéma et la littérature. Il présentait le visage rassurant d'un entrepreneur ouvert qui avait créé un florissant groupe de presse pendant les années de Weimar. En 1921, grâce à l'argent du Komintern, il avait lancé l'hebdomadaire *Arbeiter Illustrierte Zeitung* (le journal illustré des travailleurs allemands) vendu à un million d'exemplaires, aussi séduisant que le célèbre magazine américain *Life*. Il créa l'Internationale des Travailleurs, accueillant littérateurs, peintres, artistes, scientifiques, les amis de la Russie soviétique, il flattait les intellectuels pondérés et plutôt aisés, André Gide, H. G. Wells, Romain Rolland ou Dashiell Hammett, les appelait ses

« innocents », conscient que les éclats d'un romancier connu ou d'une actrice célèbre, donneraient du piquant aux ternes visages de l'URSS, Lénine ou Staline. Les artistes appréciaient son « bon sens ». Willi ne s'alignait pas toujours sur la politique du Parti, regrettant que ses frères d'armes jugent la social-démocratie et le « corrompu » régime de Weimar plus haïssables que le nazisme. Même des duchesses anglaises louangeaient le « charmant Willi » et lui prêtaient de l'argent, sans avoir la moindre idée de ce qu'était le Komintern, sinon une « invention de Goebbels ».

K n'aurait jamais pensé rencontrer cette figure mais un certain Paul Dietrich (un nouveau venu débarquait toujours dans ce théâtre d'ombres) lui proposa de rejoindre l'équipe de Willi Münzenberg qui avait établi son quartier général « de résistance » à Paris et avait certainement entendu parler de lui. Cette croyance le remplit de fierté.

Il quitta l'URSS pendant l'été 1933, heureux de vivre une nouvelle aventure même si, au fond de son cœur, se cachait l'objet secret de sa vie, devenir un écrivain reconnu.

15

Une cendrillon rouge

Au fond de sa valise pourrissaient des brouillons, une pièce farfelue, un scénario inachevé, sa collaboration au *Livre brun* qui ne paraîtrait peut-être jamais. K voyageait, le cœur lourd. Chaque nouvelle provenant d'Allemagne le désespérait. Il s'accrochait aux espoirs du Parti communiste et à l'idée que Paris résisterait au monstre. La perspective de rencontrer Willi Münzenberg et de travailler pour lui l'excitait. Pourtant, il repoussa son voyage en France. Il avait besoin de voir ses parents qui menaient des vies séparées. Adele vivait à Vienne de l'argent qu'elle recevait de sa famille mais il ne put la saluer car elle était en déplacement à l'intérieur du pays. Il assista au mariage d'une cousine et, en regardant les invités danser, oublia la violence du monde. Il raconte que beaucoup des convives avec lesquels il rit et but ce soir-là moururent dans les chambres à gaz (dont la sœur de sa mère), rendant très amer ce fugace souvenir. Quand il rendait visite à sa cousine Margit et à son mari, il se promenait dans la roseraie, cueillait des fleurs. « On ne lisait des journaux que le dimanche », écrira-t-il. « Berlin et Moscou étaient des abstractions lointaines, et leurs deux dictateurs des personnages de légende comme Néron et Caligula[1]. » Il ignorait qu'il ne reverrait plus Margit. Son époux aurait la bonne idée de mourir avant son arrestation. Vienne s'était assombrie. Des bandes circulaient en ville et saccageaient les bars.

Puis K s'arrêta à Budapest, impatient de rendre visite à son père Henrik. Cet homme si fier, ancien entrepreneur glorieux des années folles, vivotait, seul, dans un petit appartement de la rue Klotild, à l'ombre du palais. K frémit en découvrant que Henrik habitait un quartier dégradé, portait des vêtements râpés, des chaussures percées, cachant autant qu'il pouvait les signes de son indigence. Il aurait eu mauvaise grâce à le juger car sa situation financière n'était pas tellement plus florissante et Henrik devait ressentir un peu de tristesse en s'apercevant que son garçon n'avait pas fait fortune. C'était toujours la même scène : K lui laissa un peu d'argent, du moins le peu qu'il possédait. Il embrassa tendrement Henrik, l'assura sans y croire qu'il l'aiderait. « Tu sais, j'ai des contacts avec un journal hongrois. Ils veulent que je raconte mes aventures dans le socialisme. »

Combien de fois avait-il eu ce genre de propositions restées à l'état de promesses ? Combien de rédacteurs en chef désireux de le publier avaient reculé après avoir appris qu'il était membre du Parti communiste ? Combien d'autres hésitaient, entre fascination et dégoût ? Son ami Andor Nemeth qui venait de vendre au City Theater sa pièce *Veronika*, l'hébergea. Pendant son séjour dans la capitale hongroise, il savoura cette ébullition littéraire qui lui manquait tant, la vie dans les cafés et les librairies, se lia d'amitié avec le poète trotskyste Attila Jozsef, le « Rimbaud hongrois ». Ce garçon exalté, au bord de la folie, promettait de se donner la mort s'il ne parvenait pas à assouvir son idéal en politique ou en amour. Il avait inventé des textes merveilleux, *Ni père ni mère* (1929) et *Abattre les Chênes* (1931).

K et Attila, qui avait été expulsé en 1930 du Parti communiste, s'enflammaient dans les bars, sans se soucier de leurs vêtements élimés ni de leur maigreur, rêvant tous deux d'un flamboyant destin littéraire. Les soirées s'achevaient dans l'alcool et les éclats de voix. Attila buvait peu mais K picolait pour deux, haussait le ton, devenait cassant. Bien que la vision de paysans grattant la terre de leurs mains squelettiques l'eût ébranlé, il refusait d'admettre la réalité de la famine en Ukraine, orgueilleusement drapé dans ses voyages et ses expériences, sa réputation d'« agent du Komintern », une rumeur qui suffisait à l'envelopper d'un halo sacré et inquiétant. Ses amis de beuverie savaient qu'il allait accomplir quelque mission secrète à Paris mais ne cherchaient pas à en apprendre davantage comme ils évitaient les discussions politiques. K affirmera qu'il ne s'est jamais querellé avec Attila sur la Russie ou Staline. Leurs conversations n'en étaient pas moins éreintantes, interminables. Le jeune poète passait de l'abattement à la colère, infatigable, jamais rassasié d'histoires, d'emportements, même à quatre heures du matin quand tout le monde autour de lui s'assoupissait et rêvait d'un bon lit. K admirait et aimait le poète, mais le trouvait pénible.

J'étais le Christ : je suis à terre
je meurs narcisse solitaire
Voici le train
il vient de loin.
Tout à coup semble éclore,
en un plus bel éclat que celui de l'aurore
l'instant festif, fringant comme un beau destrier
Œil rouge inscrit pour moi dans le calendrier
Ni vapeur ni brume ne le nourrit, mais l'amertume

Il avait adoré ce poème, loin d'imaginer qu'il était une vision de ce que projetait son auteur. Le suicide d'Attila sous un train en 1937 inspira à Koestler un essai court, *Un mort à Budapest*. « Nous savions tous qu'il était un génie et pourtant, nous l'avons laissé s'effondrer sous nos yeux. [...] La fréquence avec laquelle ce peuple hongrois produit de tels génies sauvages. Pareils à des obus, ils explosent à l'horizon restreint du peuple et puis on ramasse les éclats. Il était le plus grand poète lyrique d'Europe. Cette conviction n'arrêtera pas le train. »

K courait après la gloire qu'Attila finirait par atteindre dans l'au-delà. Il espérait que sa pièce, *Le Bar du crépuscule*, séduirait la scène de Budapest et la confia à son ami Andor Nemeth, en quête lui aussi de reconnaissance, qui échoua encore une fois à convaincre les directeurs de théâtre. Si la porte de la littérature s'était ouverte, Arthur Koestler aurait renoncé à se rendre en France et sans doute se serait-il détourné du militantisme. Mais voilà, il demeurait ce K anonyme qui redoutait d'être assassiné dans une forêt.

Il débarqua à Paris à la fin du mois d'août 1933 avec dans sa valise un énième manuscrit commencé. Il avait lu une annonce de la Büchergilde Gutenberg, une maison d'édition antifasciste prestigieuse, connue pour avoir publié de nombreux textes importants dont le superbe roman de B. Traven, *Le trésor de la Sierra Madre* en 1926 (plus tard adapté au cinéma par John Huston). Elle défendait la « littérature des travailleurs » et s'était attiré la haine des nazis. Quand Hitler arriva au pouvoir, ses nervis saccagèrent les bureaux de la Büchergilde à Berlin. Plusieurs de ses employés et son patron Bruno Dressler furent arrêtés, certains de ses auteurs envoyés dans des camps de concentration. L'entreprise s'exila à Zurich, résolue à poursuivre son travail mais en manque de textes et d'auteurs, elle lança un concours, promettant 3 000 francs suisses à tout inconnu qui composerait un manuscrit de qualité. Koestler s'était mis au travail. Il espérait que Paris, si son activité militante lui ménageait assez de temps, donnerait à son écriture un bel élan. Avec ses économies, il loua une chambre dans un petit hôtel, 54 rue de Belleville.

Il ne vit rien de la capitale française, obsédé par le manque d'argent (Willi Münzenberg ne lui assurerait pas de revenus suffisants). Profitant de ses facilités à parler plusieurs langues, il proposa des articles un peu partout, au gré de ses transhumances, presque la vie dont il pouvait rêver. Il prit contact avec le quotidien français *L'Intransigeant* mais ses textes, coincés en bas d'une colonne et parfois non signés, lui rapportaient peu. Il adressa à des rédacteurs en chef des propositions de sujets sur l'Allemagne et le danger du nazisme sans que ses demandes ne rencontrent un interlocuteur intéressé. Il avait cru, naïf, que Willi Münzenberg et une escouade de camarades l'accueilleraient sur le quai de la gare et lui transmettraient des ordres de mission comme dans les films, de l'argent, des moyens mais rien ne se produisit. Peut-être le suivaient-ils et lui enverraient-ils un courrier mystérieux par une petite annonce ou la visite impromptue d'une belle espionne ? Qu'attendait Münzenberg ?

K fixait les murs défraîchis de sa chambre, déprimé. Il descendait l'escalier branlant, errait, s'arrêtait à un comptoir. « Lorsque l'on vit en exil, le café devient à la fois la maison familiale et la patrie, l'église et le parlement, un désert et un lieu de pèlerinage, le berceau des illusions et le cimetière », imagina l'un de ces littérateurs anti-hitlériens, Hermann Kesten, dans son livre *Poète au café*. K savait que de nombreux écrivains allemands exilés s'étaient réfugiés à Paris glacés par la même solitude que le héros du beau roman d'Erich Maria Remarque, *Arc de Triomphe*, qui racontait l'échouage à Paris pendant les années 1930 d'un chirurgien antinazi obligé d'exercer clandestinement son talent. « Dans la grisaille mouillée, la place semblait immense et sans limites... Il n'y avait que le vaste espace que trouaient par endroits le clignotement des réverbères et l'arc de pierre monumental se perdant dans la brume. Il semblait soutenir un ciel mélancolique et protéger la flamme pâle et solitaire sur la dalle du Soldat inconnu, qui paraissait dans la nuit et le silence être le dernier tombeau de l'humanité. »

Le médecin du livre de Remarque recueillait des femmes en détresse et les emmenait au café devant un verre d'absinthe, guérissant comme il pouvait son isolement. K disposait d'une adresse, le Café Méphisto, sur le boulevard Saint-Germain car c'était à cet endroit que se réunissaient les bannis et qu'il avait une chance de trouver des soutiens même si, auteur d'un seul petit roman passé inaperçu, il n'appartenait pas encore à la caste de ces vagabonds célestes sans patrie dont les livres étaient brûlés, Kesten, Remarque, Walter Benjamin, le poète Ödön von Horváth qui mourrait en 1938 au pied du théâtre Marigny tué par une branche d'arbre que le vent avait arrachée.

Il pleuvait et K traîna, transi de froid, affamé, longea le café de Flore tout illuminé sans oser rentrer, s'asseoir parmi ces inconnus, échanger avec eux des idées sur le monde, se contentant d'observer le dos des clients, des couples amoureux et indifférents, loin d'imaginer que des années plus tard, il y serait installé royalement et que l'une des femmes les plus célèbres de France le giflerait. Mais en ce mois d'automne 1933, il se fondit dans le flot anonyme des passants. Le Café Méphisto lui apparut comme un lieu magique avec sa voûte sombre couverte de miroirs dorés qui semblaient l'absorber tel Orphée. Un brouillard piquait ses yeux, enveloppait une arrière-salle pleine de monde. Il faisait chaud à l'intérieur.

Le cercle d'exilés allemands communistes se réunissait dans des petits hôtels de la Rive gauche et ceux qui avaient gagné quelques sous pendant la semaine descendaient picoler au Café Méphisto. Ils n'étaient pas bien habillés, sentaient la misère, cherchaient des restaurants bon marché. K se présenta à eux comme membre du « Parti » dont le talent de journaliste au sein du groupe Ullstein, bien qu'il fût dirigé par un capitaliste, avait servi la cause. Il aurait pu se demander ce qui le poussait à passer ses tristes journées parisiennes parmi des militants crevards. Il se décida à atteindre l'adresse qu'on lui avait donnée, au 83 boulevard Montparnasse, où Willi Münzenberg avait ouvert son local. Il chercha des yeux la fameuse Lincoln noire mais ne la repéra pas. Il emprunta l'allée fleurie, franchit la petite porte sombre. Derrière un bureau, se tenait une jeune secrétaire. K ne se doutait pas qu'il s'éprendrait de cette jolie femme, Dorothy Ascher, une sympathisante du Parti issue d'une famille de riches banquiers juifs. En révolte contre son milieu, elle avait trouvé dans la lecture de Karl Marx de quoi étancher sa souffrance. Elle était en vérité aussi pauvre que lui. Son père détestait cette fille indigne qui brûlait sa jeunesse dans les officines rouges.

En apprenant l'ouverture du bureau de Münzenberg, Dorothy s'était présentée et avait été embauchée. Elle semblait satisfaite malgré un salaire médiocre. K aima ses cheveux ébouriffés, ses grands yeux bruns et surtout l'expression qu'elle affichait, mêlant timidité et sérieux, tel qu'il la décrit dans *La Corde raide*. Il avait établi une catégorie de militantes, entre « les ouvrières solides et hardies et les neurasthéniques Cendrillons de la bourgeoisie ». Elle parlait souvent de son frère brillant, diplômé en médecine, fière de lui parce qu'il était resté à Berlin afin de soigner les pauvres. Elle fut séduite par K. Ce jeune homme à l'air sombre qu'une ambition littéraire habitait travaillait d'ailleurs pour un journal libéral *Das Neue Tagebuch* et elle se demandait si les responsables du Parti le savaient. Peut-être infiltrait-il l'ennemi capitaliste. Il emménagea avec elle à l'Hôtel de la Paix, situé quai d'Anjou, le genre de lieu mal insonorisé où bruissait le gargouillis des tuyaux.

Il pensait que le *Livre brun de l'incendie du Reichstag et de la terreur hitlérienne* qui parut en septembre 1933 changerait sa vie en conférant au Parti une puissance dont il profiterait, mais ce recueil ne fut pas la bombe politique attendue. Koestler affirmera que l'ouvrage manquait de preuves, d'arguments étayés. Tiré à un million d'exemplaires, traduit en dix-sept langues, il se vendit malgré tout très bien et eut le mérite d'ébrécher le narratif fallacieux des nazis. Pendant l'élaboration, Münzenberg s'était montré exigeant, perpétuellement insatisfait. Il déchirait des épreuves de l'ouvrage et les jetait aux pieds de Katz impassible.

Ce succès du *Livre brun* permit à Münzenberg de lancer les Éditions du Carrefour. Il avait réussi à démontrer que l'adversaire le plus résolu du nazisme restait l'Union soviétique et non ces démocraties molles corrompues.

K voulait rencontrer Münzenberg et patientait des heures dans le local du boulevard Montparnasse, guettant l'improbable Lincoln noire. Dorothy avait obtenu un emploi dans un jardin d'enfants mais occupait toujours son poste de secrétaire en fin d'après-midi. Combien de fois il crut que Münzenberg arrivait. Sa limousine noire ne pointa jamais le bout de sa carrosserie. Un soir, la porte s'ouvrit et K aperçut le fameux Otto Katz qui avait dirigé le *Livre brun*. Il comprit vite que cet homme énigmatique était un espion, l'homme des basses œuvres du Komintern. Ce dandy prétendait avoir été le premier mari de Marlene Dietrich et flottait tel un fantôme derrière Münzenberg, promenant un regard triste, un teint blafard. Il enjôlait ses interlocuteurs par une voix douce, s'intéressait à eux ou affectait de les considérer. K, tout en se méfiant du « charme un peu louche » de Katz, le trouva sympathique. Leur conversation porta sur la littérature. Katz avait bien connu Franz Kafka. Il appréciait le théâtre, écrivait des poèmes, aimait évoquer la belle vie praguoise.

K perçut le danger que ce délateur, dissimulé sous différentes identités (dont André Simon) représentait. Katz avait adhéré au Parti communiste en 1922. Visqueux comme un serpent, il s'enroulait autour de ses victimes en les garantissant de son amitié, pour mieux les asphyxier. Il mènerait ainsi beaucoup de « traîtres » à la mort. Le passionné d'art se transformait en voyageur de la mort, toujours présent dans le pays, la ville, où, comme par hasard, des ennemis de Staline tombaient. S'en faire un ennemi n'était donc pas la meilleure idée. Quand il surgissait, cela voulait dire que Münzenberg n'était jamais loin. Katz sortit une cigarette, en offrit une à K, trahissant par les nombreuses bouffées qu'il expulsait de sa bouche sa nervosité.

Puis la sombre Limousine jaillit et le « Dieu des ténèbres » apparut. K fut séduit par la « puissance magnétique et le charme exceptionnels[2] », de ce chef, comme Jabotinsky l'avait envoûté quelques années plus tôt. Münzenberg était accompagné de son épouse Babette Gross, fille d'un magnat prussien de la bière, une blonde élégante vêtue d'un manteau de fourrure qui rédigeait ses mémos, corrigeait ses discours et l'aimait passionnément, et de son chauffeur et garde du corps, Jupp Füllenbach, la main en permanence sur une arme. Le grand romancier espagnol Antonio Munoz Molina qui a découvert Münzenberg grâce aux souvenirs de Koestler, en brosse un portrait précis dans son bel essai sur l'errance et l'exil, *Séfarade*[3] : « C'était un homme fort, rude, mais pas vulgaire, le cou solide et court, et les épaules larges, le menton un peu levé, les yeux perspicaces cernés de fatigue, le front haut et les cheveux un peu en désordre, ce qui serait le signe d'une activité incessante ou d'un début de laisser-aller, on ne sait pas. »

Il paradait comme ces figures flamboyantes des années folles même si le temps de sa splendeur berlinoise était révolu. Peut-être sa morgue irritait-elle les militants grisâtres qui devaient voir en lui l'un de ces « camarades » embourgeoisés contempteurs des riches mais fascinés par eux au point d'adopter leurs codes.

Quand Münzenberg débarquait, le bureau se mettait en ordre de marche. Les employés savaient qu'ils passeraient la nuit à relire et corriger des discours fleuve dans l'âcre fumée de ses cigarettes. Le patron demandait que l'on vérifie des chiffres (ventes des journaux ou des livres), envoyait des colis par bateau – médicaments, denrées pour les réfugiés. Les secrétaires qui avaient le malheur de se trouver sur place – et Dorothy subit l'ouragan une fois ou deux – ressortaient épuisées peu avant l'aube. K apprit de Münzenberg les ressorts de l'émotion et du populisme, et comme une récompense, Katz lui proposa de participer au deuxième *Livre brun* : *Dimitrov contre Goering* (dans ses Mémoires, il confond les deux ouvrages). À la suite du succès du premier, Münzenberg décida une suite. Le procès du Reichstag se poursuivait. Georgi Dimitrov réussirait à prouver son innocence mais l'étau se resserrait sur le « camarade » Marinus van der Lubbe qui se serait introduit en février 1933 dans le Parlement et aurait allumé la mèche. Ce jeune communiste à la vue déficiente ne disposait pas des capacités intellectuelles ni physiques pour commettre un tel acte dans un sanctuaire aussi surveillé. K fut chargé de compulser les articles sur le sujet, les rapports parlementaires, les interviews, débats…

Il n'avait pas encore conscience, dans l'excitation de ce travail essentiel, qu'il fréquentait des condamnés dont les lémures hanteraient son œuvre.

16

Le chemin qui mène à Rome

K vint moins souvent au bureau. L'affection que Münzenberg lui témoignait irritait Katz, et il valait mieux ne pas agacer Katz. Lors des réunions, le jeune militant hongrois ne disait rien. Il gardait « toujours en quelque sorte l'aspect d'un étranger qui se sentait admis à entrer par tolérance[1] », observera Gustav Regler, un écrivain allemand exilé et l'un des auteurs du *Livre brun*. Trop de mystère enveloppait le bureau du chef. K s'éloignait prudemment de Katz, pensant que le communisme ne pouvait représenter un horizon unique et qu'il ne possédait pas cette indispensable mentalité d'intrigant. Il était heureux de retrouver le bruit de la chasse d'eau de son petit hôtel du quai d'Anjou et la vie calme avec Dorothy. Il menait une vie inespérée, à Paris, au côté d'une femme aimée et le communisme donnait un sens à tout cela. Il était à l'affût des moindres offres de boulot. Son cousin Willy Aldor lui proposa de travailler sur un essai, *L'Encyclopédie de la vie sexuelle*. K accepta. Il avait un grand besoin d'argent et ce sujet l'intéressait, même très éloigné de ses ambitions littéraires. Il y contribua sous le nom du « Docteur Costler », évoquait les pulsions érotiques de l'enfance, l'amour, consacra un chapitre entier au pénis, au clitoris, le « siège principal de la sensation voluptueuse de la femme », fit semblant d'être un médecin en blouse blanche distillant ses préceptes, gêné de son escroquerie, mais il avait remarqué la misère sexuelle d'une jeunesse angoissée qui menait à une crise de civilisation. Le livre, paru en 1933, remporta un joli succès mais l'éditeur et son cousin indélicat captèrent la mise et K se contenta de 3 000 francs, frustré devant le mur devant lui, entre un engagement communiste sans issue et un milieu littéraire fermé ou arnaqueur.

Il termina son roman *Die Erlebnisse des Genossen Piepvogel in der Emigration* (*Les Tribulations du camarade Lepiaf*), le glissa dans un colis sur lequel il gribouilla l'adresse des éditions Büchergilde Gutenberg, imaginant ce qu'il pourrait offrir à Dorothy avec la récompense du concours (de nouveau 3 000 francs). Mais surtout, il serait enfin publié ! Son histoire séduirait-elle le comité de lecture ? Il situait le récit au moment de l'accession d'Hitler au pouvoir. Des parents, en fuite ou arrêtés, confient leurs enfants à un foyer, L'Avenir, près de Paris, là « où le monde semble être tombé sans bruit à travers une trappe ». Ainsi les petits héros du livre – Dédé le voleur, Mathilde aux Polypes, L'Oie rouge, et Lepiaf – tentent de survivre au sein d'une institution jugée injuste et méprisable. Imitant leurs parents militants antifascistes, ils s'en prennent au directeur falot « Furonclet », se plaignent de la nourriture, votent la grève, débattent du mérite de leurs éducateurs, collent des affiches sur les murs et instruisent un procès contre l'un des leurs qui a volé du chocolat et du cake. Que faire de lui ? « À l'origine, dit l'un des minots, les cambrioleurs étaient tous de braves gens mais le capitalisme et la crise mondiale les ont envoyés au chômage. Ils sont devenus cambrioleurs pour pouvoir assouvir leur faim et nourrir leurs femmes et leurs enfants. » Il ne sera donc pas puni.

Koestler développe l'idée que le romancier anglais William Golding reprendrait plus tard dans *Sa majesté des mouches*, celle d'une société régie par les enfants. Il use d'une forme narrative éclatée : lettres, dialogues, carnets intimes qui offrent au récit toute sa percussion. Dans sa lettre d'introduction qu'il joignit au jury, il précisa : « La restitution stylisée de ces lettres et autobiographies provenant d'un foyer d'enfants d'émigrés allemands en France a permis d'intégrer au roman des éléments relevant du reportage et de faire volontairement éclater l'unité artistique de la mise en forme. » Il trahit déjà son peu d'appétence pour la pure fiction. Nous relisons la sentence du critique Gaëtan Picon dans *Le Courrier de l'Étudiant* au moment de la sortie du *Zéro et l'Infini* en 1946 : « Arthur Koestler n'est pas un grand romancier. » Il hésitera toujours entre le concept et le symbole, ne se fiant jamais complètement à son imagination comme si l'essayiste politique s'agrippait à la poésie telle une mauvaise herbe.

Son livre, pourtant vivant et drôle, mené avec un style de fabuliste entre Kafka et Jonathan Swift, qui rappelle aussi *Zéro de conduite* de Jean Vigo sorti quelques mois plus tôt, n'intéressa pas le jury hostile à son étrange discours politique. Koestler l'envoya à plusieurs éditeurs mais ne reçut pas de réponse et en conçut un grand dépit, loin d'imaginer qu'un texte flottait dans le temps et revenait à la surface de manière surnaturelle. Quand il quitta la France précipitamment en 1940, il oublia le manuscrit que la Gestapo récupéra puis les services soviétiques s'en emparèrent à la fin de la guerre et le placèrent dans les archives du KGB, pensant y déceler des éléments de propagande avant de songer à le détruire car le texte ridiculisait le socialisme. Koestler retrouva une copie en 1950 dans une cave parisienne mais ne se hâta pas, malgré sa célébrité, de le publier tant cette histoire lui sembla une ébauche de jeunesse issue d'une époque révolue et surtout truffée d'erreurs. En 1934, il n'avait pas mesuré l'horreur du nazisme. Il souligne dans un passage que le nouveau pouvoir ne fermait que les « boutiques des petits Juifs ». Les gros capitalistes argentés pouvaient continuer leurs commerces. Il y avait vu un conflit de classes et non une politique génocidaire. L'un de ses personnages, Ullrich, cite le drame de Goethe, *Les Souffrances du jeune Werther*, qui se termine par le suicide du jeune héros amoureux transi et le roman d'Ilya Ehrenbourg, *Le Deuxième jour de la Création*, dont le personnage, Kolia, incapable de satisfaire l'exigence stalinienne se donne la mort.

En plus de ces repères littéraires, le texte de Koestler fourmille de références historiques proches de ses terreurs. Ullrich raconte que les Romains mettaient sur les visages de leurs prisonniers des masques comiques et lâchaient sur eux les fauves dans l'arène. « Ils ne mouraient pas en martyrs mais en clowns. » Âgé de trente ans, Koestler pensait souvent à la mort et à la manière la plus digne de partir. Il ne deviendrait jamais un bouffon sinistre, celui dont le public retiendrait qu'il était un faux sexologue littéraire arnaqueur et arnaqué, un militant communiste incertain et un écrivain raté. S'il ne réussissait pas, il boirait la ciguë comme Socrate. Voir la déception dans le regard de Dorothy fut douloureux pour lui. Il essaya de se changer les idées en emmenant sa bien-aimée dans le cinéma de quartier, pour y voir le péplum *Cléopâtre* de Cecil B. DeMille avec la délicieuse Claudette Colbert, qui sortait en cette année 1934. Heureusement, les droits d'auteur qu'il avait touchés en collaborant à *L'Encyclopédie du sexe* lui donnaient un peu d'air et de liberté, une nouvelle chance offerte à son rêve.

Il ne se découragea pas. Une autre idée le tentait depuis qu'il avait entendu parler en Allemagne du mouvement « spartakiste » et de ses figures Rosa Luxemburg et Karl Liebknecht assassinés en 1919 dans leur cellule. Cette référence à Spartacus revenait si souvent dans les milieux révolutionnaires qu'il voulut en savoir plus et découvrit le destin tragique de ce combattant des arènes né en Thrace qui, en 73 av. J.-C., s'était soulevé contre la dictature de Sylla et pendant deux ans, à la tête d'une bande de 300 esclaves rejoints bientôt par des paysans, des déserteurs, avait mis en échec la plus puissante armée du monde. L'Antiquité était à la mode. Il passait devant le Louxor, une salle bâtie dix ans plus tôt, décorée comme un temple avec ses dorures pharaoniques et son plafond étoilé. Le contexte romain lui plaisait, similaire à celui du XXe siècle, ravagé par l'inflation, la ruine des petits cultivateurs, la corruption des fonctionnaires, les tribuns démagogiques. Une société capitaliste fondée sur le pouvoir et la domination s'effondrait, dans une période où les complots se succédaient, de la révolte du magistrat Quintus Sertorius à la conjuration de Catilina, sans oublier les guerres civiles. Peu de textes racontent ce héros mythique de l'Antiquité dont l'histoire dans ses dimensions romanesques et politiques restait à écrire.

Éclairé par ces petites lampes aux abat-jour verts que tous les étudiants ont connues, dans la pénombre monastique de la bibliothèque de la Sorbonne, Koestler étudia la vie de Rome, son économie, les mœurs des patriciens, le quotidien des soldats, l'organisation des jeux du cirque, les coutumes des Gaulois, des Thraces, le déroulement des guerres…

Il s'efforça même de comprendre la manière dont les Romains attachaient leurs vêtements jusqu'aux formes des ceintures et aux dessins des boucles. Il étudia des textes de Tacite, de Cicéron, de Salluste, celui de Benoît Malon en 1873, *Spartacus ou la guerre des esclaves*, qui mit en parallèle le parcours tragique du plus célèbre des rebelles ennemis de Rome avec la Commune. Rien ne devait manquer.

Il ne sortait de la salle qu'à la fermeture, presque hagard mais excité, soûlant Dorothy avec des citations latines. Il lui faisait le récit du combat entre l'armée des esclaves et les légionnaires du prêteur Caius Claudius Glaber qui, persuadé d'avoir encerclé les troupes de Spartacus au pied du Vésuve, fut pris à revers et subit une cuisante défaite. Nous ne savons pas grand-chose de ce général médiocre battu par des sauvages dépenaillés car les archives de Rome semblent en avoir effacé les traces mais Koestler dépeint un homme « chauve », « honnête », « droit », égaré dans un monde de corrupteurs et de coureurs de jupons, peu enthousiaste à l'idée de traquer un va-nu-pieds. Faute de candidats, Glaber, entouré d'officiers pleins de rhumatismes, a été contraint d'accepter cette mission ridicule.

Spartacus n'apparaît qu'en ombre pendant les premiers chapitres, désigné par « l'homme à la peau de bête » (d'ailleurs le roman s'intitule *Les gladiateurs*). Koestler a diversifié les points de vue, les angles, il évoque la crise qui frappe les métiers du cirque, invente, imagine, comble les trous. Il suit Glaber sur le champ de bataille, tombé de cheval au milieu de la nuit, perdu parmi les vignes. Ses soldats se sont enfuis. « Vivre est à la portée de tout le monde, mourir est un art qui s'apprend », affirme l'un des personnages.

Glaber prend son glaive et pense se l'enfoncer dans le ventre mais y renonce car la « mort est une chose ineffablement stupide, plus stupide encore que la vie ». Koestler consacre quelques pages au suicide, ce sujet qui l'aura travaillé toute son existence et hante son œuvre.

Il n'écrit ni *Les Martyrs* de Chateaubriand ni *Salammbô* de Flaubert, encore moins le *Quo Vadis* de Henryk Sienkiewicz, si l'on doit citer quelques-uns des grands romans sur l'Antiquité qu'il avait à l'esprit. Il commença la rédaction à l'Hôtel de la Paix, 29 quai d'Anjou, sur ce parapet de l'île Saint-Louis devant la Seine. La nuit, un lampadaire éclairait les feuillages comme une scène de théâtre, les fanaux des péniches enflammaient les rideaux de sa chambre au confort spartiate. Dorothy ne se plaignait ni du lit un peu dur ni des bruits de tuyauterie, heureuse de regarder Arthur travailler. Il prit beaucoup de plaisir à composer *Spartacus*, à faire parler des Gaulois ou des Thraces du Ier siècle av. J.-C., se demandant comment ne pas plaquer des idées et des réactions du XXe siècle sur des civilisations si lointaines. C'était ce que le critique Sainte-Beuve avait reproché à Flaubert. Koestler semble d'ailleurs ne pas aimer *Salammbô* qui racontait la révolte de mercenaires, en 200 av. J.-C., contre la cité africaine de Carthage et l'amour impossible du chef des assaillants Mâtho pour la princesse. Au tableau parnassien à l'esthétisme raffiné du chef-d'œuvre de Flaubert, il préféra un drame plus contemporain auquel le lecteur moderne saurait s'identifier parce que, justifierait-il, *Spartacus* est « le premier roman d'une trilogie consacrée à l'éthique de la révolution, au problème de la fin et des moyens », et dont les deux volets suivants seraient *Le Zéro et l'Infini* et *Croisade sans croix*. Un homme idéaliste peut-il se permettre de devenir un massacreur pour abolir les massacres ?

Un autre problème s'était posé à lui, récurrent dans le roman historique, les scènes de foule que les écrivains s'efforcent d'éviter. Il n'aimait pas le cadre désert de *Salammbô* (mis à part le mouvement des troupes), qui en fait pourtant toute la beauté, ce crépuscule ombrageant le palais du chef de Carthage, Hamilcar, le marbre vide et les statues solitaires de ses jardins sous la lune où erre sa fille.

En vérité, un livre l'avait marqué, *Les trois bonds de Wang Lun* d'Alfred Döblin[2], romancier socialiste connu pour son *Berlin Alexanderplatz*, dont l'œuvre puissante et variée, l'une des plus imposantes de la littérature allemande, a été portée à la connaissance du public français il y a quelques années. Les éditons Agone ont traduit sa somme *Novembre 1918*, quatre volumes traitant de la période cruciale de l'Allemagne de l'après-guerre écartelée entre la démocratie et les tentations extrêmes (Il faut lire *Retour du front* et *Karl et Rosa*). Le texte *Les trois bonds de Wang Lun* auquel Koestler se réfère, publié en 1915, nous plonge dans la Chine du XVIIIe siècle. Il raconte le soulèvement des pauvres, mené par un fils de pêcheur, contre l'oppression et soulève cette impossible question : faut-il répondre à la violence par la violence ou préférer une opposition spirituelle mais asservie ?

Koestler rédigea plusieurs chapitres de ses *Gladiateurs* assez vite pendant que Dorothy passait du jardin d'enfants au bureau de Münzenberg et de retour quai d'Anjou lisait les feuilles que Koestler lui soumettait. Son roman sonnait comme un écho des violences qui secouaient l'Allemagne, la « Nuit des longs couteaux » le 29 juin 1934. Le chef de la branche armée des nazis Ernst Röhm fut étranglé dans sa cellule. Hitler affermissait son pouvoir même si Koestler croyait que ce crime signerait la mort de sa dictature naissante. La fin de Röhm le gonfla d'un étrange espoir alors que l'assassinat de Sergei Kirov, le chef du Parti communiste à Saint-Pétersbourg, le 1er décembre 1934, l'intrigua, incapable de comprendre les coups de revolver du jeune exalté Nikolaev (exécuté quelques jours plus tard), prémisses des grandes purges et des procès de Moscou, des tragédies qui changeraient sa vie.

17

Tintin reporter face au général Alcazar

Dorothy avait obtenu un emploi dans une bibliothèque allemande, et le cumulait avec son travail de secrétaire chez Münzenberg. Elle payait la nourriture, les bonnes bouteilles de vin que son cher Arthur, fauché, dégustait tard dans la nuit en compagnie de leurs amis Gustav Regler et Manès Sperber. Ils échangeaient des souvenirs, des incompréhensions aussi sur l'inconscience des Français qui se la coulaient douce dans la plus belle ville du monde et ne s'inquiétaient pas de la tragédie allemande.

K dut abandonner un temps la rédaction de ses *Gladiateurs* car le bureau du Parti l'envoya à Sarrebruck, en Allemagne, pour surveiller l'édition d'un journal satirique de propagande, *Die Saar Ente* (Le Canard de la Sarre), en hommage au fameux journal français, *Le Canard enchaîné* (fondé en 1915), admiré de Münzenberg bien qu'il ne parlât pas la langue. Koestler ignorait s'il en reviendrait mais s'amusa à concevoir l'un des rares numéros, paru avec en première page une caricature de Goebbels, des dessins moqueurs et des textes incisifs[1]. La « plaisanterie » ne fit pas rire les nazis et, craignant d'être arrêté ou assassiné, K rentra à Paris. Le danger que l'Allemagne faisait peser sur l'Europe le convainquit d'épouser Dorothy le 22 juin 1935, à Zurich. Titulaire d'un passeport allemand bientôt périmé, elle ne se voyait pas, réfugiée antinazie, aller au consulat de son pays, la bouche en cœur pour demander son renouvellement. S'unir à un mari hongrois lui permettait de rester en France. Ces noces utilitaires en pays neutre symbolisent bien le mariage sans passion auquel consentit Arthur. Dorothy, elle, y croyait, persuadée qu'un homme qui l'avait sauvée devait être follement amoureux. Elle ne se doutait pas qu'une « Madame Koestler » remplissait une fonction définie, celle de secrétaire : préparer les repas, relire et taper les manuscrits, classer le courrier, tenir les comptes, et surtout ignorer les infidélités du maître. De toute façon, Dorothy ne remarquait rien, tout à sa folle espérance d'avoir plusieurs enfants avec lui.

Ils quittèrent le quai d'Anjou et emménagèrent au 6 bis rue du Chevalier de la Barre, dans le dix-huitième arrondissement, à côté de la Basilique de Montmartre, un lieu comme tous ceux qu'occupait Koestler, ouvert aux amis de passage, mélange d'exilés, de poètes perdus et de correspondants. Dorothy devait se tenir prête pour un déjeuner ou une soirée improvisée. L'une des commensaux la marquerait particulièrement, une jeune journaliste norvégienne, Gerda Grepp qui s'était installée à Paris, la « capitale de l'antifascisme », disait-elle. Cette jolie brune aux yeux pétillants égayait les dîners par ses rires, sa joie, ses rêves, tout en cachant une santé fragile. Elle rêvait d'écrire, mais laisserait un roman inachevé dans son tiroir. Arrivée à Paris, comme tous les militants proches du Parti communiste, elle avait rencontré Otto Katz qui l'avait aidée, et au sujet duquel elle interrogeait K sans obtenir de réponse nette. Un antifasciste comme Katz ne pouvait être mauvais et l'histoire de sa liaison avec Marlene

Dietrich la fascinait, même si Gerda s'en plaignit auprès de sa mère : « Il peut être très sarcastique, au début il m'a fait un peu peur et je le considère toujours comme un homme assez dangereux. Il peut sûrement laisser un homme mourir si cela convient à ses plans. »

Quand elle venait, Gerda apportait toujours un cadeau, un souvenir de son pays, entourait K d'affection et témoignait beaucoup d'attention à la maîtresse de maison. Elle montrait des photos de ses enfants, Olav et sa fille plus jeune, Sacha, dont elle était si fière. « Ils ne grandiront pas dans un pays fasciste », disait-elle. Dorothy, pourtant méfiante à l'égard de toutes les « amies » de son mari, se prit d'amitié pour Gerda. Car nous avons dit qu'elle ne remarquait rien mais avait fini par voir ce qu'elle refusait, les infidélités de K. Elle voulait être aimée et ne supportait plus ses absences, l'insécurité dans laquelle il la plongeait. Au cours de leurs disputes, elle partait en claquant la porte puis rentrait, incapable de le quitter. Gerda au moins la rassurait.

Sa propre instabilité n'arrangeait rien. Il essayait de gagner sa vie comme il pouvait, corrigeait des guides de voyage, des prospectus, rédigeait des mémos pour Münzenberg, envoyait des chroniques littéraires au *Das Neue Tagebuch* où il complimenta le *Visionnaire*, un magnifique roman de l'écrivain catholique Julien Green. C'est encore Münzenberg qui, ayant apprécié ses textes pour *Le Canard de la Sarre*, lui proposa de donner une suite aux *Aventures du brave soldat Svejk*, l'œuvre satirique et inachevée du Tchèque Jaroslav Hašek publiée entre 1921 et 1923, qui racontait les tribulations d'un troufion un peu idiot pendant la Première Guerre mondiale et lui avait valu l'admiration de Brecht et un beau succès en Union soviétique. Peut-être Arthur Koestler était-il bon dans la littérature mordante ? Pouvait-il se hisser à la hauteur de Jaroslav Hašek ? Il reçut une avance et s'attela au projet. Au bout d'une centaine de pages, il les fit lire à des membres du Parti mais certains émirent des critiques sévères sur le texte, et il abandonna, surtout qu'un autre événement souffla tous ses projets velléitaires.

En février 1936, un formidable vent d'espoir porta au pouvoir le Frente popular, constitué de démocrates classiques, de socialistes et de communistes reléguant au rayon des souvenirs la dictature de Primo de Rivera. Cette expérience politique pouvait mener à l'instauration du premier régime rouge au cœur de l'Europe, à condition de la défendre car les militaires nationalistes n'en voulaient pas et en juillet 1936, sous les ordres du général Franco, ils se rebellèrent contre le gouvernement républicain espagnol. En sortant de ses casernes, l'armée provoqua une déflagration qui changea le visage de l'Europe et l'histoire de la littérature. Aventuriers, soldats perdus et bohèmes, écrivains s'en allèrent chercher la légende au pays de Don Quichotte.

Beaucoup virent dans cette guerre civile une conquête romantique renforcée par une crucifixion, l'assassinat en août du poète antifasciste García Lorca que des militaires fusillèrent au bord d'un chemin.

K savait que l'URSS soutenait les Républicains. Il suffisait d'observer Münzenberg. Le chef arborait une expression préoccupée et fiévreuse, fermait la porte du bureau, tenait des réunions tard dans la nuit et le lendemain les colis s'entassaient à l'entrée. Seuls ses proches en connaissaient les contenus et leur destination précise. Les autres employés se gardaient bien de poser des questions indiscrètes et même d'approcher les paquets comme ils ne demandaient pas où était passé Otto Katz qui rôdait probablement à Barcelone ou à Madrid. K vit dans l'aventure espagnole la chance de sa vie. « Ceux qui ne tirent pas l'épée meurent de maladies nauséabondes[2] », avertira son ami George Orwell. Sa maladie à lui était l'ennui. Avec sa carte de presse et son passeport hongrois, servant des journaux libéraux et conservateurs, il possédait une couverture insoupçonnable dont le Parti pourrait tirer des bénéfices.

Après tout il n'était d'aucune utilité à Paris. « Vous voulez vous battre là-bas ? », lança Münzenberg avec une pointe d'ironie. Son silence sembla durer une éternité. Puis, il poursuivit : « Nous soupçonnons les nazis et les fascistes de Mussolini d'être présents en Espagne. Ils ont envoyé des avions, des troupes. Peut-être est-ce une information que vous pourriez confirmer ? » Sur l'impulsion du Français Léon Blum, les grandes démocraties européennes avaient décidé de ne pas intervenir en Espagne et décrété un embargo sur les armes, surveillant les frontières. Hitler et Mussolini s'en moquaient. Ils approvisionnaient en avions, canons et mercenaires les nationalistes tout en jurant que ni l'Allemagne ni l'Italie ne prenaient part au conflit. L'URSS dénonçait cette situation. Les communistes comprenaient que se jouait à Madrid la confrontation entre les Rouges et les Noirs, *eux ou nous*, en un mot l'avenir de l'humanité.

« Vous tendrez surtout votre passeport hongrois », lui dit Münzenberg. « La Hongrie est un pays semi-fasciste. Cela devrait plaire à Franco. » K travaillait pour le journal hongrois de langue allemande *Pester Lloyd* auquel contribuaient Thomas Mann, Joseph Roth, mais cette publication qui avait dénoncé les lois anti-juives de Nuremberg manquait de puissance. Otto Katz usa de son riche carnet d'adresses en Angleterre (ou de pressions ?) et convainquit le *News Chronicle*, un journal libéral curieusement toléré par les franquistes malgré ses articles dénonçant les espions nazis en Espagne. Son tirage à un million d'exemplaires semblait le protéger, ce qui n'avait pas empêché l'un de ses correspondants, Denis Weaver, d'être emprisonné, torturé puis relâché. Le *News* cherchait un reporter pour couvrir la région stratégique de Séville, la première ville dont les nationalistes s'étaient emparés, où ils avaient établi leur quartier général dans le somptueux Palais de Yanduri avec sa façade néo-classique blanche et ocre. On parlait de géhennes, d'exécutions sommaires. C'est là, entre l'Alcazar et le fleuve Guadalquivir, qu'un séide de Franco, le général Queipo de Llano, commença à écrire sa noire renommée. Lors de la prise de la ville, il fusilla les généraux fidèles au gouvernement, et 6 000 Républicains.

K reçut une lettre d'accréditation et 200 livres. La veille de son départ, il accepta l'invitation d'Otto Katz à dîner dans un restaurant tchèque mais mangea peu. Peut-être n'en reviendrait-il pas ? N'avait-il pas dit dans ses *Gladiateurs*, le roman qu'il espérait avoir bientôt fini, « Mourir est un art qui s'apprend » ?

L'entrée dans la sphère nationaliste, lui rappela Otto Katz, se faisait par le Portugal car le dictateur Salazar offrait une base arrière aux tueurs de Franco. Le point névralgique se situait à l'hôtel Aviz, en plein cœur de Lisbonne, lieu de ralliement des fascistes. K devrait y rencontrer un certain José-Maria Gil-Robles y Quiñones. Cet ancien journaliste et député catholique avait cru au début à la « Révolution nationale » de Franco. Il avait installé un bureau dans ce palace, espérant obtenir de Salazar des armes et de l'argent pour aider l'insurrection militaire avant de déchanter. Il était la porte d'entrée vers les corridors noirs de l'Espagne et délivrait des sauf-conduits aux reporters.

Le lendemain, K embrassa Dorothy sans regret. Il quitta Paris, rejoignit le port de Southampton, en Angleterre, monta à bord du *SS Almanzora* et, le 22 août 1936, il prit la mer, savourant de nouveau l'espace, la liberté, le voyage. De l'autre côté de cet océan brûlé par le soleil, il serait un héros, un mort anonyme ou l'écrivain qu'il rêvait d'être. Après trois jours de navigation, il aperçut les côtes portugaises, le port de Lisbonne, et ses églises en azulejos bleus, ses ruelles qui s'enroulaient autour des collines et des villas aux façades rouges. Il faisait beau, un temps idéal pour voir le diable de près. Le quai était envahi de soldats, de camions militaires, de caisses que les navires déchargeaient. La ville paraissait cependant calme.

L'hôtel Aviz jaillit d'un bosquet d'arbres sur l'avenue Fontes Pereira de Melo comme un château des contes. K pénétra dans la salle Renaissance encadrée par des colonnes en bois de pommier sculpté, avec des cheminées, des blasons et des balustrades en ferronnerie antique. Des militaires paraissaient bivouaquer au rez-de-chaussée, des civils aux regards inquisiteurs attendaient dans le hall, les voyageurs entraient et sortaient comme sur la scène d'un bal masqué. À peine en avait-il franchi le seuil qu'il se sentit observé. K aperçut Gil-Robles qui discutait avec un homme plutôt rond et jovial, un certain Fernandez d'Avil dont il apprendra la véritable identité, Nicolàs Franco, le frère du chef de l'insurrection. Il se présenta à eux. Robles le scruta derrière ses fines lunettes et se montra courtois, sans plaisir particulier. Il regarda la lettre que lui tendit K, acquiesça puis sortit le précieux sésame et le remit au jeune journaliste. C'était donc aussi simple d'être un espion ?

Il demeura deux jours à Lisbonne, festoya dans le casino, à côté de l'hôtel Aviz, l'esprit étourdi par tout cet argent qu'il avait reçu pour le voyage après tant d'années de pauvreté. Il racontera qu'offrir des verres avec les sous du Komintern au marquis de Quintanar l'amusa beaucoup. « Je trouvai tous ces fascistes aimables et charmants et oubliai complètement que j'abusais de leur confiance », avouera-t-il. Certains avaient lu son article sur le Zeppelin quelques années plus tôt.

Il prit le train pour la frontière, avec l'intention d'interviewer le général Queipo de Llano, l'âme noire de cette guerre qui avait ordonné l'assassinat du poète García Lorca et ordonné à ses sbires de tuer « comme des chiens » tous les imbéciles « efféminés » et les marxistes. Les harangues qu'il avait prononcées sur Radio Sévilla semaient l'effroi chez les Républicains : « Ah les femmes des rouges prônent l'amour libre ? Eh bien, nous les violerons. Elles sauront ce que sont des hommes et pas des pédés de miliciens. Elles n'y échapperont pas, même si elles crient et se débattent. » La lettre de Gil-Robles lui ouvrait le chaudron de ce maudit exécuteur. Il aurait pu lire les épisodes de la nouvelle aventure de Tintin, *L'oreille cassée*, publiée dans *Le Petit vingtième* entre décembre 1936 et février 1937, et y découvrir un nouveau personnage qu'Hergé avait créé, le général Alcazar, parangon du militaire de républiques bananières en uniforme bleu et galons d'or, baroque et inquiétant. Certains des Palais qu'il avait visités depuis sa Hongrie natale jusqu'au sud espagnol avec leurs gardes chamarrés ressemblaient à la Syldavie, ce pays imaginaire de Tintin créé dans *Le Sceptre d'Ottokar* en 1939.

Mais le petit reporter belge ne mourait jamais tandis qu'un funeste sort guettait K. Pendant le chemin, il se méfia des passagers assis à côté de lui. Chaque voyageur qui montait à bord des navires la nuit ou dans les gares pour traverser un pays en guerre avait une bonne chose à y faire. Certains devaient être des trafiquants d'armes, d'autres des officiers allemands ou italiens en civil. K sentait les gouttes de transpiration qui glissaient le long de son échine. Il pensa à tous ces malheureux fusillés et se vit plaqué contre un mur, dans un sinistre terrain vague. Son corps disparaîtrait… Il n'avait même pas complètement fini ses *Gladiateurs* qu'Andor, espérait-il, terminerait. Était-il encore temps de rebrousser chemin ? Avait-il envie de retrouver Dorothy, les piges mal payées, la pauvreté ? Non. *Mourir est un art qui s'apprend. Mourir est un art qui s'apprend.* Il s'acheta deux bonnes bouteilles de vin, son meilleur ami contre cette peur qui lui rongeait les tripes et ne le quitterait plus.

Quand il arriva à Séville, sa mission était presque terminée puisque la ville fourmillait d'aviateurs allemands qui tentaient de cacher maladroitement leurs croix gammées en se faisant passer pour des pilotes espagnols. Il avait en face de lui les hommes de la Légion Condor, le groupe de chasseurs qu'Hitler avait constitué. La fascinante cité, balayée par le sable chaud, noyée sous les feuillages des sycomores, avec ses cathédrales dorées et ses tours mauresques, recelait des pièges mortels comme les hôtels infestés d'Allemands qu'il valait mieux éviter. Le capitaine Luis Bolin, chef de la propagande et de la presse de la junte, lui envoya une voiture qui le déposa devant un bâtiment de la Calle de las Palmas. Un soldat poussa la lourde grille noire et l'emmena dans une cour inondée de soleil entourée d'arcades et de balcons. K attendit quatre heures, cet espace suspendu que les journalistes connaissent bien pendant lequel ils répètent leurs questions, imaginent les réponses et les contre-réponses, guettent, anxieux, la porte, le bruit des pas… Dans ce cas précis, ce n'était pas pour interviewer Einstein ou Luis Buñuel mais un criminel, c'était y jouer son existence au blackjack. Peut-être faut-il sonder le cœur (battant) de K ce jour-là, savoir la teneur de ses informations sur un général qui sera enterré en 1951 dans la basilique de la Macarena, à Séville, recouvert du manteau de la Vierge. *Le Monde* dressera une nécrologie sans recul et presque positive de l'idole franquiste animée par la « passion de l'aventure ». Dans *L'Oreille cassée*, le général Alcazar condamne Tintin à mort mais K n'avait probablement pas lu l'œuvre d'Hergé.

Puis un rayon de soleil envahit la pièce. Le général Queipo lui faisait face. Sur son visage passait une sombre mélancolie, mélange de chevalier à la triste figure sorti du roman de Cervantès et d'aventurier picaresque au verbe haut. Il portait sur lui l'ascèse du missionnaire, l'éducation miliaire au sein du collège des Jésuites et de la cavalerie. Il avait goûté du cachot sous la dictature de Miguel Primo de Rivera. Maintenant, c'était lui, personnage à la météo instable qui, animé par la foi de Dieu, avait le pouvoir de brûler les hérétiques sur le bûcher. K tenta de masquer ses tremblements. Queipo de Llano était persuadé d'avoir affaire à un journaliste franquiste au point qu'il ne lui cacha pas les liens de la junte avec l'Allemagne et l'Italie, se répandit sur les crimes des communistes. Dans ses relances, K pesait chaque mot mais quand le nom de Gil-Robles, ce catholique monarchiste trop indépendant, lui échappa, le visage du général s'empourpra. « Laissez-moi tranquille avec le señor Gil-Robles », hurla-t-il.

« Quand nous serons au pouvoir, nous balaierons tous ces gens-là comme les partis. » Puis il se dressa : « C'est fini maintenant. J'ai affaire ! » Et il disparut.

K demeura interdit, transpirant, curieusement joyeux parce qu'il avait de quoi assembler un bel article, si satisfait qu'il en avait perdu toute prudence. Il y avait mieux à faire qu'aller picoler à l'hôtel Christina, parader en goguette au milieu du nid de guêpes. Mais le narcissisme serait toujours un sentiment bien naturel chez cet homme se rêvant en Albert Londres ou Mermoz.

Sur le chemin vers le bar, il s'immobilisa, pétrifié. Parmi les officiers nazis, il aperçut un journaliste qu'il avait rencontré à Berlin au sein du groupe de presse Ullstein, Friedrich Strindberg, fils adoptif du dramaturge suédois August Strindberg plus proche du socialisme que du fascisme. Que faisait-il dans ce salon à rire et à cirer les bottes fascistes ? Peut-être enquêtait-il aussi sur la présence nazie en Espagne ? Friedrich connaissait l'engagement communiste de son ancien collègue du *Vossische Zeitung* et s'il avait changé de camp ou souhaitait se protéger, craignant lui-même d'être dénoncé, K terminerait à l'aube sous les balles d'un peloton. Les deux hommes se regardèrent, les conversations se turent. K vécut cette minute de silence comme une éternité, le moment où le destin hésitait entre le Capitole et la Roche Tarpéienne, avant qu'il décide de choisir sa fortune : « Alors, vous ne me dites pas bonjour. » Strindberg lui tendit une main flottante, et se rassit en prenant l'air dégagé mais un aviateur, qui avait observé la scène avec attention, se leva et demanda à « l'étranger » ses papiers sans le quitter des yeux. K protesta, exigea des excuses, disant qu'il travaillait pour le *News Chronicle* et venait de rencontrer le général Queipo de Llano, quand le capitaine Bolin arriva et d'un geste mit fin à la dispute. « Vous avez eu votre interview ? C'est bon alors. » Et il partit.

K, l'esprit échauffé par l'alcool, se dirigea vers la sortie sans se retourner, s'attendant à ce qu'une main le frappe sur l'épaule mais aucune serre ne l'agrippa, il s'engouffra dans un taxi et roula vers Gibraltar. Il apprit que sa querelle avec l'aviateur allemand avait alerté les autorités et qu'un mandat d'arrêt était lancé contre lui, trop tard. Il franchissait de nuit la frontière de Gibraltar. « Si jamais je tiens ce Koestler, je l'abattrai comme un chien », éructa Luis Bolin.

Son aventure le transforma en héros. Quand il revint au bureau de Münzenberg, « ils m'accueillirent comme si j'eusse été Ulysse revenant de l'île des Cyclopes », ironisera-t-il. Et le 1er septembre 1936, son reportage fit la une du *News Chronicle*, un texte plein d'images, de descriptions, de portraits des hommes de cette junte encore mystérieuse qui tenait du pittoresque et du roman gothique, avec une description puissante du général Queipo de Llano, dont la renommée ébranlait les chaumières.

Dorothy fut ravie de le récupérer vivant, surtout qu'il était animé des meilleures intentions, comme déménager pour un appartement plus grand, au 10 rue Dombasle, dans le XVe arrondissement où Otto Katz avait habité. Par une heureuse coïncidence, il allait croiser dans l'escalier un voisin prestigieux qu'il aimera beaucoup, le philosophe et historien Walter Benjamin, un flâneur allemand humaniste que le chaos du siècle avait condamné à l'errance, passionné de Baudelaire et amoureux de Paris où il avait pensé trouver son paradis. Il avait déjà publié *Rue à sens unique* (1928), suite de scènes, de fulgurances poétiques, d'aphorismes née de sa fréquentation des surréalistes. Cet homme qui s'astreignait à écrire de la main gauche ne manquait pas de piquant. Il empruntait comme titres de poèmes ou réflexions les panneaux et recommandations qui encombraient les rues des villes où cet infatigable marcheur se promenait : « Défense d'afficher », « Attention aux marches »... K n'avait aucune idée du grand écrivain et penseur que deviendrait Walter Benjamin, prenait plaisir à échanger avec lui sur le judaïsme, l'invitait à passer boire un verre et jouer aux échecs. Un jour, Benjamin lui tendit une poignée de pilules de morphine. Il avait tenté de se suicider, jurait qu'il s'était guéri de « la maladie de Werther » et les confia à son ami qui les observa, fasciné. K ignorait que Benjamin en avait gardé une partie. Il les rangea dans un tiroir puis sortit une fiole d'opium et en proposa à Benjamin qui refusa.

Quand ses nuits avec Benjamin lui laissaient du répit, il rédigeait le livre que lui avait commandé Münzenberg pour sa maison d'édition du Carrefour, *L'Espagne ensanglantée*, un récit aujourd'hui difficilement trouvable qui sera publié en janvier 1937, prémisses du *Testament espagnol*, l'un de ses plus beaux livres.

Pourquoi décida-t-il de retourner en Espagne, pourquoi Münzenberg le poussa-t-il à accomplir une deuxième expédition alors qu'un contrat de mort pesait sur sa tête ? En allant chez les Républicains, à Barcelone, Malaga, plutôt qu'à Séville, se pensait-il en sécurité ?

Qu'allait-il donc chercher en Espagne ? Son chef-d'œuvre... ou la mort !

18

Vers son testament

Il prit le train pour un second voyage en Espagne avec un nouvel ordre, dénoncer les traîtres qui conspiraient contre la République. Otto Katz aurait dû se charger de cette mission, mais son profil commençait à être trop visible un peu partout (la Grande-Bretagne lui refusait des visas), et Münzenberg préférait maintenir sa fidèle et sombre éminence loin de cette corrida funèbre et la réserver pour l'affrontement ultime qui ne manquerait pas d'opposer frontalement un jour les communistes et les fascistes. K possédait moins de valeur à ses yeux. Dans *Un Testament espagnol*, il préfère dire que l'initiative de la seconde odyssée venait du *News Chronicle*, plutôt que de Münzenberg, tiraillé entre la flatteuse (mais embarrassante) réputation d'espion du Komintern et l'envie de rester dans le nimbe lumineux de l'écriture et de l'aventure conradienne. En attendant, il reçut bien un faux passeport espagnol et beaucoup d'argent des mains de Katz, le bon ou mauvais génie tutélaire à la voix enjôleuse dont la placidité, le don d'ubiquité planeraient encore une fois sur son dangereux voyage.

Il arriva à Barcelone le soir du 16 janvier 1937, dans cette belle ville tenue par les Républicains dont il gardera cependant un souvenir triste avec ses magasins vides devant lesquels se bousculaient des familles affamées, ces voitures remplies d'anarchistes qui passaient en agitant leur drapeau, criaient leur colère contre le gouvernement. Sa description du *Testament* rejoint celle d'un homme, Eric Blair qu'il admirera toute sa vie, presque un frère d'armes puisqu'il était communiste mais déjà fameux comme romancier sous le nom de « George Orwell ». Il avait publié deux livres importants, *La vache enragée*, souvenir de sa période de famine à Londres (1933) et le merveilleux *Une Histoire birmane* (1934) sur la colonisation anglaise, inspiré de son expérience de policier à Moulmein. Il menait la même vie nomade que K, avait divagué à Paris lui aussi et s'était retrouvé sur le front espagnol comme journaliste. Il dénigra « l'aspect lugubre » de la républicaine Barcelone, des « rues la nuit faiblement éclairées », ajoutant néanmoins que les gens « étaient pleins d'espoir » grâce à un chômage inexistant, une pauvreté invisible, leur « foi dans la révolution ».

Si K s'adonnait à l'espionnage plus conforme à son caractère secret, Orwell ne reculait pas devant l'engagement physique et prit les armes aux côtés du POUM (Parti Ouvrier d'Unification Marxiste), l'organisation trotskyste créée en 1935. Il en rapportera un récit magnifique, *Hommage à la Catalogne*. Les deux écrivains ne se connaissaient pas encore mais polémiqueront (nous y reviendrons) avant de sceller une profonde amitié sur leur mémoire commune de la guerre d'Espagne.

K décida de descendre dans le sud jusqu'à Malaga assiégée par le général Queipo de Llano. Il prit un train bondé jusqu'à Valence, rempli de miliciens anarchistes bruyants et violents qui, payant assez cher leur engagement aux côtés des Républicains, se croyaient tout permis. Puis il s'arrêta à l'Hôtel Victoria où se rassemblaient les journalistes. Il eut le plaisir d'y retrouver son amie norvégienne Gerda Grepp qui avait été envoyée par le quotidien travailliste, *Arbeiderbladet.* Cette femme généreuse et sensible, amie de son épouse Dorothy et d'André Malraux, serait aujourd'hui oubliée si Koestler ne l'avait mentionnée, bien que, dans *Un Testament espagnol* au récit factuel et structuré comme un journal, il ne l'appelle que par ses initiales G.G et ne s'attarde pas sur elle.

Gerda se jeta dans ses bras. Elle avait décidé de partir en Espagne car la morale lui commandait de témoigner contre les atrocités fascistes. Elle avait dû expliquer les raisons de son voyage à ses deux enfants en leur promettant de revenir bientôt. En était-elle sûre ? Elle se savait condamnée. Atteinte de tuberculose (qui avait tué son frère aimé), elle voyageait avec un seul poumon, parfois exténuée de fatigue mais, toujours enthousiaste, elle noircissait des pages de courrier pour rassurer sa mère. « J'ai simplement affreusement maigri », reconnaissait-elle, ajoutant, toute fière : « Une femme en pantalon ! Les milices des montagnes de Malaga n'avaient jamais vu une chose pareille auparavant. » Elle aimait bien Arthur Koestler mais se méfiait de lui depuis qu'elle l'avait surpris tirant sur sa pipe d'opium afin de soulager sa peur. Mais cette pratique n'était rien en comparaison des rumeurs qui collaient à ses basques : espion du Komintern, homme aux mille conquêtes féminines… « Gerda Grepp en fit-elle partie ? » s'interroge l'historienne Elisabeth Vislie[1]. « Des biographes étrangers le disent. Mais l'amour violent de Gerda pour Louis Fischer, un homme influent et prestigieux raconte une autre histoire… Et elle était une bonne amie de la femme de Koestler. D'autre part, Arthur avait déjà acquis une certaine renommée et dans son entourage on disait qu'aucun mari ne pouvait laisser sa femme seule avec lui dans une pièce pendant plus d'une demi-heure sans qu'il la séduise. »

Gerda avait rencontré le journaliste et membre des Brigades internationales Louis Fischer à Madrid en 1936 et entamé une liaison passionnelle avec lui. Il était marié mais ce genre de détail ne dérangeait pas l'amoureuse absolue qu'était Gerda. Elle a pu céder aux avances de K par dépit et circonstance, d'abord à Paris puis dans le contexte de la guerre, de la mort. Nous pouvons les imaginer enlacés dans cet hôtel de Valence pendant que le canon tonnait au loin. Il la décrirait comme « un petit chaton, particulièrement doux lorsqu'elle était fatiguée et recroquevillée[2] ». Et quand il décida de continuer jusqu'à Malaga, persuadé que s'il n'y allait pas, le Komintern l'assassinerait (ce que pouvait penser Gerda), elle n'hésita pas à le suivre. Ils firent apporter du vin dans l'hôtel de Valence et avec un écrivain britannique Wystan Hugh Auden (un idéaliste qui s'était engagé chez les ambulanciers), ils passèrent une dernière nuit à danser, à boire, et à l'aube, Gerda, K et un journaliste polonais profitèrent d'une voiture du ministère des Affaires étrangères espagnol et de son chauffeur. Ils traversèrent Alicante, Murcia, Almeria. Les collines formaient des taches de sang entre le scintillement de la mer et l'éclat humide de la lune.

Leur chauffeur roulait vite, les phares éteints car les navires au large visaient les véhicules le long de la côte. La route, crevassée par les grenades, s'abîmait dans la sombre et étouffante forêt de pins qui semblait avancer vers eux comme un tombeau. Des fantômes d'arbres calcinés tentaient de les agripper. Un orage éclata, les spectres de la guerre jaillissaient à la lueur des éclairs, maisons en lambeaux, corps crucifiés, carcasses de voitures…

Après trois jours de voyage au milieu des lémures, le 28 janvier 1937, ils arrivèrent à Malaga. La pluie fouettait les vitres de la voiture, un vent noir chargé de déchets et d'odeurs de chair brûlée tordait les palmiers, arrachait les toitures. Ils entrèrent dans une ville déserte inondée d'eau et de boue. Gerda tentait de photographier ce qu'elle pouvait. K la suivait, inquiet, surtout lorsque des quintes de toux la convulsaient de douleur et la laissaient abattue. Puis elle se levait et dressait son poing : « Nous gagnerons contre le fascisme et la douleur ! » Ils furent surpris par le silence que brisait l'orage. Les canons de Malaga s'étaient tus. Ils apprendraient plus tard que le gouvernement républicain avait cessé d'envoyer des armes aux défenseurs de la cité. Puis les cloches des églises sonnaient à nouveau, des avions que l'on ne voyait jamais faisaient tomber la mort du ciel ténébreux.

K tenta de joindre les officiers de Malaga qui le prévinrent du désastre. Il voyait des habitants dormir sur des matelas au milieu des ruines de leur maison, des enfants déambulaient en pleurant. Gerda, dans ses récits, s'étonne du nombre de soldats républicains sans armes, assis, à attendre que la faux s'abatte sur eux. Pour juger de la belle personne qu'était cette femme, il faut lire un extrait de son reportage : « La lumière tombait de la porte ouverte, traversant la voiture, et dans l'ombre de l'autre côté j'observais un garçon d'une dizaine d'années, ses cheveux étaient mouillés et une boucle lui tombait sur le front. Il m'a regardée avec de grands yeux sombres et m'a rappelé mon propre petit garçon en Norvège. Lorsqu'il réalisa que je le regardais, il me sourit, un sourire hésitant et incertain. À ce moment-là, l'anxiété m'a envahie. J'avais le sentiment que cet enfant allait très bientôt vivre quelque chose d'horrible, et j'avais envie de l'attraper et de partir rapidement avec lui.

À ce moment-là les autres apparurent et le garçon disparut comme une petite ombre sous la pluie. »

Gerda et K se réfugièrent dans le Palace Caleta, dînèrent dans une salle faiblement éclairée. Ils se serraient l'un contre l'autre, observant la mer soyeuse qu'embrumaient les sombres canons des navires italiens enrubannés de fumée. Combien de fois ils songèrent à décamper ! Combien de fois K convainquit la jeune femme en lui disant : « Nous sommes les seuls à pouvoir raconter la chute de Malaga. » Les journalistes avaient disparu. Dehors, des femmes en guenilles érigeaient de dérisoires barricades de sable. K n'avait pas oublié la mission que lui avait confiée le Komintern – démasquer les renégats –, mais en ces jours sombres, il n'y avait ni traîtres ni héros ni personne et il se devait de protéger Gerda fiévreuse qui s'accrochait à lui, repoussait un autre assaut, la mort et ses bataillons de vampires. Les obus ébranlaient les murs de l'hôtel.

« J'ai un ami qui peut nous aider, Sir Peter Chalmers. Sa résidence, la villa Santa Lucia, est à quelques kilomètres. Nous y serons en sécurité », proposa K.

Ils prirent la voiture et s'enfoncèrent dans une nuit épaisse et lourde où se mêlaient la puanteur de la mort et les effluves méditerranéens. Ils aperçurent, posée sur une colline, une maison éclairée de mille feux comme un manège enchanté au milieu de nulle part surmonté d'un immense drapeau anglais. Avec ce bout de tissu, Sir Peter Chalmers croyait pouvoir repousser les démons. K frappa la porte de toutes ses forces, et un homme élégant comme échappé d'une réception à Buckingham Palace leur ouvrit, surpris. Des terrasses en escaliers, et un jardin couvert d'émaux de fleurs et de petites allées de pierre plongeaient vers la mer. Sir Peter Chalmers était un vieil intellectuel, biologiste, auteur d'ouvrages scientifiques réputés sur les oiseaux. Il avait bâti la « Villa Santa Lucia » en 1934 pour y vivre une retraite paisible, observer les passereaux, écrire ses livres... Âgé de 70 ans, malgré sa belle chevelure blanche, il paraissait plus jeune. Il accueillit avec chaleur les deux journalistes, s'intéressa beaucoup à Gerda, lui posa des questions sur sa vie et elle répondit dans un anglais parfait.

Il les trouva délicieux. « Koestler, racontera-t-il dans ses Mémoires, était de bonne naissance, et en tant que journaliste, s'aventurait toujours aussi loin qu'il pouvait dans les eaux troubles[3]. »

K voulut se procurer un revolver mais Sir Peter l'en dissuada.

— Une arme ? Pour quoi faire ? Elle ne servira à rien, et si vous êtes pris avec, vous serez fusillé.

— Je me servirai du revolver contre moi. Je sais ce qu'ils font aux prisonniers dans les cellules fascistes.

Sir Peter Chalmers l'étudia. Comme il le rapportera dans ses souvenirs, *My House in Malaga*, publiés en 1938, il voyait en K un romantique à la Werther, obsédé par cette volonté de choisir soi-même le moment du grand saut. « La pensée du suicide est une consolation, disait Nietzsche, elle aide à faire passer plus d'une mauvaise nuit[4]. » Sir Peter comprit l'autre raison. K s'inquiétait pour Gerda qui paraissait exténuée. Il pensait mettre deux balles dans le revolver et terminer comme le poète Heinrich von Kleist sur le corps de sa femme. Sir Peter parvint à l'en dissuader, ouvrit son armoire à pharmacie et, seule solution qu'il trouva, donna à K très agité une seringue de morphine.

— Cela vous apaisera. Vous devez partir avant qu'ils ne ferment la dernière route, leur conseilla Sir Peter. Les troupes de Franco arrivent.

— Et vous ? demanda K.

— Je suis Britannique et donc neutre. Les nationalistes ne peuvent rien me reprocher. Un témoin impartial doit pouvoir raconter ce qui se passera après la chute de la ville. Peut-être que j'empêcherai des exécutions. C'est mon devoir. Mais vous, vous devez partir !

— Non. Je suis journaliste et mon devoir est de rendre compte des événements, répliqua sèchement K.

— Vous êtes un jeune imbécile, après ce qui vous est arrivé à Séville, les menaces contre vous ? Une pure folie romantique. Vous allez la payer cher. Ces hommes veulent vous tuer.

K ne répondit pas. Le mot « romantique » le réjouissait secrètement même si, prononcé par Sir Chalmers, il perdait toute flatterie. Gerda se rangea du côté de Sir Peter. Elle avait décidé de quitter Malaga et s'efforça de convaincre K de la suivre mais il refusa. Jamais il ne s'enfuirait ! Malgré sa faible voix, Gerda cria contre lui. « La ville est perdue. Tu es fou. Tu veux qu'ils te tuent ? » Elle se sentait lâche de déserter mais voulait revoir ses deux enfants, peut-être, avant de mourir et lui se montrait inflexible, presque cruel à la manière d'un fanatique. C'est ce qu'elle écrira à sa mère.

Il avouera que ses motivations pour rester à Malaga étaient confuses. Inconsciemment il cherchait le point zéro (vers l'infini) où il vivrait les sentiments humains les plus intenses. Il comprit que Gerda ne devait pas souffrir de son expérimentation ultime. Il trouva la jeune femme recroquevillée dans un coin. « Le chauffeur rentre à Valence. Tu repars avec lui. » Elle était pâle et tremblait. Il saisit sa main froide, la releva. Elle s'agrippa à lui et il la porta jusqu'à la voiture, l'installa avec précaution, étendit doucement sur elle une couverture. Des larmes humectaient les yeux creusés de la jeune femme. Il l'embrassa, lui remit deux messages, un pour ses parents, un autre destiné au *News Chronicle* et il ferma la portière. Elle le regarda, le visage en larmes, persuadée qu'elle ne le reverrait jamais.

K retourna à l'hôtel Caleta et prit ce qu'il put, légumes, morceaux de viande, pain… Puis il retourna dans la « villa Santa Lucia ». Sir Peter et lui dressèrent un banquet et à la lueur des bougies festoyèrent. Un bruit les réveilla. Sir Peter et K grimpèrent sur la terrasse. Le vieil Anglais avait tant de fois contemplé cette mer bleue brillante sous la lune à laquelle les flammes des canons donnaient un aspect sinistre, grimaçant. Un bateau rebelle bombardait le port. L'eau de la fontaine sur la plage crachait du feu, les arbres qui bordaient la jetée n'étaient plus que des torches. K s'agitait de nouveau, perdait ses nerfs et Sir Peter lui servait du brandy, espérant que l'alcool l'endormirait. Les nuits et le jour se confondaient. Mais K n'oublierait jamais cette date du 9 février 1937. Des coups violents retentirent, la porte de la villa céda. K descendit dans le salon obscur et tomba sur trois hommes en uniforme noir qui pointèrent leurs mitraillettes sur lui. Il reconnut le visage sinistre du capitaine Luis Bolin et pensa que sa vie allait s'arrêter sur ce rocher d'Andalousie. L'officier de Franco avait promis de l'abattre « comme un chien » s'il le capturait et tenait sa vengeance. Sir Chalmers leur faisait face, vêtu de son peignoir.

— Vous abritez un espion.

Le vieil Anglais répondit avec calme.

— Non. C'est un journaliste du *News Chronicle*. Je l'héberge car il ne savait pas où aller. Vous êtes en territoire anglais ici.

— Un espion ! rugit Bolin.

Deux gardes s'approchèrent de K et lui lièrent les mains dans le dos avec du fil électrique. Ils ne l'assassineraient pas devant le vieux scientifique anglais, choisiraient un lieu obscur et une autre nuit sans étoiles. K fut emmené par les gardes tandis que Sir Chalmers le regardait avec un air désolé. Ainsi commença pour lui une longue période de ténèbres, la chute dans une cave infinie dont il sortirait mort – ou fou !

19

« Demain tu seras mort ! »

K ne savait pas où les soldats l'emmenaient, sans doute dans un cimetière de Malaga où le trou qui accueillerait son corps devait être creusé. Il racontera dans *Un Testament espagnol* n'avoir éprouvé aucune terreur sinon celle de subir la torture, priant pour que son exécution se déroule le plus vite possible. Nous ne sommes pas obligés de le croire, mais son calme étrange était dû à sa lassitude, à la fatigue, à la tension des dernières heures. La peur lui sauterait dessus plus tard, à partir du moment où il poserait la question la plus cruciale de sa vie de journaliste : « Vous allez me fusiller ? », et que l'un des gardes lui répondit : « Non, pas encore ! », entraînant juste après le fugace soulagement une lente destruction mentale dont il ne ressortirait pas indemne.

Derrière les vitres du fourgon, il apercevait un drôle de carnaval entre les braseros, des fantassins aux turbans mauresques, des uniformes de la légion étrangère et des soldats qui semblaient tout droit sortis du Siècle d'or, le visage caché par des bicornes à plumes comme s'il était dans les coulisses d'un sombre théâtre.

Le fourgon s'arrêta devant une prison. Il fut déshabillé, fouillé, précipité au fond d'un puits humide d'où seul un

Zeppelin aurait pu le sortir, le ramener vers le ciel. Il n'oublierait jamais le bruit de la lourde porte de fer qui formerait l'incipit de son roman *Le Zéro et l'Infini.*

> La porte de la cellule claqua derrière Roubachov.
> La porte de la cellule claqua derrière Roubachov.
> La porte de la cellule claqua derrière Roubachov.

Il demeura statufié, à l'affût du moindre écho, incapable de savoir si les bruits qu'il percevait étaient réels ou créés par son imagination mais certains sons lui semblaient plus désagréables que d'autres, le frottement d'un rat invisible, le martèlement des pas. S'approchaient-ils ? S'éloignaient-ils ? Ne faisaient-ils que passer ? Résonnaient-ils dans son cerveau apeuré ? Son livre *Un Testament espagnol* est le bréviaire d'un mort en sursis. Il entend parfois une masse que l'on traîne. Un corps ? Alors que le sommeil le gagne, un cri le réveille. Il se jette sur la fenêtre grillagée en haut et tente d'apercevoir quelque chose mais ne voit rien. Il se recouche sur sa paillasse, s'écorche sur les ressorts cassés, ne peut fermer les yeux. Une odeur a envahi le cachot… La sienne. Il pue, se décompose… Il tourne le robinet du lavabo et se nettoie comme il peut, privé de miroir, incapable de voir quelle (sale) tête il a. Il s'agite, obéissant à ce que d'anciens prisonniers préconisent, l'obligation d'être en mouvement incessant pour éviter la nécrose. Il touche le mur brûlant, s'allonge, se relève. Quand un officier apparaît devant lui, K, à moitié sonné, ne sachant ni l'heure ni le jour, croit qu'on vient l'exécuter mais l'homme le prévient : « Demain, tu seras mort ! »

K se rappelle l'expérience de Dostoïevski, en 1849. Le romancier, vêtu de la tunique blanche des condamnés à mort, a subi un simulacre d'exécution avant que sa peine soit commuée en travaux forcés, le temps pour lui – quatre longues années – de méditer sur le crime et le châtiment.

K n'aura pas le loisir de devenir Dostoïevski, traîné sous les ampoules jaunâtres constellées de chiures de mouches jusqu'à une autre cellule sombre (celle des fusillés ?) avec une fenêtre plus haute, la vie plus éloignée donc. Des traces de sang maculent les murs. Il a faim, froid, transpire, inondé d'une sueur glaciale et paralysante, invoque son meilleur ami qui accompagnera toute son œuvre et sa vie, le suicide. Il pense à Socrate au moment de boire sa ciguë. Ses bourreaux ont commis une erreur en lui laissant sa cravate. K la noue autour de son cou et essaie de se suspendre à un crochet, trop bas, sans y parvenir mais sa tentative lui rend une étrange sérénité, le bonheur d'apprivoiser l'idée de la mort, d'envoyer un message à l'ennemi : « Vous pensez que je crains le néant ? Non ! Non ! »

Il se demandait ce que les journalistes écriraient après sa mort. Quel scandale l'exécution d'un journaliste occidental déchaînerait-elle en Europe ? Son nom figurerait-il à côté du poète García Lorca dans le livre de la légende ? L'imaginer l'aida à surmonter l'épouvante. Son sacrifice serait peut-être oublié par les démocraties cyniques et prudentes. Sur ces réflexions il sombra dans l'apathie, perçut un chant clair au loin. Un homme fredonnait un air qu'il peina à reconnaître et il aurait aimé l'entendre, l'entendre encore mais la mélodie s'arrêta et le silence étouffant reprit ses droits.

Puis un bruit résonna dans le couloir. Des portes s'ouvrirent, claquèrent, des piétinements fermes et traînants mêlés à des chuchotements remplirent le lourd néant de la prison.

Il regarda fixement le judas, le corps tremblant, craignant qu'une ombre n'en obscurcît la fragile lumière. C'était signe que l'on venait le chercher pour qu'il rejoigne la procession de mort. Montrerait-il suffisamment de courage ? Aucune ombre ne chassa le rayon des ampoules et le battement des bottes se dissipa. Le chanteur avait-il été désigné ? Comment les gardes franquistes tuaient-ils leurs prisonniers, dans une pièce obscure, dehors, en groupes ? Contemplaient-ils une dernière fois le soleil ou même ce dernier plaisir leur était-il refusé ? Il consulta sa montre. Après 17 heures les assassins n'assassinaient plus, fallacieuse impression qui ralentissait son cœur. Il racontera avoir susurré *La Marseillaise* puis prenait son jeu d'échecs imaginaire et défiait Walter Benjamin.

Une fois, par le judas, il assista à une scène. Un homme hagard à la barbe anarchique se laissait lier les mains et fut traîné dans le corridor. « Courage, hombre ! » Une voix appelait : « Ceux de la cellule 17, ceux de la cellule 23. » Entrer dans ces murs, c'était perdre son identité, devenir un numéro, une chose promise à l'abattoir, entendre des énumérations sinistres qui s'approchaient puis s'éloignaient, lancinaient les crânes, de la nuit à l'aube. Son chiffre allait-il sortir ? Serait-il l'un des « gagnants » de cette roulette funèbre ? Il ne dormait pas, se jetait sur les bouts de pain et le corned-beef qu'on lui jetait. Il se souviendra du jeune homme las, arrivé dans sa cellule, silencieux, qui échangea un ou deux gestes résignés avec lui, demeura debout toute la nuit, ne toucha pas son repas, attendant qu'un garde vienne lui lier les mains et l'emmène.

Son heure de promenade représentait une récréation qui le soulageait et l'angoissait. Il rejoignait dans la petite cour Agapito Garcia Atadell. Cet ancien typographe avait créé une milice républicaine chargée d'arrêter les saboteurs nationalistes. Des rumeurs sur sa cruauté couraient, peut-être dues à la propagande (mais comment savoir) et aux informations folles que cette guerre libérait. Il avait même appréhendé Rosario Queipo de Llano, la sœur du général franquiste, un fait d'armes qui lui avait valu la notoriété et la haine des fascistes. Tomber entre leurs mains n'était pas une assurance-vie. Garcia se convertit au catholicisme, pensant se concilier les bonnes grâces des rebelles comme il n'imaginait pas que les sbires du général s'en prendraient à lui tant que Rosario, bien traitée, était détenue dans une prison de Madrid et pouvait servir de monnaie d'échange. Il parlait de son métier, de la femme qu'il avait épousée et espérait rejoindre. « Tu imprimeras mes livres », lui promit sans y croire K.

Quand il retournait dans sa cellule, les ténèbres et l'épouvante le rattrapaient. Il relisait jusqu'à l'obsession les inscriptions sur le mur. Son cachot avait « accueilli » avant la guerre des opposants du Frente popular. Peut-être son ennemi juré, le capitaine Bolin, avait-il dormi sur la même paillasse que K et frappé ces pierres humides en promettant de massacrer, s'il en réchappait, tous les rouges qu'il rencontrerait.

Lorsque la porte s'ouvrait, K tremblait, persuadé que les gardes l'emmenaient pour son dernier voyage, la clairière du *Procès* de Kafka, sinistre, mais il était rassuré en sentant autour de ses poignets le métal des menottes, plus onéreux que la corde avec laquelle les bourreaux attachaient les condamnés à mort et qu'ils n'avaient pas besoin de récupérer sur les cadavres. Koestler rappelle dans *Un Testament espagnol* que la plus grande fabrique de menottes siégeait à Bilbao encore sous la domination du gouvernement républicain.

Il fut transféré dans la prison de Séville et mena un « voyage mélancolique ». Ses conditions s'améliorèrent, la fenêtre s'agrandit, l'eau revint, les w.-c. n'étaient plus bouchés. Il s'éloignait de la paranoïa délirante de Malaga, de l'ivresse autodestructrice de ses vainqueurs pour une ville prise depuis presque un an et plus sereine. Mais un message qu'un officier lui fit parvenir le glaça : un tribunal nationaliste l'avait condamné à mort avec toutefois la possibilité que sa peine fût commuée en perpétuité. Ses jambes ne le portaient plus et il s'effondra sur sa paillasse, ne se doutant pas que cette sentence fondrait son œuvre et sa dimension philosophique. La fumée d'une cigarette qu'un gardien lui alluma l'étourdit d'une légère ivresse et effaça pendant quelques minutes sa terreur. Le général Queipo de Llano qu'il avait interviewé et sur lequel il avait balancé des textes peu aimables tenait sa vie entre ses mains. Il avait dû se faire traduire *L'Espagne ensanglantée* pour y lire son portrait à charge et devait préparer l'échafaud. Oserait-il signer l'ordre ? Arthur Koestler tuerait K… ou le sauverait !

Il se défendait d'être un espion devant les enquêteurs qui l'interrogeaient tout en reconnaissant ses sympathies républicaines et adressa au général Franco un message implorant sa clémence. Il regardait passer les nuits et les jours, suivit depuis ses barreaux, dans la cour, des prisonniers qui s'adonnaient au football, riaient emportés par le jeu, s'applaudissaient. D'autres jouaient à saute-mouton comme des enfants dans une cour de récréation. K les envia. Il aurait aimé courir et s'amuser avec eux. Mais plus tard il apprendra que tous ces garçons avaient été fusillés, raconte-t-il encore dans *Le Testament espagnol*.

Heureusement, les livres qu'il avait lus l'aidèrent à surmonter les crises d'angoisse. Il pensa à *La Montagne magique* de Thomas Mann et au héros Hans Castorp enfermé dans son sanatorium, à Kafka… Et les ouvrages que lui remit le bibliothécaire de la prison l'apaisèrent comme *Voyage autour de ma chambre* de Xavier de Maistre, publié en 1795, qui sera redécouvert un siècle plus tard lors du confinement dû au Covid. « Est-il en effet d'être assez malheureux, assez abandonné, pour n'avoir pas un réduit où il puisse se retirer et se cacher à tout le monde ? », gémit de Maistre. K pensa qu'il se serait bien passé de ce « réduit » puis se rappela la phrase de Blaise Pascal : « Tout le malheur des hommes vient de ne pas savoir demeurer en repos dans une chambre. »

Pendant ses mois d'enfermement il réfléchit à la nature humaine, à ses réflexions dans *Les Gladiateurs.* Pourquoi les esclaves plus nombreux n'avaient-ils pas réussi à renverser le pouvoir romain ? Les populations soumises s'accoutument à leur sujétion et croient normaux et naturels les privilèges de la classe supérieure comme un prisonnier s'habitue à sa cellule. « Si je sors d'ici, écrira-t-il, tout le monde lèvera les yeux au ciel et clamera que cela a dû être affreux. Et j'aurai un petit sentiment de malice à l'idée que cela n'était pas aussi terrible qu'ils l'imaginent. Curieux comme les limites de ce que l'on peut supporter sont élastiques[1]. »

Chaque semaine, il recevait des livres, Stevenson, Gérard de Nerval, achetait un peu de vin et, comme il le racontera, s'installait dans une demi-torpeur loin de tout souci matériel, querelles avec ses éditeurs ou ses collègues, tourments amoureux, et peut-être aurait-il trouvé la vie idéale finalement si une intruse ne s'en était pas mêlée : la peur. Il crut même que son cœur le lâchait et, paniqué, tambourinait contre la porte.

Entre la dépression, les envies de suicide, les moments de joie, quelques nouvelles de l'extérieur lui redonnaient espoir, le genre de lueur fragile qui brille au fond des ténèbres. Le *News Chronicle* et le magnat William Randolph Hearst menaient une campagne en sa faveur. Mais l'information la plus touchante pour lui fut d'apprendre que Dorothy sonnait à toutes les portes de Londres et s'efforçait de le libérer. Il avait essayé d'imaginer ce qu'elle pensait de son aventure, comment elle le vivait. Maintenant il le savait. Un message d'elle lui parvint : « Es-tu vivant, mon amour ? Tout l'amour que j'ai pour toi te sauvera. »

Cette jeune femme timide et peu sûre d'elle avait quitté Paris et s'était rendue en Angleterre, un pays qu'elle ne connaissait pas, résolue à secouer les consciences. Elle était arrivée au bord des larmes, dans le froid, les grandes rues vides, le crachin. Le nom de Koestler ne disait rien aux Anglais. Son ouvrage *L'Espagne ensanglantée* au modeste tirage avait recueilli peu d'échos et Dorothy dut se battre pour réveiller une société gelée, indifférente au sort d'un journaliste hongrois à l'idéologie douteuse. Elle fonda beaucoup d'espoir sur Münzenberg et Katz, certaine que les deux figures du Komintern arrangeraient vite les choses et que tout cela n'était qu'un malentendu. Mais aucun des deux ne s'empressa de lui répondre. Elle repoussait le désespoir, partait aux aurores avec sa feuille devant la Chambre, les stations de radio, commença à récolter un grand nombre de signatures, évitant de dire qu'elle était séparée de son « mari » (et sans doute n'arrivait-elle pas à l'admettre). Elle donna des interviews, raconta l'histoire de K depuis Budapest, son amour de l'Angleterre, « l'humanisme d'un reporter prêt à sacrifier sa vie pour informer », se gardant bien de prononcer le mot communisme. Et elle réussit à émouvoir les politiciens. Un parlementaire, Anthony Eden, se déclara prêt à « aider

M. Arthur Koestler, en dépit de sa nationalité… tchécoslovaque ». Une communiste, Isabel Brown, interpella la députée travailliste féministe Eleanor Rathborne qui permit à Dorothy de prolonger son séjour en Angleterre et veilla constamment sur elle, la tint au courant des avancées, la réconforta. « Ce fut Dorothy qui me sauva la vie », reconnaîtra Koester[2].

Quand elle apprit le retour de Gerda Grepp, elle lui écrivit à Oslo et la supplia. « Vous devez m'aider à découvrir ce qui est arrivé à Arthur. Je vous attends à Londres. » K avait disparu et ses proches ignoraient quel sort la guerre lui avait réservé. Avait-il été tué, enterré quelque part ? Les franquistes le gardaient-ils prisonnier ? Gerda était la dernière à l'avoir vu vivant et son témoignage pouvait dissiper le mystère. La jeune journaliste norvégienne bouleversée, malgré sa santé fragile et ses enfants, le manque d'argent aussi (mais sa mère lui paya le billet), quitta la Norvège, prit le train pour Paris puis un avion jusqu'à Londres où l'accueillit une Dorothy émue. Il faisait gris en ce mois de mars 1937. Les deux femmes s'enlacèrent, réunies autour de cet homme qu'elles aimaient chacune à leur manière, d'une épouse amère et piégée à une amante de corridas. Postées sur les marches du Parlement, elles interpellèrent les députés, leur distribuèrent des messages. Sir Chalmers qui avait été libéré se joignit à elles.

Heureusement la guerre d'Espagne était à la mode, remplissait les gros titres, alimentait débats et tribunes jusqu'à la Chambre des Communes où les élus travaillistes et conservateurs s'échangeaient invectives et menaces. Gerda comptait bien faire tout son possible pour secourir cet homme qui l'avait protégée. Elle alerta les personnalités influentes qu'elle avait rencontrées au hasard de ses reportages. Elle parvint à joindre son « ami » Otto Katz de retour d'une énième mission. Cet homme qu'elle croyait connaître impulsa un puissant mouvement, sema articles, communiqués, tracts, libéra une force obscure emportant tout sur son passage. Gerda mit assez vite un mot sur cette ardeur, Komintern, dont l'onctueux et cultivé Katz tenait la redoutable machine propagandiste avec un art éprouvé de la dissimulation et du double jeu. Trahir les sympathies communistes de K aurait pu le desservir et Katz incita plutôt les députés conservateurs à le défendre au nom de la liberté d'expression et de la démocratie. Il se révéla tel qu'il était, dans toute son inquiétante étrangeté, maître, fin diplomate, caméléon, capable de se déguiser comme Arsène Lupin ou le Comte de Monte-Cristo.

Gerda comprit que si l'Internationale communiste sortait du bois, c'est que K en était l'une des figures (ce qu'elle soupçonnait mais pas à ce point) et disposait de renseignements précieux. Gerda se dit que son ami du *News Chronicle* n'était pas venu chercher en Espagne la gloire littéraire ou journalistique comme elle l'avait cru mais poursuivait un but politique secret, la seule explication possible à son attitude devant le danger, fanatique et non immature. Cette révélation la remplit d'exaltation, elle qui profita de son séjour à Londres pour se recueillir sur la tombe de son mentor Karl Marx, dans le cimetière de Highgate.

Les 10 et 11 mars 1937, l'Internationale socialiste organisa dans le Hall de Westminster une grande conférence sur la guerre civile espagnole. Officiellement les débats abordaient des thèmes caritatifs afin de ne pas fâcher le frileux gouvernement qui ne tolérait « aucune immixtion dans les affaires espagnoles ». Mais ce prétexte éclata vite sous les discours des deux cents militants invités et de slogans porteurs : « Les Républicains ne défendent pas seulement leur liberté mais notre liberté à tous. » Gerda eut la satisfaction d'y accueillir son rédacteur en chef du journal *Arbeiderbladet*, Martin Tranmael, et Zeth Höglund qui dirigeait le journal suédois *Social-Demokraten*. La presse européenne se mobilisait. Comme Dorothy n'était pas une oratrice, Gerda monta les marches, les jambes flageolantes, parvint à résister à la souffrance. Perdant parfois ses mots anglais, elle vanta le travail d'Arthur Koestler puis fit signe à Dorothy qui la rejoignit mais resta en retrait, les mains jointes. Les deux femmes redescendirent de l'estrade sous les applaudissements. Quelques jours plus tard, cinquante-huit parlementaires adressèrent une lettre au général Franco pour lui demander de respecter la liberté d'expression.

Gerda se sentait faible. Elle demeura à Londres jusqu'au bout de ses forces mais dut rentrer à Oslo pour y suivre un protocole de soins. Sa mère Rachel avait perdu un fils à cause de cette sale tuberculose et, durement éprouvée, suppliait sa fille de revenir. « Pense à tes enfants ! » Et Gerda avait fini par céder.

Elle monta dans l'avion, le cœur lourd, avec un sentiment d'inachevé, serra dans ses bras Dorothy qui tenait à peine debout, sous le choc d'une nouvelle dramatique. Son frère Ernie avait été arrêté en Russie. Pourquoi moisissait-il dans les prisons de Staline alors qu'il était communiste ? « Impossible ! Une erreur ! », songea-t-elle. Après avoir eu confirmation de la détention d'Ernie, elle tenta d'alerter l'opinion à son sujet, se demandant si elle supporterait toute cette violence envers ceux qu'elle aimait.

Un matin, elle apprit qu'Ernie avait été fusillé. L'horreur tomba sur elle comme une faux et elle demeura prostrée sur son lit. Comment un communiste avait-il pu être exécuté par des frères d'armes ? Elle se releva. Il lui restait à sauver la tête de son mari.

K serait informé du drame plus tard, loin de se douter que le destin tragique d'Ernie aurait sur lui d'importantes répercussions politiques. Arthur et sa femme se battaient, chacun d'un côté de la barrière, tous deux broyés par les deux monstres totalitaires. Les heures s'écoulaient, lentes, dans ce cachot espagnol. Il termina *Guerre et paix* de Tolstoï. « Au moins une bonne chose de faite », essaya-t-il de plaisanter, prévoyant de le relire. La littérature chassait un temps les démons qui réapparaissaient sous la forme de spectres cagoulés emmenés devant le mur des fusillés. Entre minuit et deux heures du matin, il veillait, l'oreille collée contre la porte, à l'affût de tous les bruits car c'est dans ce temps silencieux et suspendu que les gardes tiraient les condamnés de leur paillasse pour les conduire à l'échafaud… Une porte qui grince, la litanie chuchotante du prêtre dans le couloir, un gémissement étouffé… « Socorro ! Socorro ![3] », cria un malheureux. « Cela ne sert à rien », disait le gardien sans hostilité ni amitié.

Une nuit, la mort s'approcha tout près de lui, il put même sentir son souffle glacial… Les geôliers ouvrirent des cellules sur le chemin qui menait à la sienne et K entendit les terribles échanges. « Pourquoi faut-il que je meure ? », demanda son voisin. La question se perdit dans un puits profond. Puis, les pas se dirigèrent vers lui et chacun sonnait comme le glas. Ils frôlèrent sa porte, touchèrent la serrure. « Non, pas celui-là ! » Le cœur de K battit tellement fort qu'il faillit éclater. Il transpirait à grosses gouttes, secoué de spasmes et de nausées. Ces souvenirs le hanteront toute sa vie et composent l'un des passages (écrits à chaud) les plus poignants du *Testament espagnol*. Pendant longtemps, il ne trouvera pas le sommeil à cette heure-là et consultera sa montre à minuit.

Lorsqu'un garde vint le chercher, il crut comme toujours que l'exécution avait été décidée, mais les soldats ne l'attachèrent pas avec une corde, le poussèrent dans un bureau devant un officier qui lui posa des questions sur son ouvrage « de propagande » *L'Espagne ensanglantée* seulement disponible en allemand et en français et que peu de monde avait lu, à l'exception – manque de pot – du capitaine Bolin et de quelques fanatiques de Franco. Par chance, l'homme en face, pourtant bien renseigné, n'établit aucun rapport entre les éditions du Carrefour où il avait publié son livre et Münzenberg et le Komintern. L'enquêteur interrogea K sur les raisons de sa présence à Malaga mais n'évoqua pas son engagement communiste qu'il devait ignorer.

C'était un jour de mai 1937 et les pas lourds reprirent. Était-ce dans sa tête ? Non, ils se dirigeaient bien vers lui, pesants telles des pierres tombales et quand la grosse serrure brutalisa la porte, il sursauta. Des gardes le tirèrent par le bras et il atterrit dans un corridor, hagard, le visage mangé par une barbe faunesque, des vêtements sales. Un inconnu en chemise noire et deux soldats apparurent et l'emmenèrent jusqu'à une voiture. Séville semblait flotter dans une étrange insouciance avec ses cafés et ses magasins colorés, ses familles en balade, une sérénité éloignée des sombres souvenirs qu'il traînait au fond de lui. K avait du mal à fixer son attention, ébloui par la lumière qui se réverbérait sur la vitre. La ville avait disparu, la campagne défilait, quand un coup de frein le projeta sur le siège. Le chauffeur s'était arrêté au milieu d'un champ vide. K sortit et fit face aux trois hommes. « Ils vont sortir leur revolver et m'abattre. » Mais le moteur d'un avion, un petit Douglas, l'arracha à sa prière. L'homme en noir lui fit signe de le suivre, l'installa soigneusement dans l'appareil et se mit aux commandes. Il s'appelait Carlos Haya, et Franco le tenait pour son meilleur aviateur spécialiste des vols sans visibilité la nuit ou par temps de brouillard.

Avant la guerre, il avait participé à des meetings aériens, effectué pendant l'été 1928 un tour d'Europe en petit avion. Le prisonnier allait-il être balancé par-dessus bord en plein ciel ? L'appareil flottait au milieu des nuages et du soleil. Il ne se passa rien. K observait le pilote. Il comprit pourquoi ce brillant voltigeur avait été chargé de l'exfiltrer et le choyait. Il avait été libéré en échange de Josefina Galvez, fille d'un célèbre gynécologue, qui possédait une qualité précieuse, être l'épouse du capitaine Carlos Haya. Le sort de cette femme, détenue dans une forteresse républicaine de Valence puis à Madrid, apitoyait le camp nationaliste. Elle avait accouché en prison de jumeaux aux prénoms guerriers, Hector et Achille, supplié ses geôliers de lui laisser ses enfants (l'un d'eux mourrait de faim) mais en réponse, elle fut ligotée à un poteau, et un escadron procéda à un simulacre d'exécution qui la laissa tétanisée. Quelques jours après, elle implora son mari de déserter. Carlos Haya aimait beaucoup Josefina mais il répondit : « L'Espagne passe avant ma famille. » Ce sens du devoir n'éteignit jamais leur amour. Peut-être Josefina applaudissait-elle aux exécutions, détestait-elle la démocratie, indifférente à la souffrance des autres avant que les horreurs de la guerre ne fissent d'elle une âme meurtrie. Un lien organique unirait K et Koestler à cette femme fantôme, très belle paraît-il.

Pendant qu'elle naviguait à bord du destroyer britannique Hunter à destination de Séville, son mari et le « journaliste anglais » volaient vers Gibraltar. Dans ce firmament nappé de brume, au-dessus d'un plateau blanc presque irréel, ils discutèrent peut-être des exploits aériens de Carlos Haya, nous n'en savons rien. Comme Koestler le rapporte, il parla avec le chevalier céleste de la mort, de la manière de périr, aussi glorieuse que pour Le Cid, face au soleil et l'épée au vent. Le capitaine Haya traitait de « lâches » les « Rouges » qui ne savent pas mourir. Lui connut la fin qu'il désirait, le 21 février 1938. Lors de la bataille de Teruel, aux commandes de son Fiat, il fonça sur une escadre de Polikarpov, déchargea ses mitrailleuses. Ses balles se perdirent dans les nuées. Il aperçut plus bas un adversaire qui pourchassait l'un de ses équipiers mais, ayant flambé ses cartouches, il voulut forcer le chasseur « rouge » à rompre le combat en l'effrayant, le colla si près que son biplan heurta la queue de l'appareil ennemi et, l'aile détruite, tomba en vrille. Carlos Haya avait trente-cinq ans et Josefina implora les Républicains de lui remettre le corps de l'homme qu'elle avait tant aimé.

20

Une comédie d'amour

Le ciel était entré dans la cellule 40. Les plaidoiries de Dorothy, de Gerda, de Katz, du gouvernement anglais avaient infléchi la position du général Franco. Eleanor Rathbone avait réussi à convaincre Franco que tuer K ou le maintenir en détention nuirait aux bonnes relations du Caudillo avec l'Angleterre. Carlos Haya lui avait fait signer un document où il s'engageait à ne plus se mêler des affaires espagnoles et assurait avoir été bien traité.

Il était resté en prison pendant 102 jours, trois mois interminables qui auraient pu se transformer en éternité.

George Orwell l'écrira dans son magnifique livre *Hommage à la Catalogne*. La guerre d'Espagne où il s'engagea comme combattant fut un « tournant dans sa vie et sa pensée politique ». K connut lui aussi cette métamorphose. Quand il revint en Angleterre, il était célèbre, avait renié son engagement communiste mais il ne le savait pas encore. Le premier télégramme qu'il envoya depuis Gibraltar fut destiné à Münzenberg. K y inscrivit un vers qu'il prêta à Goethe (mais en réalité de Friedrich von Schiller), extrait de son poème *L'hymne à la joie* : « *Seid umschlungen Millionen…* » (« Millions d'êtres, soyez tous embrassés d'une commune étreinte »).

Son bateau *Derbyshire* aborda les côtes d'Angleterre le 14 mai 1937. Le quai de Tilbury, l'avant-port de Londres, grouillait de photographes et journalistes. « La gloire est le deuil éclatant du bonheur », disait Madame de Staël. Cette foule en attente, débordante de passions, effraya K, embarrassé, car il avait négocié l'exclusivité de son récit avec le *News Chronicle* qui annonça en une, le 15 mai, sa libération sous le titre « God Save the King ».

Il pouvait parier aussi que sa soudaine notoriété ne ravissait pas Münzenberg et Otto Katz. Un espion trop connu ne servait à rien. Une autre angoisse l'étreignit quand il aperçut Dorothy, tremblante d'émotion au milieu des flashs. Il la trouva fatiguée, vieillie. Elle était devenue la gardienne de sa prison dorée, pauvre femme qui se jeta sur lui avec une sincérité désarmante et l'embrassa fougueusement devant les photographes excités, l'obligeant à jouer un rôle. Il ne voulait pas décevoir la belle histoire d'amour – la petite bureaucrate transformée en Antigone pour les yeux de son héros – que les journaux avaient imaginée.

K n'avait pas le choix et reprit la vie commune avec Dorothy. Les deux « amoureux romantiques » s'installèrent un temps chez Sir Chalmers, puis le propriétaire du *News Chronicle*, Lord Layton, tenant à soigner sa plume d'or, à lui offrir les meilleures conditions de travail, les hébergea, Koestler publia cinq articles, le récit de son aventure que le pays attendait.

Puis Dorothy et lui emménagèrent dans une résidence de Shepperton-on-Thames, à trente kilomètres de Londres. K avait envie de retourner rue Dombasle, à Paris, mais il devait rester cet acteur de composition que le public du théâtre désirait. Peut-être sa passion se rallumerait-elle ? L'aventure intense qu'il avait vécue l'éloignait de tous les rivages. Il n'arriva pas à respecter l'ordinaire du quotidien conjugal et de nouveau, il blessa Dorothy par ses absences, sa froideur, dormit dans une autre chambre. Elle s'accrochait à lui, désespérément, souffrait, partagée entre son amertume et le plaisir de travailler pour lui. Elle l'aida pleinement à concevoir le tapuscrit qui allait devenir *Un Testament espagnol*, le retranscrivit en allemand, corrigea les fautes, espérant toujours un regard, une gentillesse de sa part.

Il en acheva la rédaction au bout de deux mois. Il portera un regard critique sur ce livre factuel, structuré comme un journal, une forme qu'il sembla regretter mais qui en constitue aujourd'hui la force. Cette fois, il n'eut pas besoin de concours improbable ou de son ami Andor Németh pour investir un milieu littéraire qui se refusait à lui depuis des années. Les éditeurs se bousculaient pour publier son texte. Mais le gagnant fut Victor Gollancz, le fondateur et directeur du *Left Book Club* dont le catalogue comprenait une majorité d'ouvrages prosoviétiques. Il voyait Staline comme le rempart absolu contre la folie des autocrates Franco, Hitler ou Mussolini, mais son positionnement communiste ne l'empêchait pas de maîtriser les règles du capitalisme moderne. Gollancz apporta à la littérature une stratégie novatrice, un terme encore inconnu, le « marketing ». Il achetait des placards de publicité dans les journaux, soignait les annonces, le lettrage coloré, engageait des dessinateurs. Il avait compris que la Guerre d'Espagne passionnait le public inquiet devant la montée du fascisme et curieux d'en saisir les enjeux.

Gollancz, plutôt spécialisé dans la non-fiction, avait sorti *Espagne en révolte* (1936), écrit par Harry Gannes et Theodore

Repard, deux Américains gavés d'analyses marxistes, puis la traduction du roman *L'Espoir* d'André Malraux et *La Guerre civile en Espagne* d'Alfred Jelinek. Avec *Un Testament espagnol* d'Arthur Koestler, il tenait un superbe témoignage et comptait bien lui donner toutes ses chances. Il demanda à la duchesse d'Atholl, une figure politique écossaise, étrange et belle, presque mystérieuse, de préfacer le document. Férue de littérature, musicienne, elle avait dû renoncer à devenir une grande pianiste pour l'amour d'un duc et découvert la politique où elle montrait un certain éclat. Elle s'était opposée au droit de vote des femmes mais combattait l'excision des petites filles dans les pays africains musulmans et en particulier ceux que l'Angleterre administrait. Elle regrettait que son pays n'intervînt pas en Espagne contre Franco, blâmait le Premier ministre Chamberlain pour ses positions pacifistes face à Hitler. Ses plaidoiries en faveur des Républicains lui avaient valu le surnom de « duchesse rouge », mais elle restait une conservatrice, ce qui ne gênait pas l'habile Gollancz. La lecture du puissant témoignage d'Arthur Koestler la réjouit et elle espéra qu'il réveillerait les consciences. Elle avait longtemps siégé au Parlement avant d'être battue, gardant malgré tout son aura.

Elle invita Arthur dans sa belle maison de Chelsea, le mena par la main jusqu'au salon où elle avait dressé une table magnifique. Il fut impressionné par sa taille, son visage de vestale et s'apprêtait à lui faire la cour quand une toux venue de la pièce voisine l'arrêta. Son mari âgé, le duc, occupait le salon d'à côté, souffrant peut-être ou fâché contre elle à cause de ses positions politiques et des hommes jaillis de nulle part qu'elle recevait. L'homme passa une tête dans l'entrebâillement de la porte et reprocha au visiteur sa mauvaise influence sur son épouse sans qu'Arthur parvînt à séparer la véritable gronderie de la plaisanterie vicelarde.

Le déjeuner avec la Duchesse fut plaisant, un peu convenu jusqu'au moment où elle lui posa la question qu'il tentait d'éluder, s'il était membre du parti communiste, sur un ton désinvolte comme elle aurait parlé de tennis avec lui. « Non », répondit-il après une hésitation qu'elle ne parut pas percevoir ou du moins affecta de ne pas remarquer. « Cela me va. Je vous crois. » Mais le « non ! » que lâcha Koestler lui serra la gorge. Beaucoup des acheteurs potentiels de son *Testament espagnol* étaient des sympathisants communistes ou des militants et, s'il était convaincu de palinodie, un grand nombre de lecteurs se détourneraient de son travail, déchaîneraient à son encontre une campagne haineuse et précipiteraient ses livres dans d'autres flammes. Il avait besoin des « sympathisants rouges » et de la duchesse. Au cas où leur conversation viendrait à s'ébruiter, il dirait à ses camarades qu'il avait retenu la leçon du Parti, ne jamais reconnaître que l'on en est membre pour mieux se protéger des forces capitalistes et assurer sa clandestinité.

Il craignait de ne pas être compris car ses souvenirs évoquaient davantage l'enfermement et l'angoisse de la mort que la lutte entre les communistes et les fascistes. Il traitait du destin et de la vie d'un héraut de l'information, observateur vigilant. « Il y a une forte dose de fatalisme oriental dans la manière dont les Espagnols font la guerre – des deux côtés, d'ailleurs », écrit-il. « Peut-être est-ce pour cela que la lutte est à la fois si nonchalante et cruelle. D'autres guerres se composent d'une série de batailles ; celle-ci est une suite de tragédies. »

Les drames le poursuivaient d'ailleurs dans la réalité. Il apprit que son compagnon de promenade Garcia Atadell avait été garrotté. Sa conversion au catholicisme n'avait pas suffi. *Un Testament espagnol* portait la mémoire de tous ces morts broyés par une guerre absurde. Il espérait que la publication, prévue à la fin de l'année, remporterait non seulement un large succès mais préviendrait les démocraties des dangers du fascisme et d'Hitler.

Sa voix résonnait, plus forte. Walter Layton, le patron du *News Chronicle*, bichonnait son journaliste vedette. Il songea à lui pour un poste de correspondant à Moscou. Mais Gerald Barry, le rédacteur en chef, le dissuada en l'informant qu'Arthur Koestler était communiste et qu'il fallait plutôt l'éloigner de l'Union soviétique afin de préserver l'image du héros et la leur en même temps. Il proposa à K le plus beau sujet dont il n'aurait pu rêver, interviewer le grand romancier allemand Thomas Mann qui publiait sa tétralogie *Joseph et ses frères*, récit libre sur l'histoire du personnage biblique Joseph, victime de la jalousie de sa famille. K avait adoré *La Montagne magique* et se trouvait des points communs avec ce brillant esprit déchu de la nationalité allemande et lancé dans une errance infinie autour du monde. En entendant Barry prononcer ce nom, il sentit son cœur battre très fort. Il envoya une lettre à Thomas Mann alors installé dans la ville de Küsnacht, près de Zurich, et le vieil humaniste affaibli (il n'avait pourtant que 61 ans à l'époque) lui répondit avec chaleur, évoquant Schopenhauer, et l'invita à le rejoindre à Locarno, la station balnéaire où son épouse et lui se reposaient.

Koestler se souviendrait de son attente, le 20 septembre 1937, dans le hall du petit hôtel, transpirant, plein d'étranges sentiments, lui qui avait interrogé le prince Fayçal, Einstein, l'assassin menaçant Queipo de Llano jusqu'à y risquer sa vie, toujours rongé par la peur, une peur de nature différente mais persistante, poisseuse. Il emprunta le couloir sinistre de l'hôtel et frappa à sa porte. Un homme vacillant ouvrit. Il avait en face de lui le roi des lettres allemandes et le suivit dans le parc à proximité. Koestler racontera sa déception car Mann livra peu de lui-même, enfermé dans un phrasé sentencieux et abstrait, et ne posa aucune question à Koestler sur son expérience espagnole qu'il avait pourtant dû suivre. Il le traita comme un journaliste ordinaire et expédia une énième interview. Koestler écouta sans oser l'interrompre ou le sortir de son confort.

— Vous savez quand j'étais dans les prisons franquistes, j'ai beaucoup pensé à *La Montagne magique*. Votre livre a été précieux pour moi.

Thomas Mann le regarda mais n'eut aucune réaction particulière. Il ne parut pas l'entendre. Peut-être était-il aussi ennuyé par le prétexte de la rencontre – la tétralogie de Joseph (à part le premier volume paru en 1933) était très en dessous du ton ironique et poétique de *La Montagne Magique*. Dans son journal, Mann reviendra sur cette rencontre : « Lettre impressionnante du journaliste Koestler de Gibraltar. Il prétend avoir pu surmonter ses souffrances à l'aide de mes écrits, et particulièrement du chapitre sur Schopenhauer. Mais lorsque je l'ai rencontré, j'étais fatigué et de mauvaise humeur[1]. »

Koestler ne réussit pas son meilleur article. Il se sentait las. Devançant d'autres demandes de Gerald Barry, il sollicita quelques jours pour aller rendre visite à ses parents à Budapest qu'il n'avait pas vus depuis longtemps, se demandant dans quel état il les récupérerait. Son père avait essayé de cacher à Adele la disparition et la condamnation à mort de son fils en Espagne, pensant qu'elle ne le supporterait pas et avait porté seul ce lourd secret comme un poison lent au point que le stress l'avait cloué dans un fauteuil. Il parlait d'une voix presque inaudible. Il traînait aussi l'échec de sa dernière affaire – exporter de la bauxite en Suède –, et souffrait terriblement de l'estomac. Il ignorait qu'Adele avait fini par apprendre la mésaventure d'Arthur de la bouche de Dorothy. Cette révélation et le dénouement heureux ne l'avaient pas rendue moins irritable, bien au contraire. Elle s'inquiéta de l'apparence de son fils : « Tu as une mine épouvantable ! » Et elle se fâcha. Son attitude déconcerta Arthur. Dès que l'Espagne venait dans la conversation, elle changeait de sujet. D'après Koestler, apprendre que son fils avait été en prison même dans des circonstances particulières la remplissait de honte. Elle ne lut jamais *Un Testament espagnol*.

Quand il les quitta, plein de tristesse, il pensa ne jamais les revoir et leur cacha qu'il partait pour la Grèce où sévissait le dictateur Ioannis Metaxas, dans cette épidémie de fascisme qui ravageait l'Europe avec tout son cortège d'horreurs : prisons pleines, exécutions à l'aube, bras tendus, le sempiternel général Alcazar décidément très occupé… La célébrité et la chance lui faisaient-elles perdre la raison ? Koestler comptait exorciser là-bas sa propre mémoire tragique, éprouver son statut sanctifié sans l'ombre, espérait-il, de l'espion. Il atterrit à Athènes mais rédigea des récits fiévreux. C'était l'ancien otage, tourmenté, qui remplissait ses textes de brûlures vives, d'imprécations, de colère. Le rédacteur en chef Gerald Barry préféra ne pas publier ses reportages et lui trouva une autre destination : il l'envoya le 27 septembre en Palestine où avaient éclaté de violentes émeutes.

K avait cru clore une partie de son passé mais l'*alya*, le retour des Juifs vers la terre promise le hantait toujours. Les Arabes manifestaient contre les sionistes et leur implantation en Israël, réclamant qu'on ne leur vendît plus aucune terre. De nombreux Juifs avaient été assassinés. Koestler, redevenu K, comprenait qu'il n'avait pas fini d'errer, d'être pourchassé, de fuir bien qu'il n'eût plus envie de s'y installer. Hitler avait promulgué ses lois anti-juives lors du congrès nazi à Nuremberg et partout dans le monde des pogroms flambaient. « On ne nous laissera jamais tranquilles », avait prophétisé le fondateur du sionisme Theodor Herzl. K regretta d'avoir survécu à la prison de Franco. « Les perspectives d'avenir de la Terre Sainte sont un gigantesque cauchemar », se désola-t-il, amer, le 15 décembre 1937, dans le *News Chronicle* sous le titre *Un SOS pour la Palestine*. Les Juifs seraient bientôt anéantis, la haine galopait. Mais son SOS se perdit dans les préparatifs des célébrations de Noël.

Troisième partie

SUICIDE D'UNE NATION

21

Et K devint Koestler

Son livre *Un Testament espagnol*, auquel il avait ajouté une partie *Dialogue avec la mort*, parut en décembre 1937. Il s'aperçut que Franco pouvait compter sur des soutiens en Angleterre. L'éditeur Victor Gollancz reçut un courrier abondant, des lettres souvent lourdes de menaces venues des amis de Franco comme Oswald Mosley, le fondateur du parti fasciste anglais, ou des milieux catholiques. Les prêtres s'insurgeaient contre le traitement injuste qui était réservé au « défenseur du christianisme », au « pourfendeur du communisme ». Parmi les messages, l'un d'eux retint l'attention de Koestler, signé d'un certain Ernest Vernor-Miles, propriétaire du journal *The Catholic Herald* et l'un des représentants du Général Queipo de Llano en Angleterre : « Nous devons vous demander de publier sans délai un retrait de vos allégations et des excuses sous une forme que nous approuverons et de vous engager à ce qu'aucun autre exemplaire du livre ne soit distribué. Nous réservons à notre client le droit de réclamer des dommages et intérêts pour des diffamations qui étaient manifestement destinées à nuire à sa réputation et à la cause pour laquelle il se bat. Veuillez nous envoyer le nom des avocats qui accepteront la signification des actes de procédure, si un litige s'avère nécessaire. Cordialement[1]. »

Le général Queipo de Llano niait avoir lancé des appels au viol sur une radio de Séville comme le prétendrait Koestler. Un professeur d'université Angel Alcalde a attesté qu'il n'existe pas d'enregistrements des discours de Queipo et la seule information à ce sujet vient du « communiste propagandiste hongrois Arthur Koestler[2] ». Les témoins attestaient de nombreux viols mais le Caudillo accusait les éléments incontrôlés de son armée et les manipulations étrangères. K s'amusa des pudeurs que les tueurs fascistes manifestaient dans les pays démocratiques, utilisant les lois, leurs relais, la politesse, pour convaincre les opinions qu'ils étaient victimes de diffamations de la part de leurs ennemis bolchéviques. Lors de la prise de Malaga, le général Queipo avait tué 5 000 civils.

Gollancz se moquait des menaces du tueur, et choisit *Un Testament espagnol*, comme tête de gondole, « livre du mois », une gratification qui lui permit d'attirer un large public (60 000 exemplaires) et donna à Koestler une certaine aisance financière sans compter toutes les satisfactions honorifiques. *Un Testament espagnol* l'élevait au rang des écrivains antifascistes dont les livres brûlaient à Berlin, Munich et Rome aux côtés de ceux de Klaus et Thomas Mann, de Franz Kafka et d'Erich Maria Remarque.

Il aurait la joie de lire le passage du journal d'André Gide, le 9 février 1941 : « Achevé *Un Testament espagnol*, fort bien traduit de l'anglais par Denise Van Moppès. Livre admirable, inappréciable document. » Une critique presque assassine, parue quelques années plus tard en 1944, le troublera parce qu'elle venait d'un écrivain considérable, George Orwell, rescapé lui aussi de la guerre civile espagnole qui lui avait inspiré son *Hommage à la Catalogne*. Victor Gollancz avait refusé le livre avant qu'un autre éditeur, Fredric Warburg, le publie (il ne se vendra pas beaucoup).

« Le récit de Koestler contient des passages remarquables si l'on excepte le manque de précision habituel dans un livre de reportage. Il est faux par endroits », reconnaissait Orwell. « Dans les scènes de prison, Koestler rend bien l'atmosphère de cauchemar, à la hauteur de son style mais le reste du livre est trop teinté par l'orthodoxie du Front populaire de l'époque. Un ou deux passages semblent même avoir été trafiqués pour les besoins du Left Book Club. » Était-ce un règlement de compte, un acte de dépit ? Orwell affirme qu'un communiste ne peut traiter un tel sujet honnêtement, montrant la différence entre *Un Testament espagnol*, centré sur le témoignage brut et la cruauté franquiste, et *Hommage à la Catalogne*, qui s'en prend à tous les totalitarismes, dénonce la duplicité criminelle des communistes. Staline avait trahi et exécuté ses alliés trotskystes du POUM.

Koestler et Orwell allaient se lier profondément pendant les années de guerre, ils rompirent avec le Parti communiste au même moment mais Orwell prit plus vite conscience et sa plume acérée mêlée à des considérations idéologiques aussi implacables que ses exigences littéraires porterait un regard souvent sévère sur l'œuvre de son ami.

Gide et Orwell le considéraient. C'était sa plus grande victoire. Koestler ne doutait pas que son *Testament* entrerait dans la caste des œuvres sur la guerre civile espagnole parmi les essais ou romans colorés d'héroïsme flamboyant, de *L'Espoir* de Malraux à *Pour qui sonne le glas* d'Hemingway. L'ancien pauvre passé tout près du garrot s'était ouvert les grands salons de Londres, les jardins ombragés de Kensington

Gardens éclairés la nuit par des lanternes, au milieu des roses. Il gravissait les degrés en marbre qui menaient à l'appartement luxueux du journaliste viennois Paul Frischauer où était convié le grand monde. Il y croisa Stefan Zweig et une femme fascinante, la baronne Moura Budberg qui avait été la maîtresse de Gorki et prenait maintenant la main du grand romancier d'anticipation H. G. Wells. Aucun des convives présents ne savait qu'elle travaillait comme espionne pour le MI5 britannique et les Soviétiques. L'une des invitées, l'écrivaine autrichienne Hilde Spiel, s'en souviendra. « Tout l'intérêt de ces soirées était porté sur le petit jeune homme agile, espiègle, physiquement et mentalement audacieux, qui avait récemment été sauvé du couloir de la mort du général Franco avec l'aide du ministère des Affaires étrangères et du journal dominical *The Observer* et qui avait écrit un article à ce sujet. Son *Testament espagnol* avait profondément ému tout Londres[3]. »

K, devant ces hommes et femmes de lettres exilés, voulait montrer sa supériorité, persuadé que sa qualité de survivant revenu de l'enfer, ses aventures le rendaient supérieur aux autres. Il continuait même sans y croire de répandre la propagande de Moscou, prétendant que le POUM dont les membres avaient été sauvagement assassinés sur ordre de Staline était une manipulation de Franco, assurait en même temps qu'il n'était pas communiste par crainte de détourner les lecteurs de son livre. Il se battit même avec Paul Frischauer.

Quand il rentrait chez lui, il se sentait détruit. Il essayait de ne pas entendre les bribes d'informations qui parvenaient de Moscou sur les procès des anciens compagnons de Lénine, Zinoviev, Kamenev, Nikolaï Boukharine, Alexeï Rykov, qu'il avait croisés brièvement au Kremlin et Karl Radek condamné à dix ans de bagne et que probablement l'on ne reverrait plus sur cette terre.

K se rappela l'exécution du frère de Dorothy. Pourquoi ? Pourquoi ? Pourquoi Radek et Boukharine avaient-ils avoué ? Depuis qu'il avait attendu le gibet au fond d'un cachot, sentant son sang se glacer, il ne supportait plus les fusillades à l'aube au bord d'une fosse, un drap blanc sur la tête ou ce que l'imagination supposait. Aucune preuve ne confirmait jamais les mises à mort et les proches ou amis chutaient dans un vide sidéral suspendus à un mot terrible : disparition. Il commençait à ignorer les courriers émanant du bureau de Münzenberg. Lors d'une conférence à Paris, un émissaire communiste le pressa d'accuser les traîtres du POUM. Il refusa. Chaque fois qu'il participait à une réunion, ses textes devaient être révisés par le Parti mais il ne les soumettait plus, prétextant l'oubli ou un manque de temps. Les rues de Londres lui paraissaient menaçantes et lorsqu'il se présentait devant un public captif, il surveillait la porte, l'assistance, essayait de repérer Otto Katz, parlait avec prudence.

Parfois, il emmenait à l'hôtel une femme qui avait assisté à l'une de ses conférences. Il menait une liaison épisodique avec une certaine Dora Zuckermann qu'il avait connue à Haïfa. Il l'avait laissée en rade dans un bar parisien et, en colère, elle l'avait retrouvé en tombant par hasard sur l'annonce de sa conférence à Piccadilly. Après des éclats de voix, ils avaient échoué dans un hôtel insalubre. « Tu ne m'abandonneras plus », disait-elle. Mais il l'abandonna comme il abjura une ancienne beauté plus importante, la révolution, le jour où, sur une tribune, il lâcha une phrase qui verrouilla les visages en face de lui : « À la longue, une vérité nuisible vaut mieux qu'un mensonge utile. » Un silence pesant tomba sur la salle. Il eut l'impression que deux gardes allaient se lever et l'entraîner dehors pour lui mettre une balle dans la tête. « L'effet fut à peu près le même que si l'on avait proclamé devant un auditoire nazi cette surprenante nouveauté que les hommes étaient nés égaux », rirait-il (jaune) dans *Le Dieu des ténèbres*.

Quand il rentra chez lui, dans la maison de Shepperton-on-Thames où il avait cru rallumer son amour avec Dorothy, au milieu des cartons qui s'empilaient et des pièces vides, il adressa au Parti une lettre de démission comme il aurait adressé un message de rupture à Dorothy ou Dora, un texte peu courageux, conviendra K. Il y affirmait son « opposition au système, à la prolifération cancéreuse de la bureaucratie, à la suppression des libertés individuelles » sans pour autant remettre en cause les « fondements de l'État ouvrier et paysan », la nécessité de l'URSS, « seul espoir, dans une planète en pleine décadence ». Il ressentit une « joie féroce » puis une terrible solitude. Il perdait une partie de sa famille et le sens de son existence. Au fond de lui subsistait une infime lueur. Les procès de Moscou, les purges étaient-ils des mensonges, des mirages, un mauvais songe ?... « Les Russes sont les premiers comédiens du monde. Pour faire effet, ils n'ont pas besoin du prestige de la scène », perçut jadis le marquis de Custine.

Peut-être le doute aurait-il grandi en lui si, au cours d'un colloque, il n'avait aperçu une revenante, le genre de visage que l'on n'oublie pas, une femme dont il rêvait parfois en se demandant dans quel sable mouvant ce monde fou l'avait ensevelie. Elle se tenait bien là, à quelques mètres, silencieuse, attentive, à tel point qu'il aurait pu se frotter les yeux pour attester de sa réalité. Son amie d'enfance

Eva Striker avait ressurgi du brouillard. Il se dirigea vers elle, fendit la foule des lecteurs accrochés à leur exemplaire du *Testament espagnol* et le chemin lui parut long, en vérité infini tant les pas qui le menaient vers elle transformeraient, sans qu'il en prenne conscience, sa vie et son engagement.

La jeune fille brune et drôle au teint de rose, coquette et pleine d'énergie qu'il avait aimée à Paris était morte et à la place, apparaissait une femme usée, pâle, qui semblait n'avoir plus dormi depuis dix ans. « J'ai été en prison », lui dit-elle, faisant résonner l'écho du claquement de porte qui hurlait encore à son oreille. Elle avait épousé un militant communiste, Alexandre Weissberg, incarcéré lui aussi. Elle raconta son voyage en Ukraine en janvier 1932, « juste une fantaisie », comme elle le qualifiera au *New Yorker*[4], à travers les steppes, dans la nuit tandis que les loups hurlaient. Elle rejoignait Alex qui travaillait comme physicien à Kharkov. Elle vit la famine ravager le pays, des ouvriers se partager un pain gris pour tout repas, admira la résilience de la population. Elle prolongea son séjour, étudia les techniques de céramique à Leningrad et Moscou où elle fut arrêtée le 28 mai 1936, à quatre heures du matin.

Koestler se demanda pourquoi une artiste pure férue de peinture et de céramique avait intéressé les émissaires de la Loubianka. Comment une femme aussi merveilleuse avait-elle pu être livrée à la nuit et à la solitude, affronter les accusations les plus grotesques ? Elle et Alex étaient accusés d'avoir voulu attenter à la vie du « camarade Staline ». Les policiers avaient retrouvé deux revolvers sous leur lit. Eva aurait dessiné des croix gammées sur des tasses de thé qu'elle destinait à des galeries. Elle avait été dénoncée par un ingénieur « antirévolutionnaire » Bykhovsky qui prétendait avoir été son amant délaissé. Elle nia sous la lumière aveuglante d'une ampoule dans une sinistre pièce, un rite que Koestler connaissait trop bien. Elle entendait le beuglement de l'autre côté du mur comme si un rhinocéros avait été enfermé. Les bourreaux la privaient de nourriture, de boisson, lui annonçaient son exécution imminente, les gardes déboulaient la nuit dans les cellules, frappaient les prisonniers… Elle pleurait en évoquant sa terreur et surtout Alex dont elle n'avait plus de nouvelles.

Elle lui montra une cicatrice sur le bras, les veines tranchées pour ne pas dire ce qu'elle ignorait sur le révolutionnaire communiste Nikolaï Boukharine. Mais Eva avait survécu, tenant un rôle dans une sinistre pièce de théâtre, celui du témoin à charge, condamnée, comme Boukharine ou Radek, à réciter le texte dicté par un lugubre metteur en scène.

Eva fut libérée grâce au consul autrichien que sa mère connaissait mais sa délivrance ne lui procurait aucune joie, inquiète du sort d'Alexandre.

Ce récit bouleversa K. Entre Eva et lui naviguait le souvenir de leur jardin d'enfance à Budapest et des jeux auxquels ils s'adonnaient, de leurs promenades au milieu des fleurs comme une irréalité perdue. Il s'était promis de l'épouser, mais la vie les avait séparés et des années plus tard, ils se retrouvaient, marqués par les épreuves, lui, échappé d'une prison fasciste, elle, d'un cachot communiste, s'efforçant chacun de récupérer un peu de leur jeunesse. Il voulut la prendre dans ses bras, hésita, elle dut le sentir, tendit sa main tremblante, et il la saisit.

Il s'engagea à user de ses relations pour libérer Alex Weissberg, des relations qu'il avait perdues. Il l'embrassa et la regarda s'éloigner. Il la vengerait alors que naissait une idée sombre et violente qui deviendrait l'un des livres les plus célèbres du XXe siècle.

22

Un cri littéraire lancé à la face du monde

Koestler était devenu un écrivain, un militant déçu en quête d'une œuvre plus grande que lui pour se hisser à la hauteur de ses modèles et mériter la ferveur des femmes qu'il avait l'impression de ne pouvoir aimer que dans les hôtels. Il débordait de projets, peinait à terminer ce roman sur les gladiateurs entamé quatre ans plus tôt par manque de temps, de moyens et méditait un autre sujet « explosif ». Depuis le succès du *Testament espagnol*, il ne manquait pas de propositions. Le prestigieux éditeur Jonathan Cape se déclara intéressé par ses productions présentes et futures. Il lui acheta ses *Gladiateurs* pour cent vingt livres. « Tout sera écrit en anglais », prévint-il. Grâce à la somme, K put rédiger les dernières pages de son « récit romain » pendant le mois de juillet 1938, remit le texte à Jonathan Cape et attaqua le sujet brûlant qui le dévorait depuis ses retrouvailles avec Eva comme une évidence sans bien savoir où son écriture le mènerait. À ce sujet, comme il s'y était engagé, il envoya une lettre au procureur Vichinsky exigeant la libération d'Alexandre Weissberg et sollicita des signatures illustres de savants qu'il avait croisés dans son activité de journaliste scientifique. Mais beaucoup ne répondirent pas, soit qu'ils furent persuadés qu'Alex était coupable, soit par lâcheté. Le refus de la physicienne Barbara Ruhemann le blessa. Il réussit malgré tout à obtenir le paraphe du prix Nobel Frédéric Joliot-Curie.

Le cri de la littérature serait entendu.

« La porte de la cellule claqua derrière Roubachov. » Un livre implacable remuerait le monde bien plus qu'une lettre. C'est du moins ce qu'il espérait. Personne ne l'attendait sur un sujet anticommuniste. Il imagina un huis clos étouffant situé dans un lieu familier de son existence, la prison, même s'il passait du noir au rouge (toutes les cellules totalitaires se ressemblaient). Un fidèle serviteur du communisme, révolutionnaire de la première heure, compagnon de route de Lénine et de Trotski, Roubachov, tombe en disgrâce sans comprendre ce qui lui arrive. Il repense à sa vie de militant, de bon soldat rouge, aux erreurs qu'il a pu commettre, se justifie. Il a livré à la mort ses amis, sa maîtresse, sans états d'âme, pris dans une roue infernale qui le conduisait à sacrifier ses proches pour ne pas mourir lui-même avant de finir par être arrêté, accusé de « divergence politique ». Il se défend mais ses juges rappellent à Roubachov une phrase qu'il a prononcée : « Le parti n'a jamais tort camarade. Toi et moi, nous pouvons nous tromper mais pas le parti. »

Koestler se plaît à détailler la vie en prison, les communications à travers les murs, l'attente, le judas par lequel il aperçoit les condamnés à mort, les interrogatoires sous la lumière blanche, les échanges avec les enquêteurs, l'essence du nouveau monde, le bonheur proclamé à coups de triques. L'un de ses juges, soupçonné de bienveillance, s'évapore. Le livre acquiert sa puissance dans l'affrontement entre le glaçant procureur Gletkine à la logique implacable, l'un de ces nouveaux révolutionnaires qui n'étaient pas nés au moment de la chute du Tsar, indifférents au prestige des anciens, et Roubachov, compagnon de lutte de Lénine présent lors de la chute du Palais d'Hiver en 1917. « Il reconnut aussi la large cicatrice sur le crâne de Gletkine, dont le visage était à l'ombre... C'était un type répugnant, mais il incarnait la nouvelle génération. » Le juge lit l'acte d'accusation d'une voix monotone. « N'avait-il aucune conscience de la stupidité grotesque de son texte ? » Roubachov ne peut le regarder, ébloui par la lumière violente sur lui. « Même pour mourir il n'y avait pas d'étiquette », pense-t-il. « Qu'est-ce qui était le plus honorable : mourir en silence ou s'humilier publiquement afin de pouvoir en venir à ses fins ? Il avait sacrifié Arlova parce que sa vie à lui était plus précieuse à la Révolution. » Gletkine amène Roubachov à avouer sa culpabilité sans crime, suivant la pensée stalinienne jusqu'à l'absurde.

Il reposa un moment sa plume, éprouvant le besoin de se déplacer, de séjourner à Paris afin de continuer l'ouvrage. Quand il voyageait, il rangeait le manuscrit dans sa sacoche et le transportait de train en train, de monde chaotique en monde chaotique, accroché à ses feuilles et à sa lourde Remington noire qu'il préférait à cette nouvelle machine arrivée sur le marché, la « Hermès Baby », plus légère et chère aux autres écrivains voyageurs comme Hemingway ou John Steinbeck. Il briquait ses touches dorées, lustrait son chariot.

Lorsqu'il arriva dans la capitale française, il se rendit au 5 Square Henri-Delormel, près de l'avenue d'Orléans où vivait dans une petite pièce un homme qu'il voulait voir, Alfred Döblin. L'auteur du chef-d'œuvre *Berlin Alexanderplatz* avait entamé une somme romanesque, *Novembre 1918*, dont le touchant *Karl & Rosa* sur les deux révolutionnaires communistes Rosa Luxemburg et Karl Liebknecht, assassinés dans leur cellule. Ses livres avaient été brûlés en Allemagne, et le magnifique Döblin vivait misérablement dans cette rue du XIVe arrondissement après avoir pensé regagner l'Allemagne et récupérer ses biens lorsque le nazisme, croyait-il, aurait été balayé. Il s'était rendu à l'évidence : sept ans après son avènement, le Reich semblait devoir durer mille ans. Hitler avait mis la main sur l'Autriche, ouvert des camps pour y enfermer les prisonniers politiques, juifs ou homosexuels et de l'autre côté, l'Union soviétique s'était refermée comme une fleur vénéneuse sur ses croyants. Döblin, sans argent ni avenir, perdu à Paris, en concevait un grand désespoir bien que le gouvernement de Léon Blum lui eût octroyé la nationalité française.

Il s'efforçait de recevoir ses amis avec beaucoup de force, de sourires, évoquait sa passion de la littérature, le sujet qui le maintenait en vie. Koestler lui parla de son roman *Gladiateurs* qui sera publié en Angleterre pendant le mois de mai 1939. Döblin écouta, captivé. Koestler évita de dire au maître que son « péplum », pourtant plaisant à lire, riche de réflexions politiques (il était plus une évocation de la révolution et une réflexion sur le pouvoir qu'une narration biographique), ne recevait pas des critiques si élogieuses. Les journalistes le jugeaient « statique », « bavard ». Quand le livre commençait, les gladiateurs s'étaient déjà échappés, et le lecteur devait faire son deuil du récit d'évasion qui le tient habituellement en haleine.

Il paraîtrait en France juste après la guerre sous le titre *Spartacus*, presque en même temps que son roman culte. « Aux lecteurs du *Zéro et l'Infini* », atténuera Émile Henriot dans *Le Monde*[1], « il faut aussi recommander l'autre livre de M. Kœstler, *Spartacus*, qui, sur un autre plan, le rejoint, l'épaule, le complète. L'ouvrage, quoiqu'intéressant, est moins bon. Il relève d'un genre aujourd'hui déprécié, le roman historique et pour le situer exactement, il faut le placer entre ses parangons, *Quo Vadis ?* ou *Salammbô* ». Ça y est ! Le nom qu'il voulait éviter sortirait, l'écrasante *Salammbô* dont Koestler avait voulu se dégager, en vain. Même son ami George Orwell lui remettrait la princesse punique dans les pattes. « *Les Gladiateurs* n'est pas un travail satisfaisant », jugera-t-il. « Tout livre sur un tel sujet est handicapé par la comparaison difficile avec *Salammbô*. Aujourd'hui, il serait impossible d'écrire un livre comme *Salammbô* même avec une bonne dose de talent. La grande dimension de *Salammbô*, plus importante que ses détails physiques, est son impitoyabilité absolue. Flaubert pouvait se croire dans la cruauté pierreuse de l'Antiquité. Au milieu du XIXe siècle, les écrivains avaient encore l'esprit tranquille, les moyens et le temps de voyager dans le passé. De nos jours, le présent et l'avenir sont trop terrifiants pour que l'on s'échappe d'eux[2]. »

Le futur auteur glaçant de la dystopie *1984* s'exprimait, reprochant au Spartacus de Koestler d'être un homme moderne déguisé (Sainte-Beuve fustigea en son temps *Salammbô*, disant lui aussi que l'on ne peut recomposer la civilisation antique). Selon Orwell, l'esclave révolté de Koestler poursuit un but obscur, semble indécis, devient une figure passive.

Dans *Hiéroglyphes*, Koestler raconte qu'il renonça au roman historique, comprenant ces critiques. *Spartacus* souffrira de la publication du *Zéro et l'Infini*. « La cité du soleil des esclaves n'est pas aussi convaincante que *La Ferme des animaux* de George Orwell (bien que nous devions nous rappeler qu'Orwell a eu l'avantage de lire Koestler). *Spartacus* n'est pas une œuvre suffisamment d'imagination historique », regrettera Anthony Burgess dans *The Spectator*[3]. Quand Koestler apprendra à la fin des années cinquante que le scénariste communiste mis sur la liste noire sous McCarthy, Dalton Trumbo, allait vendre à Hollywood l'histoire de Spartacus, il crut qu'il s'agissait d'une adaptation de son roman et déchanta car ce fut la biographie, moins philosophique, de Howard Fast, publiée en 1951, qui fut portée à l'écran par Stanley Kubrick.

Pendant le mois d'août 1938, après avoir appris avec anxiété la victoire de Franco en Espagne, il s'installa dans une petite station de la Côte d'Azur, à Sanary-sur-Mer. Il aimait cette baie de feu qui soufflait depuis le large sa bise parfumée, son casino bleu aux terrasses de marbre, les lits de roses bordant les allées de sable et cette eau azurée. Son manuscrit semblait imprégné de l'odeur salée de la mer.

Quand il musardait le long de la côte, il entendait souvent la langue allemande tant les réfugiés antinazis – artistes de tous horizons – avaient fait de cette rive magique leur refuge. Thomas Mann et sa famille déambulaient à la pointe du Bau Rouge, Aldous Huxley avait écrit son chef-d'œuvre dystopique *Le meilleur des mondes* en contemplant la plage de la Gorguette. Il y avait les désespérés, Wilhelm Herzog, biographe de Heinrich von Kleist, qui avait laissé derrière lui huit mille livres brûlés par les nazis. Et il y avait les glorieux, l'écrivain Lion Feuchtwanger et sa femme Marta, déchus de leur nationalité allemande mais amoureux de la fête. Leur *Villa Valmer* resplendissait sur la colline avec ses verrières ensoleillées et ses balcons blancs. La nuit, elle brillait de mille feux. Au vagissement des vagues, se mêlaient de la musique, des rires, des éclats de voix.

Arthur Koestler y faisait de nombreuses apparitions. Il errait comme un funambule entre les demeures de miroirs et les bouteilles de vin et terminait au petit matin allongé sur la plage. « Il m'a beaucoup fasciné lors de nos premières rencontres », se rappellera le philosophe allemand banni Ludwig Marcuse présent dans ces fêtes azuréennes. « Quand il le voulait, il avait le charisme d'un homme qui donne toute son énergie pour sa publicité. Ce mélancolique faisait preuve d'une énorme vitalité lorsqu'il voulait conquérir quelqu'un. Il était doué pour formuler les choses. Nous avons eu des conversations folles avec le renégat Koestler au cours de l'été 1938 (sur la véranda de ma petite maison)[4] ».

Un soir, le « renégat » débarqua, accompagné d'une femme qu'il avait rencontrée au cours d'une soirée, Daphne Hardy, une Anglaise de douze ans plus jeune, fille d'un diplomate, issue des plus grandes écoles, qui avait étudié le français et l'allemand à La Haye et à la prestigieuse Royal Academy School, et se destinait à la sculpture. Vive et joyeuse, elle tempérait le caractère de son amant double, l'ombrageux K et l'écrivain Koestler dont elle était tombée très amoureuse. Elle lui avait redonné beaucoup de joie, partageait son goût du voyage, heureuse d'échapper à une enfance studieuse et prête à pardonner son tempérament lunatique.

Elle savait que K bouillonnait au gré des terribles informations qui lui parvenaient. L'assassinat, le 8 novembre 1938, dans l'Hôtel Beauharnais d'un diplomate de l'ambassade allemande, Ernst von Rath, de la main d'un Juif polonais, enflamma le pamphlétaire Charles Maurras contre les étrangers. « C'est nous ! C'est nous ! On ne va pas y couper ! », répétait K, prisonnier de sa solitude. Puis, il passait à une sociabilité extrême, séductrice. Pendant ses moments de déprime, Daphne savait s'effacer, à contrecœur, acceptait une certaine disgrâce, laissait habilement un espace secret entre eux qui, elle le savait, intriguait K et le ramenait à elle. « Daphne a fait disparaître ma névrose », apprendra-t-il à son ami Manès Sperber. Sa nouvelle relation lui occasionna une discussion orageuse avec Dorothy malgré une procédure de divorce en cours qui ne l'empêchait pas de se comporter en épouse trompée, incapable de renoncer à un amour défunt.

Il loua à Paris une chambre dans un hôtel de la rue Saint-Augustin. Dès qu'il arrivait quelque part, il débarrassait la table des prospectus, la nettoyait, déballait sa machine à écrire, la posait délicatement, et un cliquetis incessant emplissait la nuit. Koestler écrivait dans un état de fièvre. Il dépensait peu d'argent. Comme ses droits d'auteur du *Testament* s'épuisaient, il fixait un budget à Daphne. Pendant qu'il travaillait, elle sommeillait dans leur lit de fortune, ou regardait les péniches sur la Seine. Elle ne détestait pas ces périodes où il ne s'occupait pas d'elle, d'autant qu'il lui avait confié une tâche honorifique pour une jeune fille d'à peine vingt ans sortie de son collège et encore couvée par ses parents, relire des pages tout en assurant la sexualité et la cuisine. Elle ne renonçait pas à son œuvre artistique. Mais cet homme l'électrisait. Elle désirait entrer dans son univers et son intimité.

Il lui demandait plus qu'une simple révision, car il avait décidé de formuler son nouveau livre en allemand. Il vivait les mêmes turbulences que les écrivains d'Europe centrale, obligés de délaisser leur langue natale pour conquérir le monde. Lui grimpait sur un char Panzer sans se rendre compte du funeste symbole que ce choix supposait en ces années 1930. Son désir remontait à sa période heureuse (si tant est qu'elle l'avait été vraiment) sous la République de Weimar, dans une Allemagne qui n'existait plus et dont il cultivait le rêve d'hôtel en hôtel. Il pensait à Józef Teodor Konrad Korzeniowski qui, ayant fui son pays, la Pologne, à vingt ans, faillit adopter le français et fâcheusement pour nous lui préféra l'anglais qu'il ne parlait pas, devenant quelques années plus tard l'un des plus grands romanciers britanniques sous le nom de Joseph Conrad.

Daphne possédait des notions d'allemand. Il la chargea de traduire son texte en anglais. Elle dut s'habituer au silence, au sacrifice de sa jeunesse, enfermée pendant de longues heures, supportant les mouvements d'humeur du créateur. Elle encaissait, et cette tâche l'excitait. Koestler alignait les phrases dans une urgence nihiliste comme si le soleil ne devait plus se lever. Il circulait à travers le monde avec les chapitres du roman qu'il avait d'abord appelé *Sentinelle, où en est la nuit ?*, une phrase extraite du *Livre d'Esaïe* (chapitre 21) dans la Bible, avant de choisir un autre titre, *Le Cercle vicieux*.

Il l'ignorait mais le travail de Daphne fut imparfait, car elle était peu familière, comme l'expliquera dans sa préface à la nouvelle édition du *Zéro et l'Infini*, en 2020, le traducteur Olivier Mannoni, « des pratiques de la police secrète soviétique (et national-socialiste) et des mécanismes des États totalitaires ». Elle remplaça la terminologie bolchévique par des conceptions et des notions juridiques britanniques, « ce qui fit paraître le système plus doux et plus civilisé ». Ces erreurs vaudraient à Koestler des critiques sur sa supposée mansuétude à l'égard du régime soviétique. Daphne adoucit un passage tiré de l'un des interrogatoires de Roubachov, offrant son interprétation : « Notre culte du chef est plus byzantin que dans les dictatures réactionnaires. » Le texte initial, *Sonnenfinsternis*, se voulait plus précis : « Notre adulation du chef est plus grotesque que celle du pantin à petite moustache. » La jeune femme a-t-elle craint, en 1940, d'attaquer trop directement Hitler, préférant une formulation plus abstraite sans qu'Arthur Koestler n'y trouvât rien à redire, ayant une totale confiance en elle, pressé de décamper avant que les Allemands n'arrivent ?

Daphne semble avoir mis un léger tamis sur les évocations de la masturbation. Elle écrit : « Il a contracté l'habitude de se ronger les ongles et de se livrer à des excès érotiques », là où Koestler, en allemand, choisit des termes plus abrupts : « Il a pris la manie de se ronger les ongles et de se livrer à des excès sexuels privés. » « Manie » au lieu de « habitude », « sexuels » et « privés » à la place du joli « érotiques » accentuent l'ambiance malsaine du texte. Tout un paragraphe sur la masturbation, fort dans *Sonnenfinsternis*, disparaîtra même.

Roubachov rêve à un corps de femme allongé près de lui, mêlé au souvenir de son ancienne secrétaire Arlova avec laquelle il a eu une liaison, se sentant coupable de n'avoir pas su ou voulu la sauver de l'exécution. L'un des codétenus lui fait une confidence : « Il avait raconté sans hésiter à Roubachov qu'il était revenu à ses pratiques de jeune garçon… Les jours de famine, le diable mange des mouches. Neuf détenus sur dix faisaient la même chose, les politiques comme les autres ; aux temps romantiques du mouvement alors qu'on était encore sous la monarchie, s'était engagée entre détenus de la plus célèbre prison politique, une discussion frappée aux murs qui visait à établir si des révolutionnaires devaient ou non rester chastes en prison… Ils votèrent en grande majorité contre l'abstinence. » Ce passage paraît aujourd'hui peu choquant, sauf dans l'esprit de la jeune Daphne Hardy qui songeait au prude public anglais et en effaça les allusions les plus crues. Plus tard, Koestler retraduira même en allemand son propre texte à partir de la version anglaise de Daphne, fidèle aux trahisons d'une amoureuse dont il s'était depuis séparé.

23

L'homme désiré indésirable

Boire et contempler les étoiles sur la plage de la Côte d'Azur lui semblait un rêve délirant. K et Daphne s'installèrent en août 1939 dans une jolie villa à Roquebillière, dans les Alpes-Maritimes. La jeune femme voulait une demeure sans voisins, une belle pièce aux grandes fenêtres lumineuses pour y installer son matériel de sculpture, baignée par la lumière du Midi. « Je risque de faire du bruit avec mes marteaux », prévint-elle, craignant de déranger le maître écrivain. Effectivement, les coups d'enclume résonnaient dans toute la contrée. Elle sculpta un bronze du visage d'Arthur Koestler avec des traits forts, rugueux, son air puissant (propriété aujourd'hui de la National Gallery de Londres), une œuvre qui marquait son amour.

Il acheta une vieille voiture « Theodore » construite en 1929 qui chauffait terriblement et réclamait sa dose d'eau. Mais quand la machine vrombissait, Daphne et lui sillonnaient les routes poussiéreuses de la rive, divaguaient au milieu des vignes sauvages et rentraient à la tombée de la nuit. Il était radieux au « pays de la belle au bois dormant » comme il l'appellera où les peurs de la guerre ressurgissaient quand un convoi militaire bruyant passait en trombe sur la route, faisait taire les cigales et s'éloignait dans la torpeur de la chaleur.

K s'asseyait au bord du chemin, humait le soleil. Il écoutait les cloches des vaches menées sur les pâturages. Puis, de retour à la maison, il jardinait, ramassait les salades, coupait le lierre, se remettait au travail. Daphne lui préparait le déjeuner sur la terrasse avant de repartir dans son atelier.

La maison débordait de vie. K ne dérogerait jamais à un plaisir : animer ses résidences. Il aimait recevoir, invita son amie Gerda Grepp, joyeux à l'idée de retrouver vivante sa compagne d'aventure espagnole qui semblait avoir vaincu la maladie. Une photo montre Koestler et Gerda, assis dans les herbes. Koestler enlace la jeune femme tendrement. « Je ne sais pas si sa petite amie fut enthousiasmée par mon apparition mais je les ai laissés entre eux et je suis allée me promener souvent seule », écrira Gerda à sa mère. Daphne n'était effectivement pas excitée au début de devoir partager son amoureux avec cette amie dont elle ne savait pas très bien ce qu'elle avait été pour Koestler (mais elle s'en doutait), de les entendre raconter leur aventure de Malaga, se sentant exclue. Au bout d'une après-midi, elle fut conquise, et eut même une idée :

— Crois-tu qu'Arthur et moi, nous pourrions aller en Norvège ? demanda-t-elle.

— C'est difficile, répondit Gerda. Votre situation me préoccupe, mais je ne peux pas faire grand-chose. Il faut beaucoup d'argent, documenter que vous avez vraiment besoin d'asile.

Gerda, qui avait aussi rompu avec Staline, recevait des lettres de tous les coins d'Europe et surtout d'Allemagne, de la part de Juifs désespérés, et se désolait de ne pas pouvoir les rassurer. La Norvège avait adopté des lois migratoires restrictives. Daphne comprenait et lui proposa :

— Je vais sculpter ton visage. Tu veux bien ?

Gerda trouva l'idée amusante, et prit la pause par cette belle journée ensoleillée. Puis elle leur dit au revoir, pressée de rentrer. K la regarda partir, pensant qu'il ne la reverrait plus. Il apprendrait la mort de Gerda à Oslo le 29 août 1940, à 33 ans.

Si Daphne avait envisagé de s'installer en Norvège, c'est que la situation politique s'aggravait. La guerre approchait. Koestler menait son roman *Le Cercle vicieux* avec empressement alors qu'une valise à moitié remplie gisait au pied de son lit et que le ciel bleu de la Riviera semblait s'éloigner. La presse d'extrême droite s'en prenait à la « racaille étrangère » et appelait à l'emprisonner. Les meurtres du tueur allemand Eugène Weidmann et son exécution à Versailles le 17 juin 1939 échauffaient les journaux contre les ressortissants d'Outre-Rhin. « Le monstre de la Voulzie est un des produits typiques de l'Allemagne d'après-guerre morbide et déséquilibrée », fustigeait *La Liberté* qui conclut : « L'opinion publique demande une prompte justice et l'expulsion de tous les étrangers indésirables[1]. » D'autres pamphlétaires attaquaient la porosité des frontières incapables d'empêcher les « rouges républicains aux ordres de Moscou » en fuite d'infester la France. « Nous nous ruinons en hébergeant ces individus aptes à porter les armes… La France était leur pays d'élection hier, terre d'asile sans doute, mais aujourd'hui définitivement un dépotoir », dénonça *Le Matin*[2]. Les journaux publiaient sans vergogne un communiqué officiel qui circulait dans les préfectures, et parlait des étrangers comme « la lie de la terre ».

Koestler entendait les commerçants, les passants, et ses conversations avec la crémière, le boucher du coin, leur peur de fâcher Hitler nourriraient l'un de ses plus beaux livres, *La Lie de la terre*, un témoignage saisissant sur la France de cette période. « Oui, c'est un salaud, mais si les boches le veulent, qu'est-ce que ça peut nous faire ? » Les nouvelles qui parvenaient du monde l'accablaient. La signature du Pacte germano-soviétique, le 23 août 1939, représenta la fin de l'espoir pour lui. Elle enterra le dernier doute qu'il aurait pu avoir sur l'Union soviétique mais rendait son roman encore plus pertinent, voulait-il croire. Les troupes françaises en alerte se massaient le long des frontières.

Il critiquait l'insouciance de Daphne qui continuait à visiter des expositions et se moquait de l'avenir. Il se rappelait son jeune âge. Peut-être avait-elle raison après tout, éprise d'un écrivain aventurier pour lequel elle avait consenti comme les autres à travailler, passant du lit conjugal à l'atelier du maître, pressée de traduire les passages en anglais sans avoir conscience des idées sombres qui l'érodaient. Il songeait au suicide mais ce n'était pas encore le moment, du moins pas avant d'avoir terminé *Le Cercle vicieux*. Concentré sur la longue méditation de son héros à propos de la trahison, il travaillait, la fenêtre ouverte, respirant le parfum de la nature méditerranéenne.

Il se décida à regagner Paris. K envisageait sérieusement de s'engager dans l'armée anglaise bien que cette option ne séduisît pas vraiment Daphne, résolue, un peu égoïstement, à profiter de sa jeunesse avec l'homme qu'elle aimait.

Le 29 août 1939, ils prirent la route vers la capitale. Ils roulèrent la nuit les phares éteints, une recommandation des autorités par peur des raids aériens. K revivait la terreur qu'il avait ressentie pendant le siège et la prise de Malaga. Peut-être apercevait-il, surgissant de la route obscure, le spectre du général Queipo de Llano, prêt à l'emporter dans le gouffre noir. Le même cauchemar recommençait. Il aurait dû s'installer en Palestine et se battre dans le désert de Judée avec ses frères. Il pensa à la phrase répétée par Jabotinsky : « L'homme est un loup pour l'homme. » Il ne cessait de fuir. Le fondateur du Parti sioniste avait cependant perdu une grande part de sa vision, lui qui avait écrit le 14 avril 1939 dans une revue hébreue, *Hamashkif* : « Nul besoin d'être prophète. Il n'y aura pas de guerre européenne. »

Jaillies de nulle part, des masses sombres fonçaient vers lui, des convois militaires le frôlaient. Il croisa plusieurs voitures lourdement chargées. De nombreuses familles fuyaient Paris. Il roulait à faible allure au volant de sa Theodore fatiguée, dont le moteur ne supportait pas les hauts régimes. De temps en temps, Daphne s'assoupissait à côté de lui, mais elle se réveillait comme si elle présageait un danger et tentait de percer l'obscurité.

Ils arrivèrent rue Dombasle à l'aube où un silence angoissant régnait. Des voisins avaient quitté leur appartement pour le sud, d'autres étaient partis vers la ligne Maginot, résolus à recevoir ces « Boches » menaçants. K et Daphne sentaient leur angoisse monter au fur et à mesure que les nouvelles tombaient, les étouffant comme le garrot espagnol. Le 1er septembre 1939, l'Allemagne attaqua la Pologne, et le 3, la France et l'Angleterre déclarèrent la guerre au Reich. Cette tragédie rendit K insomniaque, mais il plongea dans la rédaction de son livre. Rien ne comptait plus à ses yeux.

Pendant les premières semaines, il ne se passa rien. La « drôle de guerre » avait commencé, les soldats de part et d'autre du front guettaient l'horizon. Ils faisaient la popote, jouaient aux cartes, s'adonnaient au sport, se demandaient si la déflagration attendue éclaterait un jour. Le Premier ministre Édouard Daladier mit en place des centres d'internement pour y entasser les « indésirables », espions, criminels, étrangers… Koestler s'efforçait de garder sa concentration, sa plume tremblait. Daphne traduisait les pages de l'allemand à l'anglais avec enthousiasme et peur. Le 26 septembre 1939, le Conseil des ministres dissolut le Parti communiste dont les députés avaient pourtant voté les crédits de guerre.

La France menait la guerre à reculons, rongée par le pacifisme et pourtant ce n'est pas une visite antimilitariste que Daphne et K reçurent le 2 octobre 1939. Il prenait son bain quand des coups retentirent. Des policiers français piaffaient devant sa porte, le genre de scène qu'il avait l'impression de revivre éternellement. Daphne leur ouvrit avec froideur, comprenant que leur demande « pour vérification de l'identité » cachait autre chose. K redoutait qu'elle ne persifle, ne vanne ces hommes et ne le mette davantage en difficulté, ce que Dorothy, plus réservée, aurait évité. Mais elle se contenta de les regarder parce que la violence la tétanisait et qu'elle n'avait pas les moyens de s'opposer à eux. « Vous devez nous suivre », lancèrent-ils à K. Elle empaqueta quelques provisions et les donna à son bien-aimé en l'enlaçant. K les suivit, sans menottes. L'aventure espagnole le préservait de la peur, et puis c'était la France. Son arrestation procédait d'un malentendu. Il reviendrait vite, promit-il à Daphne.

Il resta pendant des heures dans la salle froide d'un commissariat avant d'être conduit à un endroit improbable… le stade Roland-Garros transformé en camp de rétention. Dans son livre *La Lie de la terre*, il se trompe d'ailleurs, persuadé que le nom de l'enceinte est celui d'un « champion de tennis disparu » au lieu du célèbre pionnier de l'aviation. Des tentes et sacs de couchage avaient été installés sous les tribunes où s'entassaient des familles de tous horizons, les « étrangers indésirables » que l'on envoyait au diable pour rassurer l'Action française. K serait expulsé vers l'Angleterre, à moins qu'il fût livré à l'Espagne de Franco ou aux nationalistes hongrois. Son imagination galopait follement tandis qu'une nuit étoilée et froide tombait sur le court central. Il y passerait une semaine à sentir les pieds sales de ses voisins serrés contre lui, les odeurs d'urine. Dès qu'il pleuvait, l'eau ruisselait des marches en cascade et trempait les corps. Daphne avait obtenu l'autorisation de le voir.

— Je ne quitterai pas Paris sans toi, lui jura-t-elle. Il est en lieu sûr.

Elle voulait parler du manuscrit qu'elle ne quittait pas des yeux. Il fut rassuré et lui remit un papier :

— Voici des noms que tu peux contacter, Babette Gross, la femme de Münzenberg, André Malraux… Ils se démèneront pour moi, pour nous.

Au détour d'un vestiaire, il croisa l'écrivain Gustav Regler, interné, et fuma quelques cigarettes avec lui. Cette nouvelle épreuve pesait sur son estomac. Il quittait le dessous des tribunes, remontait à la surface, observait le court central et ses tribunes vides dans la nuit, remarqua le tableau qui annonçait le résultat du dernier match entre Borotra et Cochet. Mais cette information anecdotique et amusante qu'il donne dans *La Lie de la terre* demeure peu probable. Il s'agissait sans doute de la victoire de l'Américain William McNeill sur son compatriote Bobby Riggs, avec le score, si cela intéresse quelqu'un, de 7/6, 6/0, 6/3, une plongée dans un rêve sportif éphémère.

La presse française se félicitait de l'internement des étrangers car depuis que ces « bandits » étaient retenus entre des murs, affirmaient les journaux, les meurtres et les cambriolages avaient diminué. K s'impatientait. Daphne s'efforçait de le libérer, craignait de décevoir son amoureux au point de repousser ses visites si elle n'avait pas de bonnes nouvelles. Elle ne connaissait personne et sa nature ne la prédisposait pas aux subtilités de la politique. Elle écrivit à l'éditeur Jonathan Cape et au ministère de l'Intérieur, à plusieurs députés qu'elle avait entendus à la radio. Elle savait que le Parti communiste avait largement contribué à sa libération des geôles de Franco mais K était devenu pour eux un renégat et aucun de ses anciens camarades ne l'aiderait. Peut-être le Komintern dont elle avait tant entendu parler accepterait-il de se mouiller une nouvelle fois si c'était Dorothy qui les en priait. Elle avait lu les articles élogieux sur la première épouse de son amant, mesurait sa grande expérience et ne doutait pas que son réseau était toujours actif. Quand Dorothy la rencontra, elle ressentit de l'émotion en voyant les larmes de sa jeune rivale mais aurait de toute façon soutenu l'homme qu'elle n'arrivait pas à désaimer.

Les deux femmes se rendirent chez Babette Gross. Toute tremblante, au bord du malaise devant une représentante de ce monde interlope sur lequel elle avait tant fantasmé, Daphne laissa Dorothy parler. L'épouse de Münzenberg aurait pu être touchée par ces deux Antigone qu'unissait un même amour mais garda sa raideur habituelle, tenant un langage distant. Dorothy savait que dans cette nébuleuse du Komintern, Katz travaillait aussi pour le MI5. Ce jeu trouble échappait à la jeune Daphne, et Dorothy semblait s'y promener en toute aisance (ce qui n'était pas tout à fait exact). Elle put traduire les propos sibyllins, les attitudes de Babette Gross à Daphne qui ressortit de l'entrevue le teint pâle après avoir vu s'ouvrir sous elle un abîme, mais remplie d'espoir.

Daphne se rendit au stade Roland-Garros les bras chargés de vêtements chauds et aurait aimé lui annoncer une bonne nouvelle qui ne venait pas. K avait soudoyé un gardien pour faciliter leurs retrouvailles. Elle se garda bien de dire qu'elle avait rencontré Babette Gross grâce à Dorothy ni qu'elle avait recouvré un peu de confiance. Elle avait compris qu'il ne fallait rien dire. Jamais ! Ils s'embrassèrent longuement et eurent du mal à se quitter. Peu de temps après, K fut informé qu'il allait quitter le stade de Roland-Garros pour le camp du Vernet, dans l'Ariège, où les réfugiés républicains espagnols réclamés par Franco et dont le gouvernement français ne savait que faire étaient enfermés. Là-bas, il attendrait qu'un officiel décide de son destin, probablement l'expulsion. Il aperçut la « glorieuse chaîne blanche des Pyrénées », arriva dans une plaine déserte comme le banni qu'il était avec sa pauvre valise pour tout bagage.

Des masures sinistres jonchaient un sol informe que la neige recouvrait. Gustav Regler, qui y fut envoyé, dans ses souvenirs *Le Glaive et le fourreau*, compare ces baraquements à « des cercueils géants ». Il écrit aussi : « Le matin, les morts en sortaient et se disposaient en carrés devant un sous-officier en uniforme qui les passait en revue. » Parfois, l'un de ces morts, las d'errer dans ce cimetière, se tuait pour de bon, et les autres devaient le décrocher d'une poutre.

K entama l'une des pires périodes de sa vie, gelé, affamé, malmené par des soldats grossiers et violents. Il écoutait l'appel le matin en observant les miradors, et les barbelés qui s'étendaient à l'infini sous le ciel gris. Criminels, espions, métèques, militants politiques de gauche erraient dans la brume en attendant que leur sort fût scellé. K dormait tout habillé, recroquevillé, sur la paille humide. Des rats lui sautaient dessus. Il vit des détenus se secouer parce que des araignées ou des poux les assaillaient. Une odeur de merde flottait dans l'air émanant des corps entassés les uns sur les autres et qui macéraient dans leurs hardes. Pour espérer se laver (un peu), chaque prisonnier patientait à l'extérieur, devant l'unique lavabo où coulait un mince filet d'eau. Parfois K entendait un hurlement. Un homme sautait en faisant de grands gestes, imitait un animal, proférait des insultes et cela pouvait durer des nuits et des nuits avant qu'un garde ne se décidât à l'emmener. Le fou disparaissait. Un autre attaqua au canif son voisin et le blessa. Des sentinelles alertées eurent toutes les peines du monde à le maîtriser.

K redoutait la nuit. Il veillait au milieu des ronflements et des cauchemars de ses voisins qu'il surveillait, craignant qu'un égorgeur jaillît de l'obscurité. Des douleurs au ventre l'empêchaient de dormir. Il souffrait de diarrhées à cause de la nourriture mal cuite, de l'eau sortie des égouts avec laquelle le cuisinier, si on peut l'appeler ainsi, concoctait la soupe du soir, une sorte de liquide pâle dégoûtant qu'il s'obligeait à laper comme un animal faute de cuillère. Une fois, un homme gueula contre les conditions de vie, des soldats l'emmenèrent, le battirent et le ramenèrent dans un triste état. C'était donc cela, la République française, la patrie des Droits de l'homme ? Un pays dans l'antichambre de l'Enfer… K songeait que les cellules de Franco traitaient mieux ses « pensionnaires » que celles de la démocratie. Il devait creuser le sol pierreux avec une pelle sous le soleil, sentant son cœur battre, son œil tournait, un vertige incessant le faisait vaciller.

Daphne, il le savait, n'était pas loin, comme un archange qui veillait sur lui. Il guettait ses lettres avec anxiété et si elle n'écrivait pas, il imaginait son arrestation, sa disparition puis apprenant qu'il n'en était rien, se fâchait contre elle, jaloux de son existence normale, déplorait l'indifférence qu'elle semblait témoigner à son état d'anxiété. Peut-être avait-elle rencontré un autre homme ? Dans la nuit toxique de son baraquement, il rédigeait à son attention un message acerbe, plein de récriminations. Il avait besoin de déverser sur elle sa colère et sa terreur. Il le regrettait aussitôt et envoyait une autre missive d'excuses à sa bien-aimée « qu'il chérissait de tout son cœur ». Elle ne lui en voulait pas, le suppliait de garder espoir. Malraux, dit-elle, leur proposait de fuir au Mexique car il avait convaincu l'ambassade de leur délivrer un visa et cette perspective de carte postale allégea son désespoir.

En janvier 1940, K récurait les chiottes quand un officiel lui annonça sa libération et il fut relâché, étourdi, incrédule, après trois mois de détention. Daphne l'attendait à la sortie, portant des vêtements de rechange, fatiguée et joyeuse. Ils savourèrent le trajet en train et le retour dans leur appartement de la rue Dombasle. K acheta du vin et se soûla, sombra dans un sommeil profond qu'il espérait peut-être éternel. Quand il sortit de sa torpeur avec un mal de tête carabiné, Daphne était assise à côté de lui. Elle l'avait veillé, en lisant un livre.

Il devait se présenter au commissariat du XVe arrondissement comme un criminel. Sa carte d'identité avait expiré. Ils vécurent quatre mois dans la peur et l'angoisse. K avait décidé qu'il quitterait la France et n'y reviendrait plus. Il traîna son amertume dans les rues de Paris, emportant ses pilules de cyanure. Il ne subirait plus les affres d'une nouvelle arrestation, se tenait éloigné des attaques haineuses de Charles Maurras ou Céline contre les étrangers et les Juifs. Il planchait sur son livre, s'épuisait pendant que Daphne le relisait et le traduisait au fur et à mesure. L'humeur de la jeune femme s'assombrissait, elle avait peur, redoutait que K fût à nouveau appréhendé, assassiné. Elle se méfiait de tout le monde.

Le 12 mars 1940, des coups ébranlèrent la porte du 10 rue Dombasle. K savait que son nom figurait sur une liste de personnes à surveiller et des appels téléphoniques étranges les avaient déjà inquiétés. Mais cette fois des policiers avaient envahi le palier et faisaient un raffut du diable, conseillant aux voisins de rentrer chez eux. Daphne leur ouvrit et trois hommes déboulèrent dans son salon, fouillèrent les meubles, retournèrent les tiroirs, ramassèrent ses papiers, des livres… K serrait ses pilules dans la main, jetait des regards vers le manuscrit du *Cercle vicieux* sur son bureau et même si une copie avait été préservée, que son texte lui fût retiré le plongeait dans un abîme de détresse. Les barbares passèrent devant le paquet de feuilles en quête obstinée d'une cachette alors qu'ils avaient sous les yeux l'un des plus grands romans du XXe siècle. Ils le frôlèrent sans paraître le remarquer, puis disparurent. Ils reviendraient certainement. Hitler était déjà dans la pièce !

Il continua à écrire fiévreusement au son des sirènes, de la voix grésillante de la radio qui annonçait l'avancée des troupes allemandes dans la forêt des Ardennes et leur percée des lignes françaises. Le 14 mai, les tanks ennemis s'emparèrent de la Meuse, Sedan tomba comme en 1870. La ligne Maginot n'avait servi à rien. Le monde s'écroulait et Koestler galopait tel un survivant désespéré vers le point final du *Cercle vicieux* ou de *L'Éclipse solaire* (*Sonnenfinsternis*), selon le titre changeant donné à la confession de son révolutionnaire en disgrâce, qu'il termina en avril 1940, étreint par le doute. Devait-il tuer l'Union soviétique au moment où les fascistes Allemands arrivaient ? Allez, continue… C'est l'avenir. Écris ! Il n'y a plus une minute à perdre.

Daphne acheva sa traduction, et l'envoya à l'éditeur londonien Jonathan Cape quand Arthur Koestler adressa sa prose originelle *Sonnenfinsternis* à la maison suisse d'Emil Oprecht. Seule la version anglaise parvint à bon port, conférant à ce qui deviendrait le *Zéro et l'Infini* une place à part dans l'histoire littéraire : l'unique roman à n'exister qu'en traduction ! Nous pouvons nous étonner qu'Arthur Koestler n'ait jamais tenté de savoir ce qu'était devenu son manuscrit fantôme ni essayé de le récupérer, le croyant peut-être perdu, pris aussi par ses aventures et le succès incroyable d'un ouvrage qui serait diffusé en trente-six langues.

24

Fuite éperdue

Avant de partir, K écrivit une lettre à ses parents pour avoir des nouvelles de son père malade mais il n'eut aucune réponse. C'est donc angoissés que Daphne et lui, pendant la nuit, quittèrent Paris où, se jura K, jamais il ne reviendrait. La France qui l'avait trahi s'effondrait. Des villes de banlieue étaient bombardées. Les tanks allemands avançaient comme un feu noir que rien ne pouvait arrêter. La Capitale, bientôt proclamée ville ouverte, s'était vidée de ses habitants comme un purgatoire fantôme où la vie s'était arrêtée. Daphne et lui craignaient que les autorités s'aperçoivent de leur départ. Le 3 juin 1940, ils atteignirent Limoges dans un bruit de camions, de voitures qui se mêlaient aux chevaux affolés, aux carrioles renversées. Des convois furieux traversaient la ville, des voitures croulant sous des matelas ruisselant de pluie défilaient en klaxonnant. « Comme si tous les spécimens de la faune mécanique, tout ce qui puait et pouvait ramper sur les routes se dépêchait d'échapper au déluge », rapportera-t-il dans *La Lie de la terre*. Daphne et lui ne pouvaient aller en Amérique car ils manquaient d'argent et ne disposaient pas de visas. L'Angleterre leur paraissait une destination plus abordable mais, là-bas, les étrangers n'étaient pas spécialement mieux traités.

K émit une idée folle : s'engager dans la Légion, le meilleur moyen d'effacer son passé, son identité, d'échapper à la Gestapo qui chercherait à l'attraper. Il raconte que cette idée lui trottait dans sa tête depuis qu'il avait vu *Le Grand Jeu*, un film de Jacques Feyder, en 1934, où Jean Gabin, criminel recherché par la police, entre dans un bureau de recrutement de la Légion étrangère pour fuir son passé. K était comme lui, un homme affligé par une existence que les nouveaux maîtres du monde lui reprochaient. Chaque fois qu'il avait voulu s'engager dans l'un de ces grands corps mécaniques, l'armée ou la Croix rouge, il avait été rejeté. La Légion, contre toute attente, l'accepta sous un nom d'emprunt : Albert Dubert (qui était celui du chef de la police de Limoges).

Il vit des larmes briller dans les yeux de Daphne. Elle ne pouvait admettre leur séparation. « Tu es Anglaise. Tu n'auras aucun mal à y retourner. Et nous nous retrouverons là-bas », lui assura-t-il. « Avec un peu de chance, je serai envoyé en Afrique du Nord, et de là, je m'échapperai. » Elle n'y croyait pas, redoutait que leur séparation fût définitive. Ils ne goûteraient plus la paix du Midi, leur maison au soleil, leur jardin.

K entra dans une salle froide, passa une visite médicale et reçut une feuille de route pour gagner par ses propres moyens la garnison de la Légion étrangère à Lyon, que les Allemands occupaient. « Viens avec moi ! », dit-il à Daphne. Elle sourit. Et ils prirent le train vers le sud, arrivèrent à Périgueux, s'établirent dans l'hôtel du Commerce, fuyant toujours plus loin la machine nazie, dormant dans de petits hôtels ou à la belle étoile. Ils abandonnèrent sur la route des sacs où K avait empilé ses notes du camp de Vernet, un manuscrit mais il s'en moquait, et les deux amants couraient, sautaient dans un wagon ou un autobus, faisaient du stop, apercevaient des familles à côté de leur automobile en panne sèche. Ils étaient amoureux et filaient vers leur liberté. Les lampes de la France s'éteignaient les unes après les autres. K aurait aimé que Daphne prît davantage l'initiative mais elle suivait, tremblante, dépassée par les événements. Il oubliait son jeune âge, vingt ans, et ne semblait pas mesurer le danger qui pesait surtout sur lui. « Rendons-nous aux autorités », disait-elle. « Ils ne nous feront rien. » Elle ne comprenait pas.

Leur route sembla s'achever au pied de la caserne Bugeaud, à Périgueux. K laissa Daphne dans un hôtel et se présenta à l'officier puis revint, vêtu d'un uniforme de la Légion. « Et voilà », dit-il en retrouvant Daphne (peut-être redoutait-il qu'elle parte). « Je suis beau, non ? » Elle soupira. « Tu ressembles à Charlot déguisé en Turc. » Que pouvait-elle faire ? Tenter le passage vers l'Angleterre ? Retourner à Paris malgré les Allemands ? Elle s'occupa comme elle put, visita les cathédrales et guettait son amoureux le soir. Koestler raconte la première nuit de K dans le dortoir avec sa gourde remplie de vin rouge pour se donner du cœur, la corvée de pommes de terre, les soldats qui disparaissent, et sa décision de sauter le mur, impatient de la retrouver et de continuer à fuir avec elle.

La jeune femme ne cacha pas sa surprise en voyant K, un sac sur l'épaule, le visage enfiévré. « C'est fini. J'ai déserté. Nous allons à Bordeaux. J'ai un plan pour un bateau. Nous allons en Angleterre. » Elle sauta de joie. Il sera resté soldat de la Légion étrangère une semaine. Dans le chaos, aucun gradé n'essaya de le retenir. Ils dormirent dans une ferme. Par moments, K cédait au désespoir, Daphne le relevait, le tirait, révélant une force qu'il n'imaginait pas, jamais fatiguée, parce que la perspective de regagner son pays la portait. « Voudrais qu'elle fût en Angleterre et m'eût laissé seul », écrira-t-il dans *La Lie de la terre*. « Voudrais pouvoir échapper à l'instinct de conservation. Voudrais que les ténèbres et l'enfance reviennent, des rideaux noirs sur toutes les fenêtres, la neige dehors et quelqu'un qui chanterait une berceuse. »

Le 25 juin, Pétain annonça l'armistice et enjoignit son armée à déposer les armes. Hitler se rendait maître de la France. Daphne et K se cachaient pour ne pas être repérés par les gendarmes, rampaient dans les hautes herbes. « Allez ! On y est presque ! », criait Daphne à K, soufflant, prêt à renoncer. Avait-il échappé au garrot de Franco pour tomber sur une route française ? C'est ce qu'elle lui disait. Il tentait de dissimuler son uniforme, désirait protéger Daphne. Car Pétain fustigeait les anciens alliés anglais. Un déséquilibré pouvait s'en prendre à elle. Cette peur lui apporta une force supplémentaire.

Arrivés à Bordeaux, ils cherchèrent un navire, parcoururent le port. La chance l'aida. Il retrouva un homme qu'il connaissait, un journaliste du nom d'Edgar Ansel Mowrer, lauréat quelques années plutôt du Prix Pulitzer. On disait que les Allemands fouillaient tous les bateaux qui prenaient le large. Mowrer possédait une voiture et des laissez-passer. K proposa à Daphne de se séparer parce qu'elle avait plus de chance d'embarquer, elle pleura, refusa. Il dut lui arracher les bras de son cou et la repousser. Mowrer assista à la scène, gêné, et, promit qu'il la mènerait à bon port.

K fuit sans se retourner pour ne pas la voir. Il erra dans la ville où les Allemands jaillissaient comme des diables. Il pensa s'emparer d'une grenade et s'empaler sur eux. Daphne apprendrait sa mort héroïque après la guerre. Mais il continua sa marche de l'enfer, tenta de passer par la montagne, « dans une sorte d'extase, avec l'agréable sensation de détachement que procure le fait d'avoir perdu tout ce qu'un homme peut perdre, y compris son nom et même son ombre », écrit-il dans *La Lie de la terre*. Il vagua de casernes en champs à la belle étoile, d'écoles vides en ponts, emporté dans le flux des réfugiés comme un chiffon poussé par le courant. Il consultait les journaux, la peur au ventre.

Le 7 août, il lut cette information à la une de *L'Œuvre* :

> Les sous-marins allemands ont fait de véritables hécatombes dans la flotte anglaise.

Il savait que la presse française était tombée aux mains des Allemands. Cette manchette l'accabla malgré tout. Lorsque Hitler adressa des offres de paix à Churchill, le monde libre retint son souffle mais le Premier ministre au cigare, amateur de cognac, les refusa. K se sentit provisoirement soulagé. Il devait sauver son existence, le temps d'achever son livre.

Une autre nouvelle le chagrina plus que tout, rapportée dans un journal local, *La dépêche de Toulouse*, le décès de Vladimir Jabotinsky, le 3 août, comme si cette disparition clôturait son espoir (bien qu'il y eût renoncé de lui-même) de s'installer en « terre promise ». Une crise cardiaque aux États-Unis avait eu raison du chef sioniste. L'agence de presse de Vichy, le nouveau gouvernement de la Collaboration, ne s'était pas privée de l'annoncer pour montrer la traîtrise des Juifs qui complotaient et dépensaient « leurs biens mal acquis » chez l'ennemi.

Goering lança, le 13 août, tous ses avions contre l'Angleterre. Les événements s'accéléraient, l'étau se resserrait.

Pétain avait adopté une loi qui interdisait à tout citoyen sans parents français d'exercer des professions médicales ou d'être fonctionnaire. Léon Blum et Édouard Daladier furent arrêtés.

L'errance mena K à Marseille où s'échouaient de nombreux réfugiés, collés à l'océan et à leurs rêves de départ. Il y retrouva des amis, Manès Sperber, Walter Benjamin qui avait pu se sauver d'un camp de rétention grâce à ses soutiens, Gisèle Freund et le poète Saint-John Perse, tous au bord du rivage. À quel prix : le vieil humaniste, Benjamin, l'auteur du *Concept de critique esthétique dans le romantisme allemand*, vêtu d'un costume fripé, loin de l'élégance qu'il aimait afficher, usé, épuisé, apeuré, épiait un bateau illusoire comme le mythique vaisseau du « Hollandais volant ». Il regardait fixement la mer. « Jamais nous n'embarquerons et ils arrivent ! » K l'encouragea à la patience. « Nous devons rester là ! » Mais Benjamin se retournait, fuyant un spectre imaginaire, il faisait des ronds, observait le large puis le ciel et la foule massée sur le port dont il avait peur. Le philosophe le salua. « Je ne peux rester là. Ils arrivent. Et ils vont tous nous attraper et nous tuer. On se reverra quand la guerre sera finie. » K ne put le retenir et vit Walter Benjamin s'éloigner, dévoré par la « lie de la terre » qui ignorait la présence d'un grand philosophe du XXe siècle devenu un anonyme ballotté dans la houle.

K apprendra la suite plus tard. Benjamin atteignit la frontière franco-espagnole de Port-Bou pendant la nuit et, souffrant du cœur, cherchait le « chemin des contrebandiers » dans les Pyrénées. Il tenait serré contre lui le manuscrit de son nouveau livre « plus important que sa propre vie ». Persuadé que les policiers allaient l'attraper, le 26 septembre 1940, il sortit de sa poche les comprimés de morphine restant de la réserve qu'il avait partagée avec K dans leur appartement de la rue Dombasle puis les avala. Il eut le temps de confier une dernière lettre à un passeur destinée à son amie photographe Henny Gurland qui la reçut quelques jours plus tard : « Dans une situation sans issue, je n'ai d'autre choix que d'en finir. C'est dans un petit village dans les Pyrénées où personne ne me connaît que ma vie va s'achever. Je vous prie de transmettre mes pensées à mon ami Adorno et de lui expliquer la situation dans laquelle je me suis vu placé. Il ne me reste pas assez de temps pour écrire toutes ces lettres que j'eusse voulu écrire. » La notoriété de Walter Benjamin grandira après sa mort. Ses héritiers, Theodor Adorno, Hannah Arendt défendront sa mémoire.

Dans toutes les langues qui s'entrechoquaient sur le port de Marseille, un mot revenait souvent : suicide. De nombreux réfugiés, dans ce chaos, préféraient se donner la mort. K y avait songé plus d'une fois en voyant son monde s'écrouler, mais l'océan le tenait comme un rêve qu'il voulait atteindre. Il apprit que Willi Münzenberg avait été interné dans un camp de concentration en Savoie, qu'il s'en était évadé avant d'être capturé par les Allemands. Depuis, sa trace s'était perdue. K se demanda non sans une certaine émotion ce qu'étaient devenus son épouse Babette et Otto Katz. Des noms, dont le sien, figuraient peut-être dans les documents secrets. La Gestapo chercherait à les éliminer. Il pensa à eux, ce 3 septembre 1940, tandis qu'il courait dans la nuit sans se retourner, avec d'autres fuyards, vers le cargo à destination d'Oran, se cachait sous une bâche et voyait la terre française sombrer pour toujours, croyait-il, dans l'abîme obscur. De l'autre côté de l'eau noire qui lui semblait infinie, l'attendait la liberté.

Le voyage vers Oran dura quatre jours. Quand le navire longea les côtes espagnoles nappées de nuit, K frémit.

Il regardait sa mort. Puis apparurent les rives solaires d'Oran, ses falaises ocre, son azur et il revint à la vie. Il gagna Casablanca au Maroc puis Lisbonne, au Portugal, où il évita de se promener. Cette ville restait dangereuse, infestée d'agents de Franco. Chaque jour, il faisait le pied de grue pour obtenir un visa vers l'Angleterre. Même sa notoriété, ses amis journalistes du *News Chronicle*, la duchesse d'Atholl, son éditeur Jonathan Cape, Sir Peter Chalmers, jusqu'à Dorothy semblaient impuissants à l'aider. Peut-être Daphne avait-elle réussi à rallier Londres. Il envoya un câble chez ses parents, mais n'obtint aucune réponse.

Alors qu'il retournait devant le consulat, parmi des dizaines d'autres anonymes, il aperçut un visage presque familier, Babette Gross qui avait été internée dans le camp de Gurs, puis relâchée. Elle cherchait aussi à partir loin, souhaitait gagner le Mexique, fit part à K de son inquiétude parce qu'elle n'avait aucune nouvelle de son mari Willi Münzenberg. Elle apprit qu'il avait cherché à rejoindre la Suisse puis Marseille, en vain, sans savoir si ses informations étaient exactes. Puis, le 17 octobre 1940, deux chasseurs trouvèrent un corps à moitié décomposé dans le bois de Cognet, en Isère, qui gisait au pied d'un arbre, une corde autour du cou. C'était celui de Willi Münzenberg. Il semblait avoir mis fin à ses jours, à moins qu'un tueur ne l'eût aidé. Trop d'ennemis – Staline avec qui il avait rompu, les nazis – voulaient la mort de l'ancien chef du Komintern. Babette Gross n'aurait de cesse d'enquêter pour comprendre la vérité : des sicaires du NKVD l'avaient bien assassiné, mais ni les tueurs, ni les commanditaires ne seraient identifiés.

Dès qu'une mauvaise nouvelle lui parvenait, K songeait à avaler ses pilules, espérant ne pas souffrir, mais il se ravisait, et assiégeait la diplomatie britannique. Il parvint à convaincre le consul Sir Henry King qui affréta un avion privé. K grimpa sur la passerelle, le cœur battant, redoutant que des soldats empêchent l'avion de décoller et le réclament au nom de la raison d'État. L'appareil se mit en mouvement et décolla. Et, le 6 novembre 1940, il atterrit sur l'aérodrome de Bristol. Le ciel était couvert et un vent glacé l'accueillit.

25

À La mémoire des écrivains allemands suicidés

Des officiers l'interrogèrent longuement, essayant de deviner les raisons qui avaient poussé K à émigrer en Angleterre. Un dossier épais moisissait dans les armoires de la police à l'est comme à l'ouest où son passé de militant communiste se mêlait à son aventure espagnole (peut-être avait-il été retourné). Il reconnaissait ce qu'il était obligé d'admettre, en fonction des documents que les autorités britanniques avaient rassemblés sur lui. Et quand un enquêteur fouilla ses bagages et découvrit sa fiole d'opium, il dut s'expliquer. « Et ça c'est quoi ? », lui demanda le policier en montrant des pilules. « Du véronal… Oui, pour me suicider. » Les hommes de loi comprirent qu'ils avaient affaire à un drôle de type à la vie irréelle. Ils soupçonnaient quelques exagérations avant que leurs investigations ne confirment des faits qu'aucun d'eux ne vivrait jamais. K fut malgré tout envoyé dans un endroit habituel pour lui… La prison, à Pentonville, dans la banlieue de Londres, où Oscar Wilde fut enfermé à la fin du XIXe siècle. Dans *La Quête de l'absolu*[1], il envisage avec humour de rédiger un *Guide Michelin des prisons*. « Je mettrai à Pentonville trois étoiles ».

Les officiels affirmaient qu'ils ne l'expulseraient pas, mais pouvait-il les croire ? Il eut enfin des nouvelles de Daphne qui avait bien rejoint Londres. Descendue au Portugal, elle avait remonté la côte puis embarqué à Biarritz sur un navire porté disparu pendant plusieurs jours et avait atteint les côtes anglaises. En apprenant de la bouche de Jonathan Cape qu'Arthur Koestler était vivant, elle fut soulagée. Pourtant, elle ne semblait plus soulevée par le romantisme de leur séparation déchirante. Elle était restée la fille de vingt ans, insouciante, préoccupée par sa sculpture, indifférente (c'est du moins l'impression qu'il avait) aux bombardements allemands. Apporter des oranges à un amoureux en prison ne l'exaltait pas vraiment et lorsqu'elle lui rendit visite au parloir, elle se montra incommodée par les odeurs, impatiente, pressée de partir, et laissa K englué dans sa tristesse.

Avait-elle eu une liaison pendant le trajet avec le journaliste Edgar Mowrer ? Il n'en eut jamais confirmation. « Chérie, j'espère que tu te remets du choc de la rencontre dans cette cage à singes », lui écrivit-il, y mettant toute la tendresse dont il se sentait capable. « Bien sûr, j'avais déjà pensé à beaucoup de belles choses à te dire et, bien sûr, elles avaient toutes disparu. Je me sentais comme une de ces machines à sous à un sou quand on les secoue et que l'inscription “tilt” apparaît et que toutes ces jolies lumières rouges et vertes s'éteignent[2]. » Il lui lista la charge des devoirs à accomplir, les contacts à remuer, les avocats, le *News Chronicle*, le ministère de l'Intérieur. Il la chargea de retrouver ses parents. « Je ne sais pas s'ils vont bien. Donne-moi de leurs nouvelles. » Mais Daphne n'arriva pas à savoir ce qu'étaient devenus Adele et Henrik.

Quand elle partait, l'obscurité de la cellule l'engloutissait. Il entendait les bombes allemandes au loin. Des flashs zébraient les murs et le bout de ciel noir comme une plaque électrique, les sirènes carillonnaient, incessantes. Toute la prison était plongée dans les ténèbres et un froid glacé, le sol tremblait. De quoi réveiller le fantôme d'Oscar Wilde ! Les détenus qui hurlaient la nuit se taisaient, probablement à plat ventre, les mains sur la tête et les oreilles, écrasés par le hurlement des Junkers aux croix noires, craignant que la forteresse ne s'écroule sur eux. Puis le silence revenait et la nuit s'épaississait sur le donjon, plus glaciale et profonde encore lorsque l'ombre d'un gibet couvrit même la lune. Un espion nazi fut pendu. K songea qu'il n'y avait plus de bonne ou mauvaise cause mais juste la peine de mort, le garrot là-bas, la corde ici, avec son cortège de spectres, d'horreurs, le châtiment qu'il avait attendu en sentant son sang se vider, son cœur mourir. Le bourreau Albert Pierrepoint était à l'œuvre. L'épouvante qu'il éprouva pendant cette aube blafarde nourrirait l'un de ses livres les plus forts, *Réflexions sur la potence*, et son combat avec Albert Camus.

Il rejetait son désespoir et ses terreurs sur Daphne jusqu'à la supplier de ne plus venir le voir. Cet environnement angoissait la jeune femme et il ne tenait pas à s'humilier devant elle ni à la houspiller injustement. Elle accepta, sans ralentir leur correspondance, essentielle pour tous les deux. Dans le monde libre, elle défendait l'écrivain, le prévint de la parution imminente de son roman, mal à l'aise car elle craignait d'avoir commis un impair et n'osait l'avouer à Koestler. L'éditeur Jonathan Cape n'aimait pas le titre, *Le Cercle vicieux*, et Daphne avait pris sur elle de le changer, sans avoir eu la possibilité d'en informer son auteur chéri qui, enfermé comme une bête dans sa cage, l'effrayait.

« Vous connaissez le vers du poète anglais Milton ? » demanda-t-elle à Jonathan Cape. « Oh dark, dark, dark, amid the blaze of noon! » (Oh sombre, sombre, sombre, au milieu de la lumière de midi). Elle le regarda, contente de son petit effet, et poursuivit :

As in the land of darkness yet in light, To live a life half dead, a living death, And buried; but O yet more miserable! Myself, my sepulcher, a moving grave.

(Comme dans le pays des ténèbres et pourtant dans la lumière,
Vivre une vie à moitié morte, une mort vivante,
Et enterré ; mais ô encore plus misérable !
Moi-même, mon sépulcre, une tombe mouvante.)

Ces vers étaient extraits de *The Blindness of Samson* (*La cécité de Samson*) du poète anglais John Milton, l'auteur du *Paradis perdu*, qui était aveugle comme le grand héros biblique à la force incroyable. Samson avait abattu par sa seule puissance les murs oppresseurs en écartant les colonnes du temple. Le « héros » Roubachov et tous les martyrs du totalitarisme en auraient eu bien besoin.

— Que pensez-vous de *Darkness of the Noon*[3] ? proposa-t-elle.

Cape inscrivit le nouveau titre. Quand elle en parla à Koestler, elle mentit en disant que c'était un choix de l'éditeur mais comme il paraissait plutôt content de cette idée, elle lui avoua qu'elle en était l'initiatrice. Il adressa à Daphne un mot plein de tendresse (où perçait une pointe d'incrédulité), heureux surtout que son livre vît le jour.

Cape lui fit parvenir les épreuves qu'il corrigea en prison, et dans le colis joignit un mot à l'éditeur. « Voici mes améliorations. Pouvez-vous m'envoyer des cigarettes en échange ? » Cape lui expédia une cartouche avec ce petit message : « Son prix sera retenu sur vos royalties. »

Darkness at Noon (plus tard traduit sous le titre *Le Zéro et l'Infini*) fut publié en décembre 1940. Arthur Koestler, embastillé, suicidaire, écrivain gâché par le bulldozer de la guerre, ne présageait aucun miracle du livre. Les Anglais avaient d'autres préoccupations plus vitales que de lire une fiction sur l'Union soviétique. L'ouvrage ne se vendit qu'à 2 500 exemplaires. Koestler n'aurait jamais imaginé que son récit, parlant du coup d'après alors que la plupart des œuvres traitaient d'Hitler, agrégerait peu à peu un public important et connaîtrait un destin légendaire quelques années plus tard, en France et dans le monde, un texte disponible seulement en traduction, dont l'original errait dans l'ombre en Suisse. La critique se montra tout de suite favorable. « Pas loin du chef-d'œuvre. La plus dévastatrice exposition du stalinisme jamais écrite », le félicita le grand critique et journaliste Wickham Steed[4].

Les dithyrambes affluaient. Le leader du Parti travailliste Michael Foot se rappellerait plus tard, dans son livre *Loyalists and Loners* : « Qui n'a jamais oublié le premier moment où il a lu *Darkness at noon* ? Pour les socialistes en particulier, l'expérience de cette lecture a été indélébile. Je me souviens de l'avoir lu toute une nuit, frappé d'horreur, maîtrisé, captivé. » Dans le *Times Literary Supplement*[5], un certain R. D. Charques loua le premier auteur à repérer la ressemblance croissante entre les régimes soviétiques et nazis. Le journaliste mettait l'accent sur la dimension intemporelle (normalement) et universelle du livre.

Apprendre le succès critique en pleine bataille d'Angleterre de ce qui était seulement son deuxième roman surprit Koestler et le remplit d'un sentiment mêlé de soulagement, de fierté et d'émotion, comme si son double marchait fièrement dehors, brillant, célébré, tandis que le maudit K moisissait en prison.

Cape vendit les droits à Macmillan pour publier *Darkness at Noon* aux États-Unis, un pays encore en paix, où le roman remporta un grand succès jusqu'à inspirer une pièce à Broadway.

C'est donc un écrivain honoré qui, peu avant Noël fut enfin libéré de la sinistre prison de Pentonville. Daphne l'attendait à la sortie. Elle l'emmena dans un appartement que sa mère possédait au 26 Bute Street, à Kensington, mais leur vie sous le même toit ne fut aussi paisible que leur existence passée en Provence. Des querelles éclatèrent. K reprochait à Daphne sa paresse, son manque de soin et de ménage, les traces et le bruit de son travail qui ne l'avaient pourtant pas dérangé en France. Elle balançait ses affaires et partait en claquant la porte. Elle dira en 1989 au biographe Michael Scammell : « Il était meilleur cuisinier que moi. Et si je commençais quelque chose, il me critiquait, disait que j'avais tout faux, et finissait le travail lui-même. » Il lui ordonna même de démissionner de son emploi d'infirmière pour qu'elle l'assiste sur le travail d'un nouveau livre[6].

Koestler avait en tête son prochain ouvrage mais la promotion de *Darkness at Noon* lui prenait beaucoup de temps. Il adressa un message à George Orwell, l'un des prosateurs qu'il admirait le plus au monde, voulant connaître son avis, solliciter peut-être sa bénédiction. La réponse ne tarda pas. L'auteur de *Hommage à la Catalogne* avait adoré *Darkness at Noon*. Il le fera savoir dans un article paru en 1944, « Le chef-d'œuvre d'Arthur Koestler » : « Il avait essayé d'aborder le thème de la révolution dans ses *Gladiateurs* mais sans aller jusqu'au bout. Cette fois, il y réussit en proposant un récit au grand intérêt psychologique. Le livre atteint une stature tragique là où un écrivain anglais ou américain en aurait fait tout au plus un pamphlet polémique. » Il explique les raisons du succès de *Darkness at Noon* et rappelle une source que la presse avait oubliée, la parution en 1937 d'un pamphlet de Boris Souvarine, *Cauchemar en URSS*, un recueil de ses articles publiés dans la presse française où il dénonçait les purges.

Ce militant ukrainien avait été expulsé du Parti communiste en 1924 et vivait en exil à Paris. Il avait publié en 1935 l'une des premières biographies, cruelle, de Staline. Dans un article du *Figaro* intitulé « L'énigme du ténébreux procès de Moscou », il avait écrit : « Les procès se suivent à Moscou et se ressemblent et à chaque nouveau spectacle de ce genre, mal entrevu à travers des comptes rendus informes, la stupeur du public occidental se renouvelle devant l'attitude extraordinaire des accusés bolchéviques, assis, c'est l'occasion de le dire, au banc de l'infamie… La rédaction de *L'Humanité*, par exemple, ne cède en rien à celle de la Pravda pour la servilité et la bassesse sans avoir l'excuse d'être prise dans les tenailles d'une dictature totalitaire[7]. » Les termes de « spectacle » et de « public » peuvent surprendre, mais les contemporains des années 1930 vivaient les mises en scènes de ces tragédies comme un étrange film. Les articles de Souvarine n'ébranlèrent pas le monde parce qu'ils étaient publiés dans *Le Figaro* et que leur auteur, trotskyste, semblait mener une guerre interne au Parti. Par sa structure romanesque et confessionnelle, Koestler toucha davantage les consciences.

Darkness at Noon venait aussi après un fameux brulot. André Gide l'avait précédé en publiant son *Retour d'URSS*. Il avait décelé des craquelures dans la toile trop belle que les officiels soviétiques avaient dessinée pour lui, peu dupe des banderoles à sa gloire. Il avait aperçu des formes décharnées qui gâchaient le fond du décor, s'indignait devant la pauvreté des Russes mais c'étaient des touches extérieures. Gide fut l'un des premiers grands lecteurs de l'œuvre de Koestler, fervent admirateur du *Testament espagnol* (« son meilleur »), et bien sûr de *Darkness at Noon*, qu'il avait lu en anglais, le « plus probant texte contre la Russie stalinienne d'une extraordinaire éloquence et force de persuasion[8] », moins client en revanche des *Gladiateurs* (« il m'a embêté »). Il confirmerait aussi ce que beaucoup diraient à propos de Koestler (et dont lui-même finirait inconsciemment par convenir) qu'il était meilleur reporter que romancier. *Darkness at Noon* doit beaucoup aux expériences vécues du damné K.

Mais Gide ne reçut pas en retour le même amour. Il tomba sûrement de sa chaise quand il ouvrit l'essai de cet écrivain hongrois qu'il admirait, *Le Yogi et le commissaire*, et y découvrit un article peu aimable qu'Arthur Koestler avait publié en 1943[9] : « J'ai lu *Les Interviews imaginaires* de Gide. Une lecture affligeante... Son influence sur la jeune génération française a été déplorable (non pas à cause de l'érotisme ambigu que lui reprochaient les fascistes de Vichy : les livres ne vous font pas changer de mœurs) mais à cause de l'ambiance d'arrogance intellectuelle qu'elle suscita... l'illusion qu'il donna d'appartenir à une secte privilégiée, d'avoir part à des valeurs raffinées et pourtant, lorsqu'on essaie de les définir, vous échappent comme du sable entre les doigts. » Gide répondit qu'Arthur Koestler avait encore

« toute sa sympathie dont il n'a que faire », mais qu'il valait mieux « rester, l'un pour l'autre, des étrangers » et, beau joueur, il ne négocia jamais son estime littéraire. « J'ai rarement lu des livres qui m'allassent plus droit au cœur que les siens[10]. »

Gide aimera tout autant le livre suivant d'Arthur Koestler qui en commença la rédaction au début de l'année 1941 et la poursuivit pendant ces mois de Blitz, dans le tremblement des fenêtres, du sol, le rugissement des junkers allemands au-dessus de sa tête. Il avait appelé ce récit *L'Apocalypse française*, l'un de ces textes fiévreux qu'il crachait sur la feuille avec son mélange de passion, d'amertume, et de peur, emportant avec lui ses lecteurs. Il avait entrepris de narrer son errance en France, brûlé par la chaleur des événements et son émotion vive, ce qui en faisait le prix (même si lui en critiquerait plus tard la spontanéité et aurait la tentation de les améliorer tout en se gardant bien de le faire). Daphne apparaissait sous le nom de « G » mais leur relation formait moins le cœur du récit que l'effondrement de cette France qu'il avait tant aimée, son internement au camp de Vernet, sa fuite pendant l'exode jusqu'à sa traversée vers l'Angleterre. Il y débitait toute sa rancune contre un pays dont il était presque devenu citoyen et qui l'avait humilié. Il changea le titre et se rappela l'expression utilisée pour les étrangers dans la presse française, *La Lie de la terre* (*Scum of the Earth*) et le dédia « À la mémoire de mes confrères les écrivains exilés d'Allemagne qui se suicidèrent lorsque la France capitula : Walter Benjamin, Carl Einstein, Walter Hasenclever, Ernst Weiss, Irmgard Keun ».

Il pensait à Walter Benjamin qu'il avait essayé de retenir, mort dans cet entre-deux de la frontière.

Il pensait à Carl Einstein. Le neveu d'Albert, auteur du merveilleux *Bébuquin ou les dilettantes du miracle* (1912), ami de Picasso, ne voulant pas tomber entre les mains des nazis, se jeta, le 5 juillet 1940, dans le Gave de Pau, une petite rivière des Pyrénées.

Il pensait au poète et dramaturge Walter Hasenclever, prisonnier du Camp des Mille où pendant la nuit du 21 juin, il absorba du véronal.

Il pensait à Ernst Weiss qui, après avoir assisté à l'entrée des troupes allemandes dans Paris, s'entailla, le 15 juin, les veines dans la baignoire de son hôtel, Le Trianon, rue de Vaugirard, laissant un roman inachevé *Le Témoin oculaire*.

Il pensait à Irmgard Keun, mais il se trompe car celle qui publia le très beau roman *Après minuit* ne se suicida pas et mourrait presque oubliée d'un cancer du poumon en 1982.

Les fantômes de cet été noir hantaient *La Lie de la terre* qu'Arthur Koestler écrivit les yeux humides. Un pan de la belle littérature allemande avait sombré en même temps que la France.

Daphne vérifiait l'anglais de Koestler, corrigeait ses fautes. Lui qui aurait tant aimé incarner les lettres germaniques publiait en traduction, dans cette langue pleine de secrets où il circulait d'abord à tâtons, puis avec de plus en plus d'assurance. Son éditeur Jonathan Cape critiqua le tableau sombre des Français qu'Arthur Koestler brossait (ne pouvait-il en sauver un ?) et émit des doutes sur l'idée politique du livre, celle d'une France déjà gangrenée par le fascisme qui n'était pas la victime expiatoire du nazisme comme l'histoire le prétendrait, mais lâche, déjà complice et vichyste avant même la défaite, victime du manque d'amour patriotique. N'était-elle pas le fruit d'un homme rancunier, fou de haine en souvenir de son paradis perdu ?

La Lie de la terre, le deuxième tome de sa grande série autobiographique – où figureraient *La Corde raide*, *L'écriture invisible*, *Le Dieu des ténèbres*... – parut en septembre 1941. Avec ses dialogues pris sur le vif, ses images fulgurantes (« La procession de désespoir refluait vers ce dernier port, cette bouche béante de l'Europe qui vomissait le contenu de son estomac empoisonné »), ses scènes de foule et de grands événements, ce livre occupe une place centrale dans la littérature du XXe siècle au carrefour de l'autofiction, du document et du reportage. *Le New York Times* porta aux nues un ouvrage incroyablement « poignant et intense[11] ». André Gide loua la « meilleure illustration possible du satirisme[12] ». George Orwell bénit un « précieux témoignage qui nous rappelle jusqu'où peut s'abaisser la morale bourgeoise[13] ».

Mais ces louanges ne le préservaient pas de ses terreurs. Il trimait, la boule au ventre, le front brûlant, s'enfonçait dans la cave avec Daphne quand la sirène retentissait, les seuls moments où ils ne se querellaient pas, puis tous deux remontaient et Koestler retournait au travail. Il essayait de ne pas lire les journaux, apprit malgré tout le suicide de Stefan Zweig le 22 février 1942, dans une petite ville du Brésil, Petropolis. « Tu te rends compte ? Encore un grand nom de la littérature austro-allemande qui décide de partir. Toute cette intelligentsia décapitée ! » Ce qui marquerait Koestler, c'est que Zweig se donna la mort avec son épouse Lotte, sa secrétaire qui l'avait assisté pour la composition de ses livres et dont il était tombé amoureux. Elle avait trente ans de moins que lui et traînait un asthme vicieux : « Encore une fois, j'ai perdu mes certitudes et je suis devenu curieux. D'ailleurs, il y a aussi une jeune femme qui me veut du bien, à moi qui ai cinquante-trois ans ! », avait écrit l'auteur du *Joueur d'échecs* dans une lettre datée de juillet 1941. Lotte espérait insuffler à son amoureux « de la gaieté et de l'espoir ».

Pensant reconstruire leur vie au Brésil, ils se dirent que *Le Monde d'hier* comme l'avait glorifié Zweig dans son très bel ouvrage sur la flamboyante Vienne du début du siècle que Koestler avait connue ne reviendrait plus, et ils avaient décidé de partir en se tenant la main. La gardienne les trouva sur leur lit, allongés côte à côte, Lotte agrippée à lui. Dans le message qu'il laissa, Zweig se disait « épuisé par ses longues années d'errance ».

Et Koestler vivait lui aussi de longues années d'errance, mais à l'inverse de Zweig qui estimait peut-être avoir tout dit, il se remettait au travail, commença, en juillet 1942, *Arrival and Departure*, le premier texte de fiction qu'il écrivit directement en anglais. Ce roman, bientôt traduit en français sous le titre *Croisade sans croix*, constituerait le troisième tome de sa trilogie sur la révolution après *Les Gladiateurs* (rebaptisé *Spartacus*) et *Darkness at Noon*. Il coucha ses premiers mots, symboliques de ce qu'était sa vie : « On y va, se dit le jeune homme. » Et hop, il lança l'histoire : un refugié hongrois Peter Slavek sort de prison où il a été incarcéré dans un pays (jamais cité) pendant trois ans pour ses activités communistes. Le garçon s'échappe vers un pays étranger au conflit… Neutralia, qui fera dire au critique Harold Rosenberg : « Il devrait y avoir une loi contre de tels noms de lieux. » Peter Slavek, souhaitant s'y reconstruire, cherche à gagner l'Angleterre quand il rencontre une Française, Odette, et s'éprend d'elle. Mais la jeune femme décide de s'exiler aux États-Unis. Slavek hésite. Doit-il accompagner celle qu'il aime et renoncer à son engagement ? Le biographe Michel Laval définit le héros koestlérien par une jolie formule, celle d'un « chevalier à l'armure rouillée, dont l'éclat des boucliers s'éteignait dans la nuit totalitaire[14] ».

Slavek a fait preuve d'un grand courage mais n'a pas su s'adapter au cynisme du Parti et de la guerre qui oblige les militants à passer d'un camp à l'autre comme « des spéculateurs à la Bourse ». Une certaine langueur définit cet antihéros heureux de tomber malade parce qu'on « allait le laisser tranquille et qu'il n'aurait plus de décision à prendre ». Une blessure à la jambe fige le personnage. Que lui reste-t-il ? Les souvenirs, « s'abandonner aux bizarres sensations de son cœur, goûter pleinement le doux parfum de son malheur ». Slavek se rappelle son voyage en train vers un camp de détention fasciste, irréel et cauchemardesque, peuplé de prisonniers politiques, de Tziganes qui vont être stérilisés et se dépêchent de faire l'amour au fond de leur wagon ou de femmes destinées à la soldatesque. Cette scène offre l'un des passages les plus forts d'un livre en manque d'action, vision de ce que sera bientôt Koestler regardant la vie tumultueuse et pleine d'erreurs du jeune K. L'ancien révolutionnaire est devenu un croisé sans croix qui a perdu de vue les raisons de son combat et se demande quelle cause il sert.

Lorsque Koestler imagina Slavek, il s'inspira du poète Endre Havas qui, dans une soirée à Londres, lui avait fait le récit de son emprisonnement et des tortures qu'il avait subies, de sa fuite vers le Portugal, de son projet de rejoindre la RAF en Angleterre pour y combattre les nazis. Au moment de créer Odette, il observa la jeune journaliste Sonia Brownell qui épouserait pratiquement sur son lit de mort George Orwell sans l'aimer, surtout confite d'admiration à l'égard de son œuvre.

L'élaboration d'*Arrival and Departure* fut difficile, non pas à cause de ses querelles avec sa compagne mais de la permanence de la guerre. Arthur et Daphne crurent qu'emménager à Chelsea, à Tryon Street, dans une belle maison qui possédait une terrasse leur épargnerait des angoisses. Les Junkers à croix noires continuaient de les torturer entre coupures d'électricité, sirènes, tonnerres au loin, même si les incursions de la Luftwaffe se faisaient plus rares. Il observait toujours un incendie à l'horizon qui teintait la nuit d'un halo orangé. La lueur de la radio brillait jour et nuit. À travers son grésillement, il recevait des informations sur l'extermination des Juifs ou du moins ce qu'en rapportaient la radio et la presse.

À la fin de l'année 1942, les Alliés disposaient d'informations assez fiables sur la « Solution finale », et chaque révélation jetait Koestler dans un état d'abattement pendant lequel il comprenait et enviait Walter Benjamin et Stefan Zweig.

26

Une sirène sous les bombes

Arthur Koestler s'étourdissait dans l'éclat funèbre des salons littéraires qui semblaient être les derniers du genre, étranges fêtes sous les lustres tremblants. Les attachés de presse, les mécènes envoyaient des invitations, les publicitaires vantaient les « livres du mois ». Fallait-il se rendre dans l'appartement d'une comtesse ou un théâtre pour deviser avec des auteurs en vogue, des journalistes, boire du champagne tiède à la lueur des bougies alors que la mort tombait du ciel londonien ? L'auteur de *Darkness at Noon* ne pouvait se dérober. Une femme l'attendait peut-être, pour une ultime étreinte avant l'Apocalypse. Dans cette vie au bord de l'abîme, secouée par les éclairs, c'est un jeune homme qui le fascina au cours d'une nuit pluvieuse, un auteur dont le livre alimentait les conversations. Un éditeur, Lovat Dickson, avait organisé chez lui une réception en son honneur. Il avait prévenu Koestler : « C'est un écrivain doué. Il a besoin de conseils. » Le néophyte, Richard Hillary, publiait ses souvenirs intitulés *Le Dernier ennemi*. Koestler, en le voyant, se figea sur place. Le garçon qui s'avançait vers lui avait un visage sans âme comme un masque de plastique. Sa main ressemblait à des griffes d'oiseau. Il venait de cet enfer, là-haut, que l'on appelait la bataille d'Angleterre. Koestler et les Anglais apercevaient dans le ciel les valeureux pilotes de la RAF qui tournoyaient autour des bombardiers allemands.

Richard Hillary avait été abattu en combat aérien le 3 septembre 1940, au-dessus de la Manche, et son Spitfire avait pris feu. Il avait été brûlé vif et c'était un fantôme qui était ressorti de sa chute d'Icare. Pendant sa reconstruction, il avait écrit *Le Dernier ennemi*, récit de ses combats, de sa formation d'aviateur, des espoirs de cette jeunesse bien née d'Oxford foudroyée par la guerre. Son héroïsme lui avait permis, disaient les rumeurs, de passer une nuit d'amour avec Merle Oberon, la grande actrice américaine des *Hauts de Hurlevent*, une parenthèse enchantée sur terre pour lui. De retour en Angleterre, il était un mort que les dames élégantes voulaient toucher. Hillary signait son livre. Il semblait ne jamais cligner des yeux, et sa bouche remuait à peine. Koestler pensa à Carlos Haya, le pilote espagnol mort dans le ciel de Teruel, qui avait échangé sa femme contre lui, un autre martyr tombé du mauvais côté.

Hillary se montra froid au début puis se détendit en entendant Koestler lui raconter ses aventures espagnoles, sa vie trépidante et, un court instant, une lueur jaillit dans ses pupilles fixes, ressuscitant l'enfant qu'il avait été. Il s'engagea à lire *Darkness at Noon*, interrogea le romancier hongrois sur le milieu littéraire, raconta un souvenir de lecture, *La Matrice*, de T. E. Lawrence qui racontait les expériences du futur Lawrence d'Arabie au sein de la RAF pendant la Première Guerre mondiale, curieuse référence puisque le livre ne fut publié à titre posthume qu'en 1955. Mais l'esprit de camaraderie des armes l'avait séduit. Il se dévoila un peu lui-même. « Je ne souffre pas. Je défendrai mon pays jusqu'à la mort. » Ce terme « mon pays » laissa Koestler songeur. Lorsqu'il apprit la mort du jeune homme pendant un vol d'entraînement de nuit le 8 janvier 1943, il pensa qu'il s'était suicidé.

Il abandonna *Croisade sans croix* et rédigea un article important, *La Naissance d'un mythe* publié dans le magazine *Horizon* en avril 1943 : « Parler d'un ami mort, c'est parler contre le temps, c'est courir après une image qui s'enfuit. » Il raconte que les légendes se forment plus rapidement en temps de guerre et que Hillary fera, il en prononce le serment, partie de cette élite. « On ne peut agir sur l'évolution d'un mythe, et il ne faut pas essayer. Car les mythes se développent comme des cristaux. » C'est l'un de ses plus beaux textes, fondateur, où il s'interroge sur les raisons qui ont poussé Hillary à voler de nouveau, le compare à Saint-Exupéry, louange *Le Dernier ennemi*, « précis, vif, plein de brio, comme doit l'être un reportage de premier ordre ». Et il termine par cette image mystique : « Hillary a brûlé trois fois. La première fois on le rapiéça, et on lui refit le visage. En vain, car la deuxième fois, il fut carbonisé. Mais pour être sûr que la ligne de son destin serait achevée, il avait exprimé le désir d'être incinéré. On le brûla donc une troisième fois... C'est là que finit l'homme et que commence le mythe. »

Après ces soirées, il rentrait chez lui, ivre, fatigué, se remettait au travail jusqu'à l'aube, réveillant Daphne. Il termina *Croisade sans croix* à la fin du mois de juillet 1943. Son triste héros Slavek ne possédait rien des qualités de Richard Hillary, échouant même à intégrer la RAF. Le livre parut en novembre et reçut des critiques mitigées. Certains journalistes regrettèrent le manque d'émotion, jugeant (et le reproche lui serait souvent adressé), le roman trop conceptuel. « Ce n'est pas un livre satisfaisant », affirma George Orwell. « La prétention qu'il s'agit d'un roman est très mince ; en fait, il s'agit d'un pamphlet qui prétend montrer que les croyances révolutionnaires sont des rationalisations d'impulsions névrotiques. » Il ajoute que le livre commence et finit de la même manière, le saut dans un pays étranger, suggérant son impasse. Mais comme toujours, c'était sa maîtrise de la langue qui intriguait ses soutiens ou détracteurs. « Il est juste de dire, souligne l'un de ses biographes Michael Scammell, que l'anglais de Koestler ne contient pas les riches sonorités de Joseph Conrad, ni la virtuosité baroque d'un autre genre de prodige, Vladimir Nabokov mais son style est clair, vif et spirituel[1]. » La référence à Conrad lui plaisait comme un exemple de ces écrivains qui ont choisi l'anglais tardivement et ont atteint une excellence presque miraculeuse.

Slavek portait l'espoir de Koestler, partir pour l'Amérique, mais il sautait en parachute, espérant rejoindre la Résistance. Quand il rédigea la jolie dernière phrase (« Car il avait d'autres pensées pour occuper son esprit, tandis qu'il oscillait et descendait doucement, comme une feuille qui tombe sur le sol, la nuit, sous les étoiles indifférentes »), il guetta le ciel qui semblait retrouver un peu de son éternité. La guerre tournait en faveur des Alliés, les informations parvenant d'Union soviétique le rassuraient. La ville de Stalingrad avait tenu, devenue un symbole de l'héroïsme et de la liberté, ce qui laissait Koestler dans un sentiment contrasté. Une victoire de Staline détruirait, pensait-il, le destin de son livre *Darkness at Noon*. Il lui faudrait trouver des sujets neufs ou disparaître.

Il convainquit Daphne de déménager dans un appartement plus vaste, à Kensington Palace Gardens. Il voulait profiter d'un bureau plus grand, tirait les rideaux et réinventait ses mondes dans le silence et l'ombre. Elle avait décroché un emploi d'archiviste au ministère de l'Information et de retour à la maison, elle s'ennuyait, trouvait qu'il buvait trop et les interminables parties de poker avec des inconnus le samedi soir la déprimaient. Elle redoutait l'intrusion des femmes, ces péronnelles qui faisaient tout pour ravir son attention. Koestler se montrait distant ou méchant. Daphne s'enfermait dans la chambre, pleurait. Parfois, un cri la réveillait. Son grand homme gémissait de douleur, vomissait. Elle appelait le médecin en pleine nuit, prenait conscience que ses douleurs à l'estomac étaient un symptôme des dépressions qui le submergeaient comme une marée noire. Leur existence allait ainsi, de sommets amoureux en gouffres noirs. Il aimait Daphne, supportait mal leurs incompréhensions et cette ambivalence le détruisait. Le tonnerre de son âme les blessait tous les deux plus que les raids aériens de la Luftwaffe. Quand les sirènes retentissaient, il se calmait bizarrement, descendait dans le métro ou un abri avec les Londoniens, et ressentait une paix intérieure.

En janvier 1944, une bombe dévasta un quartier non loin de chez lui. Il lâcha l'un de ses articles, se rendit sur place, déblaya les gravats, conduisit des blessés dans une ambulance. Il tint la main des mourants, essaya de les apaiser. Le lendemain, il dînait en ville comme d'habitude, passait avec frénésie du sang aux fêtes. Il sortait, s'enivrait… Les agapes de l'éditeur Cyril Connolly dans son appartement de Bedford Square formaient un phare qui éclairait la nuit.

C'est au cours de l'une de ces réceptions le 10 janvier 1944 qu'il rencontra Mamaine Paget, une femme élégante bien plus jeune que lui. Née en 1916, elle vivait avec sa sœur jumelle Celia. Des épreuves les avaient soudées. Ayant perdu leur mère à la naissance, elles furent élevées par leur père qui leur fit une belle vie, au début, entre parties de cartes et pique-niques. Mais cet homme doté d'un solide sens de l'humour dériva vers l'occultisme et la dépression. Quand il devint fou, Mamaine et Celia trouvèrent refuge chez leur grand-mère dans la campagne du Suffolk, au cœur des hivers rudes et des étés étouffants, sans voiture ni téléphone. Des champs à perte de vue entouraient leur maison. Les deux jeunes filles ne se quittaient jamais, détestaient les poupées, unies par leur amour de la nature et une passion dévorante pour la musique. Elles aimaient la messe le dimanche, heureuses d'y écouter les cantiques et les psaumes. Mamaine était aussi une fervente lectrice, férue de littérature anglaise et française mais quelque chose lui manquait, une aventure… Koestler l'aborda de manière intéressée après avoir appris qu'elle travaillait au sein du ministère de l'Économie de guerre. Il lui demanda si elle pouvait octroyer des visas pour acheminer des réfugiés depuis l'Europe occupée. Elle ne dut pas réagir comme il l'attendait car il la trouva désagréable, contrairement à ce que prétend Celia sur leur attraction immédiate. Elle se méfia de cet homme agité qui traînait un amour tourmenté, Daphne.

Après un dîner où elle se montra particulièrement acerbe, elle s'excusa et mit son attitude sur le compte d'un accès de déprime. « Quand Mamaine rencontra Koestler, écrivit Celia, son existence était conventionnelle et plate. Nos origines et notre éducation étaient différentes de la sienne[2]. » Elle voulait dire une famille corsetée par l'institution, religieuse et militaire, formée dans les pensions classiques en Suisse. Les jumelles habitaient un petit appartement à Londres où elles passaient leurs soirées à s'exercer sur le piano qu'elles avaient acheté. Le jaillissement devant Mamaine d'un écrivain célèbre presque apatride venu de partout et de nulle part la secoua. Elle refusa de céder à ses avances même s'il avait un effet apaisant sur elle. Une jeune fille de bonne famille pouvait-elle consentir à une relation avec un Juif errant angoissé et prompt à s'oublier dans l'alcool ? Koestler ne lâcha rien, la surnomma « Mermaid » (sirène), fasciné par cette grande femme aux yeux profonds, au visage doux qu'il choquait par ses lubies funèbres. Quand il parlait du sacrifice de Stefan Zweig, Mamaine reculait d'effroi et précisait que s'immoler avec son amoureux ne faisait pas partie de ses projets. Il la rassura et elle se laissa séduire.

Il n'informa pas Daphne de leur séparation et chercha un appartement où il pourrait s'établir avec Mamaine quand, en juin 1944, les Alliés débarquèrent en Normandie. Des combats faisaient rage sur les plages. Il suivit chaque étape à la radio et dans la presse. Il ne pouvait rester en Angleterre et décida de voyager en Palestine, le cœur rempli d'une nouvelle idée de roman, un livre longtemps connu en français sous le titre *La Tour d'Ezra* mais qui retrouverait son beau titre originel, *Des voleurs dans la nuit* où il raconterait son expérience de colonisation du désert de Judée. Il embarqua à bord de l'*Exeter* qui l'emmena à Port-Saïd, pensa tout au long de la navigation à Jabotinsky et à son rêve. Il vit des Juifs naufrager à bord de leurs embarcations, au large de Jaffa, des corps enveloppés de draps blancs le long de la berge sous le regard passif des soldats anglais.

La fin de la guerre approchait, offrant peut-être au « peuple élu » un espoir d'obtenir enfin une terre. Les Américains et l'armée rouge progressaient vers Berlin assiégé. Il apprit le suicide d'Hitler, le 30 avril 1945, et la capitulation de l'Allemagne. Le cauchemar se terminait. Mais rien, pas même les scènes de liesse dans les rues qui le remplirent de joie, ne le détournait de son œuvre ni de ses amours. De retour à

Londres, il avait bien avancé *Des voleurs dans la nuit*, prévint Daphne qu'il la quittait car il avait rencontré une autre femme et elle sembla comprendre. Pourtant, il sentait que la vie avec Mamaine ne serait pas sereine. Elle toussait, s'essoufflait vite, s'accrochait à lui. Il identifia son mal, l'asthme, qui la laissait abattue. Il décida de s'éloigner de Londres pour donner de l'air à Mamaine, acheta une ferme au nord du Pays de Galles, à Bwlch Ocyn, et ils s'y installèrent en octobre 1945. C'était une belle demeure en granit accessible par un chemin étroit de pierre. Par la verrière, Koestler aimait contempler le pâturage des moutons et les collines au loin.

Mamaine retrouva des couleurs. « Les relations avec K », se réjouit-elle dans une lettre à sa sœur le 6 novembre 1945, « ne pourraient être meilleures » : « Il m'a dit – et c'est très encourageant – qu'il n'avait jamais eu compagnie plus agréable que moi. Il ne voit pas ce qui pourrait ternir notre ménage. » Elle se réjouissait du temps passé avec lui, de leurs soirées, prévoyait un beau réveillon de Noël, y convierait tout ce que l'Angleterre comptait d'écrivains, de belles plumes. Les réponses tardaient dans un pays qui peinait à se reconstruire. Elle devait se creuser la tête pour trouver de la nourriture décente. Malgré la fin de la guerre, l'Angleterre subissait des rationnements et serait privée de denrées pendant quelques années encore. Quand elle faisait les courses, elle longeait les étals vides, soupesait les victuailles au coût élevé et rapportait les mêmes choses, bacon, pâtes ou œufs…

Mais rien ne l'empêchait d'inviter ses amis très chers, comme le journaliste et rédacteur en chef du beau journal *The Picture Post*, Tom Hopkinson, ou Daphne et son nouvel amoureux le designer Henri Kay Henrion. Mamaine observait que l'ancienne fiancée d'Arthur lui parlait toujours comme si elle était encore son épouse sans se soucier de Henri Kay Henrion… Koestler adressa une lettre compassionnelle à George Orwell seul et triste depuis que son épouse Eileen Blair était morte d'une insuffisance cardiaque pendant une opération de l'utérus. « Tu as table ouverte à Bwlch Ocyn », lui dit-il.

Koestler voyait dans Orwell un autre miroir de sa vie, la guerre d'Espagne, le désenchantement, l'amour des voyages aussi (le passé de policier d'Orwell en Birmanie fascinait Koestler), la pauvreté que tous deux avaient expérimentée jusqu'à leur difficile entrée en littérature avec des refus, des ébauches de romans, un don à inventer. Ils travaillaient sur eux-mêmes et leur propre existence. Une différence de taille les distinguerait pourtant : Orwell s'avérerait un écrivain plus considérable que Koestler. Il venait de publier l'un de ses plus fameux livres, *La Ferme des animaux*, une allégorie antistalinienne qui racontait la prise d'une exploitation par les animaux sous les ordres de cochons tyranniques. Il avait rédigé le livre en novembre 1943 et février 1944, et reconnaissait que ce projet tenait beaucoup au succès du roman *Darkness at Noon* de Koestler parce qu'il avait compris, après l'échec commercial d'*Hommage à la Catalogne*, que la fiction était bien le meilleur instrument pour traiter du totalitarisme.

Mais Koestler avait publié son *Darkness at Noon* en 1940 quand la censure anglaise ne se prosternait pas encore devant l'Union soviétique (ou peut-être avait-elle autre chose à faire), le « vainqueur de Hitler ». D'ailleurs, la traduction du livre de Koestler en France, en cette année 1946, sous le beau titre *Le Zéro et l'Infini*, provoquait apparemment bien plus de remous qu'en Angleterre. Il s'était promis de ne jamais retourner au pays de Voltaire, tellement son amertume depuis son incarcération restait profonde. Et à quoi ressemblait Paris après cinq ans d'occupation allemande ? Son attachement à cette ville et à la Côte d'Azur le déchirait malgré tout et l'éditeur français qui avait acheté les droits de *Darkness*, Calmann-Lévy, juif comme lui, le réclamait pour la promotion et la défense de l'ouvrage.

En attendant, c'était Orwell qui se débattait avec la censure. Comme il comparait les dirigeants communistes à des porcs, quatre éditeurs refusèrent le texte. Victor Gollancz le rejeta aussi, ne voulant décidément pas d'Orwell dans son catalogue. Puis un entrepreneur, Fredric Warburg, faisant fi des menaces, publia le texte en août 1945, et le public suivit. Koestler n'éprouva jamais de jalousie à l'égard d'Orwell, étranger partout même chez lui en Angleterre. Il ne cesserait de l'admirer. « Quand il alla combattre en Espagne, admira Koestler, il ne rallia pas la pseudo-fraternité des Brigades internationales. Il fut le seul dont l'intégrité farouche résista à la mystique douteuse du Parti, qui ne devint jamais compagnon de route et ne crut jamais aux Palais de dame Tartine, ni dans le ciel ni sur la terre. Aussi, ses sept livres de cette période, depuis *La Vache enragée* jusqu'à *Un peu d'air frais*, demeurent-ils tout frais et débordant de vie, et le resteront-ils pendant des dizaines d'années, alors que la plupart des ouvrages produits par la gauche sentimentale et superficielle de ce temps qu'Orwell méprisait si fort, sont aujourd'hui morts et démodés[3]. »

Orwell et Eileen avaient adopté un fils, Richard, sur lequel le veuf reportait toute son affection et son inquiétude, si bien qu'Arthur envisagea d'avoir un enfant lui aussi. Mais que ferait un petit innocent dans ce monde épouvantable et juif en plus ? Il était plus proche de s'octroyer la mort que de créer la vie et balaya cette idée.

George Orwell leur raconta qu'il avait commencé un roman ambitieux, futuriste. Mamaine et Arthur tentèrent d'en savoir plus mais leur ami resta évasif. Koestler aimait beaucoup l'honnêteté de cet homme bien qu'il en fût la victime. L'amitié ne comptait plus pour Orwell dès lors qu'il devait juger un livre. Et il se montrait sans concession. Koestler était reconnaissant de son beau texte sur *Darkness at Noon*, ce qui lui permettait d'avaler d'autres pilules amères. Il évitait de lui reprocher ses saillies désagréables contre *Les Gladiateurs* ou *Un Testament espagnol*, jusqu'à sa pièce, *Le bar du crépuscule*, qu'Orwell jugea médiocre. Il aurait aimé que son ami mette un peu moins d'âpreté dans ses critiques et s'explique. Rien à faire. Orwell parlait peu, comme un janséniste. « Tu sais que ma pièce va être adaptée en France ? », lança Koestler à Orwell impassible. La maladie, ses toux mettaient en rage l'auteur de *La Ferme des animaux* et accroissaient la violence dont il infusait ses écrits. Il ne se détendait qu'en présence de son fils mais c'était juste de l'inquiétude et de la peur. Puis, un jour, il ouvrit la bouche, enfin : « Tu sais, Arthur, quel est le défaut de ton armure ? Ton hédonisme. »

Ce genre de remarque irritait Koestler, surtout qu'Orwell voyait juste comme toujours avec sa manière de parler, flegmatique et tranchée où se dissimulaient ses profondes douleurs. Quand Arthur invitait Orwell à dîner, il ajoutait un couvert pour Celia qui venait de divorcer, pensant que l'amour pourrait naître entre la jolie sœur jumelle et le grand romancier visionnaire. Mais Orwell n'arriva pas à sortir de sa distance et leur relation n'alla jamais plus loin que l'amitié.

27

Le retour du Comte de Monte-Cristo

Les trois hommes qui se partageaient le monde à Yalta, Roosevelt, Churchill et Staline occupaient la une des journaux. Un rideau de fer tomba sur l'Europe et engloutit sa Hongrie natale. Koestler apprit que son père dont il n'avait plus de nouvelles était mort de maladie en 1940. Il n'avait pu lui dire au revoir. Il pensait qu'Adele avait été tuée par les forces soviétiques ou dans les bombardements qui avaient ravagé Budapest. Puis un câble l'informa qu'elle était vivante alors qu'un grand nombre des membres de sa famille, déportés dans des camps de concentration, ne rentreraient plus. Adele manquait de tout, de nourriture, d'argent. Il écrivit à sa mère et lui promit qu'il ferait tout son possible pour la rapatrier en Angleterre, craignant que des communistes s'en prennent à elle par vengeance. Il enjoignait Adele à se montrer discrète, vœux pieux car sa mère restait fidèle à elle-même, bavarde, expansive, fière pour la première fois du nom de Koestler qui venait de nulle part mais avait trouvé un sens grâce à Arthur. Elle clamait partout que son fils était l'auteur génial de *Darkness at Noon*. Il fallait l'exfiltrer au plus vite avant qu'un imbécile ne l'agresse, et la santé d'Adele vacillait. Il passa ses journées à circuler dans le labyrinthe de l'administration. Même en déplacement à l'occasion de ses tournées promotionnelles, il gardait des contacts avec les consulats anglais et hongrois. Il parvint à débloquer sa situation, et Adele arriva à Londres le 24 juillet 1946 après un périple harassant. Il l'hébergea dans un centre pour réfugiés, et veilla à ce qu'elle reçût les soins dont elle avait besoin.

Adele et Mamaine, souffrantes, auraient pu convaincre Koestler de rester en Angleterre, du moins pendant quelque temps, mais la France l'appelait. Il avait appris, étonné, qu'un jeune metteur en scène prometteur, Jean Vilar, adaptait sa pièce en quatre actes, *Le Bar du crépuscule*, la farce qu'il avait troussée d'un jet dans le café Metropole de Moscou. Il avait dû la réécrire car un coup de vent avait égaré les serviettes du café et le temps avait effacé une partie du texte. Un fameux théâtre parisien en offrait seize représentations. Qu'avait donc pu retenir ce Jean Vilar de son étrange comédie à la trame farfelue ? Il n'avait jamais imaginé qu'un public, et a fortiori l'un des plus raffinés qui pût exister, les Parisiens, en prendrait un jour connaissance par des acteurs de renom comme Jean-Roger Caussimon ou Vilar lui-même (puisqu'il y jouait aussi). Sa pièce et la publication en français de son roman sous ce joli titre, *Le Zéro et l'Infini*, qui paraissait soulever quelque vague (sans qu'il prît vraiment conscience de ce qu'il allait vivre et affronter) suffisaient pour traverser la Manche.

Il mit de côté ses appréhensions et rancœurs et finalement se réjouit de séjourner dans une ville qu'il préférait à Londres, si fatigante, où trop de vieilles connaissances rôdaient comme des spectres, n'ayant pour seule destination que son adresse, leurs bouches pleines de doléances, de réclamations, de menaces. Le pire était ses vieux « amis » allemands qu'il avait connus à Berlin vingt ans plus tôt au temps de leur splendeur.

Ils s'étaient échoués au bord de la Tamise et ne supportaient pas de voir le « petit Juif de Hongrie » s'en sortir mieux qu'eux en faisant preuve, croyaient-ils, d'opportunisme et de calculs comme s'il était le *Bel Ami* de Maupassant, le genre d'écrivain beau parleur qui conditionnait sa réussite à sa capacité de séduction auprès des femmes. Les griefs des anciens camarades minaient Koestler plus qu'il ne l'aurait cru. Ses amoureuses l'aidaient, mais aucune d'elles, comme certains des revenants aigris le supposaient, ne participait à son travail littéraire sur lequel l'intelligentsia française se déchirait.

Il se félicitait que Mamaine ait envie de le rejoindre sur les rives de la Seine. « Ajouter deux lettres à Paris et c'est le paradis », disait Jules Renard.

Le 1er octobre 1946, il atterrit à l'aéroport du Bourget, étonné de revenir en France, non pas en paria étranger et suspect, les chaînes aux pieds, mais comme une star des lettres dont le nom était sur toutes les lèvres, du Café de Flore à l'Unesco, bien que, mû par quelque peur inavouable, venu honorer un rendez-vous secret, il entra dans la ville lumière en clandestin. Il avait l'impression de revêtir la cape du Comte de Monte-Cristo, évadé comme lui et l'esprit plein de revanche. Il posa sa valise à l'hôtel Montalembert, au cœur du VIIe arrondissement.

Le soir de son arrivée, il se rendit incognito à la première de sa pièce *Le Bar du Crépuscule*, se glissa par une porte au théâtre Moncey, avenue de Clichy, si peu désireux d'être reconnu qu'il rabattit un chapeau sur les yeux, s'enveloppa de la fumée de sa pipe (loin d'imaginer qu'un journaliste de *L'Aurore* l'avait repéré et se gausserait de son déguisement ridicule) et grimpa jusqu'à une loge haute, à l'écart. Il avait froid dans cette salle mal chauffée, surpris d'y trouver un public nombreux, vêtu de manteaux et d'écharpes auquel les noms de Vilar et Caussimon disaient quelque chose. Koestler eut la bonne surprise d'apercevoir André Gide. Il aurait voulu le saluer et le remercier pour son lucide *Retour d'URSS* mais se contenta de le regarder, se rappelant leurs échanges fielleux à propos d'un livre de Gide qu'il n'avait pas aimé. L'auteur des *Nourritures terrestres* l'admirait (il avait dû être déçu de ce qu'il voyait) mais n'avait pas vraiment envie de le rencontrer.

Koestler comprenait les raisons qui avaient convaincu un homme comme Vilar de monter sa mauvaise pièce. Les succès de ses deux livres, *Un Testament espagnol* et *Le Zéro et l'Infini*, paraient de charme tout ce qui venait de lui. Les critiques ne partageaient pas son indulgence. « Une lamentable pièce nihiliste », railla *L'Humanité*[1]. « M. Koestler manifeste clairement son mépris de l'homme et son nihilisme d'intellectuel détraqué prêt à toutes les besognes... Mépris de l'homme, mépris du spectateur aussi... Une piteuse élucubration, une suite de mauvais sketchs. On se demande ce que Jean Vilar... qui avait une bonne réputation jusqu'alors est venu faire dans cette galère. Quant au prestige littéraire de M. Koestler... *Le Bar du Crépuscule* devrait le dégonfler totalement aux yeux de ses supporters. » Robert Kemp dans *Le Monde*[2] fut lui aussi sévère : « La réalité, les souffrances des prisonniers politiques, une rancune bien localisée ont, dans ses livres, échauffé M. Kœstler jusqu'à l'incandescence. Cette construction arbitraire, ce schéma, par lequel il pensait peut-être rejoindre Swift ou Wells, cette "fantaisie", écrite, il le confesse, en des heures de "cafard", nous communique une glaciale tristesse. »

Koestler renonça définitivement au théâtre, conscient aussi que chacune de ses sorties littéraires s'effectuerait sous l'ombre du *Zéro et l'Infini* dont la traduction française, parue chez Calmann-Lévy, déchaînait des débats incendiaires au sein de l'intelligentsia parisienne très marxisante en ces heures où s'en prendre au Parti communiste vainqueur des nazis, affronter le totem sacré de Staline, revenait à se suicider. Dans son article, le journaliste de *L'Humanité* Guy Leclerc prêtait au *Zéro et l'Infini* une fausse valeur littéraire. Koestler avait libéré un vent mauvais, comme le disait Verlaine, qui soufflait fort sur Paris mais tel Pline l'Ancien, il était attiré par le feu du volcan, au point d'y jouer sa vie avec beaucoup d'allégresse.

Il apprit que Jacques Duclos, le premier secrétaire du PCF, avait exercé une forte pression sur Calmann-Lévy pour en empêcher la parution. Il menaçait de paralyser les imprimeries, de boycotter les librairies, d'arrêter les camions de distribution. Koestler se rappelait qu'André Gide avait subi les mêmes semonces quand il avait publié son *Retour d'URSS*. Les puritains rouges avaient traité l'écrivain français de tous les noms sans aucun égard pour les livres merveilleux qu'il avait offerts à la littérature. Mais Koestler put compter sur l'ami dissident, Manès Sperber, employé de Calmann-Lévy, et sur la prestigieuse maison, tous résolus à résister aux intimidations afin de permettre que l'ouvrage fût livré au public, même si le nom du traducteur Jérôme Jenatton ne devait pas y figurer. Duclos racheta tous les exemplaires et commença à les brûler, s'apercevant vite qu'une entreprise aussi folle n'avait aucune chance d'enrayer l'histoire en marche.

Aucune force n'intimidait la famille Calmann-Lévy, revenue de l'enfer. Le patriarche Gaston fut dépossédé de son bien pendant l'Occupation. Il vécut reclus dans son appartement de l'avenue d'Iéna puis rejoignit l'hospice des vieillards de l'hôpital Rothschild sous la surveillance des nazis. Ses fils Robert et Pierre s'exilèrent à Londres. Leur maison fut aryanisée, rebaptisée « Éditions Balzac » et confiée à des collaborateurs. L'un d'eux, Albert Lejeune, tomba en janvier 1945 sous les balles d'un peloton d'exécution. À la libération de Paris, Gaston, Georges et Paul Calmann-Lévy, furent replacés dans leurs droits, leur entreprise récupéra son nom et regagna ses locaux historiques de la rue Auber au numéro 3.

Koestler se réjouissait d'apparaître sur le même catalogue que le jeune et prodigieux romancier Romain Gary qui avait publié chez Calmann-Lévy son deuxième roman, *La Tulipe*, un catalogue où figurerait bientôt le *Journal* d'Anne Frank, en 1950. La première fois où Koestler poussa la porte de l'immeuble, il tomba sur le vieux Gaston Calmann-Lévy, le neveu de Michel (l'éditeur de Flaubert). Koestler frémit au contact de la main fragile du patriarche, se rappelant qu'elle avait serré celles d'Émile Zola et de Pierre Loti, trousser une lettre à Marcel Proust pour l'informer des ventes nulles de son premier livre, un recueil de nouvelles, *Les Plaisirs et les jours*. Gaston l'avait publié sans le lire en faisant confiance à l'homme qui lui avait apporté l'ouvrage, Anatole France. Dans son message, il expliquait au futur auteur de *La Recherche du temps perdu* qu'il devrait pilonner son ouvrage faute de lecteurs.

C'est à Londres que Robert et Pierre Calmann-Lévy avaient rencontré Romain Gary et Arthur Koestler. La jeunesse qui a oublié depuis longtemps *Le Zéro et l'Infini* et son auteur n'a pas idée de la déflagration que provoqua ce roman au « titre bizarre et abstrait[3] » ni que le nom d'Arthur Koestler fut au centre de violentes querelles entre amis, comme cette brouille qui opposa le poète dadaïste et communiste Tristan Tzara, émigré comme lui, jadis engagé aussi dans la guerre d'Espagne, au philosophe de gauche Merleau-Ponty. Le premier traita Koestler de salaud, l'accusant d'avoir eu les moyens pendant la guerre (sous-entendus en intelligence avec les fascistes) de payer un sanatorium à sa femme malade. Les ennemis ou partisans de Koestler instrumentalisaient selon leurs intérêts la tuberculose de Mamaine. Merleau-Ponty, ami de Jean-Paul Sartre, qui pourtant préparait dans la revue *Les Temps modernes* des articles très critiques sur *Le Zéro et l'Infini* et son auteur sous le titre « Le Yogi et le prolétaire » (trouvant que Koestler avait fait de son héros Roubachov un « marxiste médiocre »), partit en brisant un verre. « Impossible de discuter avec vous ! » Il défendait les discussions politiques rageuses mais haïssait les calomnies, les coups bas. Merleau-Ponty fut le fer de lance de la campagne anti-Koestler dans son livre *Humanisme et terreur*, paru en 1947. À l'époque, l'aura de ce philosophe culminait et désignait le chemin à suivre. Il déployait sa hauteur, fondait ses critiques sur la puissance de sa pensée. Il niait l'individu contre un Koestler qui le défendait, justifiait la violence progressive du Parti, moins épouvantable, disait-il, que celle, hypocrite et égoïste, du monde libéral et capitaliste. Koestler, dénonça-t-il, ignore le contexte marxiste et les sacrifices de la révolution.

Merleau-Ponty régnait sur le monde des idées à tel point qu'Arthur Koestler ne fut pas le seul à faire le coup de poing. Au cours d'un dîner chez Boris Vian, Albert Camus fiévreux, emporté, agressa le philosophe stalinien. « Pourquoi justifies-tu les procès de Moscou ? » répéta-t-il devant un Merleau « calme, courtois, mais pâle », comme le dépeindra

Sartre dans *Situations I*, également présent à cette soirée. La querelle se termina… dans la rue, aussi.

Et à côté du penseur d'airain de la cause communiste et de son cortège de suiveurs, les pages des journaux se remplissaient de chroniques plus ou moins éclairées sur *Le Zéro et l'Infini*. Koestler savoura celle d'Émile Henriot, évidemment, puisque le journaliste du *Monde* compara ce « livre remarquable » à *Crime et Châtiment* de Dostoïevski et à *Sous les yeux de l'Occident* de Joseph Conrad[4]. Koestler relit la belle critique de Maurice Nadeau : « Cette honnêteté profonde jointe à une puissance d'évocation hallucinante, fait de son livre à la fois un ouvrage de philosophie politique, un document et une création romanesque. Du même coup, Koestler prend rang parmi les plus lucides témoins de notre temps et ses plus grands écrivains[5]. »

Ces éloges étaient noyés dans un flot de récriminations venues de *L'Humanité*, *La Pensée* ou *Les Cahiers du communisme*, pleins de fiel à son encontre, et dont les excommunications le pourchasseraient.

« Dans la France de 1947, il y a le charbon de la Ruhr qu'on refuse et *Le Zéro et l'Infini* qu'on diffuse », déplora Laurent Casanova dans son livre *Le Parti communiste, les intellectuels et la nation*[6]. Des années plus tard, le philosophe René Garaudy, jamais avare d'un anathème stupide, pensait que le général de l'armée rouge Toukhatchevski fusillé par Staline en 1938 pour sédition méritait son sort comme le « collabo » Pierre Laval. Il semblait avoir conçu son petit ouvrage, *Une littérature de fossoyeurs*, pour en réserver la place d'honneur à Koestler qu'il accusait de prêcher « une forme zoologique antibolchévique et de vouloir détruire la démocratie en France[7] ».

Parfois, un critique interrogeait même son talent. « Koestler mérite d'être compté parmi les figures importantes du moment », observa Gaëtan Picon. « Mais je dirais aussi qu'à mon avis sa réputation actuelle excède sa valeur intrinsèque d'écrivain. J'ai conservé au *Testament espagnol* toute mon admiration mais ce livre écrit avant la gloire me semble toujours le meilleur. Koestler n'est pas un grand romancier. *Spartacus* est un roman médiocre, concerté et figé. *Le Zéro et l'Infini*, avec d'admirables parties, contient de nombreuses faiblesses. Koestler ne se décide franchement ni pour le récit symbolique ni pour le roman véridique, et cette ambiguïté laisse une impression gênante[8]. »

Les détracteurs du *Zéro et l'Infini* fouillaient l'existence de son auteur, résolus à déceler dans son passé d'« aventurier », turpitudes et trahisons. Arthur Koestler était un agent des fascistes ou des trotskystes désireux « de souiller la France ». Que pouvait-on attendre d'un homme qui osait critiquer l'iconique *Silence de la mer* de Vercors ? Ce livre raconte l'installation en 1941 d'un officier allemand, compositeur, érudit, au sein d'une famille française qui lui oppose un silence hostile. Cultivé, le soldat espère que les deux nations se réconcilieront un jour mais il comprend que le Reich est lancé dans une guerre suicidaire et apocalyptique. Koestler décriait ce récit « artificiel, pas crédible et même stupide et néfaste ». Il avait l'art de se faire des amis (et d'alimenter le marketing autour de lui en déboulonnant les idoles). Jean Dutourd, qui s'imposerait bientôt avec son roman sur l'occupation *Au bon beurre*, se rappelle dans son petit livre *Les Voyageurs du Tupolev* que la romancière Elsa Triolet, épouse du puissant poète communiste Aragon, traita Koestler de « scélérat, de méchante bête, de nazi, d'agent provocateur qui détestait la France… »

Dans un article virulent[9], Pierre Courtade lui reprocha sa collaboration avec un hebdomadaire « d'extrême droite », le pourtant très gaulliste *Carrefour* dans lequel Koestler attaqua violemment le Parti communiste français sous le titre : « J'ai trouvé en France un cheval de Troie » : « Le pays a perdu sa souveraineté nationale. L'histoire n'offre pas d'exemple d'une grande puissance tombant au rang d'une nation de troisième ordre… Perdant sa puissance, Athènes est restée florissante, et Rome est entrée en décadence. » Comment la nation de Jeanne d'Arc recouvrerait-elle sa majesté alors que « le parti numériquement le plus puissant de la France actuelle fait ouvertement profession de fidélité et de loyalisme à l'égard d'une puissance étrangère[10] ». Le Parti communiste, inféodé à Moscou, dénonçait Koestler, se livrait aussi à de basses vengeances. Il réclamait l'invalidation parlementaire d'Édouard Daladier et de Paul Reynaud, désirant les châtier pour avoir arrêté en 1939 des chefs communistes qui prêchaient la non-résistance aux nazis et le sabotage de la « guerre impérialiste ».

Koestler bataillait dur. La polémique l'excitait. *Carrefour* publia aussi les bonnes feuilles de son essai déjà très controversé avant sa parution en France, *Le Yogi et le commissaire* (dont on disait que le gouvernement travaillait à en interdire la publication, le jugeant « inopportun politiquement »). Koestler y blâmait le « travail forcé en URSS » et la dissolution de millions de forçats dans les constructions du canal de la mer Blanche et du Transsibérien, tués au travail, morts de famine ou de maladies. « 10 % de la population soviétique a disparu des statistiques », note-t-il, évoquant la censure. « La presse soviétique est une presse dirigée à un point tel que la presse nazie n'a jamais atteint. »

Chacune de ses phrases provoquait le scandale. Il en prononça une autre, beaucoup commentée, qui passa mal : « Rien n'est pire que la mort d'une illusion. » Il sonnait la fin de la récréation, messager funeste, rabat-joie détestable.

Les attaques contre lui ne vinrent pas que du Parti communiste. Des féministes s'écharpèrent autour du *Zéro et l'Infini*, reprochèrent au livre son atmosphère masculiniste : « Il est le modèle des livres dont les femmes n'achèvent jamais la lecture. Nous voici dans un monde où règne inexorablement l'implacable logique abstraite que jamais n'entrave ou n'assouplit l'empirisme féminin[11] », s'émut une certaine Gabrielle dans *La Croix du Nord*.

La journaliste et romancière Danielle Hunebelle exprima un avis légèrement différent. Elle eut le plaisir de croiser Koestler le long de la Seine, très intimidée car la parution du *Zéro et l'Infini* fut le choc de ses vingt ans. Elle brossera un joli portrait de lui dans *Les Cahiers de L'Herne* : « Attachant, fraternel, torturé, un peu énigmatique et mystérieux sur les bords, assez imprévisible pour n'être jamais ennuyeux, émotif, sensible aux signes, pas livresque pour un sou, actif[12]... » Elle reconnut chez lui ce mirage dans lequel les femmes s'absorbaient : il était plein d'imagination.

À toutes ces diatribes, Koestler répondait que s'il avait vécu en contemplant les vertes prairies des campagnes françaises au lieu des pics abrupts des Carpates, il aurait été plus indulgent. Tout le monde voulait voir la bête curieuse, débattre avec lui, comprendre son histoire, des anonymes aux personnalités. Il traînait un parfum de scandale, des salons cossus du milieu littéraire à la rue orageuse. Il croisa Truman Capote, alors juste un chroniqueur mondain loin de sa grande œuvre à venir (le célèbre *De Sang Froid*). La rencontre dans un bar entre les deux hommes éméchés ne fut pas sereine si l'on se fie à ce que l'écrivain américain rapporta dans un texte paru bien plus tard, *Prières exaucées*, où il traita Koestler de « nabot agressif, toujours prêt à faire le coup de poing ».

Sa notoriété lui ouvrit même une porte qu'il n'aurait pas cru pouvoir pousser, celle des existentialistes, un groupe dirigé par le philosophe Jean-Paul Sartre et la romancière Simone de Beauvoir qu'il n'aurait jamais espéré observer contre lui, alanguie sous les draps.

Ils avaient couché ensemble. En sortant de sa nuit avec elle, il eut envie de l'insulter, de parler politique même si les circonstances ne s'y prêtaient pas. Qu'une marxiste s'éprît de lui l'avait rempli d'une agréable perversité mais maintenant, c'était une forme de dégoût qui l'envahissait sans doute parce que leurs ébats, sûrement à cause de l'alcool, n'avaient pas été à la hauteur de ses attentes. Elle possédait un caractère glaçant, fort qui aurait pu l'intimider, et pourtant, elle l'avait suivi, assez docilement jusqu'au lit d'amour, et semblait ne pas tenir compte des invectives qu'il lui balançait, prête à le suivre dans des clubs où elle ne se commettait pas. Mamaine ne se doutait pas de l'infidélité de son amoureux, ni qu'elle-même allait exercer sur les écrivains français un attrait inattendu. Quand elle arriva à Paris, Camus lui offrit des roses. « Je le crois amoureux de moi », écrirait-elle à sa sœur. Tous deux partageaient un mal, la tuberculose qui les rapprocha. L'auteur de *L'Étranger* emmena Mamaine à Avignon pour un week-end romantique mais ne se déclara jamais vraiment. Koestler n'en voulut jamais à Camus d'aimer sa femme.

Après la soirée qui le vit se battre soûl avec les existentialistes à la suite d'une discussion orageuse et au cours de laquelle Camus reçut par mégarde son coup de poing destiné à Sartre, scène que nous avons racontée au début de cet ouvrage, Koestler déposa chez Simone une longue lettre d'excuses, ne souhaitant pas fâcher le groupe qu'il admirait malgré tout, fier d'être accueilli en leur sein, de fréquenter des personnalités avec lesquelles il parlait littérature et politique même si leurs idées le heurtaient profondément et suscitaient en lui une violence irrépressible. Il regrettait d'avoir frappé Camus, cet homme si aimable, qui était son seul soutien dans les cercles de gauche. D'ailleurs, Camus appela Sartre, tellement désolé de leur stupide bagarre d'ivrognes, et ramassa les bris de verre. Koestler accepta la réconciliation, mais à peine exprima-t-il à son tour ses regrets qu'il ne put s'empêcher de faire le faraud :

— Au fait, Albert, tu as vendu combien de *La Peste* ?

— Nous en sommes à un tirage de 80 000, répondit sobrement Camus.

— Eh bien moi, mon *Zéro et l'Infini* est monté à 200 000.

Simone de Beauvoir levait les yeux au ciel devant l'attitude enfantine de Koestler. Cet homme s'émerveillait de ce qui lui arrivait. Soucieux des ventes de ses ouvrages, il ne cessait d'appeler son éditeur à Londres et le contraignait à lui lire les coupures de presse.

Mais Sartre ne manquait pas une occasion de l'humilier. Il assista atterré à la représentation du *Bar du crépuscule*, rappela qu'il avait écrit la pièce remarquée *Les Mains sales* et conseilla à Arthur d'abandonner le théâtre quand Simone eut envie de lui dire de continuer à écrire des romans plutôt que de s'adonner à la philosophie et de laisser cela aux personnes compétentes. Puis leurs soirées tournèrent de nouveau au vinaigre. Aucune ne s'achevait sans disputes et fâcheries. « Vous êtes des intellectuels de salon, de la Rive gauche. Vous ne savez pas ce que j'ai vécu », hurlait Koestler. Et lorsqu'un ami passablement agité, Jacques-Laurent Bost, vint défendre le Parti communiste, Koestler renversa une table. « Pourquoi l'as-tu invité ? », reprocha-t-il à Simone. Il partit une fois de plus en claquant la porte, disant à Sartre : « Cette fois nous sommes ennemis. » Quand Jean-Paul Sartre apprit qu'Arthur Koestler avait été sollicité pour superviser une édition américaine des *Mains sales*, il s'y opposa sans doute parce que ce *foutu Hongrois* était mauvais en théâtre et qu'il ne tenait pas à laisser un anticommuniste s'occuper de son œuvre.

Koestler fut déçu. Qu'espérait-il ? Le banni revenait, passait au Café de Flore, espérant trouver Simone pour lui offrir un verre de vin blanc. Il allait, venait, disparaissait, ressurgissait, buvait, flambait, paraissant n'avoir rien d'autre à faire. Simone n'était plus dans les mêmes dispositions, tombée follement amoureuse d'un jeune Américain, Nelson Algren à qui elle adressait des lettres enflammées, se justifiant, pleine de regret, de la nuit qu'elle avait passée avec l'aventurier de Budapest : « Koestler essaie de renouer avec moi, mais comme je vous l'ai expliqué, je n'y songe pas, pour plusieurs raisons, et principalement mon amour pour vous qui tue en moi la curiosité et le goût des petites aventures[13]. »

Elle décrit l'auteur du *Zéro et l'Infini* comme « bizarre, intéressant », effrayant quand il boit, se transformant en monstre suffisant. Dès que l'alcool se dissipe, il redevient « amical et sincère ». « Il ressassait ses griefs contre la Russie de Staline », écrira-t-elle dans ses mémoires, *La Force des*

Choses[14]. « Nous ne prîmes pas au sérieux sa morosité. Nous ne mesurions pas la frénésie de son anticommunisme. » Elle jugeait *Le Zéro et l'Infini* inexact mais habile et passionnant, regrettant qu'Arthur Koestler s'acoquinât sous prétexte d'anticommunisme avec les pires journalistes réactionnaires. Nous reconnaîtrons sans mal Arthur Koestler sous les traits de Scriassine dans le roman de Simone de Beauvoir, *Les Mandarins* : « Ce visage triangulaire aux pommettes saillantes, aux yeux vifs et durs, à la bouche mince et presque féminine, ce n'était pas un visage français ; l'URSS était pour lui un pays ennemi, il n'aimait pas l'Amérique : pas un endroit sur terre où il se sentît chez lui[15]. »

À travers les lettres qu'elle envoie à Nelson Algren, nous voyons se dégrader sa considération pour Arthur Koestler. Elle dépeint un homme qui perd son humour, se détourne d'un bon dîner que leur a préparé Francine Camus, gâche l'ambiance, veut à tout prix parler politique et science alors que Sartre et elle tentent d'éviter les sujets de discorde, se permet d'inviter malgré les mises en garde de Sartre et Simone un « odieux Américain magouilleur », proche du président Truman[16], un Juif antisémite haïssant les Noirs apprécié de Koestler juste parce qu'il est anticommuniste. « La soirée fut assommante », conclut-elle, prélude à tant de sorties désastreuses qui amène Simone à dire : « Sartre et moi avons compris que désormais toute amitié avec lui est impossible[17] », « un homme terrible en tout instant en démêlés avec femmes ou amis ». Les années n'atténuèrent pas la rancune de Simone de Beauvoir : « Le pédé américain m'a rapporté que Koestler persévère dans ses comportements, il se soûle et se bat. Aux États-Unis, il invite du monde sur son île pour les week-ends puis se soûle et tabasse. Il ne lui reste plus un seul ami là-bas, pas plus que dans les autres pays. Quand il n'a personne d'autre sous la main, il bat sa femme. Certes il a toujours couru la gueuse, mais récemment il s'est mis à en amener chez lui de la pire espèce[18]. »

Elle ne le supporte plus, refuse de lui parler, le fuit : « Son gros chien a vomi sur le tapis et ensuite ravalé le tout. J'ai pensé en vomir moi-même, aussi dégoûtée par Koestler que par son chien[19]. »

28

Il ne sera jamais George Orwell !

Il dut rentrer en Angleterre afin de préserver la santé de Mamaine, d'une pâleur qui la rendait belle par sa fragilité. Elle décida de se reposer en Suisse, au grand air, pour soigner ses poumons puis revint quelques semaines après car Arthur lui manquait et elle voulait accompagner la promotion de son nouveau roman, *Des Voleurs dans la nuit*, sorti en octobre 1946 (sa traduction française paraîtrait en mars 1947 sous le titre *La Tour d'Ezra*). Elle croyait beaucoup dans ce livre. Il avait imaginé une belle histoire. Son héros Joseph prend conscience de sa judéité lorsqu'il s'éprend d'une femme fasciste antisémite. Sa « bien-aimée » se moque de lui. Il décide alors de gagner la Palestine et d'intégrer un groupe de missionnaires qui veulent édifier leur colonie et la Tour d'Ezra, une protection contre les attaques des Arabes. Parmi eux, se trouve une jeune rescapée juive allemande, Dina, plutôt joyeuse, dont il tombe amoureux. Mais elle ne peut faire l'amour avec lui à cause des tortures qu'elle a subies dans le camp de Buchenwald. « Au moindre contact, elle avait la chair de poule, et son visage commençait à trembler. » Elle ne supporte pas que l'épaule d'un homme la frôle, essaie d'oublier « certaines choses qu'on lui a faites » pendant les mois où elle a été enfermée. Le roman baigne dans la clarté lunaire, le désert, le mystère fascinant d'une terre que Joseph et ses hommes tentent de défendre, perdant leurs illusions jusqu'au cynisme et au terrorisme. C'est un joli roman malgré l'emploi trop fréquent du mot « race » propre à l'époque et malgré son manichéisme. Koestler représente une population arabe retardée, des veuves aux visages abrutis, « fanés à vingt ans, portant des nourrissons sales, couverts de mouches, accrochés à leurs seins pendants... » Il ne traite pas mieux les Anglais joyeusement caricaturés : « Ils se sont montrés gentils et sympathiques mais ils n'avaient aucune idée de ce qui se passait. Ils vivent dans la lune, une douce lune remplie de gazons et de courts de tennis. Lorsqu'ils mettent le pied sur notre terre brûlante, ils perdent l'équilibre. »

Le public anglais réserva à ces *Voleurs dans la nuit* un bel accueil mais le roman se vendit encore mieux aux États-Unis (cinquante mille exemplaires) parce que peu d'ouvrages traitaient de ce sujet. Le *New York Times* en donna une bonne appréciation : « Avec brio et une profonde passion, Koestler a su saisir l'espoir et le rêve, la forte intensité émotionnelle, la terreur et l'héroïsme, la violence et le mysticisme qui dominent la lutte juive en Palestine. L'humeur et l'esprit de cette lutte, rendus plus poignants par l'ironie tragique de la lutte fratricide entre Hébreux et Arabes, sont décrits en termes dramatiques si humains et compréhensibles, et la pitié et la terreur de celle-ci sont si puissamment capturées que *Voleurs dans la nuit* devient un autre document inoubliable de Koestler sur la maladie désespérée de notre temps[1]. »

Il fut inondé de réactions passionnelles, bien plus positives que celles suscitées par son grand roman sur les procès de Moscou. Parmi les messages, il reçut une lettre de son ancienne amoureuse Daphne Hardy qui suivait toujours son travail et vivait mal d'en être écartée, persuadée que la réussite du *Zéro et l'Infini* était un peu la sienne et qu'elle obligeait Koestler à la solliciter. Elle venait de terminer *Des voleurs dans la nuit*.

« Tu as dit : la fin ne justifie pas les moyens. Ce roman contredit tes idées », lui rappela-t-elle. « J'ai dit ça ? », s'étonna-t-il, assurant que parfois une cause appelait la violence. Cette question le travaillerait toute sa vie. « Je n'ai jamais été un pacifiste. » Détruire Hitler et Staline ne s'accomplissait pas avec des fleurs.

Il ne reprochait jamais à Daphne sa franchise mais se souvenait d'une autre lettre peu aimable qu'elle lui avait adressée : « Je t'ai vu comme beaucoup d'autres t'ont probablement vu, querelleur, mal élevé, égocentrique et ennuyeux, et je me suis dit : "Mon Dieu, voici ce qu'il est, et je ne l'ai pas vu ?" J'espère que tu n'as pas circoncis ton pauvre chien Puppy, ou que tu n'en as pas fait un alcoolique chronique comme toi[2] ? »

Elle l'inondait de griefs mais demeurait une amie fidèle, le soutenait dans les moments difficiles de sa vie. Lorsque l'épouse de Koestler s'évanouissait et séjournait à l'hôpital, Daphne se précipitait à son chevet, apportait des vêtements, redonnait du moral à toute la famille, Celia, Arthur... Mamaine ne se plaignait pas. Même au plus bas de sa forme, elle demandait toujours des nouvelles de la vie littéraire. Parmi les nombreux messages qu'elle recevait, ceux, nombreux, d'Albert Camus l'apaisaient. Il la rassurait sur sa propre santé, cette tuberculose qui leur empoisonnait la vie à tous les deux. Il s'inquiétait pour sa femme Francine. Mamaine le réconfortait, lui demandait s'il avait été approché pour écrire dans la *Partisan Review* qu'elle lisait sur son lit d'hôpital. Avait-il vraiment quitté la revue *Combat*, comme Francine le prétendait ? Parfois, il apparaissait, les bras chargés de fleurs. Cette période ne déplut pas à Mamaine. Du coup, revenir à Bwlch Ocyn ne l'excita pas car la réclusion qu'Arthur s'imposait la faisait languir.

À son retour, Mamaine commanda un piano Bechstein malgré le peu d'enthousiasme d'Arthur qui préférait les marques allemandes plus adaptées au rude climat anglais. « C'est moi qui jouerai », lui signifia-t-elle pour clore la conversation. Sans doute espérait-elle sortir son mari de ses périodes de prostration où il ne disait mot, traînait du salon à la cuisine, se posait sur le canapé, le regard vide. Ce genre d'abattement pouvait durer plusieurs mois. Il peinait sur la page blanche, et son impuissance le jetait dans une colère froide. Puis le plaisir revenait, sans prévenir. Arthur sonnait le branle-bas de combat à quatre heures du matin, travaillait jusqu'à sept, interrompait son travail pour rédiger un article sur le « Futur du socialisme » à destination de la *Partisan Review*, la publication de la gauche américaine fondée en 1934 en souvenir du journaliste et activiste américain John Reed qui couvrit la Révolution russe. George Orwell y collaborait.

Koestler appréciait plus que tout les articles de son ami, sans prévoir qu'il entrerait bientôt dans la légende. En 1949, Orwell publia le livre mystérieux dont il parlait pendant leurs soirées, sous un titre énigmatique, *1984*. Ce fut pour Koestler un choc heureux et dévastateur. Orwell venait d'écrire un roman fabuleux sur la dictature du futur, régie par la robotique, la prééminence intrusive et absolutiste de la caméra. Cette dystopie prédisait les réseaux sociaux, Internet, avec ces deux minutes de haine au cours desquelles d'honorables citoyens se réunissent devant un écran et jettent des projectiles sur la photo d'un ennemi public. L'anti-héros se promène seul dans la rue, embarrassé car la tyrannie qui voit tout grâce à Big Brother pourrait l'accuser d'individualisme, d'indépendance, un crime punissable. Le pouvoir totalitaire ne pense qu'en termes de collectivité, de groupe.

Arthur Koestler fut impressionné. Il savait que la vision tranchée et sans ambigüité de George Orwell contre tous les totalitarismes, même ceux qui n'existaient pas encore, l'amènerait plus loin que les atermoiements d'un ex-communiste honteux favorable à l'instauration d'un socialisme démocratique. Orwell avait écrit une scène de torture insoutenable. Un homme était tabassé, jeté sur la pierre froide de sa cellule, les testicules en feu, le coccyx démoli. Cette violence représentait bien le tempérament sombre de son ami. Dans une interview à la BBC, Koestler rapportera une conversation qu'il eut un jour avec Orwell : « Quand je suis dans mon bain le matin, qui est le meilleur moment de la journée, j'imagine mes ennemis subissant des tortures », lui dit l'auteur de *1984*. Et Koestler répondit : « Moi, quand je suis dans mon bain, je m'imagine torturé moi-même[3]. » L'hédonisme les séparait mais leurs cauchemars formaient un lien organique entre eux. Pourtant, Orwell montrait une grande douceur à l'égard de son fils Richard, le baignait avec beaucoup de soin et d'amour, obéissait à tous ses caprices, et, éclaircie rare, il souriait parfois. « S'il avait pu être aussi indulgent avec mes livres », songea Koestler qui, en l'absence du papa, était chargé de veiller le petit garçon.

1984 plaça Orwell tout en haut de la littérature mondiale. Les éditeurs français se bousculaient pour le traduire. Koestler espéra le convaincre de céder les droits du chef-d'œuvre à son propre éditeur, Calmann-Lévy, mais l'affaire traîna en raison de la santé délicate d'Orwell et ce serait finalement Gallimard qui gagnerait le gros lot.

Koestler ne pouvait que constater la santé déclinante de son ami. Quand Orwell apparaissait à Bwlch Ocyn, c'était accompagné de sa jeune admiratrice, une beauté blonde, Sonia Brownell, qui travaillait au Foreign Office et dont les critiques disaient qu'elle avait inspiré le personnage de « Julia » dans *1984*, cette créature fanatique anti-sexe, ambiguë avec les hommes, partisane de la dictature. Orwell l'aimait mais Sonia le repoussait gentiment. Elle l'aidait à langer Richard et couchait avec George « parce qu'il le fallait bien ».

Mamaine et Koestler regardaient cet étrange ménage avec un mélange de tendresse et de fatalité. Ils préféraient leur vie tranquille. Arthur travaillait toute la journée dans la pièce du haut puis il descendait, préparait un bon feu dans la cheminée. Mamaine et lui dînaient en contemplant les flammes. C'est ainsi que passaient les hivers londoniens. Il se morfondait dans cette île morne et vertueuse qu'était la Grande-Bretagne comme il l'écrirait dans son livre *L'Ombre du dinosaure*[4]. Pourquoi ne profiterait-il pas de l'argent que lui rapportait *Le Zéro et l'Infini* ? Mamaine aimait bien changer d'air et peut-être l'air de la France l'apaiserait-elle.

Il acheta une villa, Verte-Rive, au bord de la Seine, à Fontaine-le-Port, en face de Fontainebleau. Non loin, s'étendait une forêt où il irait quérir l'inspiration. Il savait que son nom seul était détesté au Café de Flore et ailleurs mais cette haine l'excitait, et il avait toujours envie de s'y confronter.

Il prit plaisir à aménager sa nouvelle propriété, paraissant heureux en souvenir de l'époque où il avait été pauvre, mais quelque chose l'empêchait de savourer le bonheur, même les visites n'y faisaient rien, à l'exception de celle de son ami politicien Michael Foot, surtout qu'il était accompagné de sa belle épouse Jill Craigie. Il crut que recevoir ce metteur en scène américain Sidney Kingsley, accompagné de sa belle épouse comédienne Magde Evans, l'enthousiasmerait. Il déchanta. L'homme envisageait adapter sur une scène de Broadway *Le Zéro et l'Infini* dont il avait acheté les droits. Koestler ne fut pas surpris car il avait bâti son roman comme une pièce, et l'aurait bien théâtralisé. Kingsley ne comptait pas l'impliquer et avait même achevé le premier acte (sur les trois). Koestler en prit ombrage. Quand il lut le texte de Kingsley, il affecta de l'apprécier mais jugea le résultat superficiel, dépourvu de ce qui faisait l'identité de son œuvre, ses questionnements philosophiques et politiques. Le public américain n'aurait qu'une vision imparfaite de ce qu'il avait voulu dire. Quel gâchis ! Il proposa – une belle idiotie – d'offrir ses royalties aux écrivains réfugiés. Kingsley protesta, craignant une publicité politique tapageuse. Koestler le congédia un peu froidement.

D'autres invités défilaient. Il accueillit le philosophe français Raymond Aron qui lui proposa la rédaction d'un livre, *Le Dieu des Ténèbres*, sur ses souvenirs communistes, et son vieil ami Wolfgang von Weisl.

À peine installé, il se remit à ses tâches herculéennes. Souvent, il appelait Mamaine car il avait un chapitre à finir, et elle s'asseyait près de lui, puis annotait les feuilles. L'ouvrage, *Insight And Outlook* (aperçu et perspective) marquait les débuts de ses ouvrages scientifiques. Il interrogeait la création artistique, philosophique, complexe. Il s'énervait quand il peinait à rendre clairement sa pensée. Mamaine encaissait ses remarques acerbes. Qu'elle comprît mal l'une de ses corrections ou posât une question sur une tournure de phrase, il se fâchait puis le regrettait. Une longue partie était consacrée à l'humour et elle trouvait incroyable qu'un thème pareil occasionnât tant de colère. « Rien ne prouve que M. Koestler ait jamais entendu parler d'humour aimable ou bienveillant – ou du comique qui, comme Platon l'a vu il y a longtemps, se distingue à peine de la tragédie, du rire qui est au bord des larmes », critiqua le *New York Times* qui regretta le côté fourre-tout du livre[5].

Pour se faire pardonner, Koestler dédia *Insight and Outlook* « à Mamaine pour sa patience remarquable, envers le livre et son auteur ». Mais l'ouvrage laissa plus de traces chez Mamaine, éreintée, que dans l'histoire des idées. « Il te faut une assistante ! », suggéra-t-elle. Arthur en avait conscience. Il passa une annonce dans la presse : « Écrivain recherche secrétaire. » De nombreuses jeunes femmes répondirent.

Il les fit venir dans la villa de Fontaine-le-Port, mais aucune ne lui plut. Puis une candidate, Cynthia Jefferies, arriva, extrêmement rougissante, sans très bien savoir si elle avait le droit de s'asseoir, baissait la tête dès qu'il lui posait une question en tendant l'oreille car il n'entendait rien de ce qu'elle baragouinait. Il comprit qu'elle était originaire d'Afrique du Sud, vit sa date de naissance sur les papiers administratifs, le 9 mai 1927 au Cap, et elle habitait à Paris dans un appartement qu'elle partageait avec sa mère. En lisant l'annonce, elle avait réagi très vite car, dirait-elle, « j'avais longtemps souhaité travailler pour un écrivain[6] ». Elle lisait beaucoup, préférant les héros imaginaires des livres aux gens qui l'entouraient. Elle avait commencé un roman de cape et d'épée, imaginé un dandy de la Régence qui traversait des aventures romantiques, ébauché plusieurs pièces de théâtre mais elle avait déchiré toutes ses tentatives. Quand Arthur Koestler s'approcha, la main tendue, elle lui trouva l'air fatigué, marqué par ses yeux cernés. Il ouvrit un exemplaire du *Zéro et l'Infini* et commença à dicter un passage qu'elle devait noter en sténo. Le test fut certainement bon car il l'engagea. Elle classerait son courrier, répondrait aux lettres. Elle se renseigna auprès d'un ami roumain sur Koestler. « Tu vas travailler pour lui ? C'est du lourd », lui répondit-il impressionné.

L'Étranger du Square, ce manuscrit qui sera trouvé dans les papiers de Koestler, offre à entendre la douce voix aimante de Cynthia. Elle y raconte sa vie auprès du romancier, leurs proches. Elle semble s'étonner que Daphne vienne si souvent dîner avec son mari Henri, intriguée par cette jeune femme à l'expression mélancolique et aux manières brusques. Elle voit Arthur s'inquiéter pour Mamaine qui prend des coups de froid et s'allonge après le repas en toussant. C'est elle, la reine des lieux, lors des promenades en barque sur le lac ou au centre des banquets. Les regards et les conversations convergent vers elle pendant que Cynthia attend dans l'ombre et sent naître l'amour. Elle guette vainement un signe et, avouera-t-elle plus tard, elle songe au suicide. « Cynthia est horriblement charmante », dira Mamaine à sa sœur. Les rires de l'épouse officielle envahissent la forêt de Fontainebleau et l'eau tranquille. Elle montre de la joie ou de la tristesse, au gré de sa santé, tient un salon qui réunit des sommités comme Wolfgang von Weisl, l'amante de Virginia Woolf, Vita Sackville-West, Sonia Orwell… Et Daphne !

Et Cynthia servait, distribuait les collations, toujours souriante, précieuse quand Koestler se rendait à Paris. Elle connaissait des endroits à la mode comme le Saint Yves, un petit hôtel au 4 rue de l'Université, qu'Arthur n'appréciait pas. Cynthia bondissait et dansait sur les orchestres de be-bop devant Mamaine qui hésitait entre compassion et rires. Arthur consultait sa montre, à minuit bien sûr. Il pensait à sa cellule espagnole.

Tous les trois rentraient tard. Cynthia regagnait avec amertume sa « chambre d'amis ». Elle rêvait de voyager seule avec Arthur mais redoutait en même temps sa présence. Quand il lui parlait en français, elle paniquait, car si elle ne comprenait pas, il se mettait en colère. Elle répondait comme elle pouvait, rougissante. Chaque fois qu'elle l'accompagnait en déplacement, elle s'attendait au pire mais le meilleur arrivait aussi. Sur un bateau vers Boulogne-sur-Mer, il commanda du champagne et lui raconta au soleil couchant ses souvenirs.

Elle aimerait beaucoup cette vie que des drames assombrissaient. La disparition de George Orwell en janvier 1950 jeta un voile noir sur la maison. Il n'avait que 46 ans. Koestler adorait cet homme droit, honnête, qui ne l'avait jamais épargné (et pouvait être aussi dur avec lui-même). Il savait que son œuvre n'égalait pas celle d'Orwell, riche de nombreuses pépites, l'allégorique *Ferme des Animaux*, le méconnu mais superbe *Une histoire birmane* ou *Hommage à la Catalogne*, sans oublier bien sûr *1984*.

Peu de temps avant son décès, Orwell avait épousé l'ancienne secrétaire du magazine *Horizon*, Sonia, sur son lit d'hôpital, une décision qui donna à cette femme le mauvais rôle mais elle permit au grand visionnaire de mourir dans la sérénité. Le petit Richard serait protégé ! Koestler fit son éloge funèbre dans *The Observer* : « Il était homme rude envers lui-même. Son intransigeance le faisait paraître presque inhumain. Il gardait sa compassion pour les foules des grandes villes aux visages osseux, aux mauvaises dents, aux manières polies. Le seul écrivain de génie. » Il perdait un homme qui, malgré ses avis durs, le comprenait, le défendait contre les attaques. Sonia sollicita ses conseils pour une édition des œuvres d'Orwell puis ils se soûlèrent toute la nuit.

Mamaine assista à ces terribles noces funèbres, bouleversée. Elle oublia sa tristesse quand Arthur Koestler la demanda en mariage. La cérémonie eut lieu le 15 avril 1950 à Paris, dans l'ambassade britannique. Cynthia y assista au premier rang, pleine de souffrance. Elle dut aller chercher Koestler ivre au Café de Flore.

29

L'impossibilité de vivre avec une femme

Réveillé de sa gueule de bois et de son mariage, il s'appliqua à préparer le Congrès pour la liberté de la culture qui devait se tenir à Berlin le 26 juin 1950. Il se réjouissait d'y participer et de représenter, lui, le petit Hongrois presque apatride, les lettres britanniques aux côtés de Bertrand Russell et de Richard Crossman. La délégation française était emmenée par Léon Blum, André Gide, François Mauriac et Albert Camus. L'Amérique avait envoyé ses merveilleux romanciers : Dos Passos, Carson McCullers, le dramaturge Tennessee Williams, et la veuve du président Roosevelt, Eleanor. Quelle belle victoire pour tous ces écrivains de se réunir, à quelques mètres de la Porte de Brandebourg, sur les cendres du nazisme, et face au monstre communiste qui semblait se craqueler. Koestler monta sur la tribune et s'exprima en allemand : « La liberté est passée à l'offensive. Il n'y a pas de tolérance à l'égard de l'intolérance », lança-t-il. « Aucune race, nation, classe ou religion n'a le droit de revendiquer le monopole de la conception de l'interprétation de la liberté. » Il avait chaud, se sentait épuisé, mais quand il descendit de sa chaire, une clameur immense accueillit le discours du « rouge défroqué ».

Il passa du temps dans les rues de Berlin avec Richard Crossman qui se moquait de lui et ne comprenait pas comment l'auteur du *Zéro et l'Infini* avait pu dans sa jeunesse adhérer au Parti communiste. Les deux hommes pensèrent qu'un ouvrage de repentis intéresserait les lecteurs. Ils établirent une liste de six figures littéraires, bien suffisante, car ni Crossman ni Koestler ne tenaient à grossir le « flot des anticommunistes » et si les noms étaient de qualité, la force de leurs récits frapperait les consciences. Ils demandèrent à l'un des fondateurs du Parti communiste italien, Ignazio Silone. Curieusement, Koestler hésita à intégrer Richard Wright, auteur du chef-d'œuvre *Un enfant du pays*, ne le jugeant pas assez illustre ni très identifiable politiquement. Finalement, il obtint son accord. Il aurait bien aimé que Malraux y participe. Le chantre de *La Condition humaine* déclina, comme Hemingway. Mais André Gide, le journaliste Louis Fischer, l'amant de la regrettée Gerda, et le critique et poète Stephen Spender acceptèrent de raconter l'histoire et les raisons de leur engagement, de leur folie aussi. Koestler ne cachera pas sa déception devant les réponses incomplètes de ses amis, sans doute parce que ce genre d'aventure reste de toute façon mystérieuse et mystique.

Il regretta qu'Orwell et Camus n'aient pu figurer dans ce recueil collectif sur leur jeunesse. Le titre provisoire, *Les Illusions perdues* (*Lost illusions*), fut abandonné pour *The God That Failed* (le Dieu qui a échoué). Le recueil fut bien accueilli aux États-Unis. « Cet essai est l'un des plus beaux cadeaux offerts aux historiens qui écriront sur notre époque », s'enthousiasma Rebecca West dans la *New York Times Book Review*[1]. En 1950, Raymond Aron en proposa la traduction sous le titre *Le Dieu des ténèbres*, chez Calmann-Lévy dans sa collection « Liberté de l'esprit ». Dans la revue *Esprit*, Jean-Marie Domenach apprécia le projet, malgré le sentiment de nausée qui l'envahit, ne voyant pas non plus quel mérite avaient ces hommes à confesser leurs erreurs[2].

La question que Raymond Aron posait dans sa présentation les assassinait : « Comment est-il possible qu'un homme d'intelligence supérieure puisse livrer avec joie au Parti communiste l'indépendance de son jugement ?... Quel est le secret du pouvoir du Parti ? »

Koestler répondait : « La foi ne s'acquiert pas. Elle pousse comme un arbre. Son faîte tend au ciel ; ses racines s'enfoncent dans le passé et se nourrissent de la sève obscure et du terreau ancestral. » Le raisonnement n'y prenait jamais part, comme lorsque vous tombez amoureux d'une femme.

Il se réjouirait d'apprendre sa traduction en hébreu trois ans plus tard, chez Pales Press à Tel Aviv, où figurait le monument antistalinien *1984*. Depuis le succès de son roman *Des voleurs dans la nuit*, il pouvait compter sur de nombreux lecteurs en Israël.

Il soignait aussi le continent américain. La promotion de ses livres l'emmena aux États-Unis le 28 septembre 1950. Koestler partit seul. Mamaine avait un jour éclaté en sanglots, le suppliant de cesser de partir ou de rêver d'un ailleurs. Les voyages l'épuisaient, détérioraient sa santé. Et tous ces livres qu'ils transportaient en train ou en avion les tuaient. Elle promit de le rejoindre.

L'arrestation des époux Rosenberg, le maccarthysme faisaient la une des journaux. Il se perdit comme toujours dans les soirées, les réceptions, l'alcool. Il rencontra Hemingway, John Steinbeck, et cette romancière qu'il avait déjà croisée,

Patricia Highsmith, auteur du célèbre *L'Inconnu du Nord-Express* dont Hitchcock tournerait quelques mois plus tard l'adaptation. Elle trouvait « Arthur » avenant, et rencontrait un redoutable partenaire de beuverie. Un soir, ils s'étourdirent de gin et aussi soûls l'un que l'autre, terminèrent dans l'appartement new yorkais de Patricia Highsmith, au 353 East 56th Street. « Nous avons essayé d'aller au lit », note-t-elle dans son journal. « Un épisode lamentable, sans joie. Absurde, et je rougis de le coucher sur le papier : il a proposé que nous nous allongions et ne fassions rien, ce à quoi, bien sûr il n'a pas su se tenir[3]. » Elle ne supportait pas que des hommes montent sur elle et le sexe l'effrayait, le considérant comme une séance d'automutilation, même quand elle le pratiquait avec des femmes. Elle pleurait en se réveillant, malheureuse de ses échecs. « Arthur » se leva et enfila ses vêtements.

« Je ne pensais pas que ton homosexualité était si profondément ancrée », lui dit-il, navré.

Patricia Highsmith montra le paquet de feuilles sur son bureau, son roman personnel, *Carol ou les eaux dérobées* qui narrait la relation passionnelle entre deux femmes. Il ne dit rien et partit alors que le jour pointait timidement à l'horizon. Quelques semaines plus tard, elle apprit que l'éditeur Calmann-Lévy avait racheté les droits de *L'Inconnu du Nord Express*. « L'éditeur de Koestler, lequel, bien sûr, s'en attribue le mérite », ironise-t-elle.

Il ressortait de ses nuits, blessé. L'arrivée prochaine de Mamaine l'égaya. Il avait acheté sans le dire à son épouse une maison sur l'île de la rivière Delaware, en Pennsylvanie. L'adaptation du *Zéro et l'Infini* au Royal Theatre en juin 1951 avait remporté un grand succès. Sidney Kingsley respirait car il avait été placé sur la liste noire d'Hollywood pour ses sympathies communistes. Il espérait que son travail sur *Le Zéro et l'Infini* convaincrait le gouvernement qu'il n'était pas acquis à l'URSS. Il confia le rôle de Roubachov à Claude Rains, connu pour avoir interprété le célèbre *Homme invisible* de James Whale, et joué dans *Les enchaînés* d'Alfred Hitchcock. Puis, face à lui, se tenait une autre gloire du cinéma, Jack Palance, qui s'était révélé avec *Panique dans la rue* d'Elia Kazan, et tournerait bientôt le beau western *L'homme des Vallées perdues*, où il s'immortaliserait en tueur glaçant. Il campa le terrible procureur du *Zéro et l'Infini*, Gletkine et son incarnation impressionna la presse. Le public leur fit une magnifique ovation bien que la critique se désolât du parti pris spectaculaire de Sidney Kingsley.

L'argent de la pièce servirait, espérait-il, à financer son projet de Fonds pour la liberté des intellectuels (FLI) destiné à aider les écrivains réfugiés des pays totalitaires de l'Est, mais ses ressources ne suffisaient pas, et il échoua à convaincre d'autres donateurs.

Rien ne l'atteignait plus que la santé de Mamaine, sa véritable préoccupation de ces années-là. Elle épouvantait Koestler par sa pâleur. Il devait lui offrir un endroit serein où elle se reposerait. Il quitta les États-Unis, entreprit de chercher une résidence plus agréable en Angleterre que Bwlch Ocyn, repéra une résidence, Montpelier Square, à Londres, qui appartenait à un Lord écossais. Il l'acheta et y emménagea en août 1952. Cynthia habiterait avec eux. Montpelier Square donnait sur une place paisible ombragée de platanes où apparaissait l'ombre de maisons en briques aux portes laquées, entre des grilles couvertes de fleurs. Le soir, les lampadaires jetaient une douce lumière sur les fenêtres aux linteaux blancs.

Il aménagea la chambre de Cynthia, installa son bureau au troisième étage, poussa sa table de travail devant la fenêtre, face aux arbres du jardin. Il couvrit ses murs de livres.

Il était heureux de s'établir à nouveau en Angleterre même s'il affrontait la xénophobie de la population et de la presse. Mais le feu couvait toujours en lui, et Mamaine le suppliait de s'adoucir. « Aujourd'hui, K est irritable. Il semble avoir une phobie contre cette pauvre Cynthia, et toute sa mauvaise humeur est dirigée contre elle. J'essaie de la défendre[4]. » Les deux femmes faisaient bloc contre lui. Elles essayaient de bien se nourrir car Koestler se montrait ascétique. Cynthia ne supportait pas les querelles, estimait le Maître injuste, ce qui n'empêchait pas son amour secret pour lui de croître. Une fois qu'ils travaillaient ensemble, il l'embrassa et elle se laissa faire, consciente que cette étrange tendresse ne changerait pas sa situation dans l'immédiat. Koestler demeurait une ligne de lumière insaisissable. Quelques mois plus tard il partit en Italie avec une autre maîtresse très belle, Janine Graetz, qui travaillait dans le cinéma. « K convient d'une chose », admit Mamaine, « c'est qu'il ne peut vivre avec aucune femme, aussi parfaite soit-elle, et il est d'accord lorsque j'analyse son attitude comme une hostilité envers les femmes dérivée de sa haine pour sa mère[5] ».

Mamaine et lui se séparèrent. Elle voulait l'empêcher de voyager, le traitait d'égoïste, en larmes, c'est du moins ce qu'il croyait. Mamaine souffrait de la brutalité de l'homme qu'elle aimait. Elle fit sa valise et partit en pleurant. Elle s'installa à Londres, obtint un emploi chez l'éditeur d'art Derek Verschoyle. Mais Koestler ne cessa jamais de lui écrire, s'enquérant de sa santé. La maison de Montpelier sembla vide tout d'un coup. Cynthia, le cœur en lambeaux, espérait enfin que son moment était arrivé, mais il disparaissait, et elle guettait son retour, persuadée qu'il se lasserait de sa nouvelle conquête.

Pourquoi était-il parti en Italie avec cette Janine Graetz ? Parce que son mari Paul, producteur, envisageait de porter à l'écran *Croisade sans croix* sur un scénario de Jean Aurenche ? Coucher avec sa femme n'était pas la meilleure idée. Elle tenait Koestler par le sexe. Son autre addiction alcoolique l'éloignait de Cynthia. Lorsqu'il dîna dans les Dolomites en compagnie du romancier allemand Erich Maria Remarque et de sa femme l'actrice Paulette Goddard, il vida verre sur verre. Apprenti journaliste anonyme rêvant de littérature, il avait lu à Berlin le chef-d'œuvre de ce grand romancier, *À l'Ouest rien de nouveau*, et découvrit un homme comme lui, tourmenté, ombrageux. Leur soirée partit en vrille après que leurs deux épouses eurent regagné l'hôtel.

Il n'arrivait plus à écrire, se dispersait. Ce que Cynthia avait prévu se produisit. Il rentra, convoqua sa secrétaire, et lui donna les feuilles de son livre *The Age of Longing* (traduit sous le titre *Les Hommes ont soif*), un roman sur la guerre froide. Il essaya de se montrer prophétique, comme l'avait été George Orwell, imaginant l'invasion de l'Occident par une force totalitaire. Au milieu, une jeune Américaine, Heydie Anderson, s'éprenait du Soviétique Fedia Nitkitine et tombait dans le fanatisme avant de comprendre son erreur. Il dénonçait le manque de foi des nations démocratiques, leur lâcheté et leurs concessions, incapables de croire en elles-mêmes et de défendre leurs valeurs face aux dictatures. Pour Cynthia, ce fut une période heureuse. Elle ne touchait aucun salaire mais il l'hébergeait et elle avait le droit d'aller dans son lit, « folle de joie » de ces moments passés avec lui. Avait-il quitté Janine Graetz ? Elle l'espérait.

Il reniera ce livre paru en 1951 puisque la Troisième guerre mondiale ne survint pas. De toute façon, les critiques brocardaient ses fictions. Peut-être effectivement n'était-il pas un bon créateur d'histoires ? C'est pourquoi il n'avait jamais envisagé d'imaginer un roman inspiré de sa vie par crainte d'affadir les personnages de Münzenberg, d'Otto Katz ou de Jabotinsky. C'est ce que rapporta Mamaine dans une lettre à sa soeur[6]. « K, ajouta-t-elle [c'est ainsi qu'elle le nomme] ne serait jamais convaincant en tant que personnage, à moins de le diviser en dix personnages. » Il avait toujours besoin de Mamaine qui lui donnait de bons conseils.

Alors il poursuivit son autofiction qui était, avec *Le Zéro et l'Infini*, sa grande œuvre littéraire, puisque le plus beau personnage qu'il avait créé, c'était lui. Il publia les deux nouveaux tomes de ses mémoires, *Arrow in the blue*, en septembre 1952, et *The Invisible writing* en 1954, que Calmann-Lévy édita sous les titres *La Corde raide* et *Hiéroglyphes*. Le premier ouvrage racontait son enfance à Budapest jusqu'à son arrivée à Berlin en décembre 1931. Le second dénonçait la lâcheté des démocraties face aux régimes totalitaires et relatait toute sa période communiste jusqu'à sa rupture. Des rues chaudes de Berlin au soleil de Judée, les deux récits filaient à la vitesse des étoiles. Koestler avait comme modèles *Les Confessions* de Rousseau ou les livres de Gide. Il réussit à mêler mémoire personnelle et grande histoire comme Dos Passos ou Chateaubriand avant lui, évita les écueils, l'autojustification, le nombrilisme. Il racontait l'épopée d'un homme né au cœur de l'Europe et ballotté par les grands chocs tectoniques de l'idéologie, enveloppée dans une langue sèche et vivante.

Mais les journalistes ne le dorlotaient plus, le traitaient d'« opportuniste ». Ils voyaient ses renoncements, ses doutes comme un engagement versatile qu'il hissait au rang de vertu. Il fut déçu de l'accueil modeste de ses Mémoires en France. Beaucoup ne lui pardonnaient pas ses désillusions et démythifications. « Je n'ai pas idée si, dans cinquante ans, quelqu'un aura envie de lire un livre de moi mais je sais, en tant qu'écrivain, ce qui m'excite. C'est le désir de troquer cent lecteurs contemporains contre dix lecteurs dans dix ans, et contre un lecteur dans cent ans. J'ai toujours considéré cela comme la seule ambition légitime de l'écrivain[7]. »

L'actualité percuta douloureusement son œuvre où circulaient des personnages réels dont les vies n'étaient pas encore finies. Il s'installa dans son salon et alluma la radio pour suivre le procès du « groupe Slansky ». Staline réglait ses comptes avec les « félons » du Parti communiste tchécoslovaque et son secrétaire général Rudolf Slansky. Une quinzaine de prévenus grimpèrent dans la charrette. Les chaînes officielles de Prague dénonçaient les « traîtres ». Koestler apprit qu'Otto Katz dont il avait perdu la trace depuis des années, l'une des ombres de son œuvre dans *Hiéroglyphes*, faisait partie des accusés.

Il n'était plus le dandy flamboyant de Paris, « l'espion de charme au sourire mortel », « l'un des Russes les plus dangereux de son époque », avaient dit les services du MI5 britannique, mais un homme détruit, une plaie sanglante. Ses bourreaux lui avaient brisé la mâchoire afin de l'empêcher de parler. Il lui restait juste assez de moyens pour répéter mécaniquement qu'il était un scélérat, une pourriture. Oui, il avait bien espionné pour la France, dupé la Révolution. Marlene Dietrich suivait-elle le supplice de son « premier mari » ? La majorité des accusés étaient juifs. Koestler sentit des larmes lui venir quand il entendit Katz supplier qu'on le pende. Cet homme l'avait protégé, accompagné pendant la guerre d'Espagne comme un père protecteur. Ils avaient échangé sur la littérature, les femmes, et sa chute misérable – bien que les témoignages en Occident sur lui fussent terribles – l'attristait. Peu avant l'aube, le 3 décembre 1952, Otto Katz fut arraché à sa cellule, à moitié sonné, traîné jusqu'à une petite salle sinistre où il aperçut derrière ses paupières tuméfiées la corde qui allait mettre fin à son existence.

Après l'assassinat de Münzenberg, l'exécution de Katz soldait le passé de Koestler au sein du Komintern, sa jeunesse, avec tout ce que cette période de la vie transporte d'illusions, d'espoir, de foi, étrange souvenir presque irréel qu'il ranimerait dans ses livres comme une prière.

30

L'ombre de George Orwell

Sa vie, pensait-il, n'avait plus aucun intérêt, mais il retrouvait dans l'écriture de ses autobiographies sa fougue de jadis. La mort de Staline, le 5 mars 1953, fut une maigre consolation. Elle ne ressusciterait pas tous les morts que le communisme avait semés et qui habitaient ses souvenirs. Elle n'apaisait pas son mal-être, sa dépression.

Il avait beau semer des textes rageurs, dénoncer la folie des hommes, rien ne changeait. De cette fange qui coulait des pays de l'Est jaillirent des spectres, dont le cadavre supplicié du poète hongrois Endre Havas qui lui avait inspiré son roman *Croisade sans croix.* « Son corps fut traîné et utilisé pour jouer au football, et il fut laissé au milieu de ses excréments », écrira Koestler dans l'un de ses derniers livres, *La Quête de l'absolu.* Le stalinisme, il s'en rendait compte, même après la mort de son fondateur, semblait inoxydable.

Quand il s'éloignait de Mamaine et continuait à voir Janine Graetz, il pensait à son ancienne épouse et s'étourdissait dans le gin. Lorsqu'il apprit sa mort, le 2 juin 1954, il séjournait sur l'île d'Ischia, en Italie, dans la maison qu'il venait d'acheter avec Janine. Le choc le foudroya. Il rentra, prépara sans un mot les funérailles, aidé de Sonia Orwell et de Celia effondrée.

Puis il rentra à Ischia, erra de la plage à son bureau, incapable de travailler sur son nouveau roman entre les nuits et les querelles avec Janine, surtout quand elle lui annonça sa grossesse. « Je t'interdis de garder cet enfant », hurla-t-il. Elle refusa, les jambes tremblantes, et accoucha quelques mois plus tard d'une petite Christine. Janine réussit à convaincre son mari Paul Graetz qu'il en était le père. Plus tard, elle supplia Koestler d'accepter de rencontrer « leur » fille ou du moins de lui écrire une lettre mais il refusa.

Il ne voulait pas d'enfants. Fallait-il le hurler ? Cette obsession féminine mit fin à une autre de ses liaisons. La romancière britannique Elizabeth Jane Howard, une fine blonde gracieuse, connue aujourd'hui pour une grande somme romanesque, *La Saga des Cazalet* (et plus tard l'épouse de Kingsley Amis) en garderait un souvenir amer. Dans son journal, elle reconnaît avoir effacé de sa mémoire la plupart des événements de l'année 1955, à l'exception de la passion fulgurante qu'elle ressentit pour deux hommes, Arthur Koestler et Romain Gary. Elle rencontra l'auteur du *Zéro et l'Infini* en janvier lors d'un dîner chez la nouvelliste irlandaise Moira Verschoyle. C'était une jolie résidence entourée de jardins et de maisons victoriennes où circulaient des écrivains et des journalistes qu'elle ne connaissait pas. Elle s'ennuyait et songeait à rentrer quand un homme avec un accent d'Europe central très appuyé l'avertit que son verre était vide et le remplit. « Il me demanda ce que je faisais », se rappellera-t-elle. « Je lui ai dit que je travaillais pour un éditeur et écrivais des romans. Son énergie m'a séduite. Il m'a lancé une proposition : on dit au revoir à Moira et on va dîner. » Elle raconte la suite[1].

— Vous savez qui je suis ? demanda-t-il.

— Non.

— Arthur Koestler !

Il se mit à rire. « Elle ne sait pas qui je suis ! », s'amusa-t-il en se tournant vers Moira et les invités qui la regardaient avec une expression moqueuse. Jane rougit. « Non. Je ne sais pas qui vous êtes. » Puis un convive lui rappela qu'il était l'auteur du *Zéro et l'Infini*, que ce livre avait eu un grand impact aux États-Unis et qu'il avait mis un coup d'arrêt à la progression du vote communiste en France après la guerre. Ses amis aimaient le présenter comme une menace existentielle pour l'Union soviétique.

« Ah oui, soupira Jane. *Le Zéro et l'Infini* bien sûr. Mais je ne l'ai pas lu. » Elle s'excusa. Koestler usait d'arrogance et d'humiliation pour impressionner des jeunes filles peu sûres comme Elizabeth Jane (qui n'avait pas encore publié ses grandes œuvres). L'instant d'après, il racontait avec beaucoup d'attention la mort de sa femme.

Toutes ses manières, chaudes et froides, attiraient sur lui l'amour. Et Elizabeth Jane se laissa emmener à Montpelier Square. Elle remarqua un interphone à l'entrée, inhabituel à l'époque, à cause des menaces sur lui. Il gardait un revolver à portée de main près de son oreiller. « Il s'en amusait. Arthur pouvait dramatiser un salami raté ou un mauvais café mais il ne dramatisait jamais sa propre vie », dirait-elle. C'est lui qui relut son roman *The Long view* (traduit par *Le Long Regard*) qu'elle peinait à terminer. Il le lut, la félicita, lui donna des conseils, la compara au romancier Evelyn Waugh. « J'ai été flattée et mystifiée », en plaisantera-t-elle, éblouie par son énergie, sa pensée très complexe et riche, matinée d'émotions intenses, de tempêtes, de moments calmes, d'abattements.

Ils couchèrent ensemble avec au-dessus du lit la photo de Mamaine qui depuis l'au-delà ne ratait rien de la vie amoureuse de son mari. Cynthia dormait non loin, traversait la maison en silence, réduite à compter les conquêtes de celui qu'elle aimait, quinze au moins depuis la mort de Mamaine, dira-t-il dans son journal, ajoutant que son harem l'épuisait, qu'il rêvait d'une « Cendrillon infantile et inhibée, prête à toutes les brimades ».

Elizabeth Jane resta trois mois à Montpelier Square, fière de vivre avec l'un des intellectuels les plus célèbres de son temps. Elle se savait « inexpérimentée et stupide », offrait son corps devant ses colères, consciente qu'il pouvait ne pas rentrer un soir, devait assouvir ce qu'elle voyait comme de l'érotomanie. Il était une sorte de dynamo inépuisable et lorsqu'il passait un peu de temps chez lui, le soir, la table était mise, les bougies allumées et les convives débarquaient. Elizabeth Jane apprécia Celia, de santé aussi délicate que sa sœur, atteinte d'asthme. Autour des tablées, se tenait un autre habitué, George Mikes, un ami de longue date qui avait collaboré à des journaux prestigieux, *The Observer* ou *Encounter*. En 1952, il avait publié dans *The Times Literary supplement* un joli texte sur le poète hongrois Endre Ady et Koestler lui avait écrit, enthousiaste, lançant leur profonde amitié. Les deux hommes partageaient des souvenirs, ceux de l'Autriche-Hongrie où Mikes était né en 1912, et le judaïsme, sans oublier la littérature. Tous deux s'étaient réjouis de devenir des sujets britanniques comme pour se laver d'un lourd passé.

Elizabeth Jane profitait de ces moments précieux. Koestler recevait aussi des écrivains, des journalistes, d'anciens prisonniers de la guerre civile espagnole, des dissidents de l'URSS. Il leur proposait de raconter leurs souvenirs, affirmait que cela donnerait un bon livre. Certains repartaient même avec de l'argent.

Mais Elizabeth Jane commit l'erreur fatale : elle tomba enceinte et annonça à Koestler qu'elle souhaitait aller jusqu'au bout de sa grossesse malgré ses avertissements. « Un enfant ? », hurla-t-il. « C'est une abomination. J'en ai déjà eu une avec une Française qui a insisté pour le garder. Ça me suffit. » Il ne lui en avait jamais parlé. Elle ne savait pas si cette histoire était vraie. Il s'agissait bien sûr de Janine Graetz. Elle se jeta à ses pieds en larmes, le supplia de revenir sur sa décision mais il resta inflexible. « Avorter est illégal ! », s'étrangla-t-elle. « J'ai des amis qui peuvent faire ça », suggéra-t-il. Aucun des textes ne livre de précisions sur le médecin qui pratiqua le curetage ni dans quel endroit, mais l'enfant n'exista plus et Koestler ferma les portes de sa maison à Elizabeth Jane Howard. Elle fera allusion plus tard à leur histoire dans un roman, *After Julius*, et Koestler l'accusera de mentir. Puis ils se réconcilieront et préserveront des liens affectueux le restant de leur vie.

Elle ignorait qu'à cette époque, Koestler avait entamé une autre liaison avec une autre femme, fiévreuse, Joan Henry, qui avait été condamnée à un an de prison pour un chèque frauduleux. Elle avait relaté cette expérience dans un roman, *Who Lie in Gaol*, où elle dénonçait les conditions de détention. Ce livre avait assuré la notoriété de Joan. Lorsqu'elle rencontra Koestler, elle venait d'épouser le cinéaste John Lee Thompson qui avait adapté en 1954 son livre sous le titre *Filles sans joie* et serait bientôt célèbre pour sa réalisation de l'épique film de guerre *Les Canons de Navarone*. Leurs relations étaient orageuses. Koestler représentait une bouffée d'oxygène mais elle déchanta. Petit, nerveux, enflammé par les médicaments et l'alcool, il abordait la sexualité dans un rapport de domination. Se placer sous la femme ne lui plaisait pas. Il voulait la surplomber, en missionnaire, se montrait parfois brutal. « Et si on changeait ? J'en ai marre d'être épinglée comme un papillon », suggéra-t-elle, dialogue qu'elle rapporta au biographe Michael Scammell[2]. Il dut être séduit par la personnalité de Joan et ses souvenirs de détenue qu'il pouvait enfin partager, car il la demanda en mariage. Elle éclata de rire. « Moi ? Ça va pas ? Je suis déjà mariée, et pourquoi n'épouses-tu pas Cynthia ? » Il soupira. « Elle est immature et trop dépendante de moi. »

Dans l'obscurité de Montpelier Square, Cynthia le guettait, prête à reprendre le travail et à l'aimer comme jamais une femme ne l'avait aimé. Elle aussi attendit un enfant mais avorta comme Elizabeth Jane Howard. Elle supportait tout, voulait vivre avec lui et tant pis si elle traversait des moments noirs, songeait au suicide. Elle chuta dans un profond abattement en apprenant que son père s'était ouvert les veines.

Le labeur avec le maître l'empêcha de sombrer. Elle relisait, annotait sans toujours saisir le sens des livres qu'il échafaudait. Il délaissait le roman et les souvenirs au profit d'essais ou de livres scientifiques. Comment écrire de la poésie après Auschwitz, disait le philosophe Adorno. Et puis le journalisme était encore ce qu'il faisait de mieux, dopé par l'engagement et la lecture agacée des quotidiens. Il demeurait attaché au réel. Son plus grand combat après le sionisme, le communisme et l'anticommunisme restait la peine de mort, ce chancre qui le hantait depuis sa propre condamnation et dont Cynthia pouvait observer les symptômes glaçants, cette manière qu'il avait de consulter sa montre à minuit.

La pendaison de Ruth Ellis le 13 juillet 1955, une entraîneuse qui avait vidé son chargeur sur son amant David Blakely, un coureur automobile et de jupons, le bouleversa, non pas qu'il pensait normal d'abattre un amoureux infidèle mais elle était belle et victime. Il créa la Campagne nationale contre l'échafaud, manifesta devant les prisons où pourrissaient les suppliciés, accompagné de Cynthia. Il proposa à l'*Observer* une série d'articles qu'il réunirait dans un ouvrage, *Réflexions sur la potence*. « Il y a une sorte de burlesque dans cette procédure comme si la victime qui gigote au bout d'une corde n'était pas un être humain mais un mannequin de carnaval. » Il s'en prit au bourreau Albert Pierrepoint, tenancier dans un cabaret appelé *Aidez le Pauvre diable*, et toujours prompt à donner des interviews, à faire le malin, à rire de son métier. Il dénonce les fêtes qu'occasionne une pendaison, « gentillesse, macabre, vieille plaisanterie de famille » que les « abolitionnistes et autres personnages dépourvus d'humour sont incapables d'apprécier ».

Il raconte qu'en 1914, à Alger, un ouvrier agricole massacra une famille de fermiers avec leurs enfants. Le père de Koestler, Henrik, qui séjournait en Algérie à cette époque pour affaires, applaudit à la condamnation à mort de l'assassin. « Pas de pitié pour les meurtriers d'enfants ! », répétait-il, si remonté qu'il décida, comme Victor Hugo, d'aller voir le châtiment public. Il se leva dans la nuit, traversa la ville. Il n'en parla jamais, n'écrivit pas *Le Dernier jour d'un condamné* mais Adele raconta simplement qu'il revint, hagard, s'étendit sur le lit et se mit à vomir. Koestler ne soutiendrait même pas la condamnation à mort d'Adolf Eichmann, l'un des artisans de la « Solution finale », l'extermination des Juifs, qui avait été kidnappé en mai 1960 par le Mossad. Israël aurait dû le remettre à une cour internationale, pensa-t-il.

Cette position le rapprochait encore plus de Camus qui avait demandé en vain la grâce de l'écrivain fasciste Robert Brasillach et frémissait chaque fois que la tête d'un « terroriste algérien du FLN » dont il ne partageait pourtant pas la violence roulait dans le panier. Il rassembla lui aussi ses propres *Réflexions sur la peine capitale*. Leurs deux textes seraient réunis en 1979, comme un signal avant l'abolition de la peine de mort en France deux ans plus tard (l'Angleterre l'interdira en 1998). « La contribution de Koestler est plus charpentée que celle de Camus », reconnaît le biographe Olivier Todd[3].

Mais que faire après la condamnation ? Koestler évoquait l'idée de la réinsertion. Et si les prisonniers concevaient des œuvres artistiques ? Peut-être le meilleur d'entre eux pourrait-il recevoir une récompense qui serait décernée chaque année ? Koestler était hanté par son cauchemar espagnol et l'inertie dans laquelle il s'était trouvé, génératrice d'angoisses. Il créa un fonds et le provisionna avec un millier de livres que toucherait le gagnant, aidé par son ami, le directeur de *The Observer* David Astor. « Et nous l'appellerons le Prix Koestler. » L'écrivain s'opposa à ce que son nom apparût mais ses associés lui assurèrent que pour attirer les médias, les mécènes, sa personne servirait d'aimant.

Le prix sera créé en 1962. Il a depuis couronné beaucoup de détenus dont le plus célèbre récipiendaire, bien après la disparition d'Arthur Koestler, fut Colin Pitchfork le premier meurtrier confondu par l'ADN. Cet homme viola et assassina deux femmes et fut condamné en 1988 à perpétuité. En prison, il découvrit la sculpture et l'une de ses créations, *Bringing the music to Life*, fut présentée au Royal Festival Hall puis retirée devant l'émotion des familles des victimes. Tim Robbins, le directeur du « Koestler Trust » qui avait organisé cette exposition et primé l'œuvre s'excusa. « Nous espérons que la divulgation du nom d'un individu en particulier ne causera pas de détresse à ses victimes ni ne mettra en péril notre précieux travail », déclarera-t-il.

Même disparu, Koestler ferait scandale. Mais en attendant, dans ces années 1950 tourmentées, il était encore bien vivant et vigilant. Un autre événement le mobilisa, l'intervention des chars soviétiques en 1956 à Budapest pour mater la révolution hongroise. Son pays natal avait traversé des turbulences depuis un siècle. Le voir piétiné par les chenilles russes lui fut insupportable. Il n'avait plus beaucoup de famille là-bas. Ils avaient tous été gazés, mais un lien de sang l'unissait à cette ville, à ce peuple dont il ne parlait plus la langue et qui occupait toujours son cœur. Il demeura toute la nuit, l'oreille collée à la radio, une bouteille de vin à la main, se demandant quoi faire. Y aller ? Combattre, à cinquante ans ? Acheminer des vivres ?... Il essaya d'organiser une manifestation devant l'ambassade de Hongrie, s'efforça de convaincre son ami George Mikes qui le traita d'enfant. Une nuit, des pierres brisèrent les vitres du bâtiment et les soupçons se portèrent sur Koestler (quelqu'un l'aurait reconnu). Il demeura silencieux sur le sujet. Il participa à des défilés, envoya de l'argent, envisagea de former une délégation pour intercéder auprès des résistants arrêtés mais ne parvint pas à agréger assez de soutiens.

Sa notoriété ne suffisait pas, bien que chaque tragédie impliquant le bloc de l'Est inscrivît l'auteur du *Zéro et l'Infini* dans la grande histoire. Il aspirait désormais à la reconnaissance suprême, symbolique, du côté de la Suède. C'est pourquoi l'attribution du Prix Nobel de littérature en 1957 à Albert Camus le tortura considérablement. Le soir même, il ne dormit pas et s'enivra. L'Académie de Stockholm l'ignorait et crachait sur tous les Roubachov de la terre, les écrivains exilés et morts, les Endre, Walter Benjamin, Carl Einstein, et les martyrs de la Hongrie. Comme il ne s'était pas privé de le faire remarquer à son ami d'Oran, ses deux excellents romans *L'Étranger* ou *La Peste* avaient moins vendu que *Le Zéro et l'Infini*. Il l'aurait obtenu pour ce grand récit d'éveil. Le prix aurait aussi englobé *Le Testament espagnol* ou *La Lie de la terre* comme « contribution à la paix, à la démocratie ». Ses meilleurs livres étaient tellement loin.

Il ressentira plus d'amertume lorsque son meilleur ennemi Jean-Paul Sartre obtiendra à son tour la couronne en 1964. La littérature stalinienne était donc honorée. Le communiqué officiel du Nobel louait « une œuvre qui par l'esprit de liberté et la recherche de la vérité dont il témoigne a exercé une vaste influence sur notre époque » et lui donna envie de hurler. Où étaient la liberté et la vérité ? Sartre refusera le prix. Cette génération exceptionnelle d'écrivains recevait des lauriers, sauf lui et le pauvre Orwell décédé trop jeune. Camus et Sartre qui avaient toujours envié son succès auprès des femmes se vengeaient. Peut-être s'il avait été français aurait-il gagné quelque chose, mais son amère expérience en 1940 l'avait éloigné du pays des Lumières.

Il atteignait l'âge où l'on voit ses amis et parents disparaître. Albert Camus se tua en janvier 1960 dans un accident de voiture sur une petite route française. Le prix Nobel et un platane… Quel gâchis ! Puis sa mère Adele s'éteignit en août, à 92 ans, à moitié folle. Il n'avait jamais eu des rapports simples avec elle, relisait ses lettres totalement déséquilibrées, pleines de déclarations excessives et de reproches amers. Il l'avait fait venir en Angleterre mais elle lui avait reproché souvent de ne jamais la voir parce que leurs rencontres se terminaient en disputes. Son décès malgré tout l'attrista. Il se rendit dans le quartier de Golders Green et assista à la crémation devant une salle vide.

Les messages de soutien, les sollicitations effacèrent (un peu) ses chagrins. Il demeurait pour beaucoup, même sans prix Nobel, une icône de la lutte anti-communiste (Milan Kundera ne l'avait pas encore rejoint), ce qui lui valait des invitations un peu partout dans le monde. Il fut invité en Inde et au Japon où les luttes politiques entre le monde médiéval et les idées progressistes faisaient rage, mais c'était aussi l'essayiste du futur que les organisateurs des colloques appelaient et sans doute parfois préférait-il cette fonction. Il orientait son œuvre différemment, cherchait des causes apaisantes. Le zen, le yoga, le bouddhisme qu'il avait observés en Inde et au Japon, pouvaient apaiser l'angoisse de l'Occidental. Il publia un livre, *Le Lotus et le robot*, en 1961, raconta les saints en Inde, leur rapport à la sexualité, analysa les mœurs austères du Japon et leurs paradoxes. L'ouvrage désenchanté disait n'attendre rien de l'Orient et fut interdit par le gouvernement de New Delhi en raison de propos peu amènes à l'égard de Gandhi.

Ses critiques contre l'Occident n'épargnaient pas l'Angleterre. L'un de ses articles parus dans *The Observer*, *Le Lion et l'Autruche*, découla d'un essai de George Orwell *The Lion and the unicorn*, publié en pleine guerre (1941) qui racontait les difficultés d'un royaume rongé par le conservatisme, et que seule une révolution socialiste sauverait des griffes nazies. Le texte de Koestler, publié dans un ouvrage, *Suicide d'une nation*, parmi d'autres contributions, dénonçait la pseudo-puissance de la Grande-Bretagne, ses faiblesses, s'en prit à la lâcheté de ses concitoyens, à leur endormissement, constatant que le pays avait chuté au dernier rang des nations sur le plan économique. Il rejoignait les fameux « déclinistes », énonçait sa mélancolie alors que les Beatles sortaient leur premier album *Please Please Me*, que l'île célébrait son nouveau héros James Bond avec la sortie de *Bons Baisers de Russie* et s'apprêtait à devenir la capitale du monde occidental.

Cette collaboration au *Suicide d'une nation* serait, promit-il, son ultime intervention dans le domaine politique. Il avait brûlé tous ses mondes… « Arthur est l'homme des cassures, d'un seul coup, sans détachement progressif, sans paliers intermédiaires. Vous retrouvez cela dans ses amours et même dans ses amitiés », dira son confident Manès Sperber.

Il lui restait la science, le dernier motif d'espoir ou d'anéantissement. La dystopie *1984* l'avait marqué profondément. George Orwell vivait en lui telle une ombre écrasante. Il avait envisagé d'écrire un roman d'anticipation sur la technologie comme son ami regretté avant d'y renoncer, ne se pensant pas capable de relever le défi. *1984* était un chef-d'œuvre qui annonçait les caméras de surveillance, l'interdiction de l'humour et de l'ironie, l'essentialisation des êtres réduits au groupe. Personne n'avait encore épuisé la profondeur du propos funèbre d'Orwell. Koestler voulait croire que le futur scientifique laissait plus de lumière. S'il ne possédait pas la divination d'Orwell, il était pourvu de connaissances scientifiques, pouvait déceler ce que serait le monde du futur en s'appuyant sur le réel, le palpable. Explorer la robotique, l'espace, à travers des textes rigoureux lui paraissait plus à sa portée.

Ses articles dans le *Vossische Zeitung*, une trentaine d'années plus tôt, avaient intéressé le public. Il mit en chantier une vaste trilogie « Génie et folie de l'homme » qui comprenait *Les Somnambules, essais sur les conceptions de l'univers* (1959), suivi du *Cri d'Archimède* (1964), sur les liens entre l'art et la création scientifique, puis du *Fantôme dans la machine* traitant de la pathologie humaine, de ses déficiences mentales (1968), des ouvrages datés et oubliés aujourd'hui mais transpercés de lyrisme. Dans *Les Somnambules*, il racontait le parcours des grands savants de l'histoire, Galilée, Newton, et une figure du XVIIe siècle qui le fascinait, Johannes Kepler, le fondateur de l'astronomie moderne dont il aimait la personnalité ambivalente et mystique. Ces savants tâtonnèrent, doutèrent, avancèrent comme des « somnambules », presque à l'aveugle, vers la découverte de la gravité et les secrets de l'univers. Grâce à eux, le monde quitta le Moyen Âge.

Koestler mêle biographie et traité scientifique à de purs moments de poésie, observant le mouvement des astres, de la lune, du soleil, les longs télescopes d'acier. Il y relate le voyage rêvé vers la lune comme une mort avec des voyageurs anesthésiés en route pour l'autre monde, offrant un livre de nuit et d'étoiles, « le meilleur, bien que trop long, qu'il ait écrit depuis le *Zéro et l'Infini* », le félicita Philip Toynbee de *The Observer*. D'autres le jugèrent indigeste, ennuyeux. Les critiques mitigées n'empêchèrent pas plusieurs écoles de l'inscrire à leur programme, et les ventes le comblèrent.

Il se renfermait dans ses livres de science, ciselait ses phrases en contemplant les arbres et les étoiles. Il s'interrogeait sur son œuvre, la manière dont le monde gérerait la Shoah et la destruction atomique de Nagasaki et d'Hiroshima, la guerre froide entre les deux blocs, la fusion de l'atome. Cette perspective le désespérait. Il vivait dans un cloître, déclinait toute interview à la radio, complexé par son accent hongrois et l'incapacité de communiquer son mal-être.

En 1964, le deuxième volume de sa trilogie, *Le Cri d'Archimède* explorait le lien entre la création artistique et le lien scientifique. La somme s'élevait à sept cents pages, et eut un retentissement dans les milieux universitaires. Cynthia dactylographiait ses textes, fatiguée, mais Koestler la récompensait par des nuits d'amour, des voyages magnifiques. Le 4 janvier 1965, ils partirent pour New York et trois jours plus tard se marièrent sans grande cérémonie, au New York City Hall. Koestler s'efforça de garder ses nouvelles noces secrètes mais le *New York Times* en fit part et leurs amis et proches les félicitèrent. Il avait cinquante-neuf ans, et elle, seulement trente-huit. Elle avait réussi à assouvir son rêve de petite fille, épouser le grand écrivain qu'elle admirait. Koestler avait consenti à convoler avec elle pour complaire aux moralistes américains. Ils voyagèrent en Californie. Elle se tenait en retrait pendant qu'il participait à des symposiums ou des séances de lecture à San Francisco. Elle était heureuse, savourait les hôtels luxueux même s'il se réveillait tard avec la gueule de bois. Elle aurait voulu ne jamais rentrer, continuer à cheminer sur les routes, de pays en pays. Car rentrer à Montpelier, c'était regagner le monastère où, plongée dans le silence du salon obscur, la jeune fille avide de divertissements attendait qu'il ait fini de travailler.

Quand Koestler fêta son soixantième anniversaire, des lettres et cartes postales affluèrent de partout. Cynthia et lui ne le célébrèrent pas vraiment. L'âge le terrifiait. Il reçut cependant un beau cadeau, ses œuvres réunies dans un recueil élégant, The Danube Editions. Le romancier Anthony Burgess qui venait d'écrire *Orange mécanique* où il dénonçait la violence esthétique de la jeunesse, publia un texte critique sur Koestler dans *The Spectator*[4] : « Il a utilisé sa troisième langue avec autant d'assurance que Conrad, il a pratiquement inventé le roman politique, son intellectualité était féroce, sérieuse… Il a humilié les Britanniques qui n'avaient pris ni les idées ni la politique au sérieux. » Burgess acte malgré tout l'échec de ses essais et de son roman *Les Gladiateurs*.

Il n'avait réussi qu'une fois l'équilibre délicat entre la littérature et la didactique. Tout un pan de son œuvre, à l'ombre du *Zéro et l'Infini* et de ses autobiographies, tomberait dans la nuit. Comme l'avait dit Gide, il était meilleur journaliste que romancier et se rappelait ce qu'avait dit H. G. Wells : « Je suis journaliste, je ne connais rien à l'art. » Cette assertion lui pesait et lorsqu'un journaliste, Cyril Connolly, suggéra qu'il avait perdu son temps à bâtir ses pavés de science vulgarisée (dont le tout le monde se fiche), il encaissa durement : « Mes travaux de science vulgarisée comme vous dites sont une contribution essentielle à la science. D'ailleurs, je suis invité dans les plus prestigieuses universités pour en parler. »

Il publia en 1967 le dernier tome de sa trilogie « Génie et folie de l'homme », *Le Fantôme dans la machine* (*Ghost in the machine*)[5]. Ce beau titre fut emprunté à un ouvrage du philosophe anglais Gilbert Ryle *Le Concept de l'esprit* (1949). Cette fois, Koestler analysait la capacité de notre espèce inachevée à s'autodétruire, écartelée entre son génie et son cerveau reptilien, primaire, qu'un défaut de construction mènerait à sa propre immolation sans que l'on ne puisse rien y faire. Il avait écrit cet essai très encourageant en pensant aux missiles soviétiques à Cuba et à la crise qui avait suivi entre Kennedy et Khrouchtchev et il envisageait sérieusement une guerre nucléaire avant la fin du XXe siècle. Il ne se doutait pas qu'un chanteur pop, Sting, grand lecteur de Koestler, intitulerait en 1981 l'un des albums de son groupe Police, *Ghost in the machine*. « Mes idées infusent dans la jeunesse », s'amuserait Koestler, étonné qu'un groupe prenne un nom pareil, The Police. Il ignorerait tout de la *new wave*. Son agent lui enverrait une critique du disque. Le guitariste de jazz Pat Metheny composerait aussi une chanson appelée *Roots Of Coincidence* (les racines du hasard) empruntée à un autre ouvrage de l'écrivain hongrois.

Il cumulait les conférences, des occasions pour voyager à moindres frais, sans risques de dangereuses confrontations, loin de ce mur politique contre lequel il se heurtait. Il rassembla les souvenirs de cette période dans un recueil *Drinkers of infinity*, paru en 1968, qui mêlait réflexions littéraires et scientifiques jusqu'à ses promenades en canot sur la Loire.

Il avait envie de revenir à la littérature, accompagna la parution en 1971 de *L'Ami retrouvé* de Fred Uhlman, rédigea la préface de ce « chef-d'œuvre mineur » selon sa formule qui racontait le lien fort entre un jeune Juif et un aristocrate issu d'une famille antisémite dans le contexte de l'accession d'Hitler au pouvoir. Il avait beaucoup aimé ce récit qu'il aurait pu inventer. Le sujet de la guerre et de la Shoah l'intéressait encore, et pourtant, il ne voulait plus l'aborder.

Il publia en septembre 1971 un livre plus court d'à peine deux cents pages, entre essai et thriller scientifique, *The case of midwife Toad* (*L'Étreinte du crapaud*), un sujet qu'il traînait depuis sa jeunesse, l'année 1926 exactement. Le suicide d'un chercheur avait fait la une de tous les journaux. Le biologiste Paul Kammerer s'était tué d'un coup de revolver. Koestler enquêta pour comprendre ce qui avait poussé le scientifique à quitter la vie, comme un voile de discrédit qu'il avait jeté sur son travail, peut-être aussi parce que la personnalité de cet homme le fascinait, amateur de femmes et de musique. Kammerer avait été victime d'un conflit obscur entre savants. Il refusait la théorie de l'évolution de Darwin, défendait l'hérédité et avait subi une cabale de ses collègues. Koestler se saisissait de ce sujet oublié pour évoquer la dureté du milieu scientifique dont les coups ignobles emmenèrent un esprit brillant à la mort. La critique accueillit le livre avec une certaine distance.

Si les communistes avaient été la cible de ses jeunes années, au crépuscule de sa vie il vitupérait contre la science, son thème désormais essentiel. Il choisit l'humour et la fiction en écrivant *Les Call-Girls* qui parut en 1972. Quel étrange titre, racoleur, pour un récit qui n'avait rien à voir avec les femmes de joie. Il s'amusa bien pendant la rédaction du livre, retrouva ce plaisir qu'il avait perdu en posant cette trame : un prix Nobel de physique russe, Nikolaï Solovief, émigré aux États-Unis, invite ses pairs tout aussi titrés que lui dans un village des Alpes autrichiennes à réfléchir sur la survie de l'espèce humaine menacée d'un « génosuicide ». Hiroshima hante les consciences et la menace d'une troisième guerre mondiale angoisse Solovief. Koestler s'inspirait du mouvement Pugwash à la fin des années 1950 quand des savants se réunirent pour tenter de ralentir la prolifération des armes de destruction massive et convaincre les États de dialoguer. Il semble curieusement critiquer cette initiative. Il n'avait pas choisi un sujet facile réduit à des discussions, des théories. Comment rendre passionnant un colloque ? Une pièce de théâtre aurait été plus adaptée. Solovief a convié des savants de toutes les disciplines, des psychologues aux zoologues, jusqu'aux cybernéticiens, et chacun croit que sa spécialité va sauver le monde.

Dédiée à la mémoire de Bouvard et Pécuchet, les deux héros idiots de Flaubert, cette satire pourfend la bêtise encyclopédique du milieu scientifique. Le zoologue pense que le salut viendra des rats, le cybernéticien ne croit qu'à l'ordinateur. L'anthropologue autrichien, persuadé que l'homme de toute façon est un meurtrier patenté, propose de régler les conflits par un duel au sabre. Chacun recycle son discours, s'efforce de déployer ses charmes comme le feraient des *call-girls*. Koestler montrait que la science méritait mieux que ce genre de chapelles stériles.

C'était le premier roman qu'il publiait depuis vingt-deux ans. Les critiques le firent remarquer avec un plaisir pervers, prompts à mettre sa rouille en évidence. « La prose de M. Koestler est pire que plate, une platitude qui essaie d'onduler. Dans le meilleur des cas, *Les Call-Girls* ressemble à une piètre imitation des romans d'Aldous Huxley, dans lesquels la plupart des personnages sont les porte-parole d'un "isme" ou d'une "ologie". Huxley était beaucoup plus drôle, infiniment plus imaginatif, bien plus familier avec les techniques de la fiction. Ses personnages transcendent parfois même leur "ologie", et prennent une vie indépendante », déplora Anatole Broyard dans le *New York Times*[6]. Il ajoute que le succès du *Zéro et l'Infini* a pu faire accroire à Koestler qu'il était un bon romancier.

Sa prose ne coulait pas de source, les personnages n'accrochaient pas, tout au long d'une galerie de clowns sans intrigue. Koestler s'était fourvoyé dans une impasse. Il gesticulait vainement, peinait à trouver de bons sujets, et son impuissance créatrice contrastait avec les honneurs qui éclairaient sa vie et chassaient plus au moins son spleen. Il se rendit à Copenhague car l'Université lui décerna le prix Sonning, puis en 1972, il reçut le titre de Commandeur de l'Empire britannique, devint un compagnon de la Société royale de littérature. Sans doute continuait-il à rêver secrètement du prix Nobel. L'Académie suédoise ne pensa jamais à lui.

Cynthia lui décernait des palmes royales tous les jours. Elle se levait à 6 h 30, prenait la voiture, faisait les courses, rentrait puis classait les papiers, mettait les feuilles dans la machine à écrire, dactylographiait des passages, réservait les billets d'avion... Cette vie formait son univers, et elle était heureuse de le satisfaire. Elle ne déballait jamais leurs valises car un avion les attendait toujours, en direction des États-Unis ou de l'Australie. Ces honneurs le maintenaient dans l'illusion que ses livres, *Le Cri d'Archimède*, *L'Étreinte du Crapaud*, apportaient, comme il l'avait dit à Connolly, une contribution essentielle. C'était effectivement l'intellectuel et le philosophe de la science que les universités accueillaient, et si par hasard un étudiant le questionnait sur ses écrits politiques, le souvenir du *Zéro et l'Infini*, il éludait poliment.

Il aimait rentrer à Montpelier Square, revoir ses amis, Fred Uhlman, la peintre égérie de Picasso, Françoise Gilot, admirative de l'écrivain, toujours Daphne, avec une chaise vide qui était celle de Mamaine. Il ne ralentissait pas le rythme de ses publications et malgré les années, gardait sa capacité de scandale.

Si l'on a dit qu'il ne désirait plus évoquer le problème juif, il y revint avec *La Treizième tribu*, qu'il commença pendant l'été 1973. Cet essai publié trois ans plus tard reprenait les thèses de l'historien israélien Abraham Polak selon laquelle la population juive ne serait pas d'origine hébraïque ou palestinienne mais d'origine caucasienne, des Khazars. Cette découverte écornait la légende du « peuple élu » et affaiblissait le « message racial et historique du judaïsme », même si elle ne niait en aucune façon le droit à l'existence de l'État d'Israël. Les étudiants en sionisme avaient curieusement peu entendu parler de lui malgré deux livres, *Voleurs dans la nuit*, son roman qui se déroule en Palestine, et *Promise and fulfillment* (*Analyse d'un miracle*, 1949). *La Treizième tribu* provoqua des remous.

Les historiens accusèrent Koestler d'avoir une vision dépassée des races, de l'hérédité, critiquèrent la théorie de l'adaptation sous l'influence du milieu chère au penseur du XVIIIe siècle Jean-Baptiste Lamarck. Le livre profita de la controverse. Son succès (en particulier aux États-Unis) dépassa Koestler lorsqu'un torchon néo-nazi applaudit cette *Treizième tribu* comme « la bombe politique du siècle » et que des militants antisionistes ou arabes dénièrent à Israël le droit d'exister. Des librairies juives refusèrent de vendre le livre. Koestler usait maladroitement du terme « race » que les fascistes employaient aussi. « Koestler est bien sûr libre de suivre son propre chemin », attaqua le critique Leon Wieseltier dans le *New York Times Book Review*[7], « mais pas parce que son grand-père a parcouru les steppes. Il n'est pas Khazar. L'évidence de sa judéité ne réside pas dans la proportion de ses cellules sanguines, ni dans sa naissance hongroise, les Magyars ont émigré en Hongrie au IXe siècle, mais dans le fait beaucoup moins contestable que seul un Juif aurait pris tant de peine à trouver un alibi pour justifier un effacement de soi. »

Koestler fut surpris de la violence des réactions. Rien de ce qu'il produisait ne le comblait réellement et un sentiment d'échec se collait à lui. Ses amis, George Mikes, un réalisateur, Harold Harris, Daphne (toujours), et le fantôme de Mamaine l'encourageaient à reprendre ses mémoires, à livrer une suite à la tétralogie, *Un Testament espagnol*, *La Corde raide*, *Hiéroglyphes*, *La Lie de la terre*… Il soupirait. L'envie lui manquait. « Mais depuis 1940, cher Arthur, tu as vécu ! Reprends le fil de ton histoire ! Ton chef-d'œuvre littéraire reste ton roman personnel ! », lui serinait Daphne. Un jour, à la fin de l'année 1982, Harold Harris raconterait qu'Arthur l'emmena dans son bureau et lui confia qu'il avait commencé un nouveau livre autobiographique mais le pria de n'en parler à personne. « J'ai même demandé à Cynthia d'y collaborer. Ce sera un ouvrage à quatre mains. »

Sa jeune épouse s'attelait à la tâche depuis plusieurs mois, et se gardait bien de trahir leur secret malgré la tentation, surtout pendant ces dîners prestigieux où personne ne faisait vraiment attention à elle. Parfois, elle se levait, disait au revoir aux invités et allait se coucher mais c'était pour épancher ses sentiments et sa vie. Arthur avait lu un texte qu'elle avait rédigé à l'occasion de son anniversaire et l'avait incitée à continuer. Il la corrigeait. Elle était heureuse car pour la première fois un peu de talent lui était reconnu. Harris, comme il le précisera dans sa préface à ce texte fantôme, se demandait si Koestler comptait mélanger son texte et celui de Cynthia. « Arthur aima aussi profondément Cynthia. Il était chiche en compliments, comme elle le note avec regret », écrit Harris[8].

C'est pendant cette période que parut la première biographie sur Arthur Koestler. Le journaliste et éditeur Iain Hamilton avait mis au courant l'auteur du *Zéro et l'Infini* lors d'un cocktail alors qu'il s'approchait de l'écrivain hongrois, tremblant d'admiration. Il le prévint qu'il envisageait de consacrer un ouvrage à sa vie. Koestler ne le rembarra pas et s'engagea à lui fournir tous les documents nécessaires, papiers, lettres, et l'invita à déjeuner. « Je n'interférerai pas dans votre livre », affirma-t-il : « Vous êtes libre. » Mais la critique n'acclama pas le travail d'Hamilton. « Écrire une biographie ennuyeuse sur Koestler semblait un défi difficile, mais Iain Hamilton a fait de son mieux », railla Werner J. Dannhauser[9], regrettant l'absence de noms importants comme ceux de Walter Benjamin ou Merleau-Ponty.

Koestler le lut-il ? Sans doute pas. Il parla beaucoup de sa mort à Iain Hamilton. Il se sentait fatigué, s'efforçait de cacher à Cynthia ses mains tremblantes mais elle s'en rendit compte et sans un mot (ce qu'il apprécia) l'aidait à tenir ses couverts, à s'habiller. Quand il renversait un verre ou une assiette, elle se précipitait et nettoyait tout. Ils ne prononcèrent jamais le mot de Parkinson.

Celia comprit que la situation empirerait vite. « Pourquoi ne viendrais-tu pas vivre avec moi quand Arthur sera… au lieu d'être seule », proposa-t-elle à Cynthia qui la regarda un peu froidement. « Je te remercie. Mais ça ira… » Peu de proches le sauraient, à l'exception de George Mikes qui venait souvent dîner à Montpelier Square. Arthur sortait le jeu de Scrabble, servait un bon verre et la partie filait bon train avec rires, discussions, controverses sur tel ou tel mot (il plaçait toujours un terme hongrois, persuadé qu'il était valable). Quelques jours plus tard, Mikes espéra revenir pour sa revanche mais Cynthia l'appela et le prévint qu'Arthur ne pourrait pas le recevoir car son Parkinson s'était brutalement réveillé et il détestait que ses amis voient ses mains agitées de tremblements. « Prenons rendez-vous dans dix jours », proposa George. « Et nous ferons notre revanche. » La voix douce de Cynthia s'éclaira à l'autre bout du fil : « Splendide », mot solaire qui demeurait en suspens.

31

Questions autour d'un ultime geste d'amour

Il fit une prise de sang, et les résultats le tétanisèrent : il souffrait d'une leucémie chronique à évolution lente. Le médecin lui assura que ce mal pouvait durer des années ou s'accélérer. Koestler avait besoin de prendre des médicaments et d'effectuer des transfusions sanguines. Il n'avait jamais eu peur de la mort. Peut-être l'attente dans la prison espagnole l'avait-elle torturé, glacé parce que recevoir une balle dans la tête ou subir le garrot l'épouvantait. Il décida qu'il refuserait le pic de ses souffrances mais n'en parla à personne et évidemment dissimula les secrets de ses pensées à Cynthia. Un général Franco était tapi au fond de lui et cette fois, il n'échapperait pas à la condamnation à mort. Il appela l'association « The Voluntary Euthanasia Society » (EXIT) qui militait pour la fin de vie et comptait sept mille cinq cents membres, dont plusieurs médecins et quelques prêtres. Chaque adhérent payait 3 livres annuelles ou 30 pour toute la vie, même s'il avait l'intention de l'abréger rapidement. Il portait un document exonérant de toute responsabilité ceux qui le laisseraient mourir. Accueillir une personnalité comme Koestler fut une aubaine pour ces militants du suicide assisté. Leur annonça-t-il en arrivant ce qu'il avait en tête et qui était susceptible de donner un coup d'éclat à leur cause malmenée depuis qu'une loi votée en 1961 punissait les aides au suicide ? Il fut nommé vice-président sans se douter qu'il serait impliqué dans la dernière polémique de sa vie (cela ne lui déplaisait pas).

L'entreprise choqua la bonne conscience britannique lorsqu'elle édita son *Guide de l'auto-délivrance* (un peu dans le style de notre *Suicide, mode d'emploi* qui en 1982 fit scandale et fut retiré des librairies). Le texte déconseillait les suicides trop spectaculaires et bruyants comme l'arme à feu, la défenestration ou les veines tranchées (trop salissantes) afin de ne pas incommoder le voisinage et recommandait plutôt les médicaments sans ordonnance et leur dose. Le document prenait soin malgré tout de bien peser le pour et le contre, d'avertir le désespéré de vérifier qu'il ne souffrait pas d'une dépression passagère. Koestler accepta d'en rédiger la préface. « La conclusion est inéluctable. Nous avons besoin de sages-femmes pour nous aider à naître – ou du moins de l'assurance qu'une telle aide est disponible. L'euthanasie, comme l'obstétrique, est le correctif naturel d'un handicap biologique », énonça-t-il. Seuls les adhérents qui avaient pris leur cotisation depuis plus de trois mois pouvaient l'acheter.

La montée vers l'échafaud approchait. Un jour de l'année 1983, Koestler s'enferma dans son bureau et écrivit une lettre. « J'ai décidé de me suicider par une overdose de médicaments que je me suis procurés sans ordonnance. Si cette tentative échoue, ou si j'y survis diminué, physiquement ou moralement, dans un état tel que je ne puisse plus longtemps contrôler ce qui m'est fait ou communiquer mes souhaits, je demande à être autorisé de mourir dans ma propre maison, et à ne pas être ressuscité ou gardé vivant par des moyens artificiels. Je demande en outre que ma femme, mon médecin, ou tout autre ami présent invoque "l'habeas corpus" contre toute tentative de m'emmener de force de ma maison à l'hôpital… Je suis désolé de la souffrance que je causerai à ma femme Cynthia. Je lui dois la paix relative et le bonheur que j'ai connus dans la dernière partie de ma vie et jamais auparavant. »

Il avait eu des mots doux pour Cynthia, conscient qu'il était un mari invivable. Il avait maltraité la jeune femme, ne supportant pas ses inquiétudes. « Couvre-toi ! Prends tes médicaments. » George Mikes s'apercevait qu'elle avait pris confiance. Cynthia riait de l'accent de Koestler. Elle le dominait enfin car il dépendait d'elle pour ses rendez-vous chez le médecin ou ses visites à des amis. Elle n'était plus la petite secrétaire mais avait enfilé le costume d'épouse à part entière, son rêve de jeunesse, et prenait son rôle à cœur, sans imaginer qu'elle jetait un voile sur son propre avenir. Quand il passait ses angoisses sur elle, Cynthia lui répondait avec aplomb. Puis elle s'enfermait dans leur chambre, se réfugiait dans son texte, les larmes aux yeux, et repartait au combat. Elle lui faisait prendre son bain, l'habillait, l'aidait à marcher. Il voulait organiser un dîner, moments angoissants car elle ignorait s'il allait pouvoir tenir le coup.

Elle était joyeuse lorsque Koestler se montrait brillant comme ses proches l'avaient connu mais il arrivait qu'il vacille, ait du mal à se tenir debout, accroche les mots, tienne des discours incohérents devant des convives gênés, oublie ce qu'il venait de dire. Cynthia l'aidait à terminer ses phrases, alors il s'énervait, s'en rendait compte ou non mais quand la lucidité pointait sa petite lueur, il se prenait la tête entre les mains, s'invectivait et leurs amis rentraient chez eux, tristes à la pensée qu'ils ne le reverraient peut-être plus. Car il était évident que le vice-président de l'association de l'Euthanasie volontaire choisirait à un moment, sans doute proche, de quitter ce monde, à moins qu'il ne fût plus en état d'accomplir l'ultime saut. La déchéance, l'âge le mettaient en colère, l'humiliaient. « On y va, se dit le jeune homme », comme il l'avait écrit au début de *Croisade sans croix*. Ils s'interrogeaient sur l'attitude qu'aurait Cynthia face à ce dilemme mais peu savaient qu'elle était aussi membre d'EXIT. Elle rassurait ses interlocuteurs qui appelaient. « Il va mieux ! Il va mieux ! », répétait-elle.

Il passa le début de l'année 1983 au lit. L'appartement du Montpelier Square se refermait sur lui-même comme un tombeau. Elle annula une nouvelle partie de Scrabble avec George Mikes. Elle fit piquer leur chien puis baissa les volets. Le 3 mars 1983, la femme de ménage brésilienne ouvrit la porte et trouva le grand salon plongé dans l'obscurité. Elle remarqua une note placée en bas de l'escalier : « S'il vous plaît, ne montez pas au premier étage. Appelez la police, et dites-leur de venir. » Elle appela des voisins et ensemble ils gravirent l'escalier jusqu'à la chambre silencieuse. Elle aperçut une ombre dans le fauteuil, immobile. C'était Arthur Koestler. Il tenait un verre de brandy à la main, ressemblait à un mannequin de cire. Elle s'approcha de lui. Il était mort ! En face, elle remarqua une autre forme sur le sofa. Cynthia était allongée, le regard tourné vers l'homme qu'elle avait aimé et semblait l'appeler pour qu'il vienne la rejoindre. Elle ne respirait plus.

Sur une table, étaient posées une bouteille de vin et des tablettes de tuinal, de puissants barbituriques.

Il s'était rappelé son voyage en Zeppelin en 1931. Il allait pousser la porte de la nacelle « généralement fermée », et connaître l'ultime, le seul, le vrai pays des mystères, celui dont on ne revient pas. Il avait laissé un mot : « Je souhaite que mes amis sachent que je quitte leur compagnie l'esprit en paix, avec un timide espoir en une vie dépersonnalisée au-delà des confins de l'espace, du temps et de la matière, et au-delà des limites de notre compréhension. Ce sentiment océanique m'a souvent soutenu dans les moments difficiles, et il en est ainsi au moment où j'écris ces lignes. » Ce message avait été édicté presque un an plus tôt. Ainsi l'ancien communiste faisait-il preuve au soir de son existence d'une foi inattendue. Il avait poussé jusqu'aux dernières frontières sa présence sur terre, désirant profiter du vent, du soleil, du bon vin.

La presse crut bon de rapporter qu'Arthur Koestler s'était donné la mort avec sa femme. *Le suicide amoureux d'Amijima*, une célèbre pièce japonaise écrite en 1721, le sacrifice de Kleist et de la belle Henriette, de Stefan Zweig et de Lotte, gestes d'un romantisme ultime, l'avaient obsédé toute sa vie.

À cinquante-six ans, Cynthia était encore jeune, en bonne santé, et avait toute la vie devant elle. « Ceux qui les connaissaient peuvent voir la logique, l'inévitabilité de leur décision », conclura George Mikes dans son livre, *Arthur Koestler : histoire d'une amitié*. Il est probable qu'Arthur avait informé Cynthia de son projet mais qu'il ne lui proposa pas de pacte amoureux. Il la supplia de ne rien tenter pour l'en empêcher et lui souhaita probablement d'être heureuse dans sa vie future. Mais dans le silence de cathédrale d'une nuit, pendant qu'elle entendait sa respiration saccadée, elle se résolut à l'accompagner. Elle n'avait pas oublié ce qu'il avait écrit à propos du jeune pilote Hillary brûlé trois fois : « Les mythes se développent comme des cristaux. »

Il ne sut jamais qu'elle l'avait suivi. La « jolie et timide Sud-Africaine », comme il la décrivait avec un peu de condescendance, alla jusqu'au bout. « Elle était son appendice », dirait Mikes. « Elle lui avait voué sa vie. » Il avait aimé les femmes, parfois avec tourments. Dorothy, Daphne, Mamaine, s'étaient consacrées à lui, à son œuvre, et la dernière avait tenu à le suivre malgré les chagrins qu'il lui avait imposés.

Ils avaient dîné une heure avant, pris un apéritif. Lui, son éternel brandy, elle, son verre de scotch. Il tomba dans l'inconscience puis la mort qu'il invoquait s'empara de lui, doucement, au bout d'une heure qui sembla infinie. Sans doute Cynthia le regarda-t-elle partir, guettant ses mouvements. Puis elle prit le mot qu'il avait rédigé et griffonna : « J'aurais aimé terminer l'histoire de ma collaboration avec Arthur, une histoire qui a débuté quand nos chemins se sont croisés en 1949, mais malgré des ressources intérieures certaines, je ne peux vivre sans lui. » Elle avala les pilules et s'allongea sur le divan, prête à emprunter le long tunnel où Arthur s'était déjà enfui. Pendant quelques minutes, elle fut seule en tête-à-tête avec le cadavre.

Leurs corps ne furent découverts que deux jours plus tard. Et dans les papiers de Koestler se cachait son ultime livre, *L'Étranger du Square*, leur confession à quatre mains avec les pages dactylographiées en désordre de Cynthia qu'elle avait corrigées maladroitement.

Les funérailles d'Arthur Koestler et de Cynthia eurent lieu le 11 mars 1983 au crématorium de Mortlake, au sud de Londres. Il faisait froid. Un crachin trempait les treize invités qui escortèrent la procession, « sans prières ni musique, ni adieux » selon ses ultimes volontés. Koestler léguait ses livres et ses objets à la London Library, beaucoup de ses biens à

Daphne Hardy dont il était resté proche et à sa fille Christine qu'elle avait eue avec le graphiste Henry Henrion.

La presse salua le décès de Koestler. « Une figure majeure de la littérature moderne », s'enflamma le *Times*. « Romancier vigoureux de la taille d'un Malraux, témoin lucide de son temps, essayiste, certes parfois inégal, ce fils de famille juive hongroise né au crépuscule de la monarchie bicéphale, était aussi un prophète », estima *Le Monde*[1].

Dans son essai sur les idéologies, Joseph Gabel reconnut que « l'allure journalistique de ses écrits a desservi l'écrivain auprès des universitaires de tous bords. Mais, quel que soit le jugement que l'on porte sur sa personne, il aura été avant tout un démystificateur, et à ce titre, il appartient à une race qui se fait rare, celle des visionnaires déçus et amers mais toujours impavides. »

Le *Guide pour l'auto-délivrance* fut retiré du marché en 1983.

Koestler avait été impatient. Il ne connut pas l'année qu'avait imaginée George Orwell, 1984, année qui déclencha les grands bouleversements auxquels Koestler avait aspiré. S'il avait vécu plus longtemps, il aurait assisté à l'intronisation de Mikhaïl Gorbatchev, à la perestroïka et à la glasnost, et peut-être au démantèlement de l'Union soviétique. La maladie lui en aurait-elle laissé le temps ? Il aurait applaudi, sans se douter que la démocratisation de la Russie, la chute du mur allaient reléguer *Le Zéro et l'Infini* au rayon des antiquités. Il en va ainsi des grands écrivains, entre le purgatoire et le paradis. Car il n'y a jamais d'enfer pour eux, ils errent dans des limbes incertains avant qu'un passant de hasard les retrouve.

Épilogue

Comme beaucoup de mes contemporains, j'avais grandi, épouvanté et fasciné par ces dirigeants soviétiques coiffés de chapkas qui apparaissaient emmitouflés dans la grisaille de l'hiver moscovite, perchés comme des figurines d'albâtre derrière leur haute muraille. Leonid Brejnev dirigeait l'éternel bloc de glace, et je peinais à distinguer son âme sous la possession du fantôme de Staline. Nous avions lu *Le Zéro et l'Infini* pour tenter de percer l'épais brouillard pesant sur ce monde lointain. Le livre de Koestler appartenait, rappelons-le, à une lignée littéraire que le XXe siècle avait engendrée, les grands récits concentrationnaires qui avaient mis une chape d'effroi sur notre conscience – *Le Procès* de Franz Kafka, *La Vingt-cinquième heure* de Virgil Gheorghiu, *Sans patrie ni frontières* de Jan Valtin, *1984* de George Orwell, ou *Une journée d'Ivan Denissovitch* d'Alexandre Soljenitsyne. Koestler rompait avec l'une des plus prégnantes illusions de sa jeunesse, la foi dans une société égalitaire et juste que l'on appelait le communisme.

Le Zéro et l'Infini, traduit en trente-six langues, qui avait hanté ma jeunesse, sombra dans l'oubli comme son auteur, plus proche du zéro que de l'infini, lié à une période précise de l'histoire qu'avait été à la fin des années 1930, marquée par les procès de Moscou et les purges staliniennes. La chute du mur en 1989 et la destruction de l'URSS en 1991 firent perdre sa nécessité à l'ouvrage, même s'il racontait bien autre chose, l'essence humaine, les illusions, la paranoïa, la trahison. Les deux ou trois années de démocratie qui suivirent sous l'ère de Boris Eltsine et au début, la bonne image en Occident de son successeur Vladimir Poutine jaunirent les belles pages du roman comme celles, gondolées, de ma vieille édition de poche.

Des esprits fins continuaient cependant de perpétuer la mémoire de Koestler. Le 28 février 1997, un physicien hongrois, György Marx, inaugura une plaque commémorative devant sa maison natale, au 16 rue Sziv, à Budapest. Il prononça un vibrant discours : « C'était un essayiste avant-gardiste formé en sciences naturelles, excellent en politique étrangère, journaliste scientifique, historien des sciences, romancier et dramaturge, homme politique et philosophe à la fois. Koestler a vécu une partie importante de sa vie loin de son pays natal mais il a toujours été intéressé par son identité et ses racines hongroises, le passé hongrois, la place et le rôle des Hongrois dans la culture humaine. » Il rappela que « l'Europe centrale du deuxième quart de siècle fut un laboratoire de notre temps ».

La parenthèse démocratique de la Russie démonétisa de manière injuste l'œuvre et la vie de Koestler. Il fut l'écrivain le plus célèbre du monde puis le plus oublié et contesté. Il avait donné de l'argent à l'Université d'Édimbourg qui, reconnaissante, exposa dans son préau un buste à son effigie. En 1998, le bronze disparut. La direction avait décidé de l'enlever car des militantes féministes protestaient contre la présence de cette sculpture, émue par ce que racontait un livre, *The Homeless Mind.* Le biographe David Cesarani y accusait

Arthur Koestler de viol. L'écrivain aurait séquestré et agressé Jill Craigie, l'épouse du député travailliste Michael Foot.

Laura Aitken, de l'association *Scottish Women's Aid*, justifia dans le *Times* le retrait du buste : « C'est un homme connu pour être régulièrement violent envers les femmes, mais le message transmis était qu'il est acceptable de le glorifier dans les halls prestigieux. »

Jill Craigie confirma ces allégations (elle décédera en 1999), mais n'avait jamais parlé par crainte de s'attirer une mauvaise publicité. Avec son mari Michael, elle dînait souvent dans la résidence française des Koestler, à Verte-Rive. L'auteur du *Zéro et l'Infini* lui inspirait confiance. Un soir, il sonna chez eux à Pilgrim's Lane, dans le quartier chic de Hampstead. Jill répondit :

— Tu veux voir Michael ? Il n'est pas là.

— Je peux monter ? J'envisage d'emménager dans ce quartier. Tu pourrais me le faire visiter ?

Elle accepta. « Je n'étais pas attirée par lui, dirait-elle, et j'ignorais quel sujet je pouvais aborder avec cet homme. J'étais loin de son niveau intellectuel mais j'étais prête à l'aider car il était un grand ami de Michael. » Leur parcours se transforma en tour des pubs. Il avala bière sur bière mais n'esquissa aucun geste ambigu vers elle et ne parut pas soûl. Comme il avait faim, Jill le convia chez elle pour lui cuisiner une omelette. Après le repas, elle fit la vaisselle, espérant que cette corvée l'ennuierait et l'inciterait à décamper (sinon, elle lui aurait offert un brandy et se serait alanguie dans le canapé) mais il arriva derrière elle, l'agrippa, la jeta sur le sol, tira ses cheveux, la frappa. Le penseur raffiné et complexe s'était métamorphosé en un être sauvage qu'elle ne reconnut pas. Elle se débattit, réussit à se dégager et s'enfuit dans le jardin où elle se cacha pendant de longues minutes, craignant qu'il la poursuive. Mais il se calma et quitta l'appartement. « Je pense sincèrement que cet homme était fou », dira-t-elle. « Je ne m'attendais pas à ce que l'on me croie. Mais j'étais sûre qu'Arthur Koestler se ferait avoir. J'avais l'habitude de parcourir les journaux du dimanche, à la recherche de la bonne nouvelle. Une femme le dénoncerait certainement à la police. Il ne s'en tirerait pas mais j'avais tort[2]. »

Une amie de la victime, anonyme, rapporta la scène dans le *Times Literary Supplement* : « Je me rappelle clairement le jour où Jill Craigie m'a dit avoir été violée par Koestler. C'était chez elle, il lui a cogné la tête à plusieurs reprises sur le sol en pierre et elle a craint pour sa vie. Elle cacha la chose à son mari pendant plus de quarante ans. »

Les journaux titrèrent à l'époque : « L'humaniste qui violait les femmes. » Comme cela arrive en pareil cas, des écrivains le défendirent. « Comment être surprise de ce qui vous arrive quand vous acceptez de suivre un dragueur de cette réputation ? », plaida le scénariste Frederic Raphael dans son journal *Prospect*. « Si nous devons dénigrer les hommes célèbres pour leur comportement, qui sera épargné ? » Les vieilles histoires ressortirent sur ses violences morales quand il obligea Elizabeth Jane Howard à avorter. Même le suicide de Cynthia fut considéré comme l'acte ultime de ses abus contre les femmes.

L'affaire n'eut aucune prolongation, probablement parce que le romancier s'enfonçait lentement dans l'oubli. Nous imaginons le scandale que l'agression contre Jill Craigie aurait provoqué au début des années 1950. Les communistes ne se seraient pas privés d'attaquer leur ennemi « déviant et malade ».

Les comportements de Koestler n'enlèvent rien à la pertinence de son œuvre. *Le Zéro et l'Infini* a même repris des couleurs lors de l'invasion de l'Ukraine le 24 février 2022, accompagnée de nouveaux procès de Moscou et de la vision de dissidents emprisonnés dans des cages de verre, contraints d'avouer leurs crimes supposés puis envoyés au bagne à la suite de jugements expéditifs. Le totalitarisme de Vladimir Poutine qui rêve de ressusciter la grande URSS a réveillé le roman de Koestler.

Cette année-là, tandis que les canons se remettaient à tonner sur le sol européen, la maison d'édition française d'Arthur Koestler, Calmann-Lévy, a réédité *Le Zéro et l'Infini*. Un nouveau public, à peine sorti des éprouvants mois de confinement dus à l'épidémie de Covid pendant lesquels nous avions nous-mêmes vécu enfermés, a découvert ce grand roman de l'emprisonnement pendant que l'ancien lectorat, né avant la destruction du rideau de fer, se réjouissait de revivre les fortes émotions que lui avait laissées ce puissant texte.

Je n'y avais pas prêté attention à l'époque, mais le récit que j'avais lu était une traduction de l'anglais, imparfaite, nous faisant croire qu'Arthur Koestler était un écrivain britannique (il vivait d'ailleurs à Londres). Nous ignorions qu'il était né en Hongrie et avait initialement rédigé *Le Zéro et l'Infini* en allemand sous le titre *Sonnenfinsternis* (Éclipse solaire), langue qu'il maîtrisait depuis ses premiers pas de journaliste sous la république de Weimar, et avec laquelle il nouera une relation d'amour-haine au gré des lumières et des ténèbres (des éclipses solaires) ondoyant sur le pays qui avait fait de lui un écrivain.

Puis le manuscrit perdu finit par ressurgir lorsqu'un étudiant germanique en littérature de l'université de Kassel, Matthias Wessel, en 2015, entreprit d'écrire une thèse sur Koestler et partit à la recherche du texte envolé jusqu'à se retrouver à Zurich, dans la cave de l'éditeur suisse Emil Oprecht. Il fouilla un dépôt, et tira un dossier poussiéreux intitulé *Rubaschow* dont les pages étaient poinçonnées par la censure française. On peut aisément imaginer que le discret Emil Oprecht, ami des littérateurs exilés allemands, mort en 1952, recevant ce colis sur lequel était posé un titre énigmatique et un nom inconnu, Koestler, n'y prêta pas attention et le rangea sous une pile avant de le sortir de sa mémoire. Les précieuses feuilles s'égarèrent dans le chaos de l'époque, la panique d'un couple inquiet, obligé de fuir précipitamment devant l'avancée de la Wehrmacht, l'une des nombreuses transhumances auxquelles le siècle poussa Koestler, « un aventurier, un Balzac de la scène contemporaine doué d'un appétit insatiable de nouveautés », observerait son ami d'exil, l'écrivain allemand Hans Sahl. « L'œil collé à la trotteuse de sa montre, il a mieux que tout autre cherché à réaliser les utopies de son temps en engageant sa personne puis il les a rejetées[3]... »

Bibliographie

Julian BARNES, *Playing Chess With Arthur Koestler*, Yale University Press, 1989.

Simone DE BEAUVOIR, *Les Mandarins*, Gallimard, 1954.

— *La Force des choses I*, Gallimard, 1963.

— *Lettres à Nelson Algren*, 1947-1964.

Pierre BENOÎT, *L'Atlantide*, Albin Michel, 1919.

Truman CAPOTE, *Prières exaucées*, Grasset, 1988.

Laurent CASANOVA, *Le Parti communiste, les intellectuels et la nation*, Éditions sociales, 1949.

David CESARANI, *Arthur Koestler, The Homeless Mind*, Random House, 1998.

Sir Peter CHALMERS, *My House in Malaga*, Faber & Faber, 1938.

Artemis COOPER, *Elizabeth Jane Howard. A dangerous Innocence*, John Murray Press, 2016.

Alfred DÖBLIN, *Les trois bonds de Wang Lun*, 1915 (trad. Agone, 2011).

— *Berlin Alexanderplatz*, G.Fisher, 1929.

— *Novembre 1918* (1933-1945). *III – Retour du front* ; *IV – Karl et Rosa* (trad. Agone).

Jean DUTOURD, *Les voyageurs du Tupolev*, Plon, 2003.

Michael FOOT, *Loyalists and Loners*, Faber and Faber, 2011.

Roger GARAUDY, *Les Fossoyeurs*, L'Archipel, 1992.

Knut HAMSUN, *La faim*, 1890, Presses universitaires de France.

Michael KÁROLYI, *Faith Without Illusion*, London, 1956.

André GIDE, *Journal 1939-1949. Souvenirs*, Pléiade, 1954.

Louis GILL, *George Orwell, de la guerre civile espagnole à 1984*, Lux, 2005.

Celia GOODMAN, *Living With Koestler, Mamaine Koestler's Letters 1945-51*, St Martin's Press New York, 1985.

Vassili GROSSMAN, *Tout passe*, 1955 (Livre de poche 1993).

Iain HAMILTON, *Koestler*, Secker&Warburg, 1982.

Patricia HIGHSMITH, *Les écrits intimes de Patricia Highsmith – 1941-1995*, Calmann-Lévy, 2021.

Richard HILLARY, *Le Dernier ennemi*, Texto, 2010.

Langston HUGHES, *I Wonder as I Wander*, Hill and Wang, 1956.

Vladimir JABOTINSKY, *Histoire de ma vie*, Les Provinciales, 2011.

— *Samson le nazir*, éd. des Syrtes, 2008.

Franz KAFKA, *La Métamorphose*, Kurt Wolff Verlag, 1915.

— *Le Procès*, Die Schmiede, 1925.

— *Le Château*, Kurt Wolff Verlag, 1926.

— *L'Amérique*, Kurt Wolf Verlag, 1927.

Herman KESTEN, *Dichter Im café*, Ars Vivendi, 1959.

Arthur KOESTLER, *Au Chat qui louche*, 1932 (Calmann-Lévy, 1996), avec Andor NÉMETH.

— *Les tribulations du camarade Lepiaf*, 1934 (Calmann-Lévy, 2016).

— *Un Testament espagnol*, Victor Gollancz, 1937.

— *The Gladiators*, Jonathan Cape, 1939.

— *Le Zéro et l'Infini*, Jonathan Cape, 1940.

— *La Lie de la terre*, Jonathan Cape, 1941.

— *Dialogue avec la mort*, Macmillan, 1942.

— *Croisade sans croix*, Jonathan Cape, 1943.

— *Le Bar du crépuscule*, 1945, Éditions Aimery Somogy.

— *Le Yogi et le commissaire*, Macmillan, 1945.

— *Des voleurs dans la nuit*, Macmillan, 1946.

— *Le Dieu des ténèbres*, Harper and Brothers, 1949.

— *Les Hommes ont soif*, Collins, 1951.

— *La Corde raide*, Collins/Hamilton, 1952.

— *Hiéroglyphes*, Collins, 1954.

— *Réflexions sur la potence*, Victor Gollancz, 1955.
— *L'ombre du dinosaure*, Calmann-Lévy, 1955.
— *Les Somnambules*, Penguin, 1959.
— *Suicide d'une nation*, Calmann-Lévy, 1964.
— *Le Cri d'Archimède*, Hutchinson, 1964.
— *Le Cheval dans la locomotive*, Hutchinson, 1967.
— *L'Étreinte du Crapaud*, Random House, 1971.
— *Les Call-Girls*, Hutchinson, 1972.
— *Les Racines du hasard*, Hutchinson, 1972.
— *La Treizième tribu*, Hutchinson, 1976.
— *Janus*, Hutchinson, 1978.
— *La Quête de l'absolu*, Macmillan, 1981.
— *L'Étranger du Square*, Hutchinson, 1983, avec Cynthia KOESTLER.

Michel LAVAL, *L'homme sans concessions*, Calmann-Lévy, 2002.

Frank LESTRINGANT, *André Gide, l'inquiéteur*, tomes I et II, Flammarion, 2011.

Albert LONDRES, *Le Juif errant est arrivé*, Albin Michel, 1930.

Thomas MANN, *Journal, 1918-1921/1933-1939*, Gallimard, 1985.

Ludwig MARCUSE, *Mein zwanzigstes Jahrundert*, Paul List, 1960.

André MALRAUX, *L'Espoir*, Gallimard, 1937.

— *Antimémoires*, Gallimard, 1972.

Maurice MERLEAU-PONTY, *Humanisme et terreur*, Gallimard, 1947.

Jonathan MILES, *The Nine Lives of Otto Katz*, Transworld Publisher, 2010.

George MIKES, *Arthur Koestler : histoire d'une amitié*, HarperCollins, 1983.

Conxita MIR, *Mujeres, genero y violencia en la Guerra civil, y la dictadura de Franco*, Tirant Lo Blanch, 2021.

Jean-Yves MOLLIER, *Les Éditions Calmann-Lévy de la Belle Époque à la Seconde Guerre mondiale*, Calmann-Lévy, 2023.

Antonio Munoz MOLINA, *Séfarade*, Grupo Santillana de Ediciones, 2001.

Maurice NADEAU, *Soixante ans de journaliste littéraire – Tome 1 – Les années « Combat »*, Maurice Nadeau, 2018.

Friedrich NIETZSCHE, *Par-delà le bien et le mal, prélude d'une philosophie de l'avenir*, Nauman, 1886.

George ORWELL, *Hommage à la Catalogne*, Secker and Warburg, 1938.

— *1984*, Secker and Warburg, 1949.

— *The Complete works*, e-artnow, 2019.

Hugo PRATT, *Corto Maltese, La maison dorée de Samarkand*, Casterman, 1986.

Erich Maria REMARQUE, *L'Arc de Triomphe*, Éditions méditerranéennes, 1946.

Gustav REGLER, *Das Ohr des Malchus (Le Glaive et le fourreau*, Plon, 1960).

Joseph ROTH, *Juifs en errance*, Le Seuil, 1927.

David ROSS, *Richard Hillary*, Grub Street, 2000.

Hans SAHL, *Survivre est mon métier*, 1990 (Les Belles Lettres, 2016).

Robert DE SAINT-JEAN, *Journal d'un journaliste*, Grasset, 1974.

Marius SCHATTNER, *Histoire de la droite israélienne, de Jabotinsky à Shamir*, Complexe, 1999.

Michael SCAMMELL, *Koestler, the Literary and Political Odyssey of a Twentieth-Century Skeptik*, Random House, 2009.

Arthur SCHOPENHAUER, *Le Monde comme volonté et comme représentation*, Brockhaus, 1819.

Hilde SPIEL, « *Arthur Koestler* », in *Englische Ansichten. Berichte aus Kultur, Geschichte und Politik*, Deutsche Verlags-Anstalt, 1984.

Arpad SZÉLPÀL, *Les 133 jours de Bela Kun*, Fayard, 1959.

François SUREAU, *L'or du temps*, Gallimard, 2020.

Gabriele TERGIT, *L'inflation de la gloire*, Bourgeois, 2017.

Olivier TODD, *Camus*, Gallimard, 1996.

Fred UHLMAN, *L'Ami retrouvé*, Gallimard, 1971.

Ian VALTIN, *Sans patrie ni frontières*, 1940, Actes Sud.

Elisabeth VISLIE, *En el frente, Gerda Grepp y la guerra civil espanola*, Plankton Press, 2004.

Rosie WALDECK, *Prelude to the past, the Autobiography of a woman*, William Morrow, 1934.

Otto WEININGER, *Sexe et caractère*, 1903 (trad. L'Âge d'homme, 1975).

Stefan ZWEIG, *Le Monde d'hier, souvenirs d'un Européen*, 1943 (trad. Belfond, 1993).

Notes et références

Première partie
SANG ET OR

1. Scandale à Paris

1. Éditions sociales, 1951.

2. Gallimard, 1963.

2. Une mère douloureuse

1. *La Corde raide.*

2. Suzannah LESSARD, *The Present moment*, *New Yorker*, 13 avril 1987.

3. Les premiers crimes communistes sous les yeux

1. Fayard, 1959.

2. *Revue des Deux Mondes*, 1921.

3. *Le Monde d'hier, Souvenirs d'un Européen*, 1942.

4. Jean-Michel PALMIER, 1975, « Le délire d'un jeune Juif viennois » (*Le Monde*). Et *Sexe et caractère,* L'Âge d'homme. Avec une préface de Roland Jacquard.

4. Des meubles jetés par les fenêtres

1. *La Corde raide.*

5. Un pont brûlé

1. *La Corde raide.*

2. Éditions complexe, 1991.

3. *La Corde raide.*

Deuxième partie
TINTIN, OU K
DANS LES CHAMBARDEMENTS DU MONDE

6. Le Juif errant

1. *La Corde raide.*

2. *Le Juif errant est arrivé*, 1930. Une série d'articles (27) qu'Albert Londres a écrits racontant ses voyages à Paris, en Tchécoslovaquie, Transylvanie, Pologne et en Palestine.

3. *La Corde raide.*

7. À Berlin

1. Il est l'auteur du chef-d'œuvre *La Marche de Radetzky*, 1932.

2. *La Corde raide.*

8. Le reporter des mille et une nuits

1. Calmann-Lévy, 1981.

9. Éloge maudit des maisons closes

1. *Vossische Zeitung*, 24 novembre 1929.

2. *Prelude to the past, the Autobiography of a woman*, 1934.

10. K dans le Zeppelin

1. *La Corde raide.*

2. Télévision allemande ZDF, mai 1964.

11. Premiers pas dans la littérature sous l'ombre du nazisme

1. Traduit en français chez Actes Sud, en 1999 sous le titre *Le Glaive et le fourreau*. L'ouvrage est malheureusement introuvable.

2. Deutches Tagebush, 1959.
3. Calmann-Lévy, 1950.
4. *Le Monde*, 8 novembre 1996.

12. La belle espionne

1. *Les Cahiers de la quinzaine*, 1910.
2. *La maison dorée de Samarkand*, Casterman, 1986.

13. Un air de jazz venu de nulle part

1. 1956, University of Missouri.
2. *Hiéroglyphes*, 1954.
3. *I Wonder as I Wander*, 1956.

15. Une Cendrillon rouge

1. *Hiéroglyphes*.
2. *Hiéroglyphes*.
3. 2001 (Seuil, 2003).

16. Le chemin qui mène à Rome

1. *L'oreille de Malchus*, 1958.
2. Les éditons Agone en ont publié la traduction française en 2011.

17. Tintin reporter face au général Alcazar

1. Une copie de ce journal éphémère existe au musée de la Presse d'Amsterdam (l'Internationaal Instituut voor Sociale Geschiedenis).

2. *Hommage à la Catalogne*, 1938.

18. Vers son testament

1. *En el frente, Gerda Grepp y la guerra civil epanola,* Plankton Press, 2024.

2. *Hiéroglyphes*.

3. *My House in Malaga*, 1938.

4. *Par-delà le bien et le mal, prélude d'une philosophie de l'avenir* (1886).

19. « Demain tu seras mort ! »

1. *Un Testament espagnol.*
2. *Hiéroglyphes.*
3. « Au secours ! Au secours ! »

20. Une comédie d'amour

1. *Journal*, vol. 1, Gallimard.

Troisième partie
SUICIDE D'UNE NATION

21. Et K devint Koestler

1. 28 mai 1938.
2. Conxita MIR, *Mujeres, genero y violencia en la Guerra civil, y la dictadura de Franco*, Tirant Lo Blanch, 2021.
3. Hilde SPIEL, « Arthur Koestler », in *Englische Ansichten. Berichte aus Kultur, Geschichte und Politik*, Deutsche Verlags-Anstalt, 1984.
4. Suzannah LESSARD, *The present moment*, 13 avril 1987.

22. Un cri littéraire lancé à la face du monde

1. 7 mars 1946.
2. George ORWELL, *Complete Works*, Sanctus Classic.
3. 1er octobre 1965.
4. Ludwig MARCUSE, *Mein zwanzigstes Jahrhundert*, Paul List, Munich, 1960.

23. L'homme désiré indésirable

1. 11 décembre 1937.
2. 11 septembre 1937.

25. À la mémoire des écrivains allemands suicidés

1. Calmann-Lévy, 1981.
2. 14 novembre 1940. Bibliothèque d'Édimbourg.
3. « L'obscurité à midi ».
4. Lettre adressée à Koestler, 25 décembre 1940.
5. 21 décembre 1940.
6. *Koestler: the literary and political odyssey*, Ramdon House, 2009.
7. *Le Figaro*, 6 février 1937.
8. *Journal*, 26 novembre 1946.
9. *La Tribune*, novembre 1943, *The french flu* (le Catarrhe français).
10. *Journal*, 26 novembre 1946.
11. Clifton Fadiman, 4 octobre 1941.
12. *Journal*, 26 novembre 1946.
13. *Articles, essays*, Sanctus classics.
14. *L'Homme sans concessions, Arthur Koestler et son siècle*, Calmann-Lévy, 2003.

26. Une sirène sous les bombes

1. *Koestler: the literary and political odyssey*, Random House, 2009.
2. Introduction à *Living With Koestler, Mamaine's Koestler letters 1945-51*, St Martin's press, 1985.
3. *L'ombre du dinosaure*, Calmann-Lévy, 1956.

27. Le retour du comte de Monte-Cristo

1. 30 octobre 1946.
2. 25 octobre 1946.
3. *Samedi Soir*, 4 mai 1946
4. *Le Monde*, 7 mars 1946.
5. *Combat*, 1er février 1946.
6. Éditions sociales, 1949.
7. Éditions sociales, 1947.

8. *Courrier de l'Étudiant*, 11 décembre 1946.

9. *L'Action*, 31 janvier 1947.

10. *Carrefour*, 23 janvier 1947.

11. *La Croix du Nord*, 3 novembre 1946.

12. *Les Cahiers de L'Herne*, 1999.

13. 3 octobre 1947.

14. Gallimard, 1963.

15. Gallimard, 1954.

16. Lettres à Nelson Algren, 9 octobre 1947.

17. Lettres à Nelson Algren, 15 octobre 1947 et 15 janvier 1948.

18. Lettres à Nelson Algren, 6 novembre 1951.

19. Lettres à Nelson Algren, 25 octobre 1948.

28. Il ne sera jamais George Orwell !

1. Richard WATTS, 3 novembre 1946.

2. Correspondance Daphne/Koestler – 30 octobre 1945.

3. BBC, novembre 1960

4. Calmann-Lévy, 1956.

5. Irwin EDMAN, 6 février 1949.

6. *L'étranger du Square*, Cynthia et Arthur KOESTLER, Calmann-Lévy, 1984.

29. L'impossibilité de vivre avec une femme

1. 8 janvier 1950.

2. Novembre 1950.

3. *Les écrits intimes de Patricia Highsmith – 1941-1995*, Calmann-Lévy, 2021.

4. 15 avril 1951.

5. *Living With Koestler, 1945-1951.*

6. 14 février 1951.

7. Cahiers de L'Herne.

30. L'ombre de George Orwell

1. *Slipstream*, 2002.

2. *Koestler, the Literary and Political Odyssey of a Twentieth-Century Skeptik*, Random House, 2009.

3. *Albert Camus*, Gallimard, 1996.

4. 1er octobre 1965.

5. Traduction chez Calmann-Lévy, *Le Cheval dans la locomotive.*

6. *Cosmos without character*, 3 avril 1973.

7. 28 octobre 1976.

8. *L'Étranger du Square*, Calmann-Lévy.

9. *Commentary Magazine*, février 1983.

31. Questions autour d'un ultime geste d'amour

1. 5 mars 1983.

2. *The Irish Times*, *The Koestler question*, 6 mars 1999.

3. *Survivre est un métier* (*Das Exil im Exil*), 1990. Les Belles Lettres (2016).

Table des matières

PREMIÈRE PARTIE

SANG ET OR

1. Scandale à Paris 11
2. Une mère douloureuse 19
3. Les premiers crimes communistes sous les yeux 31
4. Des meubles jetés par les fenêtres 47
5. Un pont brûlé 55

DEUXIÈME PARTIE

TINTIN, OU K DANS LES CHAMBARDEMENTS DU MONDE

6. Le Juif errant 69
7. À Berlin 83
8. Le reporter des mille et une nuits 93
9. Éloge maudit des maisons closes 99
10. K dans le Zeppelin 109
11. Premiers pas dans la littérature sous l'ombre du nazisme 119

12. La belle espionne 129
13. Un air de jazz venu de nulle part 135
14. « Voulez-vous résoudre la plus grande affaire criminelle du xxe siècle ? » 141
15. Une cendrillon rouge 151
16. Le chemin qui mène à Rome 163
17. Tintin reporter face au général Alcazar 173
18. Vers son testament 187
19. « Demain tu seras mort ! » 197
20. Une comédie d'amour 213

Troisième partie

SUICIDE D'UNE NATION

21. Et K devint Koestler 225
22. Un cri littéraire lancé à la face du monde 235
23. L'homme désiré indésirable 247
24. Fuite éperdue 261
25. À la mémoire des écrivains allemands suicidés 271
26. Une sirène sous les bombes 285
27. Le retour du Comte de Monte-Cristo 297
28. Il ne sera jamais George Orwell ! 313
29. L'impossibilité de vivre avec une femme 325
30. L'ombre de George Orwell 335
31. Questions autour d'un ultime geste d'amour 359

Épilogue 367
Bibliographie 373
Notes et références 379

Imprimé en France

Achevé d'imprimer
sur les presses de la Nouvelle Imprimerie Laballery
58500 Clamecy

Composition : PCA / CMB

N° d'imprimeur : 506507
Achevé d'imprimer : juillet 2025
Dépôt légal : août 2025